Lucifer

Tino Haffners erster Fall

MARCO CORELLI

Bibliografische Information der Deutschen Nationalbibliothek
Die Deutsche Nationalbibliothek verzeichnet diese Publikation in der Deutschen Nationalbiografie; detaillierte bibliografische Daten sind im Internet über https://dnb.dnb.de abrufbar.

ISBN: 9798332548680

WIDMUNG

Für Agnieszka und Julius.

Dem Andenken von Tanja, Cristiano, Fritz und Lothar.

DANKSAGUNG

Mein Dank
gebührt in erster Linie
meiner Frau.
Ohne sie und ihre Geduld, ihr Verständnis und ihre
Begeisterung wäre dieses Buch nicht abgeschlossen worden.
Die Jugendautorin Tanja Frei (Joyce Winter) hat das
Manuskript vor ihrem allzu frühen Tod voller Enthusiasmus
professionell lektoriert.
Karin und Sonja danke ich für die vielen Tipps,
die dieses Werk weitergebracht haben.

Sämtliche Personen und Ereignisse in diesem Roman entspringen der Phantasie des Autors. Jegliche Ähnlichkeiten mit realen lebenden oder verstorbenen Personen sowie tatsächlichen Begebenheiten sind rein zufällig und unbeabsichtigt.

1

„Und wer hat die Leiche gefunden?“

Tino Haffner blickte sich im Dianatempel um und blinzelte gegen das Sonnenlicht, das von draußen ins Rondell fiel. Seine Augen schmerzten.

„Ist ein bisschen später geworden gestern, hm?“, fragte Vroni Adlgasser.

Seine Kollegin trat aus dem Lichtkegel zurück in den Halbschatten.

Er gähnte. Sein Nacken war steif wie eine Kobra im Alarmzustand. In seinem Schädel pochte es. Er fuhr sich mit der Linken an den Hals und massierte ihn. Aber der Schmerz wollte nicht weichen.

„Zwei Stunden Schlaf“, brummte er.

Adlgasser schmunzelte. Ihm war nicht nach Scherzen zumute.

„Einer von der Putzkolonne der Stadt“, sagte sie.

„Guten Morgen!“, erscholl es plötzlich hinter ihm.

Er fuhr herum. Das hätte er besser gelassen, denn das Pochen in seinem Kopf wurde unerträglich.

„Was haben wir denn heute?“, fragte Doktor Schaffroth.

Die Pathologin war in ihren weißen Ganzkörperkittel geschlüpft und rieb sich die Hände. Ihre Latexhandschuhe quietschten.

Haffner verzog das Gesicht und seufzte. Wie schaffte sie es

bloß, zu jeder Tages- und Nachtzeit fit wie ein Turnschuh zu sein?

„Männliche Leiche“, legte Adlgasser los. „Circa eins neunzig groß.“

„Wurde die Leiche bewegt?“, erkundigte sich Doktor Schaffroth.

„Ging nicht“, brummte Haffner wieder. „Jemand hat unser Opfer fixiert und extra fein für uns hergerichtet.“

Sie umrundete den Stuhl, auf dem der Mann saß. Das Kinn war ihm auf die Brust gesunken, die Augen standen offen und starrten ins Leere.

„Seltsames Arrangement, finden Sie nicht?“

Sie stellte sich vor den Toten. Haffner nickte stumm.

„Was bedeutet wohl das umgedrehte Kruzifix in seiner Hand?“

Doktor Schaffroth blickte sich im Pavillon um. Dann deutete sie auf den Boden.

„Die *Baphomet*-Geste und ein Pentagramm auf dem Boden“, setzte sie an.

„Die *Bapho*-was?“

Wieso nur hatte er vor dem Schlafengehen kein Aspirin eingeworfen? Er fühlte, wie der Druck hinter den Schläfen zunahm und warf Adlgasser, die neben der Gerichtsmedizinerin stand, einen hilfesuchenden Blick zu.

„Du hast doch das große Latinum ...“

„Pillepalle!“, rief Doktor Schaffroth. „Nix Latinum. *Baphomet* ist semitisch.“

„Ah – deshalb der Judenstern“, murmelte Haffner und deutete auf die Kritzelei auf dem Steinboden.

Schaffroth drehte sich um.

„Pentagramm. Es ist ein Pentagramm, ein okkultistisches Symbol. Wie auch die *Baphomet*-Hand.“

„Sie meinen ...“

Haffner stutzte und versuchte, sich zu konzentrieren. Eine Sekunde lang herrschte Stille. Er probierte, seinen rechten Arm anzuwinkeln, um den linken daraufzustützen und sich am Kinn zu kratzen. In seinem Nacken begann es zu stechen. Er ließ die

Hände wieder sinken – es wurde nichts mit seiner Denkerpose. Also ballte er die Hand zu einer Faust, streckte den kleinen und den Zeigefinger wie der Tote auf dem Stuhl aus und betrachtete das Ganze.

„'tschuldigung", murrte er, „aber ich habe eine ganze Latte italienischer Freunde. Bei denen hat das da was mit Hörner aufsetzen zu tun."

Er streckte ihr die Hand entgegen. Doktor Schaffroth zog die Brauen hoch.

„Wie Sie das Zusammenspiel der Symbole hier interpretieren, ist Ihre Sache. Sehen wir uns lieber mal den Toten an. Helfen Sie mir kurz?"

Sie öffnete ihren Koffer, griff nach einer Schere und zertrennte die Klebebänder, mit dem der Tote fixiert war. Adlgasser hielt ihn währenddessen fest.

„Sie können ruhig loslassen", meinte die Pathologin. „Der *rigor mortis* ist zwar noch nicht vollständig ausgeprägt, aber er wird uns bestimmt nicht vom Stuhl kippen."

Adlgasser grinste.

„Was sind das für komische Pünktchen?", fragte sie.

Die Gerichtsmedizinerin stand auf und besah sich zwei auf den ersten Blick eher unauffällige Fleckchen am Hals.

„Hatte ich mich auch schon gefragt. Sieht aus wie ein Schlangenbiss."

„Schlangen?"

Haffner senkte den Kopf und blickte sie an, als hätte nicht er, sondern sie die halbe Nacht durchgezecht.

„Schlangen? Hier? Mitten in München?", wiederholte er.

„Was Genaues kann ich Ihnen erst nach der Obduktion sagen", wich sie aus. „Aber das wäre schon der vierte Hinweis ..."

„Sie meinen ernsthaft, dass das das Werk von Satanisten ist?"

Sie zuckte mit den Schultern.

„Helfen Sie mir lieber, dann kann ich Ihnen vielleicht etwas zum Todeszeitpunkt sagen."

Mit diesen Worten wuchtete sie den schwerfälligen, fast

steifen Leichnam auf den Boden. Adlgasser reagierte blitzschnell und packte mit an, und so lag der Tote nun vor ihnen.

Doktor Schaffroth lupfte das helle Leinenhemd, mit dem er bekleidet war, nach oben und schob die Stoffhose beiseite. Haffner erblickte auf dem Allerwertesten die typisch rötlichen Flecken. Einen davon massierte die Pathologin jetzt mit dem Daumen.

„Sehen Sie? Die Leichenflecken lassen sich noch wegdrücken. Da auch die Totenstarre nicht vollständig ausgeprägt ist, können wir davon ausgehen, dass der Exitus vor nicht mehr als fünf, sechs Stunden erfolgt ist."

„Na – das ist doch was!"

Haffner rieb sich die Hände. Sie waren schweißnass, denn obwohl es noch nicht einmal sieben war, glich das Rondell einem Backofen. Er wischte mit dem Handrücken über die Stirn.

Im selben Moment kläffte ein Hund. Er stand neben seinem Herrchen in einem der Arkadenbögen des Rundtempels.

„Seid Ihr schon durch?", fragte Haffner.

Der Chef der Hundestaffel nickte und presste die Lippen zusammen.

„Yep", machte er.

„Und?"

„Nichts."

„Was heißt *nichts*?"

„Absolut nichts. Hast du eine Ahnung, wie viele Leute sich heute Nacht hier und im Englischen Garten gegenseitig auf die Füße getreten sind, bevor das Gewitter alle Spuren davongeschwemmt hat? Vielleicht findet die Spusi ja was."

Haffner spitzte den Mund und schmatzte.

„Danke trotzdem!", rief er und wandte sich wieder den beiden Damen zu.

Er prustete vor sich hin. Dann griff er mit seinen Latexhandschuhen in die beiden Taschen des Toten und zog eine Geldbörse hervor.

„Zumindest wissen wir, wen wir vor uns haben. Wirklich

alles da, was wir zur Identifizierung brauchen: Ausweis, Kreditkarten, EC ... Und gut hundertfünfzig Euro in bar."

„Dann scheidet Raubmord ja so gut wie sicher aus", warf Adlgasser ein.

Er nickte und beugte sich noch einmal über den Toten. In seiner Nase bohrte ein stechender Geruch.

„Sag mal – riecht Ihr das auch?"

„Was genau meinen Sie?", fragte Doktor Schaffroth.

Erst diese Lichtempfindlichkeit, dann die Hitze am frühen Morgen. Und jetzt dieser Geruch. Dieser Gestank.

„Na dieser beißende Geruch ..."

„Du meinst aber nicht das Parfüm des Toten, oder?"

Haffner schloss die Augen. Ihm wurde fast übel.

„*Diavolo* von Antonio Banderas, würde ich tippen."

„Soll das ein Witz sein?", fragte Haffner.

Adlgasser schüttelte den Kopf. Die Pathologin öffnete gerade den Mund. Da setzte er hinzu: „Ist ja gut, ich habe verstanden: Hinweis Nummer fünf."

Adlgasser lachte.

„Muss ja echt die Hammernacht gewesen sein!"

„Halbfinale", flüsterte er verschwörerisch, als ob sie sich brennend für Fußball interessieren würde. „So was hat's seit dem Wunder von Rio nicht mehr gegeben."

„Also wer ist jetzt der Tote?", schaltete sich Doktor Schaffroth wieder ein.

„Doktor Gernot Janssen", las Haffner vor. „Der Ausweis wurde vor drei Monaten neu ausgestellt."

Er dachte wieder nach und spielte mit der Karte. Durch einen der Bögen hüpfte eine pechschwarze Rabenkrähe herein, legte den Kopf schief und lugte neugierig herüber.

„Puh!", rief Haffner und klatschte in die Hände.

Der Vogel hüpfte ein paar Schritte weiter und äugte frech zurück. Er tat zwei, drei Schritte auf ihn zu. Der Rabe flog zum nächsten Brunnen und setzte sich auf die Steinfassung.

„So ein Menschenauge ist ein echter Leckerbissen", erklärte Doktor Schaffroth. „Kriegt er bestimmt nicht alle Tage in solch knackigem Zustand serviert."

„Mahlzeit“, knurrte Adlgasser und verzog das Gesicht.

„Können Sie uns noch irgendwas zum Fundort sagen?“, fragte Haffner.

Sein Blick wanderte zurück zur Pathologin. Sie kniete noch einmal nieder und besah sich die Hände von Gernot Janssen.

„Ich sehe keine Anzeichen für eine Abwehr. Keine Schmutzpartikel unter den Fingernägeln. Im Augenblick kann ich nicht ausschließen, dass Fundort und Tatort identisch sind. Die Leiche befindet sich – von den minimalen Blessuren abgesehen – in einem geradezu jungfräulichen Zustand.“

Sie stockte kurz und schmunzelte.

„Verzeihen Sie mir den Ausdruck – aber in diesem sakralen Ambiente ...“

„Sonst noch was?“

Haffner stemmte beide Hände in die Seite. Er verspürte erneut das dringende Verlangen nach einem Aspirin. Wie sollte er in diesem Zustand Ordnung in das Chaos in seinem Gehirn bringen? An einem normalen Morgen hätte er sich krankgemeldet. Aber was war schon normal an diesem Morgen?

„Vielleicht schauen Sie sich das hier noch an!“, unterbrach sie seine Gedanken, schob den Hemdkragen des Toten beiseite und wischte ihm die graumelierten Locken aus dem Nacken.

„Noch ein Schlangenbiss?“

Haffner schüttelte ungläubig den Kopf.

„Nein, sieht eher nach Verbrennungen aus. Eventuell ein Elektroschocker.“

„Das heißt: wir suchen jemand, der Gernot Janssen mit einem Elektroschocker und einer Anakonda ins Jenseits befördert hat? Wie realistisch ist denn das?“

Haffner blickte die Pathologin entgeistert an. Sie holte tief Luft.

„Ein *Eunectes notaeus* oder vulgo Anakonda hätte Janssen vermutlich erwürgt. Vielleicht sollten Sie Ihre Naturkunde-Kenntnisse mal wieder auffrischen.“

„Mach ich, wenn wir mit dem Fall hier durch sind“, versprach er feierlich und legte die Hand aufs Herz.

„Im Frankfurter Naturkundemuseum gibt es ein echtes Prachtexemplar – das sollten Sie sich nicht entgehen lassen!"

„Bis wann können wir mit dem Obduktionsbericht rechnen?", konterte Haffner.

Doktor Schaffroth schloss die Augen und schüttelte den Kopf. Also wandte er sich an Adlgasser.

„Packen wir's?"

Erwartungsvoll blickte er sie an, doch sie zog nur eine Augenbraue hoch.

„Er wohnt gleich um die Ecke."

„Hast du nicht eine klitzekleine Kleinigkeit vergessen?", fragte sie.

2

„Wer gibt sich solch eine Mühe, statt die Leiche zu entsorgen?"

„Unser Mörder", antwortete Adlgasser und grinste, als sie aus dem Rondell traten.

Die Sonne stach erbarmungslos auf sie herunter. Er kniff die Augen zusammen und schirmte sie gegen das grelle Licht ab. *Ein Königreich für einen Sitzplatz im Schatten der Kastanien!*, dachte er.

„Und wo ist eigentlich Janssens Handy?"

Sie zuckte mit den Achseln. „Vielleicht hatte er keines."

Haffner sah sie schief an.

„Er hatte doch so einen altmodischen Kalender bei sich. Es gibt so Freaks: Leben ohne Elektrosmog, Leben analog statt digital." Er schüttelte den Kopf. Offensichtlich ein bisschen zu abrupt, denn die minimalen Erschütterungen erinnerten ihn sogleich wieder schmerzhaft an seinen Zustand. Dazu kam eine Schlange als Mordwerkzeug, ein schwarzer Rabe, Satanisten als Mörder und ein höllisch stinkendes Parfüm, das den Teufel im Namen trug. Es gab Angenehmeres im Leben.

„Hauptkommissar Haffner", stellte er sich vor, als sie den Springbrunnen passiert hatten. „Meine Kollegin kennen Sie ja bereits."

Der junge Mann erhob sich von der Holzbank, auf der er Sekunden zuvor noch hin- und hergerutscht war.

„Und Sie sind ...?“

„Mehmet Scholl.“

Haffner stutzte. Hatte er sich verhört?

„Ok“, brummte er mehr für sich und beschloss, so zu tun, als wäre der Name ganz alltäglich. „Sie haben den Toten also gefunden ...“

Mehmet Scholl nickte.

„Könnten Sie uns alles noch einmal ganz genau schildern? Jedes Detail, an das Sie sich erinnern, kann wichtig sein.“

Der Putzmann sog die schwüle Morgenluft in die Lungen.

„Also wissen Sie, ich dreh im Sommer ja so gut wie jeden Morgen meine Runde im Hofgarten ...“

Er hatte die Leiche exakt in der Position vorgefunden, die sich Haffner bei seinem Eintreffen dargeboten hatte.

„Sie haben absolut nichts verändert?“, hakte er nach.

Stumm schüttelte Scholl den Kopf.

„Woher wussten Sie dann, dass er tot war? Haben Sie ihn angerührt?“

„Herrgott, nein! Wozu denn? Hab mir gedacht: Ui, dem geht’s aber ned so gut. Der hat doch die Augen sperrangelweit aufgerissen. Also hab ich ihn gefragt, ob alles ok ist. Hat aber nix gesagt. Ich wollt’ schließlich sauber machen da drin.“

Er deutelte mehrmals zum Tempel, als bräuchten seine Worte Unterstützung.

„Kein Muckser, wie gesagt. Mausetot war der, das war so was von sonnenklar – “

„Wann genau haben Sie die Polizei gerufen?“, unterbrach ihn Adlgasser.

„Na sofort.“

„Und wann fängt Ihre Schicht an?“

„Mei, nach so ’ner Nacht, da heißt’s früh raus aus den Federn. Spätestens um fünf geht’s los. Nur der frühe Vogel fängt den Wurm, ned wahr? Sonst wirst doch ewig nicht fertig mit dem ganzen Krempel. Sie glauben ja nicht, was die Leut’ alles wegschmeißen.“

„Was schmeißen die Leute denn so weg?“, fragte Haffner.

„Mein Gott! Grillkohle, Essensreste, Kronkorken,

Glasscherben, Kondome und ähnliche Schmankerl. Suchen Sie was Bestimmtes?“

„Ein Handy war nicht zufällig dabei?“

Einen Moment lang keimte Hoffnung in ihm auf.

„Ein Handy?“

Mehmet Scholl legte den Kopf in den Nacken und blickte ihm in die Augen.

„Glauben Sie, dass irgendwer freiwillig sein Handy hier liegen lässt?“

„Wohin kommt eigentlich der ganze Müll am Ende?“, fragte Haffner hartnäckig.

„Den hat die Spusi eingesackt“, warf Adlgasser ein.

Er überlegte und massierte sich das Kinn. Ohne Denkerpose funktionierte das sogar.

„Ein Elektroschocker vielleicht? Eine Schlange?“

Der städtische Angestellte riss die Augen auf.

„Schlange?“

Er setzte sich langsam auf die Bank und schüttelte den Kopf.

„Eine Blindschleiche habe ich heute Morgen überfahren ...“

„Sind Sie sicher?“

„Dass ich sie auf dem Gewissen habe?“

„Nein! Dass es eine Blindschleiche war.“

„Ich kann doch eine Blindschleiche von einer Anakonda unterscheiden!“

„Und wo ist sie jetzt?“

Mehmet Scholl verdrehte die Augen.

„Keine Ahnung, Mann. Die war platt wie ein Pfannkuchen. Ich hab sie in den Eisbach geworfen.“

Diesmal meldete sich auch noch Haffners Magen. Er hoffte stark, dass es wirklich eine Blindschleiche gewesen war.

„Ok. Das war’s dann“, bedankte er sich.

„Wir bringen Sie noch zu den Johannitern rüber“, schlug Adlgasser vor.

Haffner war froh, dass sie so weit dachte. Scholl wäre nicht der erste Zeuge, der nach dem ersten Schock weiche Knie bekam. Und vielleicht hatten sie ja sogar ein Aspirin für ihn.

3

„Wie hast du das jetzt wieder angestellt?“, fragte Adlgasser, als sie in der Kaulbachstraße aus ihrem dicken BMW stieg, während Haffner, auf den Lenker seines Fahrrads gestützt, entspannt mit einem angegrauten, etwa sechzigjährigen Herrn in blauem Arbeitskittel über die Frankreich-Belgien-Partie vom Vorabend fachsimpelte.

„Wie gesagt“, meinte Haffner eben, „das Spiel von Rio 2014 kann man nicht toppen!“

Er dachte an das phänomenale Video, das damals kursierte, und schmunzelte: südamerikanische Rhythmen, ein Cocktailglas mit Brasilienfähnchen, Orangenscheibchen und Passionsfrucht. Und plötzlich: zack – ein schwarz-rot-goldener Masskrug zertrümmert in Nullkommanix sämtliche Illusionen. Aber das war Geschichte. Schließlich drehte er sich zu Adlgasser um und sagte: „Nicht gebremst.“

Er stellte ihr den Hausmeister vor. Gemeinsam fuhren sie im Aufzug hoch. Das Schloss zu Doktor Janssens Domizil war unversehrt und leistete dank des mitgebrachten Ersatzschlüssels keinen Widerstand. Das Original hatte die KTU mitgenommen, um es auf eventuelle Fremdspuren zu untersuchen.

„Danke Ihnen!“, sprach er zum Hausmeister, als die Tür offen war. „Wenn wir Sie brauchen, melden wir uns.“

„Wow!“, entfuhr es Adlgasser. „Wer kann sich denn so was

leisten?“

„Jemand mit einer deutlich höheren Besoldungsgruppe“, knurrte Haffner und betrat das Loft. „Ich wüsste da schon ein paar Leute, die sich eine solche Laube leisten können. Der Uli Hoeneß zum Beispiel“, fügte er hinzu, grinste ein bisschen böse und rieb sich die Hände, weil er damit schon wieder bei seinem Lieblingsthema war. Nach der Tablette, die ihm die Sanitäter verabreicht hatten, fühlte er sich deutlich besser.

Adlgasser schnaufte nur.

„Ich rufe Kathi kurz an, ok?“

Er lief ein paar Schritte weiter und fand sich in einem Salon mit gigantischen Ausmaßen wieder.

„Hallo, Kathi. ... Ja, guten Morgen. Könntest du mir bitte alles heraussuchen, was du über einen Doktor Gernot Janssen findest? ... Die Adresse?“

Er gab ihr die Daten durch.

Im selben Moment klingelte es. Haffner winkte Adlgasser. Sie öffnete.

„Ich ruf dich nachher noch mal an. Oder besser: wir sehen uns im Büro. Servus, pfiadti!“

Er drehte sich um.

„Da seid Ihr ja!“, begrüßte er Eckhard Nöhle und seine Truppe von der KTU. „Schon fertig im Hofgarten?“

Wortlos marschierten sie an ihm vorüber. Nöhle fächelte mit der Hand. Dann fingen sie an, ihre Gerätschaften auszupacken.

Janssens Maisonette bestand in der Hauptsache aus dem riesigen Wohnzimmer, in dem er jetzt mit Adlgasser und Nöhle stand, und einem Obergeschoss, in das man über eine Wendeltreppe gelangte. Dort lagen ein Schlafzimmer mit Doppelbett und ein Kinderzimmer. Die Wände in den Wohn- und Arbeitsräumen zierten melaminweiße, doppelt mannshohe Regale, die sicher nicht aus dem IKEA-Katalog stammten. Auf den Etageren schmiegten sich Myriaden von Büchern aneinander, alle penibel alphabetisch geordnet. Hier und da klaffte eine schmale Lücke.

„Ich hab's ja schon länger gewusst", sagte Nöhle.

„Was denn?", fragte Haffner und legte den Kopf schief, um ein paar Büchertitel lesen zu können.

„Die Tendenz in deutschen Haushalten geht eindeutig Richtung Zweitbuch ..."

„Ach, Eckhard, geht's noch? Du versaust uns ja die ganze Freude an dieser schönen Bibliothek!"

„'tschuldige, bin ja schon ruhig", sagte der Kriminaltechniker und verdrückte sich ins Gästebad.

An den wenigen freien Flächen, die Janssens bibliophile Schätze nicht überlagerten, hingen zwei riesige, farbfrohe Leinwände, signiert von namhaften Münchner Künstlern. Einen der beiden hatte Haffner erst kürzlich auf einer Vernissage kennengelernt, zu der ihn sein Freund Uli Schladerer mitgeschleppt hatte. Bereut hatte er es nicht: außer ein paar unschlagbare Eindrücke ins Künstlermilieu gab es ein üppiges Büffet mit Scampischnitten, Minikaviarbaguettes und köstlichen Spießchen. Vom Bouquet des *Nero d'Avola* schwärmte Haffner heute noch. Wie immer verdrehten Schladerer ein paar hübsche Kunststudentinnen den Kopf. Vielleicht war es auch umgekehrt – so genau wusste man das bei Uli nie. Am Ende waren alle in Begleitung des kauzigen Künstlers in seiner Stammkneipe versumpft, obwohl Pasternak – der bestimmt nicht so hieß – immer wieder beteuerte, dass er die Öffentlichkeit so sehr scheute. Und Uli, der alte Schwerenöter, ging natürlich nicht allein nach Hause ...

„Also ein bisschen seltsam ist das schon hier!", rief Nöhle aus dem Bad und riss Haffner aus seinem nostalgischen Tagtraum.

„Was meinst du?"

„Keinerlei Anzeichen für die Anwesenheit einer weiteren Person: eine einzige Zahnbürste, das Doppelbett oben ist unberührt. Nirgendwo liegen Präservative rum. Aber ein ganzes Arsenal an Cremes und Aftershaves ..."

„Vielleicht hatte er ab und zu Herrenbesuch", sagte Haffner und spähte in das Bad, das kaum kleiner als das Wohnzimmer schien. „Oder er lebte allein und sammelt die Dinger. Die Leute haben die seltsamsten Hobbys – und außerdem gibt's auch noch den einen oder anderen Singlehaushalt in München."

„Du musst es ja wissen", meinte Nöhle.

Haffner verzog das Gesicht.

„Kathi meinte vorhin, dass er verheiratet war", wandte er ein.

„Sieht jedenfalls nicht danach aus."

„Schließt das eine das andere aus?", meldete Adlgasser sich zu Wort, die mit verschränkten Armen mitten im Salon stand. „Mal ganz im Ernst: wenn seine Frau offensichtlich nicht hier wohnt, spricht doch eher was dafür, dass er vielleicht ..."

Sie vollendete ihren Satz nicht.

„Trotzdem", beharrte Nöhle und schüttelte den Kopf. „Mir gefällt das nicht: sieht eher so aus, als hätte jemand Großreine gemacht. Und zwar, nachdem der Herr des Hauses ausgeflogen war."

„Dann müsst ihr diesmal eben dreimal so gut hinschauen", versetzte Haffner und klatschte aufmunternd in die Hände. „Umso besser, wenn Ihr was findet, das uns weiterbringt."

4

„Fängst du hier an?“, fragte er, nachdem er Nöhle gebeten hatte, Janssens Wohnung zu versiegeln, sobald sie fertig waren. „Ich geh ins Erdgeschoss, ok?“

Adlgasser nickte, und er eilte die Treppen hinunter in der Hoffnung, vielleicht schon dem einen oder anderen Hausbewohner zu begegnen. Aber Fehlanzeige. Also klingelte er an der Wohnungstür links im Erdgeschoss. Ein Hund schlug an. Ansonsten Stille. Er drückte noch einmal.

„Hallo?“, erklang ein heiseres Stimmchen hinter der Tür.

„Entschuldigen Sie die Störung“, rief er, „ich bin von der Kriminalpolizei. Hauptkommissar Haffner – ich hätte ein paar Fragen ...“

Ein Schlüssel klackte im Schloss, die Tür sprang einen Spalt weit auf. Eine Kette spannte sich, und durch die Ritze spitzte zuerst knapp über dem Boden eine Dackelschnauze und dann, auf Haffners Brusthöhe, ein schlohweißes Köpfchen. Der Hund bellte wieder.

„Ja, wer bist du denn?“, fragte Haffner, und der Dackel knurrte.

„Hör auf, Zamperl! Du verschreckst uns den Herrn noch!“

Er zeigte der Dame seine Dienstmarke.

„Ist die echt?“, fragte sie. „Es soll so viele falsche geben ...“

Haffner nickte.

„Sie haben recht. Immer schön aufpassen! Ich hätte nur ein

paar Fragen zu einem Ihrer Nachbarn. Es dauert nicht lang."

„Einen Moment", bat die Dame. „Komm rein, Zamperl!"

Die Tür fiel ins Schloss. Er vernahm ein Klicken, und die Tür ging wieder auf. Es roch nach frisch gemahlenem Kaffee.

„Hat einer von den Bengeln aus dem dritten Stock was ausgefressen?", fragte sie.

Haffner musste grinsen und schüttelte den Kopf.

„Nein. Kennen Sie Doktor Janssen von ganz oben?"

„Früher kannte hier jeder jeden. Das ist längst vorbei. Seit über fünfzig Jahren wohne ich jetzt hier. Kann mir die Wohnung auch nur leisten, weil einer meiner Söhne die Miete für mich zahlt. Luxussanierung. Wer kann sich das heutzutage noch leisten?"

Haffner presste die Lippen aufeinander und nickte wieder.

„Janssen haben Sie gesagt?"

Sie dachte nach.

„Ist das der Typ aus der Nobelsuite? In meinem Alter kriegt man nicht mehr so viel mit, wissen Sie. Früher – da sind alle die Treppen rauf, haben hier unten ihre Einkaufstaschen abgestellt, die Post geholt. Wir haben geratscht. Aber heute ... Alle huschen bloß rein. Rein in den Aufzug – und weg sind sie. Keiner hat mehr Zeit. Und kaum einer weiß noch, wer hier wohnt."

„Sie aber schon?", fiel Haffner ihr ins Wort.

Die Dame wiegte den Kopf hin und her.

„Viel kann ich Ihnen nicht sagen. Er ist spät aus dem Haus, tagsüber war er so gut wie nie da. Zumindest unter der Woche nicht. Am Wochenende schon eher."

Eine Weile schwieg sie. Ihr Atem ging schwer.

„Hatte er Besuch?"

„Nicht dass ich wüsste. Sehr gesprächig war er nicht. Aber freundlich. Gegrüßt hat er die paar Mal, wo wir uns gesehen haben. Im Erdgeschoss kriegt man doch noch am ehesten was mit."

Sie kicherte leise.

„Halten Sie mich aber jetzt nicht für so eine typische alte Ratschkathl!"

„Gott bewahre!“, rief Haffner und bedeutete ihr mit beiden Händen, fortzufahren.

„Ob er Besuch hatte? Kann mich nicht erinnern. Er war eigentlich immer allein. Was ist denn mit dem guten Mann?“

„Er ist tot“, sagte Haffner.

„Ach!“, flüsterte sie und beugte sich zu ihm vor. „Ein Mädchen kam manchmal hier rein, ein ganz junges Ding, bestimmt keine fünfzehn. Ich hab sie durch den Spion beobachtet. Sie hatte sogar einen Schlüssel, glaube ich. Manchmal hat sie die Post mit raufgenommen. Aber oft war sie nicht da. Meistens am Wochenende.“

Sie hielt wieder inne und rang nach Luft.

„Ja?“, sagte er, als sie ihn über die Brille hinweg anstarrte.

„Der ist aber nicht so ein ... Perversling, oder?“

Haffner legte den Kopf zurück und zog die Augenbrauen hoch.

„Na – so ein ... Wie sagt man denn? ... Pädophiler?“

Er schwieg und wartete.

„Immerhin hat der Mann allein gelebt“, beharrte die Dame. „Und ein wenig seltsam war er schon, dieser Janssen. So ein Einzelgänger.“

Sie beugte sich wieder nach hinten und machte mit der Rechten eine abwehrende Bewegung.

„Besser, wenn man solche Leute verräumt! Früher ...“

„Der gute Mann ist tot“, fiel Haffner ihr jetzt doch ins Wort.

„Ach ja. Haben Sie vorhin gesagt“, raunte die Dame. „Weiß man schon, wer’s war?“

„Nein. Deshalb sind wir ja hier. Ist Ihnen sonst irgendwas aufgefallen?“

Das Mütterchen schüttelte wieder den Kopf.

„Was ist das bloß für eine Welt?“, rief sie.

Das Zamperl kläffte in der Wohnung. Im selben Moment bog Adlgasser um die Ecke auf dem Treppenabsatz und gesellte sich zu ihm.

„Meine Kollegin“, sagte Haffner und legte ihr seine Linke auf die Schulter, während die Dame sie wieder über den Brillenrand hinweg vom Scheitel bis zur Schuhsohle musterte.

„So jung, und schon bei der Polizei? Können Sie da noch ruhig schlafen?"

Adlgasser lachte.

„Ja freilich. Was glauben Sie denn? Dafür sorgt schon meine Tochter: die hält mich auf Trab! Ich falle abends todmüde ins Bett!"

„Mein Gott, ich hab ja ganz vergessen, Ihnen einen Kaffee anzubieten", fiel es der alten Dame plötzlich ein.

„Wir müssen eh weiter", drängte Haffner. „Wenn Ihnen noch etwas einfällt, rufen Sie uns an, ok?"

Er langte in seine Hosentasche und zog eine zerknitterte Visitenkarte hervor, drehte sie unschlüssig zwei-, dreimal zwischen den Fingern hin und her und drückte sie ihr zum Abschied in die Hand.

„Puh!", machte er, als sie draußen waren.

„So schlimm?", erkundigte sich Adlgasser.

„Anfänglich nicht. Und bei dir? Neuigkeiten?"

5

„Was hast du eigentlich für einen Eindruck von Janssens Wohnung?“, fragte Adlgasser und fuhr sich mit allen zehn Fingern durch ihren dunklen Pagenkopf.

Haffner hatte seinen maroden Drahtesel auf dem Rückweg noch schnell zur Reparatur gebracht, und nun saßen sie in der Löwengrube, sie an ihrem pikobello sauberen Schreibtisch, er gegenüber an seinem, wo das übliche organisierte Chaos herrschte.

Sie trat ans Fenster, goss sich eine Tasse von ihrem frischen Filterkaffee ein und nahm wieder Platz. Die frisch gemahlenen Kaffeebohnen der alten Dame in der Kaulbachstraße hatten Haffners Nase angenehmer gekitzelt.

„Ich fand's seltsam“, schob sie hinterher.

Seltsam traf seiner Ansicht nach nicht gerade den Nagel auf den Kopf. *Steril* war es gewesen. Und sehr weiß. Von den Buchrücken und Gemälden abgesehen.

„Mir hat die Wohnung ziemlich imponiert“, sagte er. „Diese Weite! Im oberen Stockwerk hab ich mich gefühlt wie Heidi in Frankfurt – nur dass man aus Janssens Loft die Berge wirklich sieht!“

„Klar, dass du auf so was reinfällst!“

„Was heißt hier bitt'schön reinfallen? Kampier' du mal in einem Kellerloch“, sagte er. „Ich steh eben auf Bergpanoramen. Die Alpen – herrlich! Das ist gefühlte Heimat.

Du stammst doch selber aus Salzburg! Und überhaupt: Was spricht denn gegen eine Designer-Küche von Poggenpohl? Hätte ich auch gern. Oder so einen hübschen Granitfindling mit einer Platte aus gehärtetem Glas als Beistelltisch. Das war doch alles – irgendwie durchkomponiert, oder?“

Er sah keinen Grund, seine Begeisterung zu verstecken.

„Und was die Atmosphäre angeht, ist es sicher schlicht und ergreifend so“, fuhr er fort. „Alleinstehender Mann, Mitte fünfzig, jahrelang von seiner Frau umsorgt – so einer geht bestimmt ins nächstbeste Geschäft, wo er früher des Öfteren mit ihr herumhängen musste, oder in irgendeinen Edelschuppen, von dem sie die ganze Zeit geschwärmt hat. Und dann kauft er sich all diese supertollen, edlen Teile. So jedenfalls würde ich das anstellen.“

„Genau, Tino, das kann ich mir bestens vorstellen“, platzte es jetzt aus Adlgasser heraus.

Er ließ sich nicht beirren.

„Wie auch immer. Seltsam ist allenfalls, dass wir nicht ein einziges Schamhaar in der Wohnung gefunden haben. Dabei rede ich nicht mal von fremden, sondern von Janssens eigenen. Wie hat Nöhle es ausgedrückt: es wirkt so, als hätte Janssen gar nicht dort gewohnt.“

„Ich bin mir relativ sicher, dass er ’ne Bedienerin hat. So einer wischt seine zweihundert Quadratmeter doch nicht selber.“

„Darf ich euch zwei Turteltäubchen mal kurz stören?“

Katharina Koller, die Sekretärin der Abteilung, streckte den Kopf herein und fuchtelte mit zwei neongrünen Klemm-Mappen in der Luft herum.

Haffner vollführte auf seinem Drehstuhl mitsamt seinem gut genährten, nicht ganz straffen Bauchansatz eine primadonnenverdächtige Pirouette.

„Immer doch, Kathi!“ rief er und winkte.

„Ich hab euch alles zusammengestellt, was auf die Schnelle über Janssen und sein Umfeld herauszufinden war“, erklärte sie und legte die Mappen auf seinen Tisch.

„Gab es wieder Sonderposten bei den Büroartikeln? Da

wird sich unser Rechnungshof aber freuen!"

Haffner hasste die quietschbunten Mappen, die Kathi regelmäßig bestellte. Diesmal also neongrün. Für beide.

„Ich weiß, dass dir edle Einfalt und stille Größe am liebsten wäre", versetzte sie. „Mir gefällt's. Schwarz-weiß war Gott sei Dank aus." Sie stützte beide Hände auf Haffners Tisch. „Wie Ihr ja schon herausgefunden habt, lebte Janssen von seiner Frau getrennt. Adresse findet Ihr im Dossier. Die beiden haben eine gemeinsame Tochter. Sie ist bei der Mutter gemeldet."

„Beruf? Freunde?"

„Er war der Leiter des *Giordano-Bruno-Instituts.* Liegt gleich um die Ecke in der Neuhauser Straße. Steht aber alles hier drin. Über sein privates Umfeld wissen wir bisher noch nichts."

Haffner schwang den Drehsessel zurück und fing an, in dem Chaos auf seinem Schreibtisch herumzukramen. Schließlich fischte er das klitzekleine Notizbüchlein heraus, das sie in der Gesäßtasche des Toten gefunden hatten, schlug es auf und blätterte eifrig darin hin und her.

„Das kann ja heiter werden."

Er hielt Adlgasser eine Seite unter die Nase.

„Ein ganzes Arsenal an Kürzeln ...", sagte sie.

In der Tat wimmelte es in Janssens Privatalmanach nur so von Abkürzungen.

„Kostprobe gefällig? ES, MG, SW ... Am Wochenende steht da regelmäßig ein J."

„Könnte seine Tochter Julia sein", warf Kathi ein.

Er wanderte mit dem Zeigefinger die letzten Wochen zurück: vor allem an den Wochenenden, die er offenbar ohne die Tochter verbrachte, gab es auch tagsüber Einträge, an den Werktagen hatte er jedoch meist nur für den Abend etwas vermerkt. Auf den ersten Blick erkannte er bei den Akronymen kein Muster.

„Terminlich war er bestens ausgelastet, wie's scheint. Bis vor einem Monat. Danach wird's plötzlich ruhiger."

„Und gestern Abend?"

Adlgasser reckte den Hals vor.

Das war in der Tat das Naheliegendste. Er blätterte wieder

vor, bis er die richtige Stelle gefunden hatte.

„Fehlanzeige."

Wäre auch zu schön gewesen.

Adlgasser kritzelte etwas auf ihre Schreibtischunterlage. Haffner spürte den Ton bis in die Zahnwurzeln. Er kniff die Augen zusammen.

„Vielleicht finden die in der IT-Abteilung ja was auf seinem Laptop. Wie lange meinst du, wird das dauern?"

Auf Janssens imposantem Glasschreibtisch mit Marmorfüssen hatte ein topaktuelles *Macbook* gestanden, das die Spurensicherung eingepackt hatte. Haffner zog die Augenbrauen hoch.

„Hast du vergessen, dass sogar das FBI mit so was Probleme hat?"

Dann wandte er sich wieder an Kathi.

„Eine Sache brennt mir auf den Nägeln. Du sagst: er war Institutsleiter. Wir haben uns schon gefragt, wie Janssen in der Lage war, sich seinen luxuriösen Lebensstil zu leisten. Wenn man bedenkt, dass er getrennt von Weib und Kind logiert. Hat man in einer solchen Situation wirklich das nötige Kleingeld, um in dieser Stadt auf derart großem Fuß zu leben?"

„Das fragst du mich?", fragte sie. „*Ich* könnte es mir nicht leisten. Nicht einmal, wenn ich auf Pump leben würde."

„Eben", sagte er nachdenklich. „Ich auch nicht."

6

Zehn Minuten später stiegen sie in den Dienstwagen. Adlgasser startete den Motor und gab Gas. Aber schon am Odeonsplatz stockte der Verkehr. Haffner biss sich tapfer auf die Zunge und brummte. Als sie gleich darauf schneller als er dachte die Von-der-Tann-Straße entlang- und am Nationalmuseum vorbeiflogen, entspannte er sich.

„Es stimmt schon", sagte er.

„Was meinst du?"

Die Ampel vor ihnen wechselte auf rot, und Adlgasser bremste. Er spürte ihren Blick und drehte sich zu ihr, so dass sich ihre Blicke trafen.

„Dass Raubmord nicht in Frage kommt. Aber ich frage mich, was uns der Täter oder die Täterin sagen möchte. Wenn es wirklich um Wettstreit geht, dann sollten wir auf der Hut sein. Es wäre nicht das erste Mal, dass die Jagd nach dem Mörder zu einem Wettlauf mit der Zeit wird."

Er sah aus dem Fenster. Der Friedensengel zog vorüber. Er war froh, dass die Klimaanlage an war. Die Leute draußen schlichen mehr als sie liefen.

„Wenn wir unserem großen Unbekannten das Gefühl vermitteln, dass er die Strippen in der Hand hält, während wir der ausgelegten Spur folgen, reißt er uns am Ende das Heft aus der Hand."

„Ich weiß nicht", sagte Adlgasser. „Vielleicht schießt er

gerade dann einen kapitalen Bock."

Er dachte nach. Die Ampel wurde grün.

„Nehmen wir mal an, du hast recht. Was will uns der Mörder also mit dem Fundort sagen? Was bedeutet dieses makabre Arrangement? Wir haben nicht viel: Janssen ist laut Polizeiakten ein völlig unbeschriebenes Blatt. Bisher hat sich kein Mensch für ihn interessiert. Oder hast du schon mal was von ihm gehört? Warum stellt ihn jemand an den Pranger?"

„Eins nach dem anderen!", fiel sie ihm ins Wort. „Der Fundort ist doch total originell: Gibt's was Romantischeres? Und der Zeitpunkt ist perfekt gewählt: nach Mitternacht war bei dem Unwetter bestimmt keine Menschenseele mehr unterwegs! Und der Dianatempel spricht für sich."

Er sah sie fragend an.

„Und was verrät dir dieser Tempel?"

„Mensch, Tino! Diana ist 'ne römische Göttin. Der Inbegriff der Reinheit. Keuschheit, verstehst du? Was glaubst du, wie viele Liebespärchen sich da drin zum ersten Mal geküsst haben?! Und am Donnerstag Abend tobt dort die Sambaparty."

„Verstehe ich dich richtig: du denkst an enttäuschte Liebe?"

„Wieso nicht?"

Sie legte den Wagen schnittig in die Kurve, die zur Autobahn Richtung Riem hinaufführte.

„Hast du nicht selber die These aufgestellt, dass Janssen vielleicht Männerbesuche hatte?"

Er nickte wortlos.

„Und was ist mit dem Mord*werkzeug*."

„Die Schlange? Passt zugegebenermaßen eher zu einer Frau."

7

Als Adlgasser den Funkschlüssel betätigte, um den Wagen abzuschließen, sah Haffner aus den Augenwinkeln, dass auf der anderen Straßenseite eine schwere schwarze Limousine startete und langsam um die Ecke bog.

Sie standen mitten in einer idyllischen Siedlungsanlage vor einem Mehrfamilienhaus in der Ilmstraße. Es wirkte frisch renoviert. Er hielt seiner Kollegin das Gartenportal auf. Da schwang die Haustür auf. Ein Basecap wischte an ihnen vorbei und rempelte ihn mit dem Rucksack fast um.

„Morgen!", knurrte er und sandte dem Teenager einen grantigen Blick hinterdrein. Er stöhnte. Selbst im Schatten war es brütend heiß. Er lief zum Eingang weiter, aber die Tür fiel ihm direkt vor der Nase ins Schloss. Also studierte er das halbe Dutzend Namen auf den Klingelschildern.

„Haben wir die richtige Adresse?"

Er war unschlüssig.

„Wieso?"

„Hier gibt's keinen Janssen ..."

„Probier's mal mit Schacht", schlug Adlgasser vor.

Tatsächlich klemmte in einem der Kunststoffdeckelchen ein mit Kugelschreiber bekritzeltes Stück Papier.

„Schon gut", grummelte er und drückte auf den Knopf.

„Hast du was vergessen, Mäuschen?", tönte es aus der Sprechanlage.

Er räusperte sich.

„'tschuldigung. Hier ist Haffner, Kriminalpolizei. Dürften wir –"

Der Türöffner summte.

Sie erklommen die Stiegen in den ersten Stock. Er geriet dabei regelrecht ins Schwitzen. Im Treppenhaus herrschte fast dieselbe Temperatur wie draußen.

Im Türsturz lehnte eine Frau. Sie trug Jeans und ein weißes T-Shirt, darauf eine Giraffe mit Sonnenbrille, die genüsslich an einem Strohhalm zuzelte. Helle Sneakers komplettierten das sportliche Outfit.

„Sie haben Glück! Ich wollte gerade los: meine Schicht fängt gleich an. Hat Julia was ausgefressen? Ich dachte, die ersten drei Stunden fallen aus wegen der Sommergrippe."

„Frau Schacht?", fragte Haffner vorsichtshalber.

Sie nickte.

„War das eben Ihre Tochter?"

Er deutete mit dem Daumen die Treppe hinunter. Verena Schacht nickte.

„Keine Sorge", sagte er. „Wir sind nicht wegen ihr da."

8

Der mit Abstand undankbarste Teil in seinem Job bestand darin, Hinterbliebenen die vermutlich schlimmste Nachricht ihres Lebens zu übermitteln. In all den Dienstjahren war es ihm nicht gelungen, sich daran zu gewöhnen: Jede einzelne Szene hatte sich ihm fest ins Gedächtnis eingebrannt. Die Erinnerung fühlte sich an, als wäre er gefangen, festgefahren in einer Endlosschleife grausamer Déjà-Vus. Wie lang lag wohl sein allererster Besuch dieser Art nun schon zurück? Ihm fiel Bill Murray aus dem Klassiker *Und täglich grüßt das Murmeltier* ein, nur dass bei ihm ein Happy End mit gnadenloser Regelmäßigkeit ausblieb.

Haffner trat über die Schwelle ins Wohnzimmer. Gleißendes Sonnenlicht brach sich auf dem Balkon und blendete ihn. Die Wirkung der Tablette, die ihm die Sanitäter im Hofgarten verabreicht hatten, ließ allmählich nach. Er kniff die Augen zusammen, um sich besser orientieren zu können. Auf den Fenstersimsen standen Töpfe mit farblich aufeinander abgestimmten Orchideen. Dazwischen ein paar Statuetten und zarte Porzellanvasen. Er holte tief Luft. Es roch nach Tee.

„Darf ich fragen, was Sie dann hierherführt?", fragte Verena Schacht.

Laut Dossier war sie vierundvierzig. Sie wirkte jedoch erheblich jünger.

„Möchten Sie etwas trinken? Wasser? Saft? Oder vielleicht

einen Eistee? Ich kann Ihnen auch gern einen Espresso machen."

„Danke, sehr nett, Frau Doktor Janssen", wechselte Haffner bewusst die Anrede.

„Schacht", sagte sie. „Den Doktor können Sie weglassen. Der gehört meinem Ex-Mann – so wie der Janssen."

„Sie sind geschieden?"

Sie wurde rot.

„Nein – nicht ganz", sagte sie und zögerte. „Wir leben seit einem Jahr getrennt."

„Nicht ganz?", hakte Haffner nach.

„Ja. Der Termin ist morgen."

Sie atmete schwer aus.

Haffner fiel es wie Schuppen von den Augen: das V in Janssens Taschenkalender – es meinte offensichtlich sie.

„Wollen wir uns nicht lieber setzen?", sagte er.

Seine Floskel kaschierte mehr schlecht als recht, wie unwohl er sich fühlte, wenn er an die Wende dachte, die das Gespräch jeden Moment nehmen würde.

Verena Schacht deutete mit der Hand auf die Sitzgruppe.

„Möchten Sie mir nicht verraten, weshalb Sie hier sind?", fragte sie und blickte erst ihn, dann Adlgasser an.

„Haben Sie etwas dagegen, wenn sich meine Kollegin kurz in der Wohnung umsieht?", ignorierte er ihre Frage.

Er ließ sich auf dem Sofa nieder und wartete, bis sie auf einem der Sessel ihm gegenüber Platz genommen hatte.

„Ich verstehe zwar nicht, was das soll – aber wenn Sie es für nötig halten ..."

„Wir haben Ihren Mann heute morgen tot aufgefunden", sagte er. „Mein aufrichtiges Beileid!"

Jetzt waren sie raus, die Worte, die er so sehr hasste. Und schlagartig fühlte er sich leichter.

Aus Verena Schachts Gesicht wich hingegen das Blut, ihre Lippen begannen, lautlose Worte zu formen. Sie blinzelte mit den Augen und rang nach Luft, doch ihr Atem schien zu stocken.

„Wie – tot?", fragte sie nach einer Weile.

Ihre Stimme klang auf einmal blechern wie die Ansage auf einem defekten Anrufbeantworter. Sie fuhr sich mit der Hand ans Kinn.

„Wann haben Sie ihn zum letzten Mal gesehen?“, fragte Haffner.

Sie setzte zu einer Antwort an, hielt aber inne, schüttelte den Kopf und blickte ihn stumm an. Er wartete. Doch sie saß plötzlich regungslos da und starrte vor sich hin.

„Vor einer Woche“, sagte sie schließlich.

Doch es klang eher wie ein Frage.

„Bei welcher Gelegenheit?“

Adlgasser war inzwischen hinausgeschlüpft.

„Er hat Julia abgeholt ... Er wollte mit ihr übers Wochenende an den Gardasee. Sonntag Abend hat er sie wie verabredet zurückgebracht.“

„Und es war alles völlig normal?“

Sie seufzte.

„Was heißt schon normal, wenn einen nach fünfzehn Jahren Ehe nur noch die gemeinsame Tochter verbindet? Es ist alles gesagt, man hat sich ausgeliebt.“

Ihre Augen suchten jetzt Kontakt zu ihm. Sie sah hilflos aus. Plötzlich begann sie zu schluchzen.

„Verzeihen Sie! Ich dachte, ich hätte das längst überwunden ...“

Notdürftig wischte sie sich mit dem Handrücken übers Gesicht Sie stand auf und trat an den Esstisch. Dort stand eine Box mit Kosmetiktüchern. Sie zog eines heraus und schnäuzte sich. Als sie sich umwandte, waren ihre Augen von feinen roten Äderchen durchzogen.

„Wie ist es denn passiert?“, fragte sie, als sie sich wieder gefangen hatte.

Haffner stützte beide Hände auf die Knie und wartete, bis sie sich wieder gesetzt hatte. Das Sofa, auf dem er selbst saß, fühlte sich ziemlich gemütlich an. Ein seltsamer Kontrast zur Situation.

„Wir hatten eigentlich gehofft, Sie könnten uns bei den Ermittlungen weiterhelfen.“

„Wieso? War es kein Unfall?“

„Es tut mir leid, das sagen zu müssen, aber – er wurde ermordet.“

Sie zuckte zusammen.

„Hatte Ihr Mann Feinde?“

Ihr Blick wanderte durch die Fensterfront nach draußen. Nach einer Weile flüsterte sie, als spräche sie mit sich selbst:

„Feinde?“

Sie seufzte und fügte etwas lauter hinzu: „Sie kennen den *inner circle* der Geisteswissenschaften nicht, oder?“

Haffner wartete.

„Der Leiter eines Instituts zieht immer Neider an“, fuhr sie fort. „Wie ... verzeihen Sie mir den unappetitlichen Vergleich – wie Pferdemist die Fliegen. Angebot und Nachfrage sind längst völlig aus den Fugen: die paar Pöstchen, die es im ganzen Land oder gar weltweit gibt, sind heiß begehrt und hart umkämpft. Trotzdem: Feinde? Im eigentlichen Sinn? Nein.“

Sie blickte wieder zum Fenster hinaus, wo die Sonne den sonderbaren Kontrast zu ihrer Situation hier drinnen verstärkte.

„Warten Sie!“, sagte sie nachdenklich. „Es gab da einen Zwischenfall an Gernots Uni. Aber das ist Jahre her! An die Details erinnere ich mich nicht. Vieles habe ich vermutlich verdrängt. Gernot war in die Angelegenheit nicht selbst involviert. Aber er hat sie ins Rollen gebracht.“

Ihre Augen suchten wieder Kontakt zu ihm.

„Schon seltsam: früher gab es nichts Wichtigeres in seinem Leben als die Wahrheit ...“

„Früher?“, warf Haffner ein.

Er verstand nicht, was sie meinte.

„Ist nicht so wichtig. Ich habe nur laut nachgedacht.“

„Meinetwegen können Sie gern damit weitermachen.“

Sie schüttelte den Kopf.

„Irgendwann nahm er es mit der Wahrheit einfach nicht mehr so genau.“

Haffner hatte das Gefühl, dass ihm allmählich der Faden entglitt. Also hakte er nach: „Versuchen Sie doch, sich zu erinnern, was genau damals passiert ist."

Sie schnäuzte sich wieder und schien nachzudenken. Schließlich begann sie zu erzählen.

„Über einen seiner Kollegen kursierten damals etliche Gerüchte. Gernot und er hatten anfangs sogar gemeinsam studiert. Mein Mann hielt ihn nie für sonderlich begabt. Das war so ein Typ, der an einem einzigen Tag ein Telefonbuch auswendig lernen kann. So ähnlich hat Gernot es mal formuliert. Trotzdem war dieser Kollege eines Tages Professor für Italianistik, hatte seinen eigenen Lehrstuhl. Hinter vorgehaltener Hand wurde gemunkelt, er hätte was mit einer Studentin angefangen. Und plötzlich beging das arme Ding Selbstmord. Gernot wusste von der Affäre und sorgte dafür, dass sie publik wurde. Es gab einen Untersuchungsausschuss. Aber am Ende wurde alles unter den Teppich gekehrt."

„Hier in München?", fragte Haffner.

Er konnte sich nicht erinnern, davon gehört oder gelesen zu haben.

„So was lässt sich doch nicht geheim halten!"

„Nein, das war noch in Göttingen, vor unserem Umzug", antwortete sie. „Nach den Semesterferien war der Typ plötzlich wie vom Erdboden verschluckt."

„Wie dieser Kollege hieß, wissen Sie nicht zufällig?"

„Doch, doch!", sagte sie leise. „Lempl. Entschuldigung: Professor Lempl. Auf den Titel legte er größten Wert."

„Haben Sie ihn gekannt?", erkundigte er sich weiter.

„Flüchtig. An einer Uni wuseln jeden Tag mehrere tausend Studenten und Hunderte von Dozenten herum."

Haffner nickte.

„Aber die Geschichte muss doch einen Tsunami ausgelöst haben", hakte er noch einmal nach. Er musste an Rudi Stölzl und das Film-Team von *IsarTV* denken. Die hätten sich eine solche Story wohl kaum durch die Lappen gehen lassen.

„Für die Medien ist so was doch ein gefundenes Fressen!"

„So weit ich mich erinnern kann, konzentrierte sich die Klatschpresse damals auf einen Politskandal, der ziemliche Wellen schlug."

Ihm wurde klar, dass er an dieser Stelle im Moment nicht weiterkam. Also wechselte er das Thema.

„Sie haben vorhin erwähnt, dass ihr Mann den Wahrheitsbegriff – na, sagen wir mal: ein bisschen gedehnt hat …“

Sie seufzte und stand auf, drehte sich um und trat an die gekippten Fenster. Eine Zeit lang herrschte fast Totenstille. In der Ferne konnte Haffner das Rauschen der Autobahn hören.

„Ich habe das erst spät – viel zu spät kapiert. Ich nehme an, dass er schon länger irgendwelche Frauengeschichten am Laufen hatte.“

Sie kam wieder zurück und setzte sich. Ihre plötzliche Offenheit ließ Haffner aufhorchen: instinktiv wanderten seine Gedanken zurück zu Adlgassers Analyse des Fundorts.

„Waren Sie eifersüchtig?“, fragte er.

Adlgasser hatte inzwischen den Gang durch die Wohnung beendet. Sie stand in der Tür und schüttelte den Kopf. Offensichtlich hatte sie auf die Schnelle nichts Auffälliges entdeckt. Eingespielt wie sie waren, senkte er nur kurz die Wimpern und konzentrierte sich wieder auf sein Gegenüber.

„Wären Sie es nicht gewesen?“, entgegnete sie. „Als sich die ersten Zweifel in mir regten, war längst nichts mehr zu retten. Er kam spät aus dem Büro, was für sich genommen noch nichts Besonderes wäre: er war ein ausgesprochener Nachtmensch, seit ich ihn kenne. Am Abend sprangen ihn die zündendsten Ideen an, die Stille nach Mitternacht verlieh seinen Gedanken Flügel – auch ohne *Red Bull.* Nicht selten brütete er bis zum Morgengrauen über seiner Arbeit. *Da lenkt mich nichts ab*, meinte er. Wie dem auch sei – irgendwann hing er, wenn er heimkam, eine Ewigkeit im Bad herum, duschte, bevor er – ohne Gutenachtkuss – zu mir unter die Decke kroch. Angeblich aus Rücksicht, weil er mich nicht wecken wollte. Dass ich in Wahrheit stundenlang wachgelegen hatte, ist ihm komplett entgangen.“

„Haben Sie ihn denn nie darauf angesprochen?“

Haffner war ziemlich perplex: so viel Naivität kaufte er ihr nicht ab.

„Vielleicht wollte ich es nicht wahrhaben."

Sie blickte auf und fixierte ihn.

„Nennen Sie es Selbstschutz. Hat nur leider nicht sonderlich gut funktioniert."

Sie zog die Wangen ein und biss die Zähne aufeinander.

„Natürlich habe ich irgendwann nachgebohrt. Er hat sich auf Stoffwechselprobleme rausgeredet. Mag sein, dass das sonderbar klingt, aber ich habe ihm geglaubt. In den letzten Monaten vor unserer Trennung schwitzte er tatsächlich wie ein Wasserfall."

„Ich hätte da noch eine Frage", wechselte Haffner erneut das Thema. „Haben Sie eine Ahnung, wo er sich gestern Abend aufgehalten haben könnte?"

Verena Schacht spitzte die Lippen.

„Bin ich denn die Hüterin meines Ex-Mannes?"

„Wir haben einen Taschenkalender bei ihm gefunden ...", versuchte er es beharrlich.

„Das ist mir neu", sagte sie.

„... der ist ziemlich voll", beendete er seinen Satz. „Allerdings gibt er uns einige Rätsel auf. Wir möchten Sie bitten, ihn sich anzusehen, um –"

Diesmal wartete sie nicht, bis er fertig war. Unwirsch schüttelte sie den Kopf.

„Um eines würde ich Sie ernsthaft bitten, Herr Kommissar: ersparen Sie mir die Schmach, mich mit Gernots Sexzessen zu befassen. Ich habe sie früher lang genug ignoriert. Jetzt, wo er tot ist, würde ich dieses Kapitel gern endgültig zuschlagen!"

„Wir ermitteln hier in einem Mordfall, Frau Schacht. So einfach zuschlagen – das wird nicht funktionieren. Also: Für morgen hat ihr Mann beispielsweise ein großes V notiert. Der Termin ist für zehn Uhr fünfzehn eingetragen."

„Unser Scheidungstermin, ja."

Das war zumindest ein Anfang. Also probierte er es mit zwei weiteren Kürzeln.

„Sagt Ihnen J oder E etwas? Oder MG?"

„J steht wahrscheinlich für Julia, unsere Tochter. Aber E ... Keine Ahnung. MG? Vielleicht einer der Kollegen. Einer heißt

Matthew. Sein Nachname ist mir entfallen."

Haffner nickte. Für den Moment konnte er es dabei bewenden lassen.

„Hat Ihr Mann noch weitere Verwandte?", fragte er.

„Seine Eltern sind auf tragische Weise bei einem Verkehrsunfall ums Leben gekommen, lange, bevor ich ihn kennengelernt habe. Er war ihr einziges Kind. Zu seinen Onkeln und Tanten hatte er keinen Kontakt – die hatten sich noch mit seinen Eltern überworfen."

Er nahm sich vor, Kathi gleich nach seiner Rückkehr darauf anzusetzen, um herauszufinden, ob dem tatsächlich so war. Das würde die Ermittlungen zumindest in dieser Richtung abkürzen. Sicher war sicher.

„Noch etwas. Ihr Mann hatte doch bestimmt ein Handy."

Sie verzog den Mund.

„Gernot mochte den neuesten technischen Schnickschnack. Aber handytauglich war er nie. Es kam ziemlich oft vor, dass er es zu Hause vergaß. Oder er machte es tagelang erst gar nicht an."

Plötzlich beugte sie sich vor und blickte Haffner direkt in die Augen.

„Wo haben Sie ihn eigentlich gefunden?"

„In der Altstadt, mitten im Hofgarten", erklärte Haffner. „Er saß auf einem Stuhl."

Mehr verriet er ihr nicht.

Sie nickte stumm und meinte schließlich: „Vom Institut aus liegt das ja quasi auf dem Heimweg. Wahrscheinlich hat der gute Workaholic wieder mal nicht aus der Arbeit herausgefunden und ist dann vom Büro direkt nach Hause."

„Haben Sie eine Ahnung, wer außer Ihnen seinen Heimweg noch kannte?"

Verena Schacht zog die Schultern hoch und schüttelte wortlos den Kopf.

„Eine allerletzte Frage", versprach Haffner. „Ich muss Sie das fragen: wo waren Sie letzte Nacht?"

Diesmal schüttelte sie erneut den Kopf, schloss aber die Augen und meinte: „Das ist jetzt nicht Ihr Ernst, oder?"

„Antworten Sie einfach auf meine Frage“, insistierte er.

„Hier zu Hause. Ich habe Julias Hausaufgaben kontrolliert, sie hat noch irgendwas mit ihrem Computer gespielt, ich hab gelesen und bin spät ins Bett.“

„Zeugen?“

Sie schnaufte deutlich hörbar.

„Meine Tochter.“

Im selben Moment meldete sich Adlgasser zu Wort und überraschte selbst Haffner: ihre Ohren hätten einem Luchs alle Ehre gemacht.

„Wo wir diesen Professor Lempl finden, wissen Sie nicht zufällig, oder?“

9

Bevor Adlgasser den Motor startete, drückte sie auf den Lautstärkeregler am Display.

Wenn man dran glaubt, dann werden Träume wahr. Ja, alle sagen, dass man die besten Dinge findet, wenn man sie nicht sucht …, tönte es aus den Lautsprechern.

Haffner legte die Stirn in Falten.

„Muss das sein?", brummte er.

Adlgasser kicherte leise und tippte aufs Display.

… upstairs in bed with my ex boy, bekam er als nächstes zu hören. *He's in a place, but I can't get joy, thinking on you in the final throes, this is when my buzzer goes. Run out to meet you, chips an pitta …*

Sie drehte den Schlüssel um, blickte in den Spiegel, setzte den Blinker und setzte den Wagen um die Ecke.

Ihm lief das Wasser im Mund zusammen. Trotzdem meinte er: „Was Instrumentales vielleicht, dann kann ich besser denken."

Adlgasser grinste wieder.

„Ok", schmunzelte sie. „Was für deinen Geschmack."

„… klingt wie ein Totalverbot für Tonalität. Aber hören sie selbst …"

„Und ganz ohne Musik?", schlug er vor, als sie ihm flirrende Geigen mit Basspizzicati und arrhythmischen Percussioneinwürfen auf Bayern 4 präsentierte. Sie machte aus.

„Was sagst du zu unserer Stippvisite?“

„Stinknormale Wohnung. Typische Situation, wenn sich einer von euch Männern aus dem Staub macht.“

„Und ohne persönliche Befindlichkeiten?“

Adlgasser blickte ihn von unten an und schnaubte. Der Strom des dichten Vormittagsverkehrs auf der A94 riss sie mit sich. Die Klimaanlage lief auf Hochtouren. Haffner hob beschwichtigend die Hand.

„Er hat ’ne schicke Suite, sie jobbt in einem Callcenter, um sich und ihre Tochter durchzufüttern. Klingt das nach persönlicher Befindlichkeit?“

„Mich hätte vielmehr interessiert, wie du die Schacht gefunden hast.“

„Ach das. Der Situation angemessen. Du hast ihr immerhin soeben mitgeteilt, dass ihr Ex-Mann nicht mehr lebt. Was erwartest du von ihr?“

„Das meine ich nicht. Mein kleiner Finger juckt. Du weißt, das ist kein gutes Zeichen.“

„Wieso? Was passt ihm nicht?“

Er holte tief Luft. Wenn er das wüsste.

„Sie wirkte sehr gefasst“, sagte er.

„Ist das so schwer zu verstehen? Sie wird einen guten Grund haben, warum sie sich scheiden lassen wollte.“

„Eben. Was für sie ein guter Grund ist, ist zugleich das beste Mordmotiv von der Welt.“

„Nach einem Jahr Trennung? Die Frau ist durch die Hölle gegangen und will ein neues Leben anfangen. Wieso sollte sie ihren Ex gerade jetzt umbringen?“

Haffner zuckte mit den Achseln. Im Moment wusste er selbst keine Antwort darauf, aber sein Finger hatte seine eigene Meinung. Und das stimmte ihn nachdenklich.

10

Der neue Fall war gerade mal ein paar Stunden alt. In den heil'gen Hallen der Löwengrube herrschte entsprechend geschäftiges Treiben: an allen Ecken und Enden wuselten und huschten Kollegen durch die Gänge, tuschelten und tauschten Informationen aus.

„Hoppala!", gellte es den beiden entgegen.

Einer der IT-Spezialisten rempelte Adlgasser seinen Ellenbogen in die Seite, als sie gerade vom Treppenabsatz in den Korridor zum Büro abbogen.

„Entschuldigung klingt anders!", rief sie.

Gerald Brunner sprintete weiter, wirbelte sportlich um die eigene Achse und schob die Hände zwei-, dreimal auf und ab.

„Um zwei ist Pressekonferenz. In einer Viertelstunde ist Briefing mit Fischer", rief er und hetzte atemlos weiter.

„Da geht sie hin, meine heilige Mittagspause", ächzte Tino.

Der rösche Schweinsbraten vor seinem geistigen Auge entschwand in unerreichbare Ferne. Einen Augenblick lang träumte er noch von einem saftigen Döner. Schließlich seufzte er bei der Vorstellung, dass es mit einer labbrigen Leberkässemmel enden könnte.

„Jammerschade", fuhr er fort. „Dabei wollte ich dich so gern zum Essen einladen."

Da kein einziger Muskel auf Adlgassers Wange zuckte, fügte er hinzu: „Zur Feier des Tages hätte ich dir einen echt veganen

Cheeseburger spendiert."

„Hornochse!", gab sie zurück. „Höchste Zeit, dass du endlich mal den Unterschied zwischen vegan und vegetarisch kennenlernst, du steinzeitlicher Karnivore. Wie wär's mit 'nem vegetarischen Schweinshax'n?"

Haffner rollte mit den Augen.

„Wieso seid ihr Vegetarier bloß immer so intolerant?", fragte er und seufzte theatralisch.

„Weil wir es so oft mit ignoranten militanten Tierquälern zu tun haben?"

Er schüttelte den Kopf und drückte die Türklinke zum Briefingraum.

Wie es schien, waren sie die letzten. Der Rest des Teams wartete bereits ungeduldig. Drei riesige Ventilatoren surrten und kämpften gegen die Saunaluft im Raum.

In der ersten Reihe saß Staatsanwalt Fischer in seinem dunklen Maßanzug mit dezenter Krawatte. Ein blütenweißes Hemd spannte sich über seinen ziemlich ansehnlichen Bauch. An den Füßen trug er ebenholzfarbene Lacklederschuhe, auf seiner Nase klemmte eine fassungslose johannisbeerfarbene Brille. Da sein Haupthaar schon reichlich dezimiert war, war sie der eigentliche Blickfang.

Wie selbstverständlich ging Haffner davon aus, dass Doktor Fischer die einleitenden Worte sprechen wollte, und steuerte auf einen der freien Plätze in vorderster Front zu, um ihm das Feld zu überlassen. Doch Fischer nickte und deutete stumm nach vorn. Also eilte er unverzüglich ans Pult und begrüßte die versammelte Mannschaft.

„Im Moment haben wir noch sehr wenig", fuhr er fort. „Die Identität des Mordopfers ist geklärt. Kollegin Adlgasser und ich kommen gerade von Janssens Ehefrau."

Er schilderte kurz die Situation im Hofgarten und zeigte mit dem Beamer ein paar Fotos, auf denen das mysteriöse Arrangement des Toten zu sehen war.

„Uns fällt natürlich auf, dass der Verdacht absichtlich Richtung Satanismus gelenkt wird. Wir sollten abklären, ob das stichhaltig ist. Ob Fund- und Tatort identisch sind, ist ebenfalls noch offen. Einen Raubmord können wir vorerst ausschließen: Janssen wurde nach unseren ersten Erkenntnissen nichts entwendet. Wir haben erste Hinweise auf einen Verdächtigen. Janssens Tagesablauf vor der Ermordung können wir bisher nicht rekonstruieren. Er hatte einen Kalender voller Kürzel bei sich. Wir sind dabei, sie zu dekodieren. Verena Schacht, die Ehefrau von Janssen, war uns dabei leider keine große Hilfe. Sie hat lediglich ausgesagt, dass sie nicht weiß, wo er sich gestern Abend aufhielt. Wir gehen fest davon aus, dass er ein Handy besaß. Es ist der einzige Gegenstand, der verschwunden ist. Hier bleibt uns also nur der Weg über eine richterliche Verfügung, um an die Daten zu gelangen."

Bei diesen Worten fixierte er Doktor Fischer. Der saß nahezu regungslos da und faltete gemächlich die Hände über dem Bauch.

„Dasselbe gilt für Janssens Kontobewegungen", sprach Haffner weiter. „Vielleicht erfahren wir so, wo er gestern Abend war. Kollegin Adlgasser und ich werden nach der Pressekonferenz Janssens Institut aufsuchen, um sein berufliches Umfeld zu durchleuchten."

Er kniff kurz die Augen zu und fasste sich an die Nase. Das Sonnenlicht kitzelte ihn.

„Wie sieht es mit dem Rechner aus?", fragte er in die Runde.

Gerald Brunner stand auf und trocknete sich mit einem Taschentuch die Stirn.

„Das kann dauern. Die Systempartition ist mit *filevault* verschlüsselt."

Haffner nickte enttäuscht und presste die Lippen zusammen.

„Verstehe. Je eher, desto besser."

Er versuchte den verlorenen Faden wieder zu finden.

„Obwohl Janssens Frau ausgesagt hat, dass ihr Mann regelmäßig fremdgegangen ist, haben wir in seiner Wohnung nicht den leisesten Hinweis auf Frauenbesuche gefunden – die Wohnung war pikobello sauber. Wir haben die Vermutung, dass Janssen eine Putzfrau hatte. Seine Tochter war vermutlich die einzige Person, die ihn mehr oder weniger regelmäßig in der Wohnung besucht hat. Darauf deuten zumindest Angaben der Nachbarn hin. Wie vorhin schon erwähnt, wissen wir nicht, ob Janssen am Fundort ermordet wurde oder ob man ihn erst danach dorthin transportiert hat."

Haffner blickte auffordernd in den Saal. Die Ventilatoren summten unermüdlich. Einer der Anwesenden in der dritten Reihe stand auf.

„Vielleicht sollten wir die Bevölkerung einbeziehen", schlug er vor.

Eckhard Nöhle saß daneben und blickte an seinem Nachbarn hoch.

„Kann mir kaum vorstellen, dass das viel bringen wird. Nach dem Fußballspiel war in der Stadt zumindest bis Mitternacht mächtig was los – was sollte da auffällig gewesen sein?"

„Wenn der Mord in der Nähe passiert ist, besteht doch zumindest die Möglichkeit, dass jemand etwas beobachtet hat", entgegnete Haffner. „Und falls Fund- und Tatort nicht identisch sind, dann umso eher! Da stellt sich zudem die Frage: haben wir es eventuell mit mehr als einer Person zu tun? Kann einer allein einen Mann von Janssens Statur durch die Gegend schleppen, ohne aufzufallen?"

Im Saal machte sich beifälliges Murmeln breit und Haffner trat ans Fenster in der Hoffnung, wenigstens einen kleinen frischen Luftzug abzukriegen. Die Luft stand wie eine Mauer im Saal. Und seine Zunge klebte allmählich am Gaumen. Er sehnte sich nach einem Glas Wasser.

Eine Kollegin hob zaghaft die Hand.

„Ja?", krächzte er.

„Und wenn jemand ein Lastenrad benutzt hat?"

„Davon gibt's hunderte in München", wandte Nöhle ein. „Schaut da noch jemand hin? Genau das habe ich gemeint: selbst wenn jemand Janssen durch die Gegend bugsiert hat – der ging an dem Abend doch locker als Alkoholleiche durch!"

Diesmal brach der Saal in Gelächter aus. Aber Nöhle hatte völlig recht: wie um alles in der Welt sollte man in der

Dunkelheit eine echte von einer Alkoholleiche unterscheiden?
„Vielleicht haben die Kameras um die Staatskanzlei was aufgezeichnet“, warf Adlgasser ein.

11

Staatsanwalt Fischer hatte das Team in die Mittagspause entlassen. Mit ihm und dem Chefprofiler saß Haffner jetzt hinter einer Tischreihe, die sie vor den Journalisten und Kameraleuten schützte, deren Objektive ihnen entgegenstarrten.

Kurz vor zwei platzte der Pressesaal des Präsidiums buchstäblich aus allen Nähten: nicht nur die Lokalpresse war anwesend, auch die staatlichen Sender hatten Abordnungen geschickt.

„Wir durften heute Morgen ja bereits Zeugen eines sagenhaften Auftritts von Kommissar Haffner werden", legte Rudi Stölzl von *IsarTV* los, kaum dass Doktor Fischer die informationsgierigen Journalisten begrüßt hatte.

Tatsächlich hatte Haffner Stölzls Kameramann bei seiner Ankunft am Hofgarten beinahe über den Haufen gefahren, weil ihm das Bremsseil gerissen war. Jetzt spürte er die Blicke aller wie Nadelstiche auf sich.

„Bisher hat man uns in diesem brisanten Fall mit Belanglosigkeiten abgespeist. Kommissar Haffner ist zwar allgemein dafür bekannt, die Medien stiefmütterlich zu behandeln – aber wie wäre es in diesem Fall mit einer Entschuldigung?"

Stölzl verstummte. In der Luft knisterte es. Plötzlich zerriss ein ohrenbetäubendes Pfeifen die Stille im Raum. Doktor Fischer zuckte zusammen. Die Journalisten hielten sich die

Ohren zu.

„Tut mir leid!“, rief Haffner ins Mikrofon.

Stölzl nickte zufrieden und begann zu grinsen.

„Unser Techniker hat das Problem sicher sofort im Griff.“

In der Tat hatte dieser die Übersteuerung der Lautsprecheranlage geistesgegenwärtig ausgeglichen, so dass Haffner bereits wieder ungehindert weitersprechen konnte.

„Natürlich hat Herr Stölzl Recht“, fuhr er fort. „Ich bitte vielmals um Entschuldigung! Es tut mir schrecklich leid, dass ich Ihnen heute Morgen nicht gleich mitgeteilt habe, dass wir einen Toten gefunden haben …“

Im Saal brach eine Lachsalve los.

„… aber ich musste zufällig die Ermittlungen in diesem Fall aufnehmen“, setzte er hinzu.

Stölzl kratzte sich hinterm Ohr und tauchte unauffällig ab.

„Vielleicht können wir jetzt auf den Punkt kommen.“

Staatsanwalt Fischer griff sich ans Revers, beugte sich vor und sagte: „Wenn Sie so freundlich wären und Ihre Fragen stellen!“

„Können Sie uns etwas zur Identität des Opfers sagen?“, begann die Korrespondentin des Bayerischen Rundfunks.

„Ein Zeuge hat heute Morgen die Polizei gerufen. Wir haben daraufhin im Rondell des Dianatempels einen männlichen Leichnam gefunden. Es handelt sich dabei um Doktor Gernot Janssen, den Leiter eines wissenschaftlichen Instituts in München.“

„Hat die Tätigkeit des Toten etwas mit seinem Tod zu tun?“

„Dazu können wir im Moment noch nichts sagen“, antwortete Haffner.

„Gibt es denn schon Erkenntnisse zum Tatmotiv?“, meldete sich die *Abendzeitung* zu Wort.

„Wir gehen ersten Hinweisen nach. Aber mehr als Spekulationen …“

Er vollendete seinen Satz nicht.

„Was können Sie uns zum Tathergang oder zur Tatwaffe sagen?“, fragte jemand aus den hinteren Reihen.

„Es ist eine auffällig unblutige Tat. Aber mehr kann ich

Ihnen leider nicht verraten“, entschuldigte er sich.

Eine weitere Frage betraf den möglichen Kreis der Verdächtigen. Auch hier musste Haffner passen.

„Die Bevölkerung ist ziemlich aufgewühlt: ein Toter im Herzen von München – da fragt man sich, ob wir überhaupt noch sicher sind“, wandte eine Journalistin ein, die keinen Platz mehr gefunden hatte und an der Wand lehnte.

„Wie Sie alle wissen“, erscholl plötzlich die blecherne Stimme des Polizeipsychologen.

Doktor Herbert Üblacker räusperte sich ins Mikrofon.

„Wie Sie alle wissen, stehen wir ganz am Anfang. Details über die Ermittlungen können wir leider nicht herausgeben, ohne diese zu gefährden. Ich darf Sie um ein wenig Geduld bitten, kann Sie und Ihre Zuschauer und Leser aber völlig beruhigen: Wir haben die Lage fest im Griff! Glauben Sie mir: für die Öffentlichkeit besteht absolut keine Gefahr! Ich habe bereits ein Täterprofil erstellt – es ist nur eine Frage der Zeit, bis wir Ihnen den Täter präsentieren können.“

Haffner lief ein gewaltiger Schauder über den Rücken. Wenn es schon ein Täterprofil gab – wieso wusste er nichts davon? Und warum hielt er es nicht längst in Händen?

Ein paar Sekunden lang herrschte tiefstes Schweigen. Also beugte sich Staatsanwalt Fischer vor.

Da sprang plötzlich Rudi Stölzl wieder auf und schnippte wie verrückt mit dem Finger.

„Ja?“, sagte Fischer und sank in sich zusammen.

„Sind eigentlich alle über unsere Recherchen zu Doktor Janssen informiert?“

Die Anwesenden reckten und streckten die Hälse. Haffner runzelte die Stirn. Was zum Teufel hatte Stölzl vor?

„Wie äußern sie sich zu der These, dass der Tod von Doktor Janssen in Zusammenhang steht mit Dokumenten, die gewisse Kreise im und um den Vatikan ziemlich nervös machen?“

Die Journalisten blickten einander überrascht an. Wie auf Knopfdruck fingen alle an, wild durcheinander zu schreien.

„Ruhe! Ruhe bitte!“, rief Fischer ins Mikrofon. „Haben Sie irgendwelche Beweise für Ihre … für Ihre Behauptung?“, rief er erneut in den Saal, in dem es plötzlich zuging wie in einem Stall voll aufgescheuchter Hühner.

Haffner sah, wie Stölzl die Brust schwoll und er um einige Zentimeter zu wachsen schien.

„Schauen Sie sich unser Video an!“, rief er seinerseits und grinste angriffslustig. „Wenn Sie dann noch Zweifel haben …!“

12

Die nächste Überraschung erwartete Haffner, als er das Büro betrat.

„Nichts“, sagte Kathi.

Er blickte sie fragend an.

„Die Kameras an der Staatskanzlei“, erklärte sie. „Komplette Fehlanzeige.“

„Und die positive Nachricht?“, fragte er.

Kathi schüttelte den Kopf und verschwand durch die Tür ins Nebenzimmer.

„Wie war’s?“, fragte Adlgasser.

Wortlos verdrehte er die Augen und ließ sich in den Sessel plumpsen. Nicht nur, dass er seinen Tagtraum von einem gemütlichen Schweinsbraten beim Klosterwirt um die Ecke begraben durfte. In der Kantine hatte es noch eine frugale Bierschinkensemmel mit einem Essiggürkchen gegeben, das man mit der Lupe suchen musste. Er spürte, wie er allmählich in Unterzucker fiel. Kalte Schweißperlen traten auf seine Stirn.

Er setzte gerade zu einer Antwort an, als die Tür aufflog. Staatsanwalt Fischer stürzte herein und schmiss sie mit Schwung ins Schloss.

„Sind wir hier im Kasperltheater?“, rief er.

Sein Kopf war puterrot angelaufen, die Schlagader über dem Hemdkragen bis zum Bersten geschwollen.

„Wieso muss ich von diesem … von diesem Pressefuzzi

erfahren, was Sie mir berichten sollten?", brüllte er und warf sich mit beiden Händen auf Haffners Schreibtisch. Dabei beugte er sich so weit vor, dass Haffner seinen dampfenden Atem im Gesicht spürte.

„Die reißen uns den Arsch auf!"

Er runzelte die Stirn und schüttelte erbost den Arm.

„Haben Sie sich das Video angesehen? Ich rette Ihnen heute zum letzten Mal den Arsch, auf dem Sie sitzen!"

Haffner lehnte sich nach hinten und verschränkte die Arme. Fischers ungesunder Teint wechselte ins Violette. Er sah jetzt aus wie ein nervöser Tintenfisch. Haffner warf Adlgasser einen besorgten Blick zu. Sie breitete die Arme aus und presste die Lippen zusammen.

Es klopfte. Der Chefprofiler steckte den Kopf zur Tür herein.

„Haben Sie toll gemacht, Üblacker!", sagte Doktor Fischer und wechselte mit dem Tonfall die Gesichtsfarbe: das Violett wich allmählich wieder dem üblichen Schweinchenrosa, als der Polizeipsychologe eintrat.

„Bin gespannt auf Ihr Profil."

„Bringe ich Ihnen nachher persönlich vorbei", flötete Üblacker.

Haffner ließ die Pupillen tanzen. Adlgasser grinste.

„Schicken Sie's mir einfach per Mail."

Der Chef war wieder die Ruhe selbst. Wie ein Vulkan, dessen Kegel in die Luft gesprengt wurde.

„Ja – dann gehen Sie jetzt am besten wieder frisch, fromm, fröhlich, frei ans Werk, würde ich sagen."

Er wandte sich zur Tür. Doch bevor er draußen war, drehte er sich noch einmal um.

„Ich gebe Ihnen achtundvierzig Stunden. Danach ist meine Geduld zu Ende. Haben wir uns?"

Dann wischte er hinaus. Üblacker wollte hinterher.

„Haben wir nicht was vergessen?", fragte Haffner.

„Kommt per Mail", sagte Üblacker und streckte den Zeigefinger hoch.

„Darf ruhig persönlich sein, Herr Kollege", rief Haffner

ihm nach.

„Was war das jetzt?“, erkundigte sich Adlgasser, als sie wieder allein im Büro saßen, und schüttelte den Kopf.

„Frag nicht.“

Haffner schloss die Augen und holte ganz, ganz tief Luft.

13

„Wenigstens ist er wieder der Alte", sagte Adlgasser und lachte.

Haffner hing wie ein Häufchen Elend in seinem Bürosessel. Er wuchtete sich hoch, füllte ein Glas mit Wasser, trank es in einem Zug aus und sank wieder zurück.

„Kannst du dir eigentlich ansatzweise vorstellen, wie das ist?"

Sie nickte. Er erwartete ein tröstendes Wort, sah sich aber bitter getäuscht.

„Ein ganzer Tag ohne Schweinsbraten. Das kann nicht gut gehen", klagte er.

„Betrachte das Ganze doch mal aus einer anderen Perspektive: dank deiner ausgefallenen Mittagspause darf sich ein Spanferkelchen mehr unter der Sonne im Schlamm suhlen. Macht dich das nicht glücklich?"

„Moralische Unterstützung habe ich mir anders vorgestellt", grummelte er.

Dann fuhr er den Rechner hoch und begann, mit zehn Fingern auf die Tastatur einzutippen.

„Wonach suchst du?"

„Ich versuche mir ein Bild davon zu machen, was uns den Rest des Tages versüßen wird", gab er versonnen zurück.

Seine Pupillen wanderten auf dem Bildschirm hin und her. Von Zeit zu Zeit klickte er mit seiner Maus irgendwo drauf.

„Kostprobe gefällig?", fragte er nach einer Weile.

Sie hob den Kopf und breitete die Arme aus.

„Am Donnerstagmorgen wurde auf dem Campo di Fiore jener verbrecherische Dominikanerbruder aus Nola lebendig verbrannt, von dem wir in einem der letzten Blätter berichtet haben: ein sehr hartnäckiger Ketzer, der nach seiner Laune verschiedene Dogmen gegen unseren Glauben ersonnen hatte, und zwar insbesondere gegen die Heilige Jungfrau und die Heiligen. Dieser Bösewicht wollte in seiner Verstocktheit dafür sterben, und er sagte, er sterbe als Märtyrer und sterbe gern, und seine Seele werde aus den Flammen zum Paradies emporschweben. Aber jetzt wird er ja erfahren haben, ob er die Wahrheit gesagt hat!“, las er vor und sah erwartungsvoll über den Schreibtisch zu ihr hinüber.

„Wo hast du das her?“

„Das steht auf der Homepage von Janssens Institut. Sagt dir der Name Giordano Bruno was?“

Adlgasser blickte ihn verärgert an. Was für eine Frage für die geborene Humanistin! Sie stand auf und trat hinter ihn.

„Na – das nenne ich mal eine Website!“, sagte sie.

Haffner klickte auf die Rubrik *Sponsoring und Finanzierung*.

„Bei denen scheint das Geld auf der Straße zu liegen“, kommentierte er, was sie da zu lesen bekamen.

„Ich lass dich mal kurz allein, mein Sammler und Jäger.“

Sie klopfte ihm aufmunternd auf die Schulter und huschte hinaus. Währenddessen fuhr er mit der Maus über die Menüpunkte und blieb bei den Institutsmitarbeitern hängen.

„Da ist er ja“, murmelte er.

Er rief eine der Unterseiten auf. Doch außer Name und Mailkontakt fand sich nichts über Professor Lempl. Haffner öffnete ein zweites Fenster und probierte es mit *Google*. Aber Lempl schien im *World Wide Web* nicht zu existieren: kein einziges Bild, nur ein paar Publikationen und Vorträge, deren Titel ihm nichts verrieten.

Adlgasser ließ auf sich warten. Haffner sah auf die Uhr: Wenn sie im Institut noch jemand antreffen wollten, mussten sie langsam los.

Er dachte nach. Ungeduldig tippte er schließlich Giordanos Namen ins Suchfeld ein. Über 68 Millionen Einträge. Aber nichts, was ihm weiterhalf. Weine, Zigarren und Übersetzungsvorschläge. Konnte man den Namen übersetzen? Er versuchte es mit Vor- und Nachnamen. Das reduzierte die Treffer immerhin auf 24 Millionen. Er scrollte wieder nach unten. Am Ende kehrte er zum ersten Treffer zurück und überflog den *Wikipedia*-Eintrag.

Von Adlgasser noch immer keine Spur. Er rutschte auf seinem Sessel hin und her, holte sich ein weiteres Glas Wasser und sah zum Fenster hinaus.

„Könntest du kurz in Janssens Institut anrufen, ob noch jemand da ist?", rief er zu Kathi hinüber.

„Mache ich."

Er sinnierte eine Weile vor sich hin. Schon nach einer halben Minute stand Kathi in der Tür.

„Geht keiner ran. Müsst Ihr wohl selber rausfinden."

Er nickte, wandte sich wieder dem Computer zu und klickte sich durch eine Unmenge an Links über *Inquisition*, *Scheiterhaufen* und *Hinrichtung*. Was ihn da erwartete, war ein Sammelsurium an Grässlichkeiten: grausam gepfählte Leiber aus dem Mittelalter, drakonisch hingerichtete Ganoven, an Nazigalgen baumelnde Juden, IS-Kämpfer, die ihren Opfern die Köpfe abschnitten. Ihm wurde schlecht. Tausend Jahre Menschheitsgeschichte und keine Spur von zivilisatorischem Fortschritt?

Er schüttelte den Kopf, als könnte er damit die Bilderflut loswerden. Es half nicht. Auch Adlgasser blieb verschollen. Schließlich kam ihm eine Idee.

14

„Schau dir das an!“, sagte Adlgasser, als sie endlich zurück war, und deutete auf seinen Bildschirm.

„Sie waren kürzlich zu Forschungszwecken in Rom und Paris. Verraten Sie uns, was Sie gefunden haben?“

Rudi Stölzl stand mit Gernot Janssen vor dem barocken Portal der Michaelskirche und hielt ihm ein Mikrofon vors Gesicht.

„Das war der beste Forschungsaufenthalt in meinem ganzen Leben“, antwortete Janssen und strahlte in die Kamera. *„Seit Jahren geben wir an unserem Institut die Werke von Giordano Bruno heraus und kommentieren und übersetzen sie.“*

„Aber jetzt haben Sie den Fund Ihres Lebens gemacht“, fiel Stölzl ihm ins Wort.

Janssen nickte.

„Diese Entdeckung wird die Welt aus den Angeln heben!“, rief er begeistert.

„Glauben Sie nicht, dass der Vatikan versuchen wird, die Publikation zu verhindern? Die Macht dieser Institution ist selbst in unserer Zeit ungebrochen“, versuchte Rudi Stölzl seinen Interviewpartner in die richtige Richtung zu treiben.

Janssen lächelte mitleidig.

„Dafür ist es definitiv zu spät. Vor zweihundert Jahren wäre es der Kirche vielleicht gelungen, so etwas unter den Teppich zu kehren. Aber

heute nicht mehr! Mein Fund zum größten Ketzerprozess aller Zeiten wird die katholische Kirche in einer Art erschüttern, wie wir es nie erlebt haben. Das wird ein Beben von der Stärke 10 auf der Richterskala!"

Das Bild fror ein.

„Ist das alles?", fragte Adlgasser.

„In der Mediathek schon, aber Stölzl hat vor zwei Wochen auf der Homepage des Senders gepostet, dass die Auflösung des Rätsels morgen erfolgen sollte. Nur – jetzt lebt Janssen nicht mehr", sagte Haffner.

Die beiden blickten einander vielsagend an.

„Auf geht's!", fügte er hinzu und rieb sich die Hände. „Statten wir ihnen mal einen Besuch ab."

15

Zwei Minuten später waren sie der Löwengrube entflohen und schlichen durch die flimmernde Hitze der Münchner Innenstadt. Sie ignorierten das *Cherubino*, Haffners Lieblingscafé an der Ecke zur Neuhauser Straße, und eilten an einer Menschentraube vorüber. Ein Akkordeonspieler tanzte mit seinen Fingern flink über die Tasten. Ritardando – dann Applaus.

„Verstehst du jetzt, warum ich *Toccata und Fuge in d-Moll* nicht mehr hören kann?", fragte er. „An zweihundert von zweihundertfünfzig Arbeitstagen im Jahr nudeln sie immer wieder dieselben Melodien rauf und runter. Da wirst du doch verrückt!"

Sie kicherte. Haffner war alles andere als zum Lachen zumute. Er liebte diese Musik. Aber auf einer richtigen Orgel und im passenden Ambiente.

Der Weg war Gott sei Dank kurz. Sie überquerten die Straße und standen auch schon vor dem Gebäude, in dem das *Giordano-Bruno-Institut* seinen Sitz hatte. Direkt daneben lag der Beate-Uhse-Laden mit etwas für jeden Geschmack, und ein paar Stockwerke darüber hechelten die Schönen und Reichen und die es werden wollten ihren 90-60-90-Maßen hinterher. Dabei durfte ganz München zusehen. Warum sonst standen die Fitnessgeräte direkt an der Fensterfront, so dass man beim Anblick der strammen Waden und Pobacken schier vor Neid platzen musste?

Haffner und Adlgasser traten über die Schwelle. Hinter der Eingangstür des Allerheiligsten herrschte gähnende Leere, keine Menschenseele war unterwegs. Den Türöffner schien eine Geisterhand betätigt zu haben.

Dank der LED-Leuchten herrschte in dem weiten Korridor angenehme Taghelle. Gleich dem Eingang gegenüber lag das Sekretariat. An der Tür klebte ein Notizzettelchen.

„Bin auf der Post. Bin in 30 Min. zurück. Irmgard Bauer", stand darauf.

Er klopfte vorsichtshalber. Kein Mucks. Sie gingen weiter. Das nächste Büro gehörte Janssen. Haffner klopfte noch einmal. Wie zu erwarten – nichts. Er versuchte, die Klinke mit dem Ellbogen nach unten zu drücken. Die Tür war verschlossen.

Am Ende des Korridors stand eine Bronzebüste von Giordano auf einem Sockel, davor eine Vitrine, die Wände zierten schwungvoll gemalte italienische und lateinische Zitate.

Neben der nächsten Tür las Haffner auf dem eingravierten Schild *Dr. Nicoletta Galli*. Auch hier war keiner.

„Sind die denn alle schon ausgeflogen?", wunderte er sich.

Er ging zum nächsten Büro. Adlgasser zeigte auf das Namensschild. Haffner nickte und klopfte erneut. Zum vierten Mal ohne Erfolg.

„Vielleicht probieren wir's mal da drin", schlug Adlgasser vor und wies mit dem Kopf zur anderen Seite des Korridors.

Dort stand über den beiden Flügeln einer Doppeltür aus Milchglas in riesigen Lettern *MEDIENRAUM*. Unschlüssig blickte er Adlgasser an.

„Einen Versuch ist's wert", meinte sie.

Also lief Haffner hinüber. Im selben Moment glitten die beiden Glastüren auseinander.

16

Vor ihm lag ein strahlend heller Raum. In der Mitte erblickte er einen langen Konferenztisch, vor den Regalwänden links und rechts standen bequeme Polstersitzgruppen. Vor den pyramidalen 27-Zoll-Bildschirmen auf den ergonomisch perfekten Schreibtischen entlang der Fensterfront saß niemand. Nur auf der linken Seite des Besprechungstisches diskutierten drei Personen lebhaft.

Als er mit Adlgasser eintrat, verstummten sie. Eine von ihnen blickte auf. Haffner zuckte zusammen: der Mann sah aus wie ein zweiter Karl Valentin! Auf seiner knolligen Nase klemmte eine altmodische, dickgeränderte Brille, ein Paar antiquierter mumienbrauner Cordhosen verhüllte zwei dürre Beine. Dazu trug er abgewetzte Gesundheitsschuhe. Und trotz der draußen herrschenden Sommerhitze hatte er sich ein Sakko über die Schultern gelegt. Darunter spitzte ein rot-weißkariertes Hemd hervor. Er erhob sich und fing die beiden ab.

„Kann ich Ihnen behilflich sein?", fragte er unruhig und blieb zwei Schritte vor Haffner stehen.

Haffner hielt den Atem an. Der Mann dünstete eine unglaubliche Nikotinwolke aus.

„Herr Lempl?", fragte Haffner zurück.

„Und wer möchte das wissen?"

Skeptisch maß der Wissenschaftler die beiden Eindringlinge.

„Kriminalhauptkommissar Haffner“, stellte er sich vor. „Das ist meine Kollegin Adlgasser. Schön, dass wir Sie gleich persönlich antreffen!“

Lempl bat die zwei auf den Korridor hinaus. Dort angelangt, blieb er stehen und sprach:

„Professor Lempl – wenn es recht ist! Dass ich nicht mehr im Universitätsdienst bin, bedeutet nicht, dass ich auf meinen Titel verzichtet hätte. So viel Zeit darf ruhig sein!“

Über sein aschgraues Antlitz huschte ein Schatten, er verzog seine schmalen, fast blutleeren Lippen und formte ein sonderbares Lächeln.

„Und was führt Sie nun zu uns?“, fragte er näselnd und zog sein Nasensekret hoch.

Seine ursprüngliche Nervosität schien verflogen.

„Können Sie uns vielleicht verraten, wo wir Ihren Institutsleiter finden?“

Haffner blickte ihm scharf in die Augen. Professor Lempl parierte den Blick, ohne mit der Wimper zu zucken.

„Sie meinen Janssen?“

„Ja, *Doktor* Janssen. Oder haben Sie mehrere Direktoren?“, parodierte Adlgasser ihn.

Lempl schien die Spitze überhört zu haben. Er sah auf die Uhr.

„Um diese Zeit müsste er in seinem Büro sein.“

Er durchmaß den Gang mit unerwartet forschen Schritten, pochte energisch gegen die Tür und horchte in die Stille hinein. Da eine Reaktion ausblieb, streckte Lempl die Hand aus, um sie zu öffnen.

„Finger weg!“, rief Haffner. „Die Tür ist verschlossen.“

„Ah!“, machte Lempl überrascht.

„Sie haben nicht mitbekommen, dass Ihr Chef heute nicht zur Arbeit erschienen ist?“

„Bin ich denn der Hüter meines Dienstherrn?“, fragte Lempl verschnupft.

Haffner hatte das Gefühl, ein Déjà-Vu zu erleben.

Lempl neigte den Kopf zur Seite, verengte die Augen zu einem Schlitz und musterte die beiden Kommissare scharf.

„Worum geht es eigentlich? Wegen Falschparkens sind Sie doch sicher nicht hier."

„Was halten Sie davon, wenn wir uns kurz in Ihrem Büro unterhalten?", versetzte Haffner und streckte den Arm Richtung Büro aus.

17

Er zog die Tür hinter sich zu und blickte sich in dem geräumigen Büro um. Links und rechts standen wieder Regale voller Bücher, auf dem Schreibtisch hatte Lempl einige davon ausgebreitet. Mehrere Zettel mit handschriftlichen Notizen lagen vor dem Computerbildschirm herum.

„Den Göttern sei's gedankt, dass wir kein staatliches Projekt sind", sagte er, angelte sich ein Päckchen Zigaretten aus der Schublade und steckte sich erst einmal eine an.

„Ich bin heute Vormittag für meine Verhältnisse recht spät gekommen", erklärte er und blies Haffner eine Wolke ins Gesicht.

Er versuchte, sich Lempl als rauen Cowboy vorzustellen, der auf seinem Klepper in die untergehende Abendsonne reitet.

„Das beantwortet unsere Frage nicht", warf Adlgasser ein. „Haben Sie wirklich nicht mitbekommen, dass Janssen fehlt?"

Lempl schloss die Augen und kniff die Lippen fest zusammen. Dann erklärte er trocken: „Wir gehen uns ganz gern aus dem Weg."

„Hat er Ihnen von seinem Sensationsfund berichtet?"

Langsam drehte er sich zu Haffner um.

„Was für ein Sensationsfund? Bei Janssen ist immer alles sensationell. Fulminant, feudal, fantastisch. Selbst wenn in China ein Fahrrad umfällt, ist das vermutlich fantastisch."

Die beiden Kommissare sahen sich verdutzt an.

„Sie wissen also nichts davon?“, hakte Haffner nach.

Lempl blies ihm eine frische Brise ins Gesicht und zuckte mit den Achseln.

„Hat er Giordanos Asche gefunden?“, fragte er spöttisch. „Das würde mich jedenfalls nicht wundern.“

„Wann sind Sie denn zur Arbeit erschienen?“, wechselte Haffner das Thema.

Lempl sah auf seine Armbanduhr.

„Gegen elf, denke ich.“

„Und was haben Sie dann unternommen?“

Lempl musterte Haffner neugierig. Es schien, als versuchte er zu erraten, worauf er hinauswollte.

„Gearbeitet. Erst hier im Büro, später bin ich in den Medienraum hinüber. Dort haben Sie mich ja angetroffen.“

„Und was haben Sie gestern Abend zwischen zehn und zwei Uhr nachts gemacht?“, fragte Adlgasser.

Er sah sie überrascht an.

„Da muss ich ein wenig nachdenken“, sagte er bedächtig und zog wieder an seiner Zigarette.

Sie war etwa zur Hälfte geraucht, aber er drückte sie in dem Aschenbecher aus, der vor ihm stand, griff nach dem Päckchen und zog eine neue heraus.

„Um fünf Uhr dreißig klingelte der Wecker wie jeden Morgen, Morgentoilette, Butterbrote schmieren, Kaffee aufbrühen …“

Hörte Lempl eigentlich zu? Haffner spürte ein flaues Gefühl in der Magengegend. Filterkaffee und Butterbrote. Dazu wahrscheinlich ein Dutzend Marlboro. Wie gut, dass seine Mittagspause ausgefallen war!

„Zähne putzen, Schuhe anziehen, Wohnungstür abschließen …“ Er hielt inne. „Nein, halt: Schuhe anziehen, Sakko überstreifen, dann Wohnungstür abgeschlossen. Genau in dieser Reihenfolge.“

„Genauer geht’s nicht?“, unterbrach ihn Haffner.

„Doch, doch, natürlich! Wo soll ich anfangen?“

„Wir hatten Sie nach gestern Abend gefragt“, warf Adlgasser ein. „Was soll das Spielchen?“

„Ich dachte, es geht um heute Morgen“, sagte Lempl und stutzte. „Wieso ist gestern Abend so wichtig?“

„Weil wir Gernot Janssen heute Morgen tot aufgefunden haben. Also beantworten Sie bitte unsere Frage“, sagte Haffner und legte ein Foto vor ihm auf den Schreibtisch.

Eine Weile herrschte Totenstille. Lempl schloss die Augen und ließ einen formvollendeten Kringel an die Decke steigen. Er zog die Nase wieder hoch. Schließlich fasste er sich mit der Linken in den Nacken, kratzte sich und presste etwas Unverständliches zwischen den Zähnen hervor.

Hatte er „unterwegs“ gesagt? Haffner versuchte, sich zu beherrschen.

„Waren Sie in Begleitung? Beim *Public Viewing*?“

Plötzlich brach Lempl in schallendes Gelächter aus. Er drehte sich um und begann zu kichern. Dann fingerte er ein Stofftaschentuch aus der Hose. Das Kichern schwoll an.

„Entschuldigen Sie“, gluckste er und versuchte, den Anfall zu unterdrücken. „Die Vorstellung, ich könnte mich für diese primitive Form moderner Gladiatorenspiele interessieren …“

Das Kichern übermannte ihn wieder und nahm an Intensität zu.

Haffner blickte zu Adlgasser hinüber. Sie setzte sich auf die Armlehne eines Sessels in der Ecke neben Lempls Lesetischchen und fing an zu schmunzeln. Das Leder knarzte.

„Haben Sie dieses stümperhafte Arrangement gesehen?“ fragte Lempl.

„Was meinen Sie?“

Lempl drehte sich um, stand auf und holte eines der Taschenbücher aus dem Regal.

„Das Standardwerk“, erklärte er und hielt es Haffner unter die Nase.

Es roch genauso intensiv wie der Rest von Lempls Büro. Auf dem Umschlag las Haffner: *Josef Dvorak – Satanismus.*

„Ich befasse mich gerade mit ein paar interessanten Aspekten in Dantes *Divina Comedia* – der ‚Göttlichen Komödie’. Es geht um den Teufel und seine Gesellen. Wirklich ein bemerkenswerter Zufall.“

Haffners Handy klingelte.

„Sie entschuldigen mich kurz, ja?“

Er verließ den Raum.

„Was gibt’s?“

„Ich habe euch das Profil ausgedruckt und auf den Schreibtisch gelegt. Ihr wart nicht da, als ich es euch persönlich vorbeibringen wollte.“

Es klang wie ein Vorwurf.

„Besten Dank! Bin gespannt, ob wir den Richtigen im Netz haben.“

„Wie?“, fragte Üblacker. „Ihr habt ihn gefasst?“

„Bis später“, sagte Haffner und legte auf.

„Vielleicht beantworten Sie jetzt unsere Frage“, nahm Haffner das Gespräch wieder auf, als er zurück war. „Immerhin ist es Ihr Chef und Rivale, der auf diesem Foto so stümperhaft inszeniert wurde, wie Sie eben sagten. Ein simples *unterwegs* reicht in diesem Fall nicht.“

Lempl richtete sich auf und sah den beiden fest in die Augen.

„Woher haben Sie diesen Schwachsinn?“, fragte er.

„Spielt das eine Rolle? Antworten Sie lieber auf meine Frage! Manchmal holt einen die Vergangenheit schneller ein, als einem lieb ist.“

„Was wissen Sie schon über meine Vergangenheit!“, knurrte er verächtlich.

Er tat einen weiteren Zug und fügte hinzu: „Sie haben keine Ahnung, wie sich das anfühlt. Nach all den Jahren dieselben dämlichen Fragen, dieselben dümmlichen Methoden, dieselbe Inkompetenz. Sie verstehen – nichts. Bereitet es Ihnen Vergnügen, auf Leute einzutreten, die bereits am Boden sind?“

Haffner sah ihn erstaunt an. Wie jemand, der existentiell bedroht ist, wirkte Lempl nicht gerade.

„Wir ermitteln in einem Mordfall. Wie wäre es mit ein wenig Kooperation?“

Er räusperte sich, musterte die beiden wieder von oben bis

unten und meinte schließlich: „Ich saß im Auto von Lindau nach München."

„Auf der Autobahn?"

Lempl nickte und schniefte wieder.

„Das macht meines Wissens zwei Stunden, aber nicht vier."

„Ich hatte gestern frei und habe mir ein paar Runden mit meinem Privatflugzeug gegönnt."

„In Lindau?"

„In Wildberg, um genau zu sein."

„Wann sind Sie von dort los?"

„Gegen Mitternacht."

„Wer kann das bezeugen?"

Er sah zum Fenster hinaus, trommelte mit dem Finger auf den Schreibtisch und nahm einen weiteren Zug von seiner Zigarette. Es war inzwischen die vierte.

„Mein Freund Erwin. Erwin Eberle. Wir haben das Flugzeug gemeinsam. Eine Tomark Viper SD4."

„Wie erreichen wir Ihren Freund?"

Er drehte sich zu den beiden Kommissaren um, beugte sich vor und stützte beide Ellbogen auf die Arbeitsplatte.

„Der ist seit heute früh im Urlaub. In der Dominikanischen Republik."

„Er wird doch wohl ein Handy haben, auf dem wir ihn erreichen können."

Über Lempls Gesicht huschte wieder dieses merkwürdige Lächeln. Haffner war sich nicht sicher: War es Mitleid? Verachtung? Oder Trauer?

„Das ist jetzt unter Umständen ein kleines Problem. Erwin ist Manager. In der Chefetage, wenn Sie verstehen, was das bedeutet. Wenn er in Urlaub fliegt, lässt er grundsätzlich das Handy zu Hause. *Digital Detox*. Würde Ihnen auch nicht schaden."

Die beiden sahen sich fassungslos an. Haffner schüttelte den Kopf.

„*Digital* was?"

„Handyfasten."

„Das heißt: Sie haben kein Alibi?"

Lempl lehnte sich zurück und strahlte ihn an.

„Das ist so nicht korrekt. Ich habe ein Alibi. Und ich wünsche Ihnen viel Erfolg bei Ihrer Arbeit."

18

Als die beiden Sekunden später auf den Korridor traten, schnappte Haffner erst einmal nach Luft.

„Wie kann man in solch einer Dunstglocke überleben?“, fragte er. „Ich hatte gehofft, er wüsste was über Janssens Fund.“

„Dafür kennt er sich mit Satanismus aus“, sagte Adlgasser.

Sie zog die Augenbrauen hoch.

Haffner nickte und lugte zum Sekretariat hinüber. Der Notizzettel hatte sich keinen Millimeter vom Fleck gerührt.

Im selben Augenblick ging die Tür zum Medienraum auf. Die zwei Frauen, die zuvor angestrengt mit Lempl diskutiert hatten, traten heraus.

„Hat Lempl wieder den Chef gespielt?“, fragte die eine von ihnen.

Sie überragte Haffner bestimmt um ein paar Zentimeter. Ihr schütteres blondes Haar hing ihr in Strähnen vom Kopf, das Gesicht war knochig, strahlte aber eine gewisse Wärme aus.

„Sonja Wollenschläger“, stellte sich die Dame vor und streckte Adlgasser die Rechte entgegen. „Meine Kollegin Andrea Huberti“, fügte sie hinzu und schubste ihre Begleiterin vor.

Haffner schüttelte beiden die Hand.

„Hauptkommissar Haffner, meine Kollegin Adlgasser“, erklärte er und fügte hinzu: „Hat jemand von Ihnen einen

Schlüssel für das Büro von Doktor Janssen?"

„Polizei?"

Die beiden sahen einander unsicher an.

„Frau Bauer, unsere Sekretärin", antwortete Wollenschläger wieder. „Aber sie ist vermutlich noch auf der Post."

Sie deutete zur Sekretariatstür.

„Sonst keiner?"

„Doch: der Hausmeister."

„Wo finden wir den?", fragte Adlgasser.

„Im Erdgeschoss. Wozu brauchen Sie den?"

Jetzt wechselte Haffner einen Blick mit Adlgasser.

„Es tut mir leid", sagte er. „Wir haben eine traurige Nachricht für Sie: Doktor Janssen ist vergangene Nacht verstorben."

„Wie – ?", machte Wollenschläger und schüttelte den Kopf.

Auch Huberti blieb der Mund offen stehen.

„Er wurde Opfer eines Gewaltverbrechens", sagte Haffner und beobachtete sie gespannt.

Sonja Wollenschläger war von Natur aus eher farblos, aber die viel kleinere und rundliche Huberti besaß rote Pausbäckchen. Auf Haffners Worte hin wurden jedoch beide leichenblass. Huberti schlug die Hand vor den Mund, während Wollenschläger sich ungelenk durch die Haare fuhr.

„Wussten Sie, dass Janssen demnächst mit einer Sensation an die Öffentlichkeit gehen wollte?"

„Nicht mehr als das, was alle wissen", antwortete Wollenschläger, nachdem sie sich wieder gefangen hatte.

„Und was wissen alle?"

Haffner dachte, sie spräche von den Institutsmitarbeitern.

„Er hat es doch stolz im Fernsehen hinausposaunt. Aber uns hat er nichts verraten."

„Und Sie haben keinen Verdacht, was er gemeint haben könnte?"

Die zwei Damen schüttelten synchron den Kopf. *Wie Zwillinge*, dachte Haffner, *zweieiige Zwillinge*. Denn unterschiedlicher konnten die beiden kaum sein.

„Dann entschuldigen Sie mich einen Augenblick. Ich bin

sofort zurück“, sagte er und flüsterte Adlgasser ins Ohr: „Erkundigst du dich nach Ihren Alibis? Und ich wüsste gern, wo sich die übrigen Mitarbeiter aufhalten.“

Er stieg in den Aufzug. Während er nach unten fuhr, holte er sein Telefon aus der Tasche.

„Hallo Eckhard“, sagte er. „Packt Ihr Eure Sachen ein? Wir sind gleich um die Ecke.“

Die Luft im Lift war stickig. Er gab Nöhle die Adresse durch.

„Bis gleich.“

Die Aufzugtür glitt auf. Er schlüpfte auf den Korridor im Parterre hinaus und sah sich um. Neben der Ausgangstür zur Neuhauser Straße erblickte er eine Glasfront und eine Tür. Beides hatte er bei seiner Ankunft übersehen. Die Tür stand offen, doch der Raum war leer. Er dachte nach. Vielleicht sollten sie lieber auf die Sekretärin warten …

Plötzlich schwang die Eingangstür auf.

„Kann ich Ihnen behilflich sein?“

Ein Zweimeterhüne mit Zwirbelbart setzte einen Fuß in die Tür und blies eine Wolke auf die Straße. Dann schnippte er die Zigarette in hohem Bogen hinaus.

„Nicht dass die Hausverwaltung wieder den Aufstand probt. Wegen den Rauchmeldern“, sagte er und deutete an die Decke.

Er kam Haffner entgegen, wischte sich die Hand an seinem Blaumann ab und reichte sie ihm.

„Sie gehören aber nicht zu denen, oder?“

„Sehe ich so aus?“, fragte Haffner und schüttelte ihm die Hand.

Der Blaumann hatte ganz schön Kraft. Er biss tapfer die Zähne zusammen.

„Grießner. Sepp Grießner“, stellte er sich vor. „Ich bin hier der Hausmeister. Aber sagen’S nix: ich kenn sie alle, die Sprüche mit *Hans und Sepp* und so weiter!“

Er lachte herzhaft über den Spruch. Sein Doppelkinn hüpfte auf und ab. Im Korridor hallte es von seinem Gelächter.

„Ich bräuchte Ihre Hilfe“, erklärte Haffner und massierte

sich die Hände. „Haben Sie einen Zweitschlüssel für die Büros im Giordano-Institut?“

„Verraten Sie mir, wofür Sie den brauchen?“

Er stemmte die Hände in die Hüften und legte den Kopf schief. Es sah beinahe bedrohlich aus. Haffner zog seine Dienstmarke aus der Tasche.

„Oha!“, machte Grießner, wankte zu seinem Kabäuschen und öffnete das Schlüsselschränkchen.

„Welches Büro?“

„Doktor Janssen.“

„Hat er was ausgefressen?“

„Nein.“

Haffner lachte, während Grießner ihm den Schlüssel in die linke Hand drückte. Seine Rechte tat immer noch weh.

„Danke Ihnen!“, rief er und machte auf dem Absatz kehrt.

„Warst du erfolgreich?“, fragte Adlgasser, als er zurückkehrte.

Triumphierend schwenkte er den Schlüssel in der Linken.

„Wo ist eigentlich der Rest Ihrer Truppe?“

„Nicht da“, meldete sich Andrea Huberti zum ersten Mal zu Wort. Sie besaß eine schnarrende Stimme, die jetzt leicht bebte. „Aber Nicoletta müsste jeden Moment zurück sein. Sie wollte nur etwas in der Stadt besorgen.“

„Was passiert jetzt?“, fragte Sonja Wollenschläger.

Sie legte die Stirn in Falten

„Es könnte sein, dass wir noch Fragen an Sie haben“, erwiderte Haffner. „Halten Sie sich erst mal noch zu unserer Verfügung.“

Huberti und Wollenschläger nickten und schlichen zurück in den Medienraum.

19

Haffner zog ein paar Latexhandschuhe aus der Hosentasche, die er in weiser Voraussicht eingesteckt hatte, streifte sie über, steckte den Schlüssel ins Schloss und drehte ihn um. Dann gab er der Tür einen Stups, so dass sie aufschwang.

Was er sah, wirkte wie eine Miniaturversion von Janssens Suite in der Kaulbachstraße: an den Wänden melaminweiße Bücherregale mit zahlreichen wertvollen Werkausgaben, alles auch hier fein säuberlich sortiert. Eine komfortable Sitzgruppe aus weinrotem Leder stand vor der rechten Regalfront, davor ein Beistelltisch aus Glas und an den freien Wänden hingen drei signierte Gemälde, die ihn an Kandinsky erinnerten.

Auf dem geräumigen Schreibtisch stand ein brandaktueller Mac – der Sessel dahinter war ebenfalls mit geschmeidigem dunkelrotem Leder überzogen – , in der Ecke eine schlichte, aber robuste Garderobe.

Er sah auf den ersten Blick, dass auch hier erst kürzlich jemand sauber gemacht hatte.

„Ihr seid ja schneller als die Feuerwehr!", rief Haffner begeistert, als Nöhle ihm plötzlich die Hand auf die Schulter legte.

„Was anderes erwartet, Herr Kollege?", fragte er. „Allzeit bereit. Wo geht's los?"

Haffner breitete wortlos die Arme aus, trat an den Schreibtisch und streckte die Finger durch, dass es knackte. Adlgasser zuckte zusammen. Er fuhr den Computer hoch.

„Da wird sich Brunner freuen!“, knurrte er, zog eine Schublade nach der anderen heraus, blätterte in aller Eile die Papierstöße darin durch in der Hoffnung, dass Janssen es wie viele hielt, die ihre PIN im Geldbeutel mit sich herumtragen, und schnaufte deutlich hörbar aus.

„Passwortgeschützt“, sagte er und zeigte auf das Fenster auf dem Bildschirm.

Adlgasser besah sich inzwischen Janssens Handbibliothek und holte einen Band nach dem anderen aus dem Regal.

„Nichts“, sagte sie nach einer Weile. „Ab-so-lut nichts.“

„Könntet Ihr das alles einpacken?“, fragte Haffner und drehte sich zu Nöhle um, der auf dem Boden kniete und den Teppichboden zu betrachten schien.

„Was treibst du da?“

„Riecht eindeutig nach frischem Teppichschaum“, sagte er und stand wieder auf. „Was meinst du mit *alles*?“

„Alles. Der Herr Staatsanwalt riecht eine Verschwörung und vermutet, dass Janssen irgendwo streng geheime Dokumente gebunkert hat.“

„Und wonach sollen wir Ausschau halten?“, fragte Nöhle.

„Keine Ahnung. Irgendwas, wofür sich sogar der Vatikan brennend interessiert.“

Er blickte auf die Bildschirmuhr: kurz vor halb sechs, und noch immer kein Lebenszeichen von Doktor Schaffroth. Er rotierte in Janssens Sessel um neunzig Grad herum.

„Schaust du mal kurz nach, ob die Sekretärin inzwischen zurück ist?“

Adlgasser nickte stumm und stellte das Buch zurück, das sie gerade durchgeblättert hatte.

20

Haffner drehte den Sessel noch ein Stück weiter und sah aus dem Fenster. Die Fassade von Sankt Michael blendete ihn. Draußen hatte es bestimmt fünfunddreißig Grad im Schatten. Hier drinnen war davon Gott sei Dank nichts zu spüren. Er wippte nach hinten und senkte die Lider. Ein Seufzer entrang sich seiner Brust. In dieser Haltung konnte er es gut aushalten. Er fing langsam an zu zählen. *Ein Schäfchen, zwei Schäfchen, drei …*

Ein kaum hörbares Wetzen riss ihn aus dem Tagtraum. Er fuhr herum. Die Tür stand sperrangelweit offen. Am Türrahmen lehnte ein pfirsichrotes Sommerkleid. Die Frau, die es trug, hielt noch die Klinke in der Hand und hatte ein Bein angewinkelt. Die Spitze ihrer Stöckelsandale berührte den Teppich, über den die Tür gewetzt war.

„Ich möchte nicht stören", sagte sie. „Ihre Kollegin hat mir gesagt, dass ich Sie hier finde."

Ihre Stimme klang warm, ein wenig rauchig.

„Entschuldigen Sie", murmelte Haffner und rappelte sich, so schnell es ging, hoch.

„Ich habe Ihr Klopfen nicht gehört."

„Nicoletta Galli", stellte sie sich vor. „Ich habe eben erfahren – "

Ihr brach die Stimme. Haffner starrte wie verhext auf ihre Lippen.

„Kommen Sie ruhig rein", stammelte er. „Wir sind hier eh so gut wie fertig, nicht wahr, Eckhard?"

Nöhle grummelte etwas Unverständliches. Haffner ging Galli entgegen und reichte ihr die Hand. Ihr Duft kitzelte seine Nase. Er holte tief Luft. Noch nie hatte er gehört, dass ein Parfüm betrunken machen konnte …

„Hauptkommissar Haffner", sagte er. „Mein Beileid!"

Nicoletta Galli errötete. Plötzlich merkte er, dass er noch immer ihre Hand festhielt.

„Grauenhaft, was passiert ist", flüsterte sie.

„Darf ich Sie fragen, wann Sie Janssen zum letzten Mal gesehen haben?"

„Gestern Nachmittag. Gegen Abend. Er wollte früher weg."

„Und Sie?"

„Ich? Ich bin nach Hause. Meine Mutter ist gerade zu Besuch."

„Sind Sie später noch einmal los?"

„Wir haben zusammen einen kleinen Spaziergang gemacht. Danach waren wir zu Hause. Wir sind früh ins Bett."

Haffner spitzte die Lippen. Sie lächelte.

„Sie können meine Mutter gern befragen."

Er nickte.

„Machen wir. Haben Sie eine Ahnung, wohin Janssen noch wollte?"

„Ich nahm an nach Hause."

Haffner zog den Kopf ein und breitete die Hände aus.

„Wir hatten sehr gehofft, dass Sie uns weiterhelfen könnten."

„Haben Sie meine Kolleginnen schon gefragt? Ich kann mir allerdings kaum vorstellen, dass irgendjemand von uns etwas weiß: Gernot ist … Gernot war nicht besonders mitteilsam, was sein Privatleben angeht."

„Kann es sein, dass er das Institut in Begleitung verlassen hat?"

Sie lächelte wieder.

„Keine Ahnung. Vielleicht kann Ihnen der Pförtner etwas

dazu sagen."

„Auf Ihrer Homepage werben Sie damit, dass Sie ein eingespieltes Team sind", warf er ein, legte den Kopf in den Nacken und versuchte, sich an den genauen Wortlaut zu erinnern. „Warten Sie … *Kooperation ist unsere Stärke. Unsere Philosophie ist die Einheit.*"

Sie schmunzelte.

„Klingt hübsch, nicht wahr? Ohne solch einen Slogan locken Sie in der Wissenschaft keine müde Katze mehr hinter dem Ofen vor. Wen interessiert schon, dass wir hier alle an einem Strang ziehen und doch jeder seinem persönlichen Rhythmus folgen kann? Die Freiheit jedes Einzelnen ist uns wichtig. Wir laufen uns bisweilen tagelang nicht über den Weg. Unser Theologe sitzt zum Beispiel bei den Dominikanern in Sankt Kajetan und schafft dort heimlich, still und leise vor sich hin. Aber so etwas ist nicht medienwirksam."

Sie sah ihn fragend an.

„Ja?"

„Ich möchte Sie nicht langweilen …"

„Keine Sorge", wehrte Haffner ab. „Ich bin nicht vom Fach und habe keinen blassen Schimmer, wie Sie arbeiten."

„Vielleicht reden wir in meinem Büro weiter", schlug sie vor. „Mir ist in diesem Raum nicht mehr wohl zumute. Die Vorstellung, dass Gernot …"

Sie verstummte und legte die Hand über die Augen.

„Ihr braucht mich im Moment nicht, oder?", fragte er und sah Nöhle erwartungsvoll an.

„Nö", brummte der und zwinkerte konspirativ.

21

Kaum hatte er sich auf Gallis Sitzgruppe niedergelassen, da klingelte sein Handy schon wieder.

„Sie entschuldigen mich?“, sagte er, stand auf und trat ans Fenster.

„Frau Doktor Schaffroth. Einen Augenblick, bitte“, sagte er, drehte sich zu Nicoletta Galli um, nahm das Telefon vom Ohr und deutete mit dem Finger darauf. Sie verließ den Raum.

„Ich bin ganz Ohr.“

„Ich habe die ersten Obduktionsergebnisse für Sie.“

„Kann das ein bisschen warten? Ich bin gerade in einer Befragung.“

„Spätestens um sieben muss ich los“, erklärte sie.

Er sah auf das Display seines Handys.

„Müsste ich schaffen. Bis später.“

Er legte auf und spitzte auf den Gang hinaus. Nicoletta Galli spazierte auf und ab.

„Tut mir leid“, entschuldigte er sich.

„Schon ok. Ihre Ärztin?“

„Nein. Die Gerichtsmedizin.“

Er nahm erneut auf dem Sofa Platz und strich mit der Hand über die Oberfläche. *Erstklassiges Leder*, dachte er bewundernd. *Wahnsinnig bequem.*

„Wo waren wir stehen geblieben?“, fragte er.

„Unsere finanzielle Situation“, antwortete sie.

„Ach ja. Klingt für mich alles in allem zu schön, um wahr zu sein, wenn ich ehrlich bin. In den Medien geht es meist um Personalprobleme oder finanzielle Engpässe, wenn von Wissenschaft die Rede ist. Ich kann mich nicht erinnern, jemals von einem Geldregen gehört zu haben. Wo liegt bei Ihnen der Hund begraben?"

„Es gibt keinen", sagte sie und lächelte.

Mann, sind das sinnliche Lippen!, dachte er. Und dann dieser Nacken unter den hochgesteckten samtigen Haaren, diese feinen Gesichtszüge …

Um seine Gedanken wieder zu bündeln, ließ er den Blick durchs Büro schweifen. Das Mobiliar war genauso elegant wie bei Janssen, nur dass alles spiegelverkehrt platziert war. Und ihr Geschmack schien eher rückwärtsgewandt, fast nostalgisch: an der Wand hing *Die Schule von Athen* aus Raffaels Stanzen. Auf dem Schreibtisch türmten sich zahlreiche Bücher bis hin zu einem kleinen antiquierten Computertisch, der am Fenster vor einer ausladenden Yuccapalme stand. Zettel lagen scheinbar chaotisch verstreut umher. Es gab keinen einzigen freien Millimeter. Nur eine kleine Bronzebüste ragte daraus hervor.

„Ist das Giordano?", fragte er.

Sie schüttelte den Kopf.

„Nein: Homer – der Stammvater des Abendlands."

Er nickte. Adlgasser hätte ihn bestimmt auf Anhieb erkannt.

„Möchten Sie einen Espresso?", fragte sie. „Ich habe vorhin welchen frisch aufgesetzt."

Sie trat an das Tischchen, das in der Ecke zwischen Schreibtisch und Tür stand. Seine Miene hellte sich auf. Endlich echtes Koffein!

„Gern", sagte er.

Sie knipste eine elektrische Cafetiere an, die silbern herüberfunkelte.

„Wie standen Sie eigentlich zu Janssen?", erkundigte er sich inzwischen.

Sie drehte sich um und sah ihn an.

„Wie meinen Sie das?"

„Nun – beruflich."

„Er war mein Chef."

„Und privat?"

„Wie ich vorhin schon sagte, ließ er sich privat nicht besonders gern in die Karten blicken."

Haffner nickte. Er erinnerte sich, dass sie etwas dergleichen erwähnt hatte.

„Hatte Janssen …"

Er überlegte eine Sekunde, was der passende Ausdruck sein könnte.

„Hatte er Feinde hier im Projekt?"

Sie setzte sich ihm schräg gegenüber hin und schlug ein Bein über das andere. Sie schmunzelte.

„Unser Kollege Lempl kam nicht besonders gut mit ihm zurecht."

Haffner schmolz fast dahin, als er hörte, wie sie die letzte Silbe besonders kehlig aussprach.

„Sie kommen aus der Schweiz?", entfuhr es ihm.

Sie nickte. Haffner fasste sich ans Kinn und massierte es.

„Und was bekamen sie beruflich von Ihrem Chef mit?"

Nicoletta Galli lehnte sich im Sessel zurück, legte die Arme auf die Lehne und verschränkte die Finger ineinander.

„Er war alles andere als ein Frühaufsteher. Wir schieben alle ganz gern Überstunden. Forscherkrankheit."

Sie musste grinsen.

„Nein, im Ernst. Er war als Workaholic bekannt. Die meisten von uns verlernen spätestens während der Doktorarbeit, was Zeitmanagement ist."

„Und womit hat er sich in letzter Zeit befasst?"

Die Cafetiere fing an zu brodeln. Kaffeeduft stieg ihm in die Nase. Haffner schloss die Augen. *Herrlich!*, dachte er. Galli stand auf und goss den Inhalt in zwei Espressotassen.

„Zucker?"

Er hob die Hand und winkte ab.

„Danke, gern ohne."

Sie reichte ihm eines der beiden Tässchen und setzte sich wieder.

„Er schlug sich die Nächte mit Giordanos *Spaccio della bestia trionfante* um die Ohren“, antwortete sie.

Haffner legte den Kopf schief. Seine Italienischkenntnisse beschränkten sich auf die Speisekarte bei Gennaro, seinem Lieblingsitaliener.

„Die *Austreibung der triumphierenden Bestie*“, übersetzte sie. „Es ist eines von Giordanos Hauptwerken. Eine herrliche Satire, die nichts von ihrer Attraktivität eingebüßt hat. Sie dürfen nicht vergessen, dass er aus kirchlicher Sicht einer der größten Ketzer aller Zeiten war.“

Er nahm einen Schluck und genoss den herben Geschmack im Mund.

„Hm“, brummte er. „Ich habe davon gelesen. Furchtbare Sache!“

„So waren die Zeiten“, entgegnete sie.

Er zog die Augenbrauen hoch und sah sie überrascht an.

„Sie glauben, dass er diesen brutalen Tod verdient hat?“, fragte er.

Jetzt schloss Nicoletta Galli die Augen und dachte nach. Dann nahm sie einen Schluck aus ihrer Tasse und sagte: „Das wollte ich damit nicht sagen. Als Wissenschaftlerin muss ich aber versuchen, die Umstände aus ihrer Zeit heraus zu begreifen. Es bringt wenig, unsere heutigen moralischen Maßstäbe anzuwenden, wenn wir ihn und seine Epoche verstehen wollen.“

Er war sich nicht sicher, ob er sie richtig verstanden hatte. Doch er ließ es dabei bewenden. Eine philosophische Diskussion brachte ihn nur auf Abwege.

„Kommen wir noch einmal auf die Rivalitäten zurück“, sagte er. „Hatte Janssen Neider im Kollegium?“

Sie beugte sich vor und sah ihm direkt ins Gesicht.

„Übertriebener Ehrgeiz oder Neid hätten bei uns keinen Sinn“, erklärte sie. „Reibereien gibt es immer und überall. Wie ist es denn bei Ihnen auf dem Kommissariat?“

Haffner schmunzelte, leerte seine Tasse und stellte sie auf den Beistelltisch.

„Gibt es jemanden, der auf Janssens Posten aus wäre?“

Galli presste die Lippen zusammen.

„Erwarten Sie ernsthaft, dass ich mich auf das Niveau von Klatsch und Tratsch herabbegebe?"

Sie maß ihn skeptisch.

„Antworten Sie doch einfach auf meine Frage", bat er.

„Bei uns ist der Chefposten auf Dauer fest vergeben, die übrigen Stellen werden turnusmäßig einmal im Jahr verlängert. Welchen Sinn hätte es da, sich Hoffnungen auf den Chefsessel zu machen?"

Nun beugte auch er sich nach vorn und sah ihr fest in die Augen.

„Seit heute Nacht ist der Chefsessel aber frei", sagte er.

Sie stutzte, zog die rechte Augenbraue hoch und dachte nach. Nach einer Weile sagte sie: „Da haben Sie natürlich recht."

Sie lehnte sich wieder zurück, trank ihren Espresso aus und stellte die Tasse ebenfalls ab. Dann winkelte sie den Arm an, legte den Ellbogen darauf und die Hand vor den Mund.

„Was ist denn Ihre Position in diesem plötzlichen Stellenpoker?", fragte er.

Sie entspannte sich wieder und legte die Hände in den Schoß.

„Wenn es in unserem Team jemand gibt, der sich zu Höherem berufen fühlt, dann bin das bestimmt nicht ich. Ich arbeite gern am Projekt mit. Aber die Leitung übernehmen? Das wäre nicht meines."

„Und wie sieht es mit ihrem Kollegen aus?"

Nicoletta Galli holte tief Luft.

„Darf ich ehrlich sein?"

„Ich bitte darum."

„Lempl gilt unter uns nicht gerade als Koryphäe. Ehrlich gesagt: niemand weiß, warum er überhaupt hier ist. Sehen Sie sich mal seine Publikationsliste an: Promotion über Dante, Habilitation über Petrarca als Wegbereiter von Dante, hier ein Aufsätzchen, dort ein Beitrag über Dante – aber nichts zu Giordano Bruno. Gerade sitzt er wieder über Dante. Finden Sie, dass ihn das für den Chefposten qualifiziert?"

„Gerüchte?"

„Da bin ich die falsche Adresse."

Er sah sie eindringlich an.

„Ich weiß nur, dass die beiden nicht miteinander konnten. Was der Grund dafür ist, weiß ich nicht. Gernot sprach nicht darüber. Und Lempl – "

Sie musste den Satz nicht zu Ende bringen, um ihm klarzumachen, was sie meinte.

„Und der Rest des Kollegiums?"

„Ich glaube nicht, dass jemand ernsthaft mit dem Gedanken spielt, die Leitung zu übernehmen. Die Stelle wird offiziell ausgeschrieben werden. An Bewerbern von außen wird es nicht mangeln."

„Und privat?", hakte er noch einmal nach.

„Sie meinen das Verhältnis unter uns Kollegen? Sonja und Andrea sind befreundet. Ich würde sagen, wir kommen sehr gut miteinander aus. Auch mit Matthew, unserem Physiker. Der arbeitet allerdings meist von zu Hause aus. Er spricht zwar kaum Deutsch und ist ziemlich introvertiert – "

Sie sprach nicht weiter. Haffner dachte wieder nach. Wie lautete dieser Spruch auf der Homepage nochmal?

„*Kooperation ist unsere Stärke. Unsere Philosophie ist die Einheit*", wiederholte er.

Diesmal klang es eher wie eine Frage.

„Doch, doch", sagte sie. „Auch Matthew beherrscht Italienisch und Latein so weit, dass er mit Giordanos Werken kein Problem hat. Wenn er Probleme mit dem Deutschen hat, kann er auf jeden von uns zählen."

„Etwas anderes würde mich noch interessieren", warf er ein und wechselte das Thema. „Kennen Sie eigentlich Janssens Frau?"

„Nicht persönlich."

„Aber?"

Sie schmunzelte, warf den Kopf in den Nacken und schüttelte ihn bedächtig.

„Sie mögen es, den Leuten Gerüchte aus der Nase zu ziehen, oder?"

Haffner zog die Augenbrauen hoch und wartete. Sie faltete

die Hände in ihrem Schoß.

„Mir scheint, dass sich die beiden nicht sehr grün waren."

„Woraus leiten Sie das ab?"

Sie seufzte und wurde rot im Gesicht.

„Ich habe vor ein paar Tagen ein ziemlich unerfreuliches Telefonat zwischen den beiden mitbekommen. Eigentlich wollte ich gerade gehen, aber er winkte mir, ich solle sitzenbleiben."

„Haben Sie eine Ahnung, worum es ging?"

„Seine Frau ist laut geworden. Trotzdem: verstanden habe ich kaum etwas. Vielleicht etwas Finanzielles."

„Aber Sie sind sich sicher, dass es Janssens Frau war?"

Sie nickte.

Haffner dachte nach. Da war noch Janssens Entdeckung. Er öffnete gerade den Mund, als sein Handy klingelte. Er zog es heraus.

„Was gibt's, Vroni?", fragte er. Dann rief er: „Was?! Bin unterwegs."

22

„Die Rettung muss jeden Augenblick da sein“, sagte Adlgasser, als er die Tür zum Sekretariat aufstieß und sie gegen die Wand knallte.

Sie kniete neben dem Schreibtisch, der eine weitere Person auf dem Boden verdeckte. Haffner trat näher. Das Gesicht von Irmgard Bauer war aschfahl, ihre Beine hatte Adlgasser vorschriftsmäßig hochgelagert.

Die Sekretärin atmete schwer.

„Oh Gott, oh Gott, oh Gott“, jammerte sie.

„Was ist passiert?“, fragte er.

„Es geht schon wieder“, sagte sie und versuchte, sich aufzurichten.

„Ich habe ihr erzählt, was vorgefallen ist. Sie hat es anfänglich recht gefasst aufgenommen. Aber dann ist sie plötzlich vom Stuhl gekippt“, erklärte Adlgasser.

„Es geht schon wieder“, wiederholte Irmgard Bauer und unternahm einen weiteren Versuch aufzustehen, aber Adlgasser drückte sie erneut sanft auf den Teppich.

„Ich glaube, das ist keine so gute Idee. Bleiben Sie lieber liegen!“

„Aber dann bricht hier das komplette Chaos aus“, klagte sie weiter.

Ihre Stimme zitterte.

„Wir halten Sie bestimmt auf dem Laufenden“, sagte

Nicoletta Galli hinter Haffners Rücken.

„Ich weiß nicht“, wisperte sie. „In so einer Situation …“

„In so einer Situation ist es vor allem wichtig, dass Sie sich ausruhen“, erscholl plötzlich eine Stimme wie aus dem Off.

Haffner fuhr herum.

„Die Entscheidung überlassen wir heute lieber dem Onkel Doktor, nicht wahr?“

In der Tür stand der Notarzt in seiner weißroten Uniform. Im Schlepptau hatte er zwei Sanitäter. Er trat an die Kollabierte heran und kniete neben seinem Köfferchen nieder.

„Versuchen Sie bitte, ganz ruhig zu atmen“, sagte er, fühlte ihren Puls und sah auf die Uhr.

„Würden Sie bitte alle den Raum verlassen?“

„Wir sind von der Polizei“, sagte Haffner.

Er hörte, wie sich die Tür schloss. Nicoletta Galli hatte den Raum verlassen.

Der Arzt wandte sich wieder der Patientin zu.

„Wie geht es Ihnen?“

„Meine Hände sind ganz pelzig“, flüsterte sie.

„Das ist völlig normal.“

Seine Stimme klang warm und beruhigend. Er holte sein Stethoskop heraus und horchte sie ab.

„Nichts Schlimmes“, sagte er nach ein Weile. „Wir bringen Sie trotzdem vorsichtshalber ins *Rechts der Isar*. Da sind Sie erst einmal gut aufgehoben.“

„Aber – “

Er hob den Zeigefinger.

„Kein aber“, mahnte er, stand auf und packte seine sieben Sachen wieder ein. „Man wird sie schon mit den nötigen Infos versorgen, damit der Betrieb hier nicht zusammenbricht.“

Bei diesen Worten zwinkerte er Adlgasser konspirativ zu. Sie erhob sich ebenfalls, so dass sich ihre Nasen beinahe berührten.

„Netter Versuch, Herr Doktor Khalid Khermani“, spickte sie von dem Namensschildchen, das auf seiner Brust prangte. „Aber da sind Sie bei mir leider an der falschen Adresse.“

Sie hielt ihm die Dienstmarke vor die Nase.

„Wow!“, machte Doktor Khermani. „Ich bin beeindruckt!“

„Unser Planet hat ja Gott sei Dank noch mehr Frauen im Angebot“, versetzte sie kühl.

Er seufzte, setzte aber ein besonders charmantes Lächeln auf.

„Ist das nicht jammerschade?“, wandte er sich an Haffner. „Da kommt man frisch aus dem Urlaub. Und beim ersten Notfalleinsatz – erkennt die Traumfrau ihren Prinzen nicht.“

„Kopf hoch“, sagte Haffner, klopfte ihm auf die Schulter und grinste.

Adlgasser rollte mit den Augen.

„Sparen Sie sich die Mühe. Ich hab ’ne kleine Tochter zu Hause.“

Khermani wiegte den Kopf hin und her.

„Bis zum nächsten Mal dann, holde Maid“, sagte er und lächelte unbeirrt weiter. „Bekanntlich läuft man sich immer zweimal im Leben über den Weg.“

Sie blies die Backen auf. Doktor Khermani marschierte an ihr vorbei, zwinkerte ihr zu, lächelte – und verschwand.

„Können Sie gehen?“, fragte einer der Sanitäter.

Irmgard Bauer nickte. Die beiden Sanitäter halfen ihr behutsam auf die Beine. Doch bevor sie den Raum verließ, blieb sie vor Haffner stehen, fixierte ihn traurig und holte tief Luft.

„Das war bestimmt dieser *Athanasius*!“, flüsterte sie. „Ich habe Doktor Janssen von Anfang an gewarnt, dass der eines Tages durchdreht und seine Drohungen wahr macht.“

23

„Die Dame braucht Ruhe!“, rief Doktor Khermani und versperrte den beiden Kommissaren den Weg, als sie der Sekretärin in den Gang folgten. „Sie können sie ja morgen im Krankenhaus besuchen. Notärztliche Anweisung, verstanden?“

Haffner knurrte und ließ die vier abziehen. Er blickte sich im Gang um. Keine Menschenseele mehr. Nicoletta Galli war verschwunden, von den anderen zwei Damen ebenfalls keine Spur. Nur Lempls Bürotür stand einen Spalt breit offen. Im Gang roch es jetzt nach kaltem Zigarettenrauch.

„Herr Professor Lempl!“, rief Haffner.

Es dauerte keine drei Sekunden, da streckte er seinen Kopf heraus.

„Was ist denn noch?“, fragte er.

„Kommen Sie morgen bei uns auf dem Präsidium vorbei. Sie haben es ja nicht weit.“

Er lief den Gang entlang und drückte ihm eine Visitenkarte in die Hand.

„Sagen wir um neun?“

Ohne eine Antwort abzuwarten, machte er kehrt, schlenderte zurück zu Adlgasser und grinste zufrieden.

„Und die Galli?“, fragte sie.

Sein Handy klingelte. Er zog entschuldigend die Schultern hoch und hob ab.

„Hauptkommissar Haffner“, dröhnte es in sein Ohr. „Was

macht der Fortschritt?“

Natürlich gab es erste Fortschritte. Er setzte zu einer Antwort an, doch Staatsanwalt Fischer fuhr ungebremst fort: „Der Innenminister hat mich schon dreimal angerufen an diesem Nachmittag. Was wissen Sie inzwischen über diese *Vatikan-Connection*?“

„Wir kommen gerade aus dem Institut von Janssen und haben die Alibis der Mitarbeiter überprüft …“

„Finden Sie lieber raus, was für einer Sensation Janssen auf der Spur war!“, rief Fischer.

Haffner rollte mit den Augen und blickte Adlgasser ein bisschen hilflos an, während sie in den Aufzug stiegen. Sie drückte auf den Knopf, und der Lift setzte sich in Bewegung.

„Sie geben mir sofort Bescheid, wenn Sie etwas wissen, klar?“

Haffner nahm das Telefon vom Ohr und schüttelte den Kopf.

„Irgendwie war er mir als zahmes Schoßhündchen heute Morgen sympathischer.“

Die Aufzugtüren glitten auf.

„Auf Sie hab ich sehnsüchtig gewartet“, schallte es ihnen entgegen.

Vor dem Lift stand Hausmeister Grießner und stemmte die Linke in die Hüfte. In seiner Rechten baumelte eine Bierflasche.

„War das grad die Bauer?“

Die beiden nickten.

„Geht’s ihr nicht gut?“, fragte Grießner, als bestünde daran irgendein Zweifel.

„Sie kannten Janssen doch ganz gut“, wich Haffner ihm aus und trat aus dem Lift.

„Ja freilich. Was wollen’S denn wissen?“

Er nahm einen kräftigen Zug, wischte sich mit der Hand über den Mund und lächelte selig.

„Wann hat er gestern Abend das Haus verlassen?“, erkundigte sich Adlgasser.

„Ziemlich früh. Normalerweise geht er nicht vor zehn aus

dem Büro. Aber gestern? Kurz nach sechs, glaube ich. Wir haben noch über das Fußballspiel geratscht. Die Geschäfte nebenan – für die bin ich ja auch zuständig – , die machen um acht zu. Danach herrscht ein Kommen und Gehen beim Personal. Eine halbe Stunde später endet mein Dienst offiziell. Inoffiziell bin ich manchmal länger da. Aber gestern nicht. Das Spiel – "

Er blickte Haffner erwartungsvoll an. Der nickte. Hinter ihm sprang der Fahrstuhl wieder auf und spuckte einen Putzwagen aus, den eine zierliche Reinigungskraft in goldenen Joggingschuhen, hellen Leggings und einem hautengen pinkfarbenen T-Shirt vor sich herschob. Grießner grinste hinüber zu ihr.

„Griaß di, Tatjana“, sagte er.

Sie winkte stumm mit einem Gummihandschuh und bugsierte den Wagen an ihnen vorbei bis zum Eingang. Beißender Lösungsmittelgeruch zog an Haffners Nase vorüber. Vor der Tür bückte sie sich und machte sich mit ihrem Wischmopp am Fußboden zu schaffen.

Was für ein geiler Hintern!, dachte er.

In der Mitte der weißen Leggings drückte sich ein Cameltoe durch. Haffner wurde heiß und kalt. Er schluckte und blickte verstohlen zu Adlgasser. Auch sie lief rot an. Grießner stand da, grinste bis über beide Ohren und ließ die Augenbrauen tanzen. Haffner räusperte sich. Nur allmählich gelang es ihm, seinen Tagtraum abzuschütteln.

„Hat Janssen verraten, wo er hinwollte?“, fragte er.

Grießner schüttelte den Kopf.

„Kann gut sein, dass er zu Hause weiter gearbeitet hat. Der war so ’n Wordaholic.“

Adlgasser öffnete den Mund, aber Haffner legte ihr die Hand auf den Arm.

„War er in Begleitung?“

„Wenn er früher raus ist, war meistens schon wer dabei.“

„Und gestern?“

„Nein, da nicht. Wie gesagt: wir haben noch gewettet, wie das Spiel wohl ausgehen wird. Eigentlich schuldet er mir noch einen Fuffi."

„Saxndi", entfuhr es Haffner. „Sie haben das Ergebnis erraten?"

„Naja, nicht ganz", räumte er ein. „Von der Tendenz her …"

„Und das hätte Janssen gelten lassen?"

„Der war schwer in Ordnung", brummte Grießner und nahm ein paar Schlucke aus seiner Flasche.

Haffner lief das Wasser im Mund zusammen. Sein Feierabend lag weiter in unerreichbarer Ferne.

„Kann es sein, dass er zum *Public Viewing* wollte?", hakte er nach.

Grießner zuckte mit den Achseln.

„Keine Ahnung. Wir haben ein bisschen rumgescherzt. *Die Belgier kriegen heute die Hucke voll*, habe ich gesagt. Und er: *Das glaube ich erst, wenn Weihnachten in den Sommer fällt.* Dann ist er abgezogen."

Die Raumpflegerin hatte ein paar mal in gebührendem Abstand an ihnen vorbeigewischt und verschwand jetzt wieder in den Aufzug.

„Eine Kleinigkeit gibt's eventuell schon noch", sagte er, als die Türen zu waren.

Haffner breitete erwartungsvoll die Hände aus und zog die linke Augenbraue hoch.

„Der Professor hat ihn nicht ausstehen können. Aber die Weiberleut …"

Er musterte erst Haffner, dann Adlgasser.

„Wenn'S mich fragen, dann war der Janssen ein echter Stenz."

24

„Jetzt schau dir diesen Schwerenöter an!“, dachte Haffner laut nach.

Dann schwieg er wieder, während sie die Damenstiftstraße entlangschlichen. Seit sie das klimatisierte Gebäude verlassen hatten, lastete die glutheiße Luft wie ein Zementsack auf seinen Schultern. Sie liefen an einer Eisdiele vorbei. *Eine Kugel Zitroneneis im Becher*, dachte er und leckte sich über die trockenen Lippen. Die Schlange davor wollte nicht enden. Er seufzte.

„Meinst du, sie ist noch da?“, fragte Adlgasser. „Magst du nicht kurz anrufen?“

„Sie hat gesagt, dass sie um sieben los muss. Da ist noch ein Weilchen hin“, brummte er gedankenverloren.

„Hat die Galli eigentlich ein Alibi?“, fragte sie, als sie den Sendlinger-Tor-Platz überquerten.

Vor dem Kino saßen die Leute unter den Bäumen und den riesigen Sonnenschirmen im Schatten und schlürften ihr Bier. Seine Zunge klebte am Gaumen.

„Ja“, sagte er.

Sie blieb stehen.

„Möchtest du’s mir auch verraten?“

„Sie war gestern Abend mit ihrer kranken Mutter zusammen. Überprüfe ich morgen.“

„Aha“, sagte sie.

„Was heißt *aha*?“

Jetzt blieb er stehen und sah sie genervt an.

„*Aha* eben. Nicht mehr und nicht weniger“, erwiderte sie.

Was zum Teufel passte ihr wohl nicht? Wie er sie kannte, würde er es sowieso nicht aus ihr rausbekommen. Also trottete er weiter. Die Ampel an der Kreuzung schaltete auf Grün. Sie ließen sich mit dem Strom über die Straße treiben.

„Kannste nich’ oofpassen?“, blaffte ihn plötzlich jemand an.

Er zuckte zusammen: vor seiner Nase sauste ein Radkurier vorbei. Dem schien die glühende Hitze nichts auszumachen.

„Saupreiß, elendiger!“, rief er hinterher.

Der schnittige Radler reckte den Mittelfinger in die Luft.

„Ist das der neueste Volkssport?“

Er wischte sich mit dem Handrücken den Schweiß von der Stirn.

„Bei Rot über die Ampel rasen?“, fragte Adlgasser.

„Nein: dieses infantile Fingerzucken.“

„Ja mei, die Jugend heutzutage“, krächzte sie.

Er fand die Situation nicht besonders lustig. Außerdem schmerzten ihn seine Knochen. Er spürte, dass er seit dem frühen Morgen unterwegs war und kaum geschlafen hatte. Ihm fielen fast die Augen zu. Außerdem lag seine Sonnenbrille zu Hause. Die Sonne blendete ihn.

„Ich muss noch schnell meinen Drahtesel abholen, bevor der Radlstadl zumacht.“

Adlgasser stöhnte.

„Du weißt schon, wie spät es ist, oder?“

„Eine Minute“, sagte er und streckte den Daumen nach oben.

Dann zog er sie in die Pettenkoferstraße. Ohne sein Rad fühlte er sich wie ein Blinder ohne Krückstock.

Zehn Minuten später lehnte sein Drahtesel an einem der Alleebäume in der Nussbaumstraße vor dem schicken Plattenbau des rechtsmedizinischen Instituts. Ihnen blieben zwanzig Minuten. Aber seine Bremsen waren wie neu. Er wickelte das Schloss herum und sperrte ab.

Die Hitze flimmerte über dem Asphalt, sein Hemd klebte

ihm wie eine zweite Haut am Leib. Er freute sich auf die Kühle in den *Katakomben*, wie er den Keller des Instituts gern nannte.

„Da sind Sie ja“, rief Doktor Schaffroth den beiden entgegen, als sie den gefliesten Gang betraten.

Hier unten herrschte tatsächlich jene angenehme Kühle, von der er draußen geträumt hatte. Seine Freude wurde auch nicht getrübt durch den penetranten Formaldehydgeruch.

Die Gerichtsmedizinerin kam ihnen entgegen und blieb vor dem Eingang zum Obduktionssaal stehen. Neben ihr und Haffner wirkte Adlgasser noch kleiner als sie tatsächlich war.

„Wollen wir?“, fragte Doktor Schaffroth.

In Rudi Stölzls Interview hatte Haffner Janssen ein paar Minuten live und in Aktion erlebt. Jetzt lag seine irdische Hülle auf dem blanken Seziertisch leblos vor ihm.

Doktor Schaffroth hatte den Torso bereits wieder fachmännisch vernäht. Die typischen hässlichen Narben entstellten den Leichnam. Trotzdem war nicht zu verkennen, dass Gernot Janssen ein ansehnlicher Mann gewesen war. Er besaß markante, männliche Gesichtszüge, sein Körper war sportlich, fast athletisch. Und nahezu lückenlos gebräunt. Janssen hatte offenbar größten Wert auf sein Äußeres gelegt. Obwohl er die fünfzig längst hinter sich gelassen hatte, war sein grau meliertes Haar noch immer füllig.

Als er Janssen nun so betrachtete, fügten sich Grießners Andeutungen und die Aussage seiner Frau allmählich wie Mosaiksteinchen zu einem Ganzen zusammen. Er würde der Putzfrau von vorhin wohl noch einen Besuch abstatten müssen: Grießner hatte die beiden vor einiger Zeit, wenn schon nicht *in flagranti*, so doch in trauter Zweisamkeit über den Sankt-Jakobs-Platz schlendern gesehen. An das genaue Datum hatte er sich nicht erinnert.

„Meine Vermutungen haben sich *grosso modo* bestätigt“, begann die Gerichtsmedizinerin. „Jemand hat dem Opfer tatsächlich einen Schlangenbiss zugefügt.“

Sie zeigte ihnen noch einmal die beiden Pünktchen

unterhalb des Ohres an der Hauptschlagader, die sie am Morgen schon gemeinsam betrachtet hatten. Die Schwellung war kaum ausgeprägt, wies jedoch eine leicht bläuliche Färbung auf, ausgelöst durch die blutzersetzende Wirkung des Gifts.

„Der Ansatz der Verletzungen legt die Vermutung nahe, dass der Täter oder die Täterin zumindest über rudimentäre Anatomiekenntnisse verfügt. Vor der Schlangenattacke wurde das Opfer mit Hilfe eines Elektroschockers außer Gefecht gesetzt."

Mit erheblichem Kraftaufwand hob sie den inzwischen nicht mehr ganz so beweglichen Schädel an, so dass sie auch die Brandmale am Nacken sehen konnten.

Sie legte den Kopf wieder ab und fuhr fort: „Ich konnte nirgends verwertbare Spuren finden, die Rückschlüsse auf den Tatort zulassen. An den Schuhen habe ich Reste jener Schottererde sichergestellt, die Sie praktisch überall im Englischen Garten finden."

Haffner trat von einem Bein aufs andere. Bisher hatte sie nichts präsentiert, was sie nicht schon wussten.

„Kommen wir zurück zu unserer Schlange. In München wimmelt es ja nicht gerade von exotischen Reptilien. Würde das Gift von einer seltenen Familie stammen, zum Beispiel von einer Giftnatter wie der Kobra, dann hätten Sie relativ gute Karten, weil keiner einfach so in eine Zoohandlung spazieren kann, um sich ein solches Schmusetier zuzulegen. Bei unserem Toten ist die Lage einfach und kompliziert zugleich."

Doktor Schaffroth blickte erst Haffner, dann Adlgasser herausfordernd an. Als keiner der beiden reagierte, seufzte sie und dozierte weiter: „Das mutmaßliche Mord-Werkzeug", sie deutete bei diesen Worten mit beiden Händen Gänsefüßchen an, „war in unserem Fall eine gewöhnliche *Vipera berus*."

„Ah – also tatsächlich eine Kreuzotter", brach Haffner das Schweigen. „Wie kommt man als Laie an so ein Tier?"

„Das dürfen Sie gern selbst herausfinden", erwiderte sie.

„Lässt sich wenigstens der Todeszeitpunkt eingrenzen?", wechselte er also das Thema.

„Ich habe ein bisschen nachgerechnet und ein paar

Untersuchungen durchgeführt“, sagte sie. „Als Zeitfenster können wir auf Grund von Außen- und Körpertemperatur des Leichnams heute Morgen, Stadium der einsetzenden Todesstarre und so weiter die Stunde zwischen Mitternacht und ein Uhr plus maximal eine halbe Stunde festlegen. Genauer wird’s nicht mehr werden.“

Haffner steckte die Hände in die Tasche und musterte sie langsam von oben bis unten. Sollte das alles gewesen sein? Er spitzte den Mund und biss sich auf die Zunge.

„Das wirklich Interessante aber“, sagte sie geheimnisvoll, „ist die Todesursache.“

Er wechselte einen Blick mit Adlgasser, die bisher keinen Ton von sich gegeben hatte. Worauf wollte sie bloß hinaus?

„Wie Sie jederzeit im Internet nachlesen können, bräuchte es fünf ausgewachsene Kreuzottern, um einem Normalsterblichen gefährlich zu werden.“

Sie ging zum Instrumententisch unter der Fensterfront, nahm eine Mappe in die Hand und schlug sie an einer eigens markierten Stelle auf.

„Ich hatte im Hofgarten schon den leisen Verdacht, dass irgendwas an der Sache faul ist. Die Kombination von Elektroschocker und Schlange macht einen Exitus zwar schon plausibler. Aber schauen Sie sich das Mordopfer einmal genauer an!“

Sie stieß einen pathetischen Seufzer aus.

„So fit und sportlich wie er äußerlich wirkt – da glaubt doch keiner ernsthaft, dass ihm ein Schlangenbiss etwas anhaben kann! Durch einen Elektroschocker verlieren manche das Bewusstsein. Andere werden vorübergehend paralysiert. Das Opfer hätte dann unter normalen Umständen die Schlangenattacke miterlebt und wäre ihr willenlos ausgeliefert gewesen. “

Haffner verschränkte die Arme und begann, mit den Fingern auf dem Ellbogen zu trommeln. Er räusperte sich.

„Wir sehen alle, was Janssen für ein Prachtkerl war. Was ist denn nun der Casus knacksus?“

Adlgasser verzog das Gesicht.

„Hat jemand mit Arsen nachgeholfen – oder was?"

„Nachgeholfen?", fragte Doktor Schaffroth. „Nachgeholfen hat niemand."

Sie grinste.

„Aber weil sie es schon ansprechen: auf den Mageninhalt können wir später gern zurückkommen. Der dürfte interessant werden, wenn Sie den gestrigen Abend rekonstruieren möchten."

Jetzt verschränkte auch Adlgasser die Arme und tippte ungeduldig mit dem Fuß auf den Boden.

„Hat irgendjemand von den Befragten erwähnt, dass Janssen in den letzten zwei, drei Monaten schlapp wirkte?", fragte die Pathologin und blickte die beiden Kommissare neugierig und triumphierend zugleich an.

Sie schwiegen, hatten aber aufgehört herumzutippen.

„Worauf ich hinausmöchte", sagte sie schließlich, „unser Mordopfer hat sich vor einigen Monaten offenbar eine heftige Virusinfektion eingefangen. Dabei handelt es sich um kardiotrope Virenstämme, die den Herzmuskel in Mitleidenschaft ziehen. Janssens Leistungsfähigkeit war auf fünfundzwanzig, höchstens dreißig Prozent reduziert."

Haffner nickte nachdenklich. Plötzlich ergaben die vagen Andeutungen von Verena Schacht einen Sinn.

„Vor ein paar Monaten hätte Janssen den Anschlag vermutlich unbeschadet überstanden", fuhr sie fort. „Aber so war Janssen nach dem Stromschlag sofort tot. Deshalb auch die wenig ausgeprägte Bisswunde. Der Mörder, den Sie suchen, ist also entweder äußerst klug und kannte sein Opfer sehr genau – oder ein ziemlich schlichtes Gemüt, das an die Mär vom Schlangenbiss glaubt."

Sie hielt eine Weile inne und sah sie wieder erwartungsvoll an. Haffner setzte eine versteinerte Miene auf.

„Was aber der Sache die Krone aufsetzt", sagte sie also und begann zu strahlen. „Im Blut des Toten habe ich Spuren von Methamphetaminen nachgewiesen."

Haffner und Adlgasser sahen sich überrascht an.

„Entweder fragte er in seinem Bekanntenkreis einen Arzt

oder Apotheker ...“

„Oder?“, unterbrach Haffner sie ungeduldig.

Sie zog dem Leichnam das weiße Tuch wieder über den Kopf.

„Oder er hat sich auf dem Schwarzmarkt *Crystal Meth* besorgt.“

25

„Das wird ja immer besser“, stellte er fest, als die Pathologin mit ihrem Cabrio um die Ecke gesaust war.

Er beugte sich über sein Fahrrad, um es loszumachen. Sein Magen knurrte.

„Soll ich uns ’ne Pizza bestellen? Bis wir bei mir sind, ist die Lieferung auch da.“

In seinem Kühlschrank herrschte gähnende Leere.

„Ich kann Samira nicht länger mit meinen Eltern allein zu Hause sitzen lassen. Das ist heute sicher nicht der letzte Abend in dieser Woche“, entschuldigte sich Adlgasser.

Er nickte. Ganz ungelegen kam ihm ihre Absage nicht: so bestand zumindest die Hoffnung, dass er sich die Partie Kroatien-England gönnen konnte. Und eine Mütze Schlaf würde ihm auch nicht schaden.

„Dann sehen wir uns morgen früh?“

Sie nickte stumm.

„Lempl kommt um neun. Danach nehmen wir uns die beiden Damen aus dem Institut zur Brust. Außerdem sollten wir die weibliche Belegschaft aus dem Häuserblock, in dem Janssen verkehrte, um einen freiwilligen DNA-Test bitten.“

Adlgasser musterte ihn skeptisch.

„Glaubst du ernsthaft, dass Fischer das durchwinken wird?“

Zugegeben: die Chancen standen ziemlich schlecht, zumal er sich mit dem Innenministerium auf die *Vatikan-Connection* eingeschossen hatte.

„Wir werden sehen. Haben wir eine andere Wahl, wenn wir wissen wollen, mit wem Janssen sich vergnügt hat?“

„Hast du jemand Bestimmtes im Sinn?“

„Putzfrau Tatjana vielleicht?“, sagte er, lehnte sich entspannt auf den Lenker seines Fahrrads und grinste. „Die hat ja nicht nur Janssen schwer beeindruckt, wie es scheint …“

Adlgasser lief an wie ein reifer Pfirsich.

„Den Grießner zum Beispiel auch“, schob er hinterher.

Sie tippte sich an die Schläfe und schüttelte ihr Pagenköpfchen.

„Bis morgen“, sagte sie und wischte davon.

26

Er drehte den Schlüssel im Zylinder um und lehnte sich erschöpft an die Tür. Wie sehr ihn der Hunger plagte, war ihm erst bewusst geworden, als die Spannung nach dem Besuch in der Pathologie schlagartig nachgelassen hatte. Er konnte das Knurren seines Magens nicht mehr länger ignorieren.

Über ihm schrillte die Klingel. Er lächelte selig, drückte auf den Türöffner und machte wieder auf: endlich war Rettung in Sicht!

„Grüß Gott, Herr Haffner!", tönte es ihm entgegen.

Er spürte, wie ihm die Gesichtszüge entgleisten. Vor ihm stand nicht etwa der Pizzalieferant.

„Frau Kowalski", stammelte er und trat mit einem Fuß auf den anderen.

„Ich habe Ihnen was vom Mittagessen aufgehoben", sagte seine Wirtin und zwinkerte ihm zu.

Sie lupfte den Deckel vom Topf, den sie in der Hand hielt.

„Saures Lüngerl."

Von der cremigen Soße stieg der Dampf auf. Wie auf Knopfdruck lief ihm das Wasser im Mund zusammen, obwohl ihm der Gedanke an das heiße Lüngerl Schweißperlen auf die Stirn trieb.

„Das kommt ein bisschen überraschend", sagte er. „Ich habe vorhin Pizza bestellt …"

Wie zur Bestätigung ertönte die Klingel im selben Moment

zum zweiten Mal. Der Kurier vom *Pizza-Flitzer* sprang die Stufen herunter.

„Lassen Sie mich das machen!“, sagte sie, schob ihn mit fest entschlossener Miene in die Wohnung und stellte die Kasserolle auf den Hochtisch im Wohnzimmer.

„Haben Sie schon zu Abend gegessen?“, fragte sie den Pizza-Flitzer.

Er riss die Augen auf.

„Nö. Meine Schicht hat gerade erst angefangen.“

„Schauen'S her“, sagte sie. „Machen Sie eine kleine Pause. Da vorn um die Ecke beim *Rumpler* gibt's ein lauschiges Plätzchen mit ein paar netten Bänken.“

Sie zog ein paar Münzen aus ihrer geblümten Küchenschürze, zählte fünfzehn Euro ab, drückte sie dem verblüfften Lieferanten in die Hand und drängte ihn die Stiege hinauf.

„Einen guten!“, rief sie ihm hinterher und schloss die Tür.

Haffner schüttelte den Kopf und schmunzelte.

„Am besten holen Sie sich ein Besteck“, meinte sie. „Ist nämlich noch warm. Kaltes Züngerl schmeckt furchtbar. Ein Bier haben Sie, oder?“

Er nickte verdutzt und lief in die Küche. Wie gern wäre er zuerst aus seinen durchgeschwitzten Klamotten geschlüpft! Von einer Dusche ganz zu schweigen. Aber daran war erst einmal nicht zu denken. Er öffnete den Kühlschrank und war kurz darauf mit einem kühlen Augustiner, Besteck und Teller zurück. Während Witwe Kowalski den Klappstuhl vom Schreibtisch herüberzog und sich daraufsetzte, nahm er auf dem Barhocker Platz.

„Was war denn das heute Morgen im Hofgarten?“

Neugierig blickte sie ihn aus ihren lebhaften blauen Augen an, als wäre sie selbst vor Ort gewesen und ihr wäre nur das Wichtigste entgangen.

Haffner tauchte den Schöpflöffel in den Topf und leerte eine Portion von der sämigen Brühe in seinen Teller.

„Sie wissen doch, dass ich nicht darüber reden kann“, wehrte er sanft, aber bestimmt ab.

„Als ob ich das als Polizistenwitwe nicht wüsste“, sagte sie. „Von mir erfährt keiner ein Sterbenswörtchen!“

Zur Bekräftigung legte sie den Finger auf den Mund und äugte gespannt zu ihm hoch.

„Prost!“, sagte er und tat einen herzhaften Schluck aus der Flasche.

Was für ein Genuss, dieses kühle Prickeln in der Kehle! Er schob den ersten Löffel in den Mund. Sie sah ihm zufrieden dabei zu.

„Ein Gedicht!“, sagte er und schmatzte.

Er gab sich redlich Mühe, sie nicht merken zu lassen, dass er noch mehr zu schwitzen begann. Plötzlich sprang er auf, lief zur Tür und drehte den Schlüssel um.

Witwe Kowalski zuckte zusammen und fing an zu kichern.

„Was haben Sie vor?“

„Nichts. Ein Kindheitstrauma“, versetzte er.

Sie wartete. Aus ihren Augen sprach erneut die pure Neugier.

Er aß zwei Löffel. Dann sagte er: „Mein Vater hat an einem eiskalten Wintersonntag den Haustürschlüssel auf dem Küchentisch vergessen. Ist dreißig Jahre her – ich war damals nicht älter als fünf und habe mir draußen fast zwei Zehen abgefroren.“

Er unterbrach sich.

„Ich hab Ihnen gar nichts zu trinken angeboten. Auch ein Bier? Oder lieber ein Weinderl?“

Er wusste, dass Witwe Kowalski am Abend ganz gern einen Schoppen Rotwein trank. Er wetzte in die Küche, zog eine Flasche Tempranillo aus dem Holzregal, holte den Korkenzieher aus der Schublade und kehrte mit einem dickbauchigen Glas zurück.

„Ich würde ihn fünf Minuten atmen lassen“, sagte er.

Sie nahm ihm das Glas aus der Hand und setzte es an den Mund, ohne den rubinroten Kelch zu schwenken.

„Mmh!“, machte sie.

Das Glas war zur Hälfte leer. Er schob sich den nächsten Löffel vom Lüngerl mit Semmelknödel und Rahmsoße in den

Mund und wischte ihn ab.

„Deswegen stecke ich jetzt den Schlüssel immer ins Schloss und dreh ihn um. Ganz einfach“, erklärte er.

Sie schmunzelte und nippte an ihrem Glas. Haffner schwitzte wie ein Schwein über dem feudalen Lüngerl.

„Meinen Sie nicht, dass es langsam Zeit wäre, dass Sie sich wieder eine Frau suchen?“, wechselte sie plötzlich das Thema.

Haffner glaubte, sich verhört zu haben, und verschluckte sich. Er fing an zu husten und klopfte sich an die Brust.

„Ich meine es ernst.“

Ihre Augen funkelten. Er nahm einen Schluck. Der Husten beruhigte sich.

„Wie lange wohnen Sie schon bei mir?“

Haffner hatte aufgehört, die Tage zu zählen. Außerdem war ihm die Geschichte von seinem unfreiwilligen Umzug unangenehm.

„Ein gutes halbes Jahr.“

„Ein Frauenzimmer würde der Wohnung guttun“, beharrte sie und sah sich in dem geräumigen Wohn-Schlafzimmer um. „Gemütlich sieht anders aus.“

Er musste zugeben, dass seine Behausung eher spartanisch eingerichtet war – wenn man überhaupt von Einrichtung reden konnte. Denn außer einer Matratze, einer edlen Stereoanlage, dem Schreibtisch, einem runden Kaufhausgarderobenständer und dem Bartisch, an dem sie sich unterhielten, gab es fast nichts. Seine Platten und CDs hatte er in eine Ecke gestapelt.

„Wieso haben Männer eigentlich immer solche Probleme, wenn’s um Gefühle geht?“

Sie kannte offenbar keine Gnade. Er langte nach seinem Augustiner und trank. Ihr Tempranillo ging zur Neige.

„Ich habe nicht mehr viel zu verlieren“, sagte sie. „Ich weiß, dass ein Polizistenleben kein Zuckerschlecken ist. Aber geteiltes Leid ist halbes Leid. Suchen Sie sich doch eine nette hübsche Partnerin. Und dann tauschen wir Wohnungen: Sie ziehen nach oben, ich nach unten – mir ist die meine eh zu groß.“

Haffner sah sie erstaunt an. Als ob die Damen dieser Welt

auf den Bäumen säßen und man sich die richtige nur herunterholen müsste! Und dann dachte er an seine letzte Wohnungssuche: Stundenlang Schlange stehen, den Superreichen für eine Abstellkammer zum Preis einer Vierzimmerwohnung auf dem Land die Füße küssen.

Trotzdem war er im Moment einfach froh, allein zu sein. Für ihn waren die nackten Wände eine Möglichkeit zur Katharsis. Hier konnte er sich aufs Wesentliche konzentrieren. Was nicht hieß, dass er mit seinen fünfunddreißig Jahren als soziopathischer Single enden wollte, der schwanzwedelnd und lechzend bei *youporn* rumhing oder krampfhaft versuchte, mit seinen *Facebook*-Freunden die 700er-Marke zu knacken, ohne zu wissen, wie eine veritable Kneipe von innen aussieht.

Er seufzte. Witwe Kowalski hatte ihren Kelch geleert und drehte ihr Glas zwischen den Fingern hin und her. Wäre Adlgasser mitgekommen – der Abend hätte nicht schlimmer enden können!

„Eine komische Geschichte ist das mit diesem *Hofgartenmord*“, wechselte er das Thema.

Sie spitzte die Ohren. Er goss ihr nach, und sie setzte das Glas sofort wieder an die Lippen.

„Gibt es schon eine heiße Spur?“

Er schüttelte den Kopf.

„Unser Staatsanwalt und der Innenminister glauben, dass der Vatikan die Finger im Spiel hat.“

„Und Sie?“

Er presste die Lippen zusammen und überlegte. Doch bevor er antworten konnte, klingelte das Handy auf der Kommode im Vorzimmer. Er stand auf und sah nach.

„Entschuldigung“, sagte er. „Bin sofort zurück.“

Er verschwand in die Küche und zog die Tür hinter sich zu.

„Servus, Opa“, sagte er. „Wie geht's dir?“

„Griaß di, Tino. Du wolltest doch rauskommen“, antwortete der Obermaier Hias.

Haffner verzog das Gesicht. Hatte er prompt verschwitzt.

„Tut mir leid. Wir haben einen neuen Fall. Der absolute

Stress."

„Was ist passiert?"

„Hast du's nicht mitgekriegt? Der Rudi Stölzl macht doch eine Riesenshow draus."

„Hm", machte sein Großvater. „Wann kommst denn?"

„Am Samstag?"

„Sicher?"

Er holte tief Luft. Was, wenn der Fall bis zum Wochenende nicht gelöst war?

„Versprochen", sagte er.

„Gut."

„Alles ok mit dir?", fragte Haffner besorgt.

„Samstag ist schon in Ordnung. Aber diesmal wirklich."

„Ehrenwort", scherzte er.

„Also dann: pfiadti!"

Seine Stimme klang verändert.

„Ja, pfiadti. Bis Samstag."

Er legte auf und ließ die Hand mit dem Handy sinken. Sein Blick fiel auf das umgedrehte Kaffeehaferl in der Spüle. *Lieblingsenkel* stand da unter dem Bayernwappen. Ein Geschenk von seinem Großvater. Im Schneckentempo schlich er aus der Küche und hievte sich wieder auf den Hochsitz. Er runzelte die Stirn und sagte: „Mein Großvater. Er hat irgendwie gar nicht gut geklungen."

27

Nachdem Witwe Kowalski ihr zweites Glas geleert hatte, konnte er sich endlich die klebrigen Kleider vom Leib reißen.

Jetzt stand er unter der Brause und genoss den eiskalten Wasserstrahl. Seine Haut fing an zu prickeln. Eine Gänsehaut lief ihm wohlig über Arme und Rücken. *Herrlich!*, dachte er. Das Telefonat hatte er bereits verdrängt.

Als er aus der Kabine stieg, sich abgerubbelt und in frische Unterwäsche gezwängt hatte, fühlte er sich endlich wieder wie ein Mensch. Er sah auf die Uhr: noch eine halbe Stunde bis zum Anpfiff. Er ging in die Küche und öffnete die Kühlschranktür. Der Kronkorken ploppte, es zischte, er setzte an und trank Schluck für Schluck. Was für eine Wohltat! Er schloss die Augen und brummte zufrieden.

Im Wohnzimmer machte er den Fernseher an und stellte ihn auf stumm. Er wollte die Zeit nutzen und wenigstens ein paar Dinge recherchieren. Mit dem Laptop in der Hand warf er sich auf die Matratze, knautschte Decke und Kissen hinter dem Rücken zusammen und kuschelte sich hinein.

Womit sollte er loslegen? Adlgasser hatte von Irmgard Bauer erfahren, dass Janssen ihr manchmal Rosen geschenkt hatte.

„Rote?“, hatte Haffner gefragt.

Doch Adlgasser wusste es nicht.

Konnte es sein, dass sich die Sekretärin selbst Hoffnungen

machte? Haffner schob den Gedanken an die Stützstrümpfe beiseite, die sie getragen hatte, obwohl die Stadt unter der brütenden Hitze litt.

Was hatte sie wohl mit dem Kerl gemeint, auf den sie angespielt hatte? Er versuchte, sich an den Namen zu erinnern. Der war ein Fall für Adlgasser. Irgendwas mit *Ana-* am Anfang. Es ärgerte ihn, dass er Nicoletta Galli nicht gleich befragt hatte. Wenn ihm Fischer mit seinem Anruf nicht dazwischengefunkt hätte … Es wollte ihm partout nicht einfallen.

Er öffnete den Browser und tippte bei *Google* das Stichwort *Schlange* ein. Der erste Eintrag stammte aus *Wikipedia*. Doch ihn interessierte weder deren Anatomie noch, welche Vipern und Nattern es in Mitteleuropa gab. Er scrollte nach unten und stieß auf ein Kapitel *Symbolik und Mythologie*.

„Na, das das ist doch schon eher was“, raunte er.

Aber auch hier fand er nur ein paar allgemeine Angaben. Für die Information, dass die Schlange ein Symbol für den Leibhaftigen war, hätte er sich die Recherche sparen können. Er stieß auf den Äskulapstab der Mediziner, der auf die heilende Kraft von Schlangen zurückging. Doch auch das brachte ihn auf keine zündende Idee.

Doktor Schaffroth hatte sich auf die satanistische Komponente konzentriert. Und wenn sie recht hatte? Er öffnete einen weiteren Tab und suchte nach Symbolen, überflog Seiten zu Esoterik, Okkultismus und Freimaurerei.

Aber wie passte ein heidnischer Tempel zu dem umgedrehten Kruzifix in Janssens Hand, der *Baphomet*-Geste, wie die Pathologin sie genannt hatte, und dem Kreide-Pentagramm um den Mosaikstern auf dem Boden? Ratlos schüttelte er den Kopf. Adlgasser hatte sich sofort einen Reim auf alles machen können. Aber er konnte sich auf Teufel komm raus nicht mehr an ihre Hypothese erinnern.

Er rief den Artikel über Giordano Bruno wieder auf, den er schon im Büro überflogen hatte. Diesmal blieb er bei seinem Zeitgenossen Galileo Galilei hängen. Der war genauso wie Giordano mit der Inquisition aneinandergeraten, aber der Mathematiker aus Pisa hatte offenbar größeres Glück gehabt.

Wahrscheinlich war Galileo nicht so ein Hitzkopf wie Giordano gewesen, der sich mit seiner Arroganz in ganz Europa Feinde gemacht hatte.

Das Netz war voll von glühenden Verehrern Giordanos und seinen Gegnern, die ihn abgrundtief hassten, als wäre er die Inkarnation des Teufels.

Plötzlich erinnerte er sich wieder an den Namen, den die Sekretärin genannt hatte: *Anastasius.* Aber er sagte ihm nichts. Er schloss die Augen und dachte angestrengt nach. In seinem Kopf schwirrten die Informationen und Eindrücke dieses Tages wirr durcheinander.

Es war, als wanderte er durch einen endlosen Gang. Links und rechts sah er tausende von Türen. Über jedem Eingang prangte eine Tafel, die verkündete, was für ein wundersames Spektakel ihn dahinter erwartete. Er hob den Fuß, um eines der Zimmer zu betreten. Da zog es ihm plötzlich beide Beine unter dem Leib weg.

Er sah seine Füße vor sich. Sie beschleunigten und sausten immer schneller vorwärts. Über seinen Zehen tauchten am Ende des Korridors zwei Reihen gigantischer Zähne auf. Je näher er kam, desto deutlicher erkannte er ein riesiges Fischmaul. Kurz bevor er in den Schlund hinabstürzte, blickte er dem Ungeheuer in seine wirren Glotzaugen. Dann blieb die Zeit stehen. Er drehte den Kopf wie in Zeitlupe nach allen Seiten. Eine der Pforten sprang auf. Plötzlich verwandelte sie sich in den Schädel eines Chamäleons. Eine klebrig-grüne Zunge schnalzte ihm entgegen, schlang sich um seine Taille und riss ihn blitzschnell in den Rachen. Dann fiel er – und fiel und fiel und fiel …

Er purzelte eine enge gläserne Röhre hinunter, sah Kopfpressen, Schädelschrauben und andere Folterinstrumente, überdimensionale bleierne Rosenkränze, die verurteilte Verbrecher um den Hals hängen hatten. Hinter der Glaswand huschte eine Galerie von Gehenkten, Geräderten und Gepfählten an ihm vorüber. Ein Orang-Utan in mongolischer Tracht rupfte an einer riesigen Harfe, während ein Heer von Soldaten um ein kolossales Fagott herumstand. Einer von ihnen tutete auf einem Dudelsack immer wieder denselben dumpfen Ton.

Plötzlich saß er in einem Trog. Er versuchte auszusteigen. Der Himmel spaltete sich, gleißendes Licht blendete ihn. Er schlug die Hände vors Gesicht, doch es half nicht. Die Wände um ihn herum strahlten heller als tausendmal tausend Sonnen. Vorsichtig lugte er durch die Finger. Der Trog hatte sich in eine strahlend weiße Chaiselongue verwandelt. Davor stand ein Tisch. Auf ihm ringelte sich eine kleine grüne Schlange. Sie reckte den winzigen Kopf drohend empor und zischelte, blähte sich mehr und mehr auf.

Mit gewaltigem Getöse platzte der Schädel. An seiner Stelle standen jetzt drei nackte Frauen. Ihre Gesichter waren undeutlich. Sie beugten sich über eine marmorne Tischplatte und reckten ihm ihre drallen Hintern entgegen. Hinter ihnen traten zwei Herren in wallenden, tiefschwarzen Talaren hervor und schwangen rote Quastenhüte über dem Kopf.

Er kniff die Augen zusammen – und erkannte Gernot Janssen und Professor Lempl. Eine Stimme donnerte vom Himmel: „Dies ist mein geliebter Sohn …!“

Es war die Stimme seines Großvaters.

28

In der Ferne klingelte ein Wecker. Haffner schüttelte unwillig den Kopf. Es klingelte weiter. Er wälzte sich auf die andere Seite und zog das Kopfkissen über beide Ohren. Das Klingeln hörte nicht auf. Was hatten Lempl und Janssen mit den drei Damen vor? Er linste durch den Spalt seines linken Auges. Wahrscheinlich würde er es nie erfahren.

Vorsichtig tastete er mit der Hand um sich. Irgendwann stieß er auf einen Gegenstand. Die Fernbedienung. Er schreckte hoch. War er weggepennt? Im Fernsehen lief das Morgenmagazin. Er fuhr mit der Hand unter die Decke und fand, wonach er suchte.

„Hallo?“, hörte er sich krächzen.

„Guten Morgen, Tino!“, gluckste eine gutgelaunte Stimme am anderen Ende der Leitung. „Schon mal auf die Uhr geschaut?“

Er rieb sich die verklebten Augen und starrte entgeistert auf die Ziffern auf dem Display. Hatte der Wecker wirklich geweckt?

„Entschuldige“, murmelte er. „Ich brauch ’ne halbe Stunde, ok?“

Er wartete ihre Antwort nicht ab, sondern drückte Adlgasser weg, sprang auf, drehte sich wie eine Katze mehrmals im Kreis und stürzte ins Bad.

Als das Wasser aus den Düsen auf seinen Kopf

niederprasselte, kehrte allmählich Ruhe und Ordnung in seinem Kopf ein. Die abstrusen Bilder verblassten, er versuchte, sich zu konzentrieren.

Hastig trocknete er sich ab, setzte einen Espresso auf, rasierte sich notdürftig und kippte den Kaffee brühend heiß wie er war hinunter.

„Kruzifix!“, schrie er.

Er befühlte die Lippe. Tat ganz schön weh. Mit der Zahnbürste im Mund schlüpfte er in seine Kleider, blieb im Hosenbein hängen, hüpfte auf einem Bein durchs Zimmer und warf einen prüfenden Blick in den Spiegel.

„Schrecklich schaust aus, Tino Haffner“, sagte er, zog die Lippe hoch und beschloss, die Flucht vor sich selbst zu ergreifen.

Zu dieser frühen Morgenstunde war der Marienplatz fast menschenleer. In der Dienerstraße lieferten sich die Radler noch keine Grabenkämpfe mit alkoholisierten Touristengrüppchen, die auf dem Asphalt herumfläzen und mit hölzernen Gerstensaftleiterwägelchen spontan eine Sitzblockade veranstalten.

Nur der eine oder andere Lastwagen stand in den Gassen in erster und zweiter Reihe und schwängerte die Luft mit Feinstaub. Der Himmel lächelte bayerisch weiß-blau herunter, und Haffner trat kräftig in die Pedale. Dazu pfiff er *Wenn der Sommer nicht mehr weit ist.* Seine Laune besserte sich, seine Gedanken wuchsen über die Dächer hinaus. Doch kein Zauber währt ewig …

29

Doktor Fischer hatte zum morgendlichen Briefing geladen. Haffner präsentierte zunächst den vorläufigen Obduktionsbericht vom Vorabend. Im Saal surrten die Ventilatoren. Um diese Uhrzeit hielt sich die Schwüle Gott sei Dank noch in Grenzen.

„Überrascht hat uns Doktor Schaffroth am Ende mit der Erkenntnis, dass Janssen seit einiger Zeit *Crystal Meth* eingeworfen hat“, berichtete er. „Da stellt sich die Frage, woher er den Stoff hatte. Da Janssen Akademiker war, sollten wir in Erwägung ziehen, dass er eventuell über einen befreundeten Arzt rankam. Wir sollten mit seinem Hausarzt anfangen. Die Alternative dazu ist der Schwarzmarkt. Das könnte die Drogenabteilung für uns recherchieren – die haben die besseren Kanäle.“

Staatsanwalt Fischer räusperte sich. Haffner warf ihm einen verstohlenen Blick zu und überging den dezenten Wink mit dem Zaunpfahl.

„Sodann haben wir erste Erkenntnisse über Janssens letzten Abend. Doktor Schaffroth fand im Verdauungstrakt des Toten deutliche Hinweise. Demnach hat Janssen einen schweren Bordeaux getrunken und Entenbrustfilet mit Kartoffeln und reichlich Knoblauch gegessen. Ich tippe auf ein französisches Restaurant.“

„In München gibt’s bestimmt zwanzig Franzosen“, meldete

sich einer der Kollegen zu Wort und ächzte. „Sollen wir die alle abklappern?“

„Wir können froh sein, dass Janssen nicht beim Italiener oder gutbürgerlich essen war“, erwiderte Haffner, blickte über den Rand seines Redepults und fixierte den Kollegen.

„Kümmern Sie sich darum? Danke!“

Er blätterte in den Aufzeichnungen, die vor ihm lagen, bis er die richtige Seite gefunden hatte.

„Wie sieht es inzwischen mit Funkzellenauswertung und Handyortung aus?“, fragte er in die Runde.

Ein weiterer Kollege hob den Arm. Haffner nickte ihm zu.

„Der richterliche Beschluss liegt vor. Beim Netzbetreiber ist angefragt. Die Antwort steht noch aus.“

„Bleiben Sie dran, ja? Notfalls machen Sie Druck.“

Er senkte den Blick und suchte wieder. Da er nicht gleich fündig wurde, begann er zu improvisieren.

„Wir haben für die Identifizierung der Leiche die Gattin in die Pathologie bestellt. Ich gebe die Hoffnung nicht auf, dass sie uns doch noch etwas zu Janssens Freundeskreis verraten kann, das uns weiterhelfen wird.“

Er stockte. Doktor Fischer räusperte sich erneut demonstrativ. Haffner verkniff sich ein Grinsen.

„Und dann haben wir gestern am späten Nachmittag ja noch Janssens Institut besucht. Wie es im Moment aussieht, haben dort alle ein Alibi. Am unsichersten erscheint uns das von Professor Lempl, der außerdem ein recht problematisches Verhältnis zu unserem Mordopfer hatte. Die Gründe liegen in der Vergangenheit. Was genau zwischen den beiden vorgefallen ist, wollte er uns nicht verraten, die Andeutungen von Verena Schacht müssen wir überprüfen. Aber …“

Er hielt erneut inne und nahm nun Staatsanwalt Fischer fest ins Visier.

„Aber wir haben von der Sekretärin des Instituts erfahren, dass Janssen offenbar gestalkt wurde. Sie sprach von einem Mann, der sich *Anastasius* nennt.“

„*Athanasius*“, korrigierte ihn Adlgasser.

„Ok. Also *Athanasius*“, sagte Haffner und griff sich an die

Stirn. „Wer dahintersteckt und was er wollte, werden wir vermutlich erfahren, wenn Janssens Rechner geknackt ist."

Er warf einen suchenden Blick ins Plenum.

„Wie weit bist du, Gerald?", fragte er, als er Brunner in der hintersten Ecke ausgemacht hatte.

„Wie ich schon gesagt hatte: die Festplatte ist mit 256 bit verschlüsselt. Unsere Programme laufen drüber. Das Passwort war kein Problem: das hatten wir im Handumdrehen mit einer *brute-force*-Attacke", erklärte er. „Wollt ihr Details?"

Die Anwesenden drehten sich halb um. Haffner musste grinsen und schüttelte den Kopf.

„Danke dir."

Stattdessen meldete sich Adlgasser noch einmal zu Wort.

„Ich finde die Sache mit diesem *Athanasius* ehrlich gesagt ziemlich spannend: Im vierten Jahrhundert gab es einen Bischof dieses Namens. Der hat sich einen erbitterten Kampf mit abtrünnigen Gläubigen geliefert – also mit Ketzern. Wenn wir bedenken, dass auch Giordano Bruno als Ketzer auf dem Scheiterhaufen starb …"

Doktor Fischer stand auf und drehte sich zu Adlgasser um.

„Sehr gut, Frau Kommissarin. Das gefällt mir ausgesprochen gut. Der Innenminister und ich sind ohnehin der Meinung, dass Sie sich auf diese *Vatikan-Connection* konzentrieren sollten. Es wäre schön", wandte er sich wieder an Haffner, „wenn Sie in Kürze auch Fakten zu Janssens Sensationsfund vorlegen würden, bevor wir wieder aus den Medien davon erfahren."

Diesmal legte Haffner die Faust an den Mund und räusperte sich. Er griff nach der Mineralwasserflasche, die neben dem Pult auf dem Tisch stand und nahm einen Schluck. Staatsanwalt Fischer setzte sich wieder und verschränkte die Arme über seinem Bauch.

Einer der Kollegen, der einen eindrucksvollen Rauschebart trug, streckte den Finger hoch. Es war Rolf Weber, der Sektenbeauftragte des Präsidiums. Haffner forderte ihn mit einem Zeichen auf zu reden.

„Ich schlage vor, wir bilden eine kleine Gruppe, die die

üblichen Kandidaten durchleuchtet."

„Und was wären die üblichen Kandidaten?", fragte Haffner.

„Alles was allergisch auf Freigeister und Gutmenschen reagiert: Pius-Brüder, Reichsbürger …"

Haffner zog die Augenbrauen hoch.

„Erzkonservative Personen mit einer Neigung zum Umsturz."

„Ich denke, du schaffst das allein", sagte Haffner und streckte den Daumen hoch.

Dann räusperte er sich noch einmal.

„Ich möchte Ihnen und Euch allen eine Nachricht nicht vorenthalten, die mir Doktor Schaffroth auf die Mailbox gesprochen hat, als ich mit dem Rad hierher unterwegs war."

Er holte sein Handy aus der Tasche und tippte darauf herum. Aus dem Augenwinkel sah er, dass Doktor Fischer erneut auf seinem Stuhl herumrutschte.

„Guten Morgen, Herr Hauptkommissar. Hier Doktor Schaffroth", ertönte die Stimme der Gerichtsmedizinerin. „Ich habe mich heute Morgen wieder über den Leichnam hergemacht und wollte Ihnen nicht vorenthalten, was ich gefunden habe. Das Mordopfer hatte vor seinem Tod noch Geschlechtsverkehr. Die DNA stammt von einer Frau. Ich schicke Ihnen die Daten per Mail, damit Sie sie abgleichen können. Vielleicht ist die Person ja bei Ihnen gespeichert. Wir sehen uns dann später!"

30

Im Büro angekommen, fuhr Haffner als allererstes den Rechner hoch. Doktor Schaffroths Mail war wie versprochen da. Er startete den Datenvergleich.

Dann stand er auf und warf einen Blick in den Korridor. Er seufzte. Keine Spur von irgendwem. Er machte die Tür wieder zu und setzte sich. Während der Rechner die Daten abglich, rief er die Homepage von *IsarTV* auf. Tatsächlich: Rudi Stölzl war alles andere als untätig gewesen. Er klickte das neue Video an.

Stölzl hatte sich in der Kardinal-Faulhaber-Straße vor dem Erzbischöflichen Palais postiert.

„*Wie wir von unserem Rom-Korrespondenten erfahren haben*", sprach er in die Kamera und deutete hinter sich, „*wird noch heute Vormittag der Präfekt der Glaubenskongregation höchstpersönlich in München eintreffen und Kardinal Rosenkrantz einen Besuch abstatten. Wir haben versucht, an nähere Informationen zu gelangen.*"

In diesem Moment fuhr eine schwarze Limousine mit getönten Scheiben hinter ihm vorbei und hielt vor dem Portal. Ein Mann in schwarzem Anzug stieg aus, öffnete die rechte Hintertür und half jemandem aus dem Wagen.

„*Wir haben Glück*", sagte Stölzl. „*Wie Sie sehen, kommt der Erzbischof gerade an.*"

Er winkte dem Kamerateam und lief auf den Prälaten zu.

„*Entschuldigen Sie*", wandte er sich an den Mann mit Talar und violettem Scheitelkäppchen. „*Wir hätten ein, zwei Fragen.*"

Der Chauffeur drängte Stölzl ab und sagte schnoddrig: *„Jetzt nicht. Seine Exzellenz wird erwartet."*

Die beiden verschwanden durch das Tor. Stölzl drehte sich wieder in die Kamera.

„Sie waren gerade selbst Zeugen! Sieht so das Verhalten einer aufgeklärten Kirche aus? Aber nicht nur sie, auch das Polizeipräsidium mauert. Wie wir aus Polizeikreisen erfahren haben, tappt die Mordkommission unter der Leitung von Hauptkommissar Haffner im Hofgartenmord *völlig im Dunkeln. Wir fragen uns zu Recht: Ist es Zufall, dass einen Tag nach Ermordung eines renommierten Wissenschaftlers, der einen jahrhundertealten Skandal in der Kirche aufdecken wollte, der Präfekt derjenigen Institution hier auftaucht, die vor vierhundert Jahren für die Hinrichtung eines anderen Wissenschaftlers verantwortlich ist, mit dem der Dienstag Nacht Ermordete befasst war?"*

Rudi Stölzl beugte sich theatralisch vor und flüsterte: *„Ich spreche von der Heiligen Inquisition, die vor vierhundert Jahren Giordano Bruno öffentlich als Ketzer verbrannt hat!"*

Die Tür schwang auf.

„Ist Lempl noch nicht da?", fragte Adlgasser.

Haffner breitete die Hände aus und wippte im Sessel nach hinten.

„Das hier musst du dir ansehen", sagte er und deutete auf den Bildschirm.

Eine Viertelstunde später lugte Haffner auf den Gang. Noch immer keine Spur von ihrem Gast. Zumindest war der Rechner mit dem Datenabgleich fertig. Haffner griff zum Dienstapparat.

„Staatsanwalt Doktor Fischer", tönte es aus dem Hörer.

„Negativ", sagte Haffner lakonisch.

Fischer stöhnte.

„Dann richten Sie die Sonderkommission ein. Fragen Sie Doktor Schaffroth, bis wann sie damit fertig ist."

Er legte auf und rief in der Pathologie an.

„Der Staatsanwalt hat grünes Licht gegeben. Er möchte wissen, bis wann Sie mit der Untersuchungsreihe durch sein können."

„Hängt von der Zahl der Probanden ab", versetzte die

Gerichtsmedizinerin.

Haffner verzog das Gesicht. Sie schien es zu ahnen.

„Ich sehe zu, dass ich's vor dem Wochenende schaffe."

„Danke!", sagte Haffner.

Dann winkte er Adlgasser. Sie reagierte nicht. Er stand auf, winkte noch energischer und sah, dass sie Stöpsel in den Ohren hatte. Er deutete auf seine Ohren. Sie nahm die Kopfhörer heraus.

„Und? Was sagst du dazu?"

„Typisch Stölzl", meinte sie.

„Siehst du mal nach, ob unser Professor endlich da ist?", bat er sie, stand auf und lief zu Kathi Koller ins Büro.

„Guten Morgen!", begrüßte er sie gutgelaunt.

„Grüß dich, Tino."

Sie musterte ihn skeptisch von oben bis unten.

„Hat die KTU bei Janssen irgendwelche Aufputschmittel gefunden?"

Sie schüttelte den Kopf.

„Nicht, dass ich wüsste."

„Suchst du mir die Nummer von Janssens Hausarzt raus?"

Sie nickte.

„Oder noch besser: rufst du ihn an und fragst, ob er etwas davon weiß, dass Janssen *Crystal Meth* eingeworfen hat?"

„Wie lautet das Zauberwort?", fragte sie und trommelte mit den Fingern auf den Schreibtisch.

„Bitte", versetzte er und lächelte sie an.

Als er zurück war, schüttelte Adlgasser den Kopf.

„Geben wir ihm noch ein Viertelstündchen", sagte Haffner.

In seiner Stimme schwang Ärger mit. Hatte Lempl nicht große Töne gespuckt, dass er Frühaufsteher war?

„Hast du inzwischen das Alibi von diesem Dominikanerpater überprüft?", fragte er.

„Pater Reginald hat sich die Nacht mit seinem Ordensoberen in den USA um die Ohren geschlagen", erklärte sie. „Sie haben über *Skype* letzte Details zu seiner Habilitationsschrift diskutiert. Überhaupt eignet er sich nicht besonders gut als

Verdächtiger: er arbeitet die Geschichte seines Ordens ziemlich schonungslos auf. War ein interessantes Telefonat: wusstest du, dass hauptsächlich Dominikaner in die Machenschaften der Inquisition verstrickt waren?"

Er nickte: seit seinen Internetrecherchen, hatte er einen vagen Eindruck von den Verhältnissen gewonnen.

„Hast du das gegengecheckt?"

„Klar."

Sie presste die Lippen aufeinander und legte den Kopf schief.

„Und was ist mit dem Philosophen?"

Sie winkte ihm und rief eine Seite im Internet auf. Von draußen drang wieder mal Bachs Toccata und Fuge durchs Fenster. Haffner rollte mit den Augen, sagte aber nichts. Adlgasser schmunzelte.

Er trat hinter sie. Auf dem Bildschirm stand in großen schwarzen Buchstaben: *Renaissance – Aufklärung – Demokratie: die Zukunft Europas im Spiegel der Vergangenheit.*

„Was ist das?"

„Ein Vortrag, den er vorgestern in Brüssel gehalten hat. Es gibt ein Video auf *Youtube*."

Sie klickte auf eines der Bilder. Es öffnete sich ein neues Fenster.

„Fast eine Stunde", kommentierte er, was er sah. „Und danach? Er hätte den Flug zurück nehmen können."

Adlgasser winkte ab und deutete auf die Bilderreihe, die in den fortlaufenden Text eingebettet war.

„Er war bis spät in die Nacht auf einem Empfang. Die ganze Politprominenz war da – fehlt nur die Bundeskanzlerin. Ein besseres Alibi kriegst du nicht."

Er lief um den Schreibtisch herum und ließ sich in den Sessel fallen.

„Vielleicht gehen wir Janssens Almanach nochmal durch", brummte er, kramte den Kalender heraus und blätterte ein bisschen missmutig darin herum.

„S. W. ist ziemlich häufig", stellte er fest.

Er legte den Kalender umgedreht auf den Schreibtisch und

rief die Homepage des Instituts auf.

„Könnte die Wollenschläger sein. Sonja Wollenschläger – das passt und würde bedeuten, dass die zwei sich relativ regelmäßig getroffen haben. Wenigstens einmal pro Woche, und zwar mit Vorliebe dienstags."

Er nahm den Kalender wieder in die Hand.

„Aber ich frage mich, warum vor einem Monat plötzlich Schluss ist mit den Einträgen. Was ist da passiert?", sagte er laut und dachte nach.

Doktor Schaffroth hatte davon gesprochen, dass seine Herzleistung massiv abgefallen war. Vielleicht hatte auch die Modedroge versagt.

„Was für ein Alibi hat die Wollenschläger eigentlich?"

„Sie hat den Abend mit Huberti verbracht", antwortete Adlgasser.

Er wandte den Blick von ihr ab und überflog den Kalender wieder. Dann sagte er: „A. H."

„Wieso *aha*?", fragte sie verwirrt.

„Nein – A Punkt, H Punkt. Die Initialen. Janssen hatte auch mit Andrea Huberti regelmäßig Dates."

Die beiden wechselten einen vielsagenden Blick.

„Was wenn die beiden ein Verhältnis mit ihm hatten?"

Er zuckte mit den Schultern.

„Sollten wir sie am besten fragen. Wer wohl LV ist?", sprach er mehr zu sich selbst und scrollte auf der Mitarbeiterseite des Instituts nach unten. Aber es war niemand dabei, auf den die Kürzel gepasst hätte.

„Janssen war zweimal verreist", sagte er dann.

„Ja, einmal mit der Tochter an den Gardasee. Hat uns seine Frau erzählt", versetzte Adlgasser.

„Das J hatten wir schon geklärt. Das meine ich nicht. Nein: er war in Rom – und danach noch in Paris. Das passt perfekt zu seinen kulinarischen Vorlieben. Vielleicht besteht da eine Verbindung."

Er beugte sich wieder über den Schreibtisch und durchsuchte den Haufen.

„Da sind sie ja", sagte er und streckte triumphierend zwei

Hotelrechnungen in die Höhe.

„Doppelzimmer in Paris … und Einzelzimmer in Rom."

„Und wenn's in Paris nur noch ein Doppelzimmer gab?", fragte sie skeptisch.

Diesem Einwand konnte er natürlich schlecht etwas entgegensetzen.

„Wir sollten es sicherheitshalber überprüfen. Kathi!", rief er ins Nebenzimmer.

„Jaha?", scholl es zurück.

„Kramst du mal dein Französisch hervor und rufst für uns in diesem Pariser Hotel an? Wir wüssten gern, ob Janssen allein dort war."

Kathi Koller kam herüber und nahm ihm die Rechnung aus der Hand.

„Wird erledigt. Der Hausarzt weiß übrigens nichts von *Crystal Meth*. Er hat Janssen seit über sechs Monaten nicht mehr gesehen."

„Dann muss doch die Droge ran", murmelte Haffner. „Könntest du uns noch zwei Damen aus dem Institut vorladen? Wollenschläger und Huberti."

Im selben Moment klopfte es.

31

„Pünktlichkeit ist nicht gerade Ihre Stärke“, begrüßte Haffner den Ankömmling.

„Sie leben noch nicht allzu lange in München, oder?“, entgegnete Lempl. „S-Bahn-Chaos auf der Stammstrecke. Ihre Nummer habe ich leider nicht. Sie hätte mir auch gar nicht viel genützt, denn ich besitze kein Mobiltelefon.“

Haffner war aufgestanden und musterte Lempl. Er hatte nicht nur die Laune vom Vortag, sondern auch seinen ganz besonderen Duft mitgebracht. Dazu kam an diesem Vormittag eine heftige Knoblauchfahne. Er trug abgewetzte graubraune Cordhosen und matte Lederslipper, dazu ein einfarbiges Hemd und das Sakko mit Ärmelschonern vom Vortag über den Schultern. Haffner ignorierte die provokante Stimmlage des Professors.

„Würden Sie sich bitte setzen?“

Er bot ihm den Stuhl an, der leicht schräg vor seinem Tisch stand.

„Wer war eigentlich hinter Janssen her?“

Lempl sah ihn verblüfft an, schwieg aber.

„Wir wissen, dass es jemand gibt, der sich *Athanasius* nennt. In welcher Beziehung steht der zu Janssen?“

Er schnaufte und begann zu grinsen.

„Janssen war doch jedes Mittel recht, um in die Schlagzeilen zu kommen.“

„Ist es ihm gelungen?“

„Was?“

„Damit in die Schlagzeilen zu geraten.“

Lempl schüttelte den Kopf.

„Dieser Spinner meinte, er könnte Janssen beeindrucken. Janssen hat ihn benutzt, um sein Image noch ein bisschen aufzupolieren.“

Haffner sah ihn fragend an.

„Wissen Sie, wer sich dahinter verbirgt?“

Lempl zuckte mit den Achseln.

„Er hat nur E-Mails geschickt. Für den Rest müssten Sie Janssen schon selbst fragen. Geht natürlich schlecht.“

Er grinste süffisant.

„Kommen wir noch einmal auf unser Gespräch von gestern zurück“, wechselte Haffner das Thema. „Bleiben Sie bei der Aussage, dass Sie vorgestern Nacht spät vom Bodensee zurückgekommen sind?“

Lempl nickte stumm.

„Nur fürs Protokoll“, sagte Haffner betont höflich. „Könnten Sie laut und deutlich sprechen?“

„Meine Aussage war eindeutig und klar, oder nicht? Wollen Sie wirklich die ganze Litanei noch einmal herunterbeten? Sparen Sie sich die Zeit lieber.“

Er blickte die beiden Kommissare herausfordernd an. Da keiner der beiden etwas sagte, setzte er hinzu: „Ja, ich bleibe bei meiner Aussage.“

„Schauen Sie“, schaltete sich Adlgasser ein, „Wir haben bisher keinen Zeugen, der Ihre Geschichte bestätigen könnte.“

Lempl verzog das Gesicht wieder zu einem breiten Grinsen.

„Da würde ich sagen: Sie haben ein Problem.“

Haffner lehnte sich in seinem Drehsessel zurück, faltete die Hände über dem Bauch und sagte: „Mir will scheinen, dass Sie ein Problem haben und es nicht begreifen. Ihr Kollege wurde ermordet – und Sie tischen uns eine Geschichte ohne Zeugen auf.“

Er fixierte Lempl mit seinem Blick, doch der wich ihm keine Sekunde aus.

„Ich habe Ihnen einen Zeugen genannt“, korrigierte er ihn. „Sie können ihn jederzeit befragen.“

Haffner schwang nach vorn und legte die Hände auf den Schreibtisch.

„Sagen Sie uns doch einfach, wie wir ihn erreichen können – dann sind Sie hier im Handumdrehen wieder draußen.“

Lempl grinste weiter. Immerhin nannte er Haffner Erwin Eberles Nummer.

Haffner nahm den Hörer in die Hand und tippte sie ein. Das Freizeichen ertönte. Keine Mailbox. Nichts. Haffner legte auf.

„Gibt es jemand, der uns mehr Informationen über Ihren Freund liefern könnte?“

Lempl zog eine Augenbraue hoch, legte die Hände in den Schoß.

„Die Firma, in der Erwin arbeitet. Aber ich habe Ihnen bereits gesagt: er verreist generell ohne Handy.“

„Haben Sie die Kontaktdaten des Flugplatzes parat, auf dem Sie waren?“, sagte Haffner und änderte seine Strategie.

„Natürlich.“

Haffner trat auf den Gang hinaus und wartete.

„Hermann Christoph, Flugplatz Wildberg, guten Tag!“, begrüßte ihn eine tiefe Männerstimme.

„Grüß Gott, Herr Christoph! Hauptkommissar Haffner aus München. Haben Sie in ihrem Logbuch für vergangenen Dienstag zwei Herren mit Namen Lempl und Eberle verzeichnet?“

„Einen Moment bitte!“

Haffner hörte, wie er weggelegt wurde. Im Hintergrund dröhnten Motorengeräusche.

„Dienstag sagten Sie?“

„Ja.“

Der Mann schien noch einmal ein paar Sekunden weg zu sein, dann bestätigte er Lempls Aussage.

„Können Sie mir sagen, bis wann die beiden bei Ihnen auf dem Gelände waren?“

„Circa neunzehn Uhr dreißig.“

„Wohin die beiden danach sind, wissen Sie nicht zufällig?"

„Was haben die zwei denn ausgefressen?", fragte Christoph.

„Nichts. Ist reine Routine."

„Ich frag mal meine Kollegin", sagte er.

Es dauerte wieder einen Moment.

„Moni meint, Sie wollten in die Pizzeria."

Er bedankte sich, lief ein paar Schritte den Korridor entlang und schlüpfte ins Büro nebenan.

„Könntest du kurz bei der Pizzeria *Zum fliegenden Bauern* anrufen?", bat er Kathi. „Gibst kurz Bescheid, ok? Danke!"

Als er durch Kathis Tür ins Büro zurückkam, saß Lempl genauso auf seinem Stuhl wie zuvor. Nur hing jetzt im Büro eine Wolke aus Knoblauch und kaltem Zigarettenrauch. Er trommelte mit den Fingern auf seinen Schenkeln herum.

„Sie würden Ihnen und uns das Leben erleichtern, wenn Sie ein bisschen kooperativer wären."

Kathi steckte den Kopf zur Tür herein.

„Bis zweiundzwanzig Uhr waren die beiden da."

„Danke", sagte Haffner und wandte sich wieder an Lempl. „Wir wissen jetzt, dass Sie bis zehn Uhr in der Gegend waren. Das reicht aber noch immer nicht, um Sie zu entlasten. Wo waren Sie in der Zeit zwischen zehn und Mitternacht?"

Wieder setzte Lempl sein überlegenes Grinsen auf.

„Ich wusste nicht, dass die Polizei so verzweifelt ist. So weit ich weiß, müssen Sie mir nachweisen, dass ich zur fraglichen Zeit am fraglichen Ort war, nicht ich muss meine Unschuld beweisen. Wir sind, den Göttern sei's gedankt, nicht in Amerika!"

Haffner holte tief Luft. Was sollte er bloß mit ihm anstellen?

„Wenn Sie sich weiterhin weigern, zu kooperieren, sehe ich keine andere Möglichkeit, als Sie in Beugehaft zu nehmen."

Einen Moment lang klappte Lempl die Kinnlade nach unten, das Grinsen verschwand aus seinem Gesicht. Er rückte seine Hornbrille zurecht.

„In Beugehaft?", wiederholte er. „Sie bluffen!"

Sein Blick wanderte von Haffner zu Adlgasser und wieder

zurück.

„Für uns ist ihr Freund Erwin Eberle ein Phantom", erklärte Haffner. „Er hat nicht einmal eine Mailbox."

„Im Netz existiert kein einziger Hinweis auf Ihren Freund. Ich habe das überprüft", meldete sich Adlgasser zu Wort.

Lempl fing an, auf dem Stuhl hin- und herzurutschen.

„Dass jemand keinen *Facebook*-Account hat, keine Fotos auf *Instagram* postet – das heißt doch nicht, dass jemand nicht existiert. *Facebook* hat vielleicht drei Milliarden Nutzer. Sind es 30 Millionen in Deutschland? Da bleiben 50 Millionen übrig, die ihre Privatsphäre noch schätzen! Und sie haben die Aussage vom Flugplatz."

Natürlich traf Lempl damit den Nagel auf den Kopf. Doch ihm schien die Situation allmählich zu entgleiten.

„Betrachten wir die Sache einmal aus einer anderen Perspektive", sagte Haffner. „Sie und Ihr Freund Eberle stecken unter einer Decke. Damit Sie Janssen beseitigen können, deckt Eberle sie. Er reist ins Ausland und bereitet alles für Ihre Ankunft vor. Sie steigen in ihr Flugzeug und brausen über ein paar Zwischenstationen hinterher. Wie finden Sie das?"

Lempl riss die Augen auf.

„Das ist nicht Ihr Ernst!"

Haffner zuckte mit den Achseln.

„Sie haben kein Alibi. Fluchtgefahr. Beugehaft", sagte Haffner eiskalt und breitete die Arme aus. „Sie hatten am Dienstag Urlaub und alle Zeit der Welt, um alles bis ins kleinste Detail zu planen. Seit wann befassen Sie sich mit dem Teufel bei Dante?"

Lempl schüttelte den Kopf, schloss die Augen und sah starr zum Fenster hinaus.

„*Bu ba baf*", sagte er schließlich.

Haffner stutzte.

„Wie bitte?"

„*Bu ba baf*", wiederholte Lempl im selben näselnden Ton.

Verdutzt blickte Haffner zu Adlgasser hinüber.

„Kann sein, dass Sie unsere Befragung für Bauerntheater

halten“, knurrte er. „Aber ich versichere Ihnen: es ist keines. Darum ein letztes Mal meine Frage: Wo waren Sie in der Nacht von Dienstag auf Mittwoch von zweiundzwanzig bis zwei Uhr?“

„Sie haben gewaltige Bildungslücken, Herr Kommissar“, versetzte Lempl. „Kennen Sie Albertus Magnus? Nicht? Dachte ich mir. In seinem Kommentar zum Traktat *Perì hermeneîas* von Aristoteles erläutert er den Unterschied zwischen Wörtern, die eine Bedeutung vermitteln, und solchen, die sich lediglich dem Sprecher selbst erschließen.“

Haffner schüttelte den Kopf und warf einen flehenden Blick zu seiner Kollegin hinüber. Wovon sprach er bloß?

Lempl grinste wieder.

Adlgasser winkte Haffner mit dem Finger. Er stand auf und umrundete Lempl.

„Ich glaube, Meister *Bubabàf* möchte uns gern sagen, dass wir nicht in seiner Liga spielen“, sagte sie laut.

„Ich glaube, Meister *Bubabàf* verarscht uns“, gab er zurück.

„Ich bin immer noch da!“, rief Lempl empört, verschränkte die Arme vor der Brust und drehte sich um.

Haffner lief zurück zu seinem Schreibtisch, stemmte beide Arme darauf und sagte: „Ich glaube, wir sollten Meister *Bubabàf* in Beugehaft stecken.“

32

„Ich hab dir die Nummer von Erwin Eberles Firma rausgesucht", sagte Kathi, als Lempl durch die Tür verschwunden war. „Was hat der denn für eine Nummer abgezogen?"

Haffner zog die Schultern hoch und blickte wie der leidende Christus an die Decke. Dann nahm er ihr den Zettel aus der Hand, bedankte sich und klemmte sich hinters Telefon.

Diesmal meldete sich eine nette, junge Frauenstimme.

„Hier Hauptkommissar Haffner aus München. Arbeitet bei Ihnen in der Firma ein Herr Eberle?"

Die Frau schnaubte amüsiert.

„Sind Sie noch da?"

„Herr Eberle ist der Chef unseres Konzerns. Was möchten Sie von ihm?"

„Ich würde ihm gern ein paar Fragen stellen."

„Einen Moment. Ich stelle Sie zu seiner Sekretärin durch."

Aus dem Hörer dudelte elektronische Musik, die einem 80er-Jahre-Porno zur Ehre gereicht hätte.

„Sandra Heuberger. Was kann ich für Sie tun?"

Haffner schilderte der Dame noch einmal, worum es ging. Sie räusperte sich.

„Herr Eberle ist eine Woche in Urlaub."

„Können Sie mir sagen, wie oder wo ich ihn erreiche?"

„Unser Chef verreist grundsätzlich ohne Handy. Wir wissen

nur, dass er in der Dominikanischen Republik ist. Aber das Hotel – “

„Hat Herr Eberle Familie?“

Sandra Heuberger stutzte.

„Ich bin nicht befugt, Ihnen Auskünfte über sein Privatleben zu erteilen.“

Ihre Antwort klang, als wüsste sie bestens über Eberles Privatleben Bescheid.

„Wir bräuchten dringend seine Aussage. Es wäre gut, wenn wir ihn so schnell wie möglich erreichen könnten.“

„Herr Eberle lebt getrennt von Frau und Kindern“, antwortete sie knapp.

„Ich wäre Ihnen sehr verbunden, wenn Sie mir eine Adresse, eine Telefonnummer, irgendetwas nennen könnten“, sagte er höflich.

Haffners Schädel fühlte sich langsam wieder an, als wäre er aus Blei, obwohl der Kater bereits einen Tag zurücklag. Er hielt ihn mit beiden Händen fest und heftete seinen Stierblick auf den Schreibtisch.

„Dieser *Bubabàf* treibt mich noch in den Wahnsinn!“, sagte er und stöhnte. „Was soll diese Hinhaltetaktik? Ist er tatsächlich unschuldig, wie er behauptet? Oder weiß er, dass wir ihm den Mord nicht nachweisen können?“

Adlgasser wippte in ihrem Sessel auf und ab.

„Wenn er Janssen auf dem Gewissen hat, macht er früher oder spater einen Fehler. Jeder macht Fehler. Da ist Meister *Bubabàf* keine Ausnahme – auch wenn er gern eine wäre“, tröstete sie ihn.

„Meinst du, es war richtig, ihn jeden Morgen im Präsidium antanzen zu lassen?“

Er zuckte mit den Achseln. Adlgasser stand auf und goss sich eine Tasse Filterkaffee ein.

„Du hast doch selbst das beste Argument vorgebracht: Was, wenn er wirklich bloß darauf wartet, in sein Flugzeug zu steigen? Ich würde auf dem Flugplatz anrufen, damit Sie uns Bescheid geben, sollte er dort auftauchen.“

Haffner kratzte sich am Kinn. Adlgasser nahm einen Schluck.

„Wenn er's war, dann kriegen wir ihn."

„Dein Wort in Gottes Ohr", brummte er.

Dann stand er auf.

„Bin in zwanzig Minuten zurück. Ich brauch 'nen Kaffee."

Sie breitete die Arme einladend aus und deutete auf ihre Maschine. Er brach lauthals in Lachen aus.

„Danke Dir! Kopfschmerzen reichen, ich brauche nicht auch noch Magenkrämpfe. Wenn ich zurück bin, kümmern wir uns um Lempls Vorleben, ok?"

33

Haffner warf die Tür ins Schloss und lief die Treppe hinunter. Auf halber Strecke stieß er mit Herbert Üblacker zusammen.

„Servus, Konstantin!", rief er und stupfte ihm in die Seite. „Wohin des Wegs? Kommst nicht recht voran, gell, hab's schon gehört."

Grüß dich, Chefarsch, hätte Haffner am liebsten zurückgegrüßt.

„Magst mitkommen?", fragte er stattdessen. „Bin auf dem Weg ins *Cherubino*."

Üblacker ließ sich kein zweites Mal bitten und begleitete ihn kurzerhand in die Neuhauser Straße.

Zwei Minuten später saßen sie nebeneinander an Tonios Tresen.

„*Il solito* – das Übliche, Herr Kommissar?", fragte der.

Haffner nickte.

„Heute in Begleitung? Was trinken Sie?"

„Einen Cappo", sagte Üblacker.

„*Un caffè e un cappuccino*, sofort!"

Tonio drehte sich um und fing an, an den silbernen Armaturen herumzuschrauben und zu -klopfen.

„Mein Kollege hat heute seine Spendierhosen an", erklärte Haffner und klopfte Üblacker auf die Schulter. „Gell, Herr Kollege."

Verdutzt sah er ihn von der Seite her an und knurrte. Der

Coup war ihm gelungen.

„Hat euer Hauptverdächtiger nicht singen wollen?“, bohrte Üblacker weiter.

„Wer hat dir denn den Bären aufgebunden?“

„Ich kann gern mal nachhelfen“, meinte Üblacker.

„Nett von dir. Kriegen wir schon hin.“

Die Espressomaschine dampfte und spuckte vor sich hin. Tonio stellte Haffner seinen Espresso auf die Theke, Üblacker bekam seinen *Cappo*.

„Das nächste Mal legst du mir dein Profil vor der Pressekonferenz auf den Schreibtisch und überfährst mich nicht mit einer kilometerlangen Schleimspur“, sagte Haffner und nippte an seiner Tasse.

Üblacker schwieg, griff nach seiner Tasse und nahm einen Schluck.

„Zefix!“, rief er und betastete sich die Lippe. „Ist der heiß.“

Haffner war endlich in seinem Element. Nicht nur, weil ihn die gigantischen *Catellani&Smith*-Blattgoldteller an der Wand beeindruckten. Bei Tonio bekam er Urlaubsgefühle. Außerdem schmeckte der Espresso pyramidal-cremig.

„Bringst du mir noch ein *cornetto*“, bat er Tonio.

Sekunden später stand ein frisch duftendes Plunderhörnchen vor ihm. Genüsslich biss er hinein.

„Mmh!“, machte Haffner und leckte sich die Lippen.

„Wieso meinst du, dass wir es mit mehreren Typen zu tun haben“, fragte er schließlich, bevor Üblacker auf die Idee kam, zurückzuschießen.

„Ganz einfach: wie sollte einer allein so was fertigbringen?“

„Und was denkst du über das satanistische Arrangement?“

Üblacker nippte vorsichtig an seiner Tasse.

„Plausibel. Meiner Ansicht nach überzeugend. Ich habe ein bisschen recherchiert. Sind typische Symbole. Die Frage ist nur: waren es Satanisten oder ist es ein Ablenkungsmanöver?“

Haffner sah ihn fragend an.

„Naja. Gehen wir mal davon aus, dass an der *Vatikan-Connection* was dran ist. Da liegt es doch nahe, dass jemand falsche Spuren legt, oder nicht?“

„Und was macht eine Gruppe von Verschwörern im Hofgarten oder meinetwegen auch sonst wo in der Zwischenzeit?"

„Schmiere stehen?"

Haffner brummte.

„Und wenn Fischer nicht recht hat?"

Üblacker überlegte und probierte wieder ein Schlückchen.

„Jemand, der beruflich oder privat nicht mit Janssen einverstanden war."

„Das ist aber sehr dehnbar."

„Wenn du mehr Details lieferst, bekommst du ein genaueres Profil", versetzte er.

Haffner nickte und verschlang den Rest seines Cornetto.

„Kann ich noch eines haben, Tonio?"

„*Certo* – sicher!", rief Tonio.

Das zweite verdrückte er genauso schnell wie das erste. Er rieb sich die Hände. Jetzt ging es ihm besser.

„Beruflich trifft auf Lempl zu, den degradierten Professor."

„Na, da hast du doch ein herrliches Motiv und einen prächtigen Verdächtigen."

„Müssen wir nur noch überprüfen. Liegt nämlich schon ein Weilchen zurück, die Geschichte – und wir kennen sie bisher nur aus zweiter Hand."

Üblacker schlürfte den Rest seines Cappuccinos.

„Und privat?"

Haffner stöhnte.

„Da liegt ja der Hund begraben: Da gibt's die Ehefrau, von der Janssen sich scheiden lassen wollte. Und gerüchteweise eine ganze Reihe Nebenfrauen."

Jetzt brummte Üblacker.

„Wie alt war Janssen? Dreiundfünfzig? Klarer Fall von Midlife-Crisis. Akademiker sind generell ein bisschen später dran. Bohr mal weiter in der Richtung. Wenn du mehr hast, reden wir wieder."

Er nickte und rutschte vom Barhocker.

„Ich muss los. Sehen wir uns morgen? Mein Kollege zahlt. Ciao!", rief er Tonio zu, der gerade ein paar Gäste abkassierte.

Tonio winkte zurück.

„Danke dir, Herbert“, raunte Haffner seinem Kollegen zu und fasste ihm freundschaftlich an den Arm.

„Eines noch“, sagte er, bevor er davoneilte. „Zwei von Janssens Kolleginnen haben ihn regelmäßig getroffen. Sie liefern sich gegenseitig ein Alibi.“

34

Haffner war froh, dass er sich den kleinen Abstecher gegönnt hatte. Denn als er in der Nußbaumstraße eintraf, zuckte er zusammen.

Verena Schacht stand am Treppenabsatz und wartete. Aber es war nicht mehr dieselbe Frau. Selbst im Schatten war es jetzt, kurz vor Mittag, brütend heiß. Haffner war im Hemd losgezogen. Verena Schacht hingegen schien zu frieren: sie hatte sich ein Mäntelchen übergeworfen und zitterte. Auch ihre Haare hatten den Glanz verloren, das zu dick aufgetragene Rouge konnte ihre Blässe nicht überdecken.

Wortlos reichte Haffner ihr die Hand. Sie war eiskalt und hing kraftlos in der seinen. Sie stiegen in die *Katakomben* hinab, wo dieselbe angenehme Kühle herrschte wie immer.

Doktor Schaffroth begrüßte die beiden und ging voraus, öffnete eine der Edelstahltüren und zog den Leichnam heraus. Fragend blickte sie Verena Schacht an. Sie nickte. Also hob sie das Tuch an.

Verena Schacht streckte die Hand aus. Bevor ihre Fingerspitzen das Gesicht berührten, zuckte sie zurück. Haffner fiel auf, dass Janssens Haare abrasiert waren. Der Schädel war mit einer grünen Kunststoffhaube abgedeckt.

„Darf ich?", flüsterte sie.

Doktor Schaffroth nickte. Verena Schachts Augen wurden feucht, eine Träne löste sich aus dem Augenwinkel und glitt langsam über ihre Wange, wo sie ein winziges Rinnsal bildete. Mit dem Handrücken wischte sie darüber und sagte: „Ja, das ist Gernot."

Die Pathologin nahm Haffner am Arm und zog ihn auf den Gang.

„Ich habe noch etwas für Sie", flüsterte sie.

Nachdem sie sich von Doktor Schaffroth verabschiedet hatten, stiegen sie schweigend die Treppen wieder hoch. Kurz vor der Eingangstür blieb Verena Schacht stehen, sie taumelte, schlug eine Hand vors Gesicht und fing an, in ihrer Handtasche zu kramen.

„Alles ok?", fragte er.

Sie schüttelte den Kopf und setzte eine getönte Sonnenbrille auf, die sie aus der Tasche gezogen hatte.

„Ich dachte wirklich, ich wäre über alles hinweg", hauchte sie. „Aber Gernots Tod ändert alles. Bis jetzt gab es immer noch einen kleinen Funken Hoffnung, dass das alles nur ein schlimmer Albtraum ist."

Haffner legte die Hand auf den Türgriff. Im letzten Moment gewahrte er eine Person. Es war Rudi Stölzl, der mit dem Rücken zu ihnen am Treppengeländer lehnte. Wie zum Teufel hatte er davon wieder Wind bekommen?

„Nehmen wir den Hinterausgang", murmelte er und zog seine Begleitung mit sich.

„Ein paar Fragen hätte ich noch", erklärte er, als sie im Hinterhof standen.

Schweißperlen traten ihm auf die Stirn. Verena Schacht schlotterte weiter in ihrem Sommermäntelchen.

„Glauben Sie, Sie schaffen das?"

Sie nickte traurig.

„Sie haben ausgesagt, dass Sie zuletzt vor gut einer Woche Kontakt mit ihrem Mann hatten. Ist das korrekt?"

Erneutes Kopfnicken.

„Er hat Julia fürs Wochenende abgeholt. Stimmt etwas nicht?"

Ihre Mundwinkel zuckten. Irgendwie tat sie ihm leid.

Er beobachtete sie durch die Brillengläser und meinte dann: „Wir haben Hinweise auf einen heftigen Streit am Telefon zwischen Ihnen und Ihrem Mann."

„Woher – "

Sie brach die Frage mitten im Satz ab, zögerte kurz und fuhr fort: „Wir hatten in letzter Zeit immer wieder Auseinandersetzungen."

„Worum ging es dabei?"

Verena Schacht wandte den Kopf ab und seufzte.

„Er hat die Unterhaltszahlungen eingestellt. Haben Sie eine Ahnung, wie es mit einem Job im Callcenter hier in München aussieht? Bringen Sie mal eine pubertierende Tochter mit so einem Gehalt durch. Gernot hat seit Monaten keinen Cent mehr gezahlt!"

Ihr liefen wieder Tränen übers Gesicht. Sie langte in ihre Handtasche und tupfte sie mit einem Papiertaschentuch ab.

„Haben Sie eine Vorstellung, wie das bei uns rüberkommt?"

Sie schluchzte, brachte aber keinen Ton hervor.

„Ihr Mann hat für heute Nachmittag einen Termin im Kalender stehen. Haben Sie eine Ahnung, was LV bedeuten könnte?"

Verena Schacht fing wieder an zu zittern. Plötzlich kullerten ihr die Tränen in Strömen über die Wangen. Sie schluchzte und konnte gar nicht mehr aufhören.

„Wir können das auch gern auf morgen verschieben", schlug er vor und legte ihr die Hand auf den Arm.

Sie schüttelte den Kopf und schnäuzte sich.

„Ich dachte, er hätte sich das mit der Lebensversicherung doch noch anders überlegt. Er hatte es versprochen", sagte sie und weinte jetzt wie ein kleines Kind.

„Was hatte Janssen vor?"

„Er wollte – sie kündigen und außerdem – "

Ihr Schluchzen steigerte sich wieder. Haffner wartete geduldig.

„Er wollte mir Julia wegnehmen!", rief sie und knickte plötzlich ein.

Wimmernd kauerte sie vor ihm auf dem Boden.

„Soll ich Hilfe holen?“, fragte er ruhig und bückte sich zu ihr nieder.

Sie schüttelte den Kopf.

„Da wäre noch eine wichtige Sache“, beharrte er. „Wirkte Ihr Mann in letzter irgendwie verändert?“

Verena Schacht stützte ihren Arm gegen die Mauer und zog sich langsam wieder hoch. Auch Haffner stand auf.

„Inwiefern?“, fragte sie zurück.

„Sie hatten erwähnt, dass er schon länger hormonelle Probleme hatte. Haben Sie sonst noch etwas an ihm beobachtet?“

Ratlos blickte sie ihn an.

„Er war ein Ekel. Das war nicht mehr der Mann, in den ich mich vor Jahren verliebt habe! Mit dem ich eine Tochter habe! Finden Sie es normal, dass Ihnen derselbe Mann plötzlich die Tochter wegnehmen will?“

Sie schluchzte wieder und wischte sich mit der Hand die Tränen aus dem Gesicht.

„Ihr Mann hat in letzter Zeit *Crystal Meth* eingenommen. Haben Sie eine Ahnung, wer ihm das besorgt haben könnte?“

Er erntete lediglich ein Kopfschütteln.

„Was wollen Sie damit andeuten?“, fragte sie.

„Ihr Mann war schwer krank. Seine Herzleistung betrug keine dreißig Prozent mehr.“

Haffner winkelte den Arm an, stützte den anderen darauf und massierte sich intensiv das Kinn. Wie sollte er ihr den Rest schonend beibringen?

„Wussten Sie, dass Ihr Mann an einem Gehirntumor litt? Er hatte höchstens noch drei Monate.“

35

„Wie ist es gelaufen?", fragte Adlgasser neugierig, als er zurück war.

„Sie hat ihn identifiziert. War auch nicht so schwierig. Er war ja noch in einem Stück. Da hatten wir schon andere Fälle. Was gibt's hier Neues?"

„Die DNA-Kommission hat ihre Arbeit aufgenommen."

„Da wird sich die Schaffroth freuen", sagte er. „Apropos Schaffroth: Langsam ergibt sich ein Bild von unserem Janssen."

Adlgasser legte den Kopf zurück und sah ihm gespannt entgegen.

„Janssen hatte einen Gehirntumor."

„Ach was", sagte sie ungläubig und stützte die Ellbogen auf den Schreibtisch.

„Das erklärt auch, warum er seine Umgebung tyrannisiert hat."

„Wie kommst du darauf?"

„Er wollte heute Nachmittag seinen Versicherungsmakler treffen …"

„…, um seine Lebensversicherung zu kündigen", vervollständigte Adlgasser seinen Satz, als könnte sie Gedanken lesen.

Er sah sie mit großen Augen an.

„Vor einer halben Stunde hat er bei uns angerufen. Eigentlich wollte ich dich mit der Nachricht überraschen. Wie bist du an die Info gekommen?"

„Die Schacht hat mir davon erzählt. Und es kommt noch besser: Er wollte morgen beim Scheidungstermin das alleinige Sorgerecht für die Tochter durchsetzen."

Adlgasser sah ihn entgeistert an und schüttelte den Kopf. Also erklärte Haffner ihr in wenigen Worten die Auswirkungen eines solchen Tumors.

„Es dauert lange, bis du was merkst. Das Übelste ist ihm erspart geblieben. Aber das Perfide an einem frontalen Tumor ist, dass sich die Persönlichkeit verändert. Ich denke, die Sache mit *Crystal Meth* bekommt allmählich zwei Seiten: das eine ist diese Schlappheit wegen seiner Herzinsuffizienz. Wahrscheinlich hat er damit auch die ersten Krampfanfälle bekämpft."

„Wieso ist er denn nicht zum Arzt?"

Er zuckte mit den Achseln.

„Wer weiß, was in ihm vorging. Aber ich frage mich jetzt: Wem nutzt sein Tod? Verena Schacht hat mit der Lebensversicherung und dem Sorgerecht zwei handfeste Motive."

„Aber bei Mord zahlt die Versicherung nicht", wandte Adlgasser ein.

Er nickte.

„Und wenn sie jemand beauftragt hat? Lempl zum Beispiel. Was, wenn er auf den Chefposten spekuliert?"

„Und wie hat die Schacht reagiert?", erkundigte sich Adlgasser.

„Sie war schockiert, hat versucht, mir das Gefühl zu vermitteln, dass sie irgendwann die falsche Entscheidung getroffen hat."

„Ich glaube, ich brauch 'nen Schnaps", sagte sie.

Haffner starrte sie mit großen Augen an.

„Du brauchst was?"

So kannte er sie gar nicht: mitten am helllichten Tag …

„Hast du schon was zu Mittag vor?", fragte sie. „Wir könnten zum Augustiner um die Ecke gehen."

Seine Augen wurden immer größer. Was war bloß in sie gefahren?

„Kein Tofufrikadellchen?", fragte er.

„Pack ma's!", erwiderte sie und stand auf.

Als sie den Domplatz überquerten, stießen sie auf eine Horde Seppelhutträger.

„Hofbrauhaus?", grölten die einen, die anderen: „Augustiner?"

Haffner musste lachen. In der schwülen Mittagshitze waberte eine Dunstwolke aus Alkohol um sie her.

„Kommt's mit", sagte er, winkte dem lustigen Haufen und lief ihnen mit Adlgasser voraus.

Fünfzig Meter weiter streckte er den Arm aus.

„Da ist der Augustiner!", rief er.

Die Meute johlte und besetzte die freien Plätze, Haffner sah sich um und erblickte abseits noch ein freies Tischchen.

„Dort hinten?", fragte er.

Adlgasser nickte und nahm ihm gegenüber Platz.

„Ich habe übrigens Janssens Hausarzt nochmal angerufen. Konnte nicht glauben, dass der nichts von seiner Virusinfektion mitbekommen hat. Aber er hat darauf bestanden, dass er ihn seit sechs Monaten nicht mehr gesehen hat. Janssen hat ihn einmal angerufen, es klang aber nicht so dramatisch, meinte er. Er hat ihm Ginko empfohlen. Im Frühjahr würde es besser werden. Typische Winterdepression, hat er gemeint. Er war dann doch ein bisschen geknickt, als ich ihm die Wahrheit aufgetischt habe."

Die beiden bestellten sich zwei Schweinsbraten mit Dunkelbiersauce. Sie wagten sogar ein Radler. Die Hitze würde das bisschen Alkohol schon verdunsten.

Haffner strahlte übers ganze Gesicht, als kurz darauf seine Knusperkruste daherschwebte. Er stürzte sich mit Heißhunger auf die Milchknödel und schob sich ein deftiges Stück von dem Braten in den Mund. Die Kruste knackte, dass es eine Freude war. Und auch der Krautsalat war ein Gedicht. Er sagte kein Wort. Stattdessen erzählte Adlgasser irgendwas von ihrer Tochter. Am Ende war sein Teller leer, bei ihr mehr als die Hälfte übrig.

„Wollen Sie's einpacken und mitnehmen?", fragte die

Bedienung, als sie zum Kassieren kam.

„Danke“, sagte Adlgasser und wehrte mit beiden Händen ab. „War wirklich gut, aber vielleicht hätte ich bei der Hitze doch lieber den Salat nehmen sollen.“

Die Bedienung lachte und freute sich über das Trinkgeld, das Haffner ihr drauflegte.

„Meinst du, Janssen hat wirklich nichts geahnt?“, fragte sie, als sie zurückliefen.

„Doktor Schaffroth meinte, in dem Alter wächst der Tumor exponentiell. Und im Hirn sitzen keine Schmerzzellen.“

„Sein Hausarzt war übrigens mit ihm befreundet. Früher waren sie squashen, aber das hat sich aufgehört, weil er vor einem Jahr eine neue Frau kennengelernt hat. Er hatte keine Zeit mehr – sie haben sich aus den Augen verloren.“

Haffner zog die Augenbrauen hoch.

„Janssen war ja selbst auch ein wenig abgelenkt, wenn wir den Gerüchten glauben.“

Sie schmunzelte.

„Er hat mir noch drei Freunde genannt, aber die waren alle anderweitig unterwegs am Dienstag Abend.“

Er blies die Backen auf und ließ langsam die Luft entweichen. Fortschritt definierte er anders.

„Aber in einem Punkt stimmen alle vier überein: Janssen soll immer kauziger geworden sein.“

Immerhin jemand schien etwas von Janssens Wesensveränderung mitbekommen zu haben, auch wenn keiner den richtigen Schluss daraus gezogen hatte.

36

„Da hat ein Typ aus Paris für dich angerufen“, begrüßte ihn Kathi, als er die Tür zum Büro aufmachte.

„Was wollte er?“

Sie breitete die Arme aus und kniff die Lippen zusammen.

„Hat er nicht gesagt.“

„Gibst du mir die Nummer?“

„Sie war unterdrückt. Aber er wollte sich wieder melden.“

„Danke dir!“, sagte er und setzte sich.

„Das nächste Mal gehen wir ins *Max Petf*“, sagte Adlgasser und stöhnte. „Mir kommt das Fleisch schon zu den Ohren raus!“

Haffner lachte: sie hatte von den zwei Scheiben nicht einmal eine geschafft und klagte schon über Völlegefühle. Ihm ging es prima. *Nur ein Mittagsschläfchen wäre nicht schlecht*, dachte er.

„Ach ja: der Spann von der Sitte war schon dreimal da und hat nach dir gefragt“, sagte Kathi.

„Und was wollte der?“

Sie zuckte mit den Achseln und verschwand ins Nebenzimmer.

Adlgasser wechselte inzwischen den Filter in ihrer Kaffeemaschine. Haffner setzte sich so, dass ihm der Ventilator die frische Luft direkt ins Gesicht blies. Wobei frische Luft bei diesen tropischen Temperaturen maßlos übertrieben war.

„Für mich klingt die Sache mit Lempl und der Schacht gar

nicht so unrealistisch“, sagte sie und wartete, bis das Wasser durchgelaufen war.

Er bedeutete ihr mit der Hand fortzufahren. Immerhin war es seine Idee gewesen.

„Rein hypothetisch“, fuhr sie fort, nahm die Kanne aus ihrer Verankerung, goss den Kaffee in die Tasse und setzte sich. „Meister *Bubabàf* fährt nachts vom Bodensee zurück. Er kennt sich mit Satanismus aus, organisiert in den letzten Tagen davor die Utensilien inklusive Kreuzotter. Die Schacht versucht, aus ihrem Mann herauszukriegen, was er am Dienstag Abend vorhat. Und dann schlagen sie zu. Lempls Alibi deckt im Moment nur die Zeit bis zehn ab, sie wird nur von der Tochter gedeckt. Abgesehen davon, dass sie als Familienangehörige nicht aussagen muss – eine Minderjährige könnten wir sowieso nicht so leicht befragen.“

„Hm“, brummte Haffner und dachte an Üblackers Profil. „Unser Chefprofiler meint, dass es wenigstens zwei gewesen sein müssten. Und ihm fielen zwei Motive ein: ein berufliches und ein privates. Hier hätten wir beides in Kombination.“

„Ich würde sie mal mit dem Kreuz konfrontieren: Vielleicht kennt sie's ja.“

Im selben Moment schwang die Tür auf und knallte gegen die Schrankwand. Haffner fuhr zusammen.

„Himmel, Herrgott, Sakra…!“, rief er und verschluckte den Rest.

In der Tür stand ein Zwei-Meter-Mann, nahtlos gebräunt, Goldkettchen um den Hals, die Brille cool auf den kahlrasierten Schädel gesteckt.

„Da seid ihr ja endlich!“, rief der Neuankömmling.

Haffner verzog das Gesicht.

„Hat hier jemand *herein* gerufen?“, knurrte er.

„Spann“, stellte er sich vor. „Bin von der Sitte. Staatsanwalt Fischer hat mich gebeten, euren Professor Lempl zu durchleuchten. Bei uns ist gerade nicht so viel los.“

Er blickte erst zu Adlgasser, setzte ein extrabreites Grinsen auf, nickte ihr zu und sah dann Haffner an.

„Kann ich reinkommen?“

Haffner zeigte auf den Stuhl, auf dem zuvor Lempl gesessen hatte.

„Ich habe mir die Akten zum Fall Lempl besorgt“, fing Spann an und setzte sich breitbeinig vor den Schreibtisch. Er rückte den Stuhl so zurecht, dass er auch Adlgasser im Blick hatte. In der Hand hielt er ein ganzes Bündel Akten.

„Das sind die Kopien, die mir die Kollegen aus Göttingen gefaxt haben.“

Er knallte das Bündel auf den Tisch.

„Um es kurz zu machen: viel findet man da nicht. Also habe ich mich an die Strippe gehängt und ein paar Telefonate geführt.“

Er grinste weiter und musterte die beiden abwechselnd. Da keiner etwas sagte, verzog er den Mund und fuhr fort: „War echt kein Zuckerschlecken. Dürft ihr mir glauben!“

Spann breitete die Arme aus.

„Na, Kollegen, ein bisschen mehr Enthusiasmus hatte ich schon erwartet, wenn ich die ganze Arbeit für euch erledige“, brummte er missmutig.

Da die zwei noch immer schwiegen, machte er eine wegwerfende Bewegung mit seiner Rechten und fuhr fort: „Der Fall landete damals mangels Beweisen nicht vor Gericht. Gerüchte gab’s wie Sand am Meer. Steht alles hier drin.“

Er tippte energisch auf den obersten Aktendeckel. Haffner machte ein Gesicht, als hätte er in eine Zitrone gebissen.

„Das Problem ist: an der Uni gibt’s einen neuen Kanzler, einen neuen Dekan, die Studentengeneration hat gewechselt. An einen Professor Lempl können sich die wenigsten von denen erinnern.“

Haffner wippte nach hinten, faltete die Hände über seinem gut gefüllten Bauchansatz und fing an, Däumchen zu drehen.

„Fällt dir nicht leicht, auf den Punkt zu kommen, Herr Kollege, oder?“, sagte er nach einer ganzen Weile.

Er versuchte, gelassen zu klingen, aber innerlich kochte er bereits.

„Der Lempl war mit einer Studentin liiert“, erzählte Spann weiter.

Haffner drehte weiter Däumchen.

„Kommt an der Uni nicht so selten vor, so was."

„Mensch, Spann!", rief er plötzlich. „Wir wissen hier nicht, was wir zuerst tun sollen! Wie wär's mit der Kurzfassung?"

Spann stutzte und schluckte.

„Ok", machte er, riss die Augen auf und sah einen Augenblick zum Fenster hinaus. „Die Studentin hat eine Überdosis Schlaftabletten geschluckt und nicht überlebt. Gernot Janssen hat daraufhin den damaligen Kanzler informiert und dafür gesorgt, dass die Sache publik wurde. Am Ende ist Lempls Kopf gerollt."

„Hast du was zu Janssens Frau?"

Spann blickte ihn verständnislos an.

„Was hat die mit der Sache zu tun?"

„Kennt sie unseren Meister *Bubabàf*?"

Haffner grinste.

„Wen?"

„Professor Lempl. Insiderwitz", kommentierte Haffner sich selbst und grinste Spann an.

„Keine Ahnung", sagte Spann. „Aber ich kann dem gern nachgehen …"

Er schien eine Weile nachzudenken. Offensichtlich hatte er den Faden verloren.

„So einen Lehrstuhlinhaber wird man in der Regel nicht wieder los. Aber dieser Lempl, also euer Meister … Wie hieß der noch? Egal. Professor Lempl hatte Glück im Unglück: die Medien ließen den Fall schnell wieder fallen. Irgendjemand hatte Beziehungen zu diesem *Giordano-Bruno-Institut* in München. Da haben sie Lempl hinversetzt. Und schwups: Deckel drüber. Ende der Geschichte."

Haffner rollte enttäuscht mit den Augen.

„So weit waren wir auch schon", sagte er und seufzte. „Warum hat sich das arme Ding denn umgebracht?"

„Sie hat einen Abschiedsbrief hinterlassen, aber den hat man nach Abschluss des Falls den Eltern zurückgegeben."

„Und was sagen die?"

„Ich habe sie ausfindig gemacht, aber noch nicht erreicht."

Er wippte nach vorn, faltete die Hände auf dem Tisch und sah Spann in die Augen.

„Ich kümmere mich selbst drum."

Spann nickte wortlos, rieb sich die Hände an den Oberschenkeln und stand auf.

„Wo finde ich die Nummer?", fragte Haffner.

„Auf der ersten Seite. Ich habe einen gelben Notizzettel reingeklebt."

Er drehte sich um und lief zur Tür.

„Danke, Herr Kollege!", sagte Haffner und zog sich aus dem Sessel hoch.

Dann streckte er Spann die Rechte hin. Der sah ihn überrascht an.

„Hervorragend recherchiert!", murmelte er. „Das nächste Mal vielleicht ein bisschen knapper?"

Spann drückte ihm die Hand, sah zu Adlgasser hinüber, legte zwei Finger an die Schläfe und wetzte hinaus.

37

„Die zwei Damen sind jetzt da“, informierte ihn Kathi. „Sie warten unten.“

Haffner streckte den Daumen in die Höhe.

„In Paris habe ich angerufen. Janssen war allein. Er hatte auch keinen Besuch, so weit sich das Personal erinnern kann.“

„Ok, danke dir“, sagte er.

Ihm war die Enttäuschung anzusehen.

„Wie machen wir’s diesmal?“, fragte er Adlgasser. „Ich war heute schon mit Üblacker unterwegs.“

Sie rollte mit den Augen.

„Muss das sein?“, fragte sie und verzog das Gesicht.

Er grinste ein bisschen böse.

„Dann beiße ich halt nochmal in den sauren Apfel.“

Drei Minuten später liefen sie den Gang entlang, in dem die beiden Mitarbeiterinnen des Instituts warteten. Sie saßen gebückt auf den Stühlen und schwiegen. Jede blickte in eine andere Richtung.

„Grüß Sie“, sagte Haffner und gab ihnen die Hand. „Frau Doktor Wollenschläger, kommen Sie mit mir? Meine Kollegin kümmert sich um Sie, Frau Doktor Huberti.“

Adlgasser führte die kleine pummelige Huberti in den Verhörraum auf der linken Korridorseite, Haffner bat Wollenschläger gegenüber hinein. Noch bevor er die Tür zugemacht hatte, kam Herbert Üblacker um die Ecke gesaust und schlüpfte hinterher.

Haffner stellte ihr den Chefprofiler vor und setzte sich. Auf dem blanken Tisch in der Mitte des leeren Raumes stand ein Mikrofon. Üblacker lehnte sich lässig an die Wand, während er die Aufnahme startete.

„Donnerstag, 12. Juli 2018“, sprach er in den Windschirm und warf einen Blick auf sein Handy. „Es ist vierzehn Uhr siebenunddreißig. Zum Verhör erschienen ist die Institutsmitarbeiterin Doktor Sonja Wollenschläger. Anwesende Ermittlungsbeamte sind Hauptkommissar Haffner und der Polizeipsychologe Doktor Herbert Üblacker.“

Üblacker machte den Mund auf, um zu protestieren, doch Haffner ignorierte ihn. Er nahm Sonja Wollenschläger genauer in Augenschein. Tags zuvor hatte er keine Zeit dafür gehabt. Sie war hager und hochgewachsen, ihre Mundwinkel weit nach unten gezogen. Wie sie so vor ihm saß, hatte sie eine gewisse Ähnlichkeit mit Beaker aus der Muppet-Show.

„Frau Doktor Wollenschläger“, begann Haffner, „Sie haben meiner Kollegin gestern gesagt, Sie hätten für die Tatzeit ein Alibi.“

„Den Doktor können Sie gern weglassen“, entgegnete sie ruhig. „Aber ja: ich habe ein Alibi. Meine Freundin und Kollegin Andrea Huberti hat es, so weit ich weiß, auch bestätigt.“

Die Frau gefiel Haffner: sie kam ohne Umschweife auf den Punkt.

„In welchem Verhältnis standen Sie zu Doktor Janssen?“

„Beruflich oder privat?“, fragte sie und lächelte provokant.

„Macht das einen Unterschied?“

„Es hat vermutlich wenig Sinn, Ihnen etwas vorzugaukeln. Früher oder später kommen Sie mir doch dahinter.“

Sie blickte ihm fest in die Augen.

„Wir haben uns gelegentlich“, sie überlegte kurz und fuhr dann fort: „Nein: wir haben uns regelmäßig nach der Arbeit getroffen. Wir wollten aber nicht, dass das publik wird. Ich kann mir auch nicht vorstellen, dass jemand im Institut etwas davon mitbekommen hat."

Sie machte eine Pause und musterte erst Haffner, dann Üblacker.

„Außer meine Freundin natürlich", sagte sie und lächelte.

„Interessant", sagte Üblacker.

Haffner hob die Hand.

„Sprechen Sie erst mal weiter", bat er sie.

„Wie gesagt: Andrea wusste davon. Und bevor sie anfangen, irgendwelche Theorien zu konstruieren: auch sie hatte ein Verhältnis mit Gernot."

Haffner zog die Augenbrauen hoch und richtete sich auf. Er hatte mit vielem gerechnet …

„Er war … eine echte Granate im Bett", fuhr Sonja Wollenschläger fort.

Ihr Blick nahm etwas Verträumtes an.

„Wir haben alles ausprobiert."

Er schluckte. Aus dem Augenwinkel sah er, dass Üblacker von einem Bein aufs andere stieg.

„Alles?", fragte er gespannt.

„Alles", wiederholte sie. „Strangulieren, Wachsspielchen, oral, anal, vaginal – was Sie wollen."

Haffner wurde heiß und kalt.

Sonja Wollenschläger fuhr sich erst mit der Hand durch die fransigen Haare und dann mit der Zunge über die Lippen. Sie begannen zu glänzen. Er spürte, wie seine Jeans unter der Tischplatte enger und enger wurde, mochte er sich auch noch so sehr dagegen sträuben.

Über ihr Gesicht huschte ein trauriger Schatten.

„Außerdem war er in höchstem Grade kultiviert. Wir konnten nach dem Ficken stundenlang über Gott und die Welt reden – Theater, Kunst, Politik, es gab kein Thema, über das er nicht Bescheid wusste! Er konnte mächtig beeindrucken, glauben Sie mir! Und er hatte Witz. Einen ganz eigenen, sehr sublimen Humor", schwärmte sie und blickte gedankenverloren in die Ferne. Ihre Augen funkelten. Dann senkte sie plötzlich den Kopf, stützte die Stirn in die Handfläche und den Ellbogen auf den Tisch.

„Wie ist es eigentlich passiert?", erkundigte sie sich nach einer Weile ganz leise.

Ihre Stimme klang plötzlich brüchig.

Erst zum zweiten Mal formulierte jemand die Frage, auf die Haffner die ganze Zeit über gewartet hatte. Dass Lempl sich nicht dafür interessierte, erstaunte ihn nicht. Ansonsten hatte sich nur noch Verena Schacht danach erkundigt.

„Haben Sie eine Ahnung, ob sich jemand an Ihrem Institut mit Schlangen auskennt?", fragte er zurück.

Ihre Lippen zuckten. Sie schien zu überlegen.

„Was soll's", sagte sie schließlich. „Lempl hat einen seiner letzten Aufsätze der Schlangensymbolik in Dantes *Göttlicher Komödie* gewidmet. Ich habe ihn sogar gelesen. Zu Tage gefördert hat er so gut wie nichts. Und dann gibt es noch so ein Gerücht. Er fraternisiert ja nicht sonderlich gern. Ich kann mich auch nicht erinnern, seit wann und woher ich davon weiß – aber angeblich hat er ein Terrarium zu Hause. Warum fragen Sie?"

Statt zu antworten, wechselte er einen Blick mit Üblacker. Der spitzte den Mund und nickte bedächtig.

„Reden wir lieber nochmal über Ihre Beziehung mit Ihrem Chef. Sie sagten, er wollte nicht, dass sie publik wurde. Wie sehen Sie das Ganze?"

Sonja Wollenschläger zog die Augenbrauen zusammen und schüttelte den Kopf.

„Wir hatten kein eheähnliches Verhältnis, wenn Sie darauf hinauswollen."

Dann prustete sie los.

„Dazu wäre Gernot gar nicht in der Lage gewesen. Ehrlich gesagt, verstehe ich nicht, dass es seine Frau so lang mit ihm ausgehalten hat!"

„Sie kennen sie?"

„Nein. Wieso?"

„Sie war nie im Institut?"

„Nicht dass ich wüsste. Ist das wichtig?"

Haffner schüttelte seinerseits den Kopf.

„Anfänglich hatten wir das Gefühl, dass Ihr Chef ein sehr

umgänglicher Typ war, ein ausgesprochener Menschenfreund. Was Sie jetzt sagen, klingt für mich eher nach dem exakten Gegenteil."

Ihre Mundwinkel umspielte ein beinahe schalkhaftes Lächeln. Schließlich sagte sie: „Ich weiß nicht, was Ihnen andere aufgetischt haben. Ich finde, er war ein ausgezeichneter Chef. Nur in letzter Zeit vergaß er sich hier und da."

Sie verstummte.

„Nein", sagte sie nach kurzem Überlegen. „Er war in den letzten Monaten ein ziemliches Ekel. So sieht es aus. Er drangsalierte, wen und wo er nur konnte."

Er riss die Augen auf und wusste erst gar nicht, was er darauf sagen sollte.

„Und trotzdem hatten Sie privat weiter Kontakt mit ihm?"

Sie stutzte einen Moment.

„Warum nicht? Er hat mich nach allen Regeln der Kunst durchgevögelt. Wieso hätte ich mir das entgehen lassen sollen? Ich hatte nie zuvor im Leben und auch seitdem nie mehr solche Orgasmen."

Üblacker verschluckte sich und fing an zu husten.

„Und Sie sind sich sicher, dass im Institut keiner etwas von Ihrer geheimen Beziehung erfahren hat?"

„Glauben Sie mir: niemand hat davon gewusst. Außer Andrea."

„Waren Sie jemals in seiner Wohnung?"

„Nein, nie. Er mochte das nicht. Keine Ahnung, wieso. Ich habe ihm das nur einmal vorgeschlagen. Er hat abgelehnt. Wir haben nie wieder davon gesprochen. Er kam entweder zu mir oder wir trafen uns zu Rollenspielchen im *Artemis*-Hotel. Zimmer 007. Darauf ist er total abgefahren. Fragen Sie Andrea!"

38

Das war nun in der Tat ein kleiner Donnerschlag für Haffner. Dass Sonja Wollenschläger verbal exhibitionistisch veranlagt war, hatte er verstanden, aber dass sie mit Janssen und ihrer Freundin Huberti … Über so was zerriss sich doch in jeder Firma die gesamte Belegschaft das Maul!

„Wir haben den Eindruck, dass zumindest eine Person über Janssens Privatleben Bescheid wusste."

„Und wer wäre das?"

Sie blickte ihn erstaunt an.

„Hausmeister Grießner."

Sonja Wollenschläger stutzte. Dann fasste sie sich an den Mund und lachte.

„Ich würde mich wundern, wenn er etwas Konkretes mitbekommen hätte. Gernot war auf äußerste Diskretion aus. Wir haben das Haus nie zu dritt verlassen, auch nie paarweise mit ihm. Die Verabredungen waren eh so gut wie fest. Wenn jemandem was dazwischenkam, haben wir uns per SMS informiert. Außerdem gingen wir nie direkt *in medias res* – wenn Sie verstehen, was ich meine."

Sie zwinkerte ihm zu. Haffner schüttelte den Kopf.

„Janssen hat alles wie ein Buchhalter peinlich genau dokumentiert", meldete sich Üblacker plötzlich zu Wort.

Wollenschläger runzelte traurig die Stirn.

„Heißt das, ich gehöre nicht zur großen anonymen Masse?"

„Gab es die denn?"

Ihre Miene hellte sich wieder auf.

„Er war doch total erotoman. Seine Lust hat sich sogar noch gesteigert. Bis vor kurzem. Da wollte er plötzlich nicht mehr."

Sie seufzte.

„Mir fehlt der Sex mit ihm", sagte sie und blickte Haffner erneut provokativ an.

Es fiel ihm schwer, ihrem Blick standzuhalten. Gleichzeitig wurde ihm wieder heiß und kalt.

„Wen zählen Sie denn zur anonymen Masse?", fragte er.

Sie lächelte süffisant.

„Das, Herr Kommissar", sagte sie, „müssen Sie schon selbst herausfinden."

Er fühlte sich allmählich, als wäre er Marathon gelaufen. Ihre Direktheit setzte ihm zu.

„Eine Frage hätte ich noch: Wussten Sie, dass Janssen krank war?"

Sie legte den Kopf auf die Seite und sah ihn erstaunt an.

„War er es denn?"

„Sie haben gesagt, er hätte in letzter Zeit …"

Ihm traten die Schweißperlen auf die Stirn: konnte sie seinen Gedanken nicht einfach weiterspinnen?

„Gernot war gute fünfzig!", sagte sie. „Wissen Sie nicht, dass Männer ebenso in die Wechseljahre kommen? Plötzlich muss es das exklusive SUV sein oder ein schnittiges Cabrio. Und am besten ein Teenie als Freundin. Der zweite Frühling lacht! … Wenn der Körper mitmacht."

Er wischte sich mit der Hand über die nasse Stirn. Und wieder durchbohrte sie ihn mit ihren graublauen Augen und lächelte. Diesmal allerdings schien es auch ihr zu heiß zu sein: sie knöpfte den obersten Knopf ihrer Bluse auf und gewährte ihm einen kleinen Einblick ins Paradies.

Er senkte die Lider, schmunzelte und schüttelte noch einmal mit dem Kopf.

„Wir bräuchten dann noch einen DNA-Test von Ihnen", sagte er und stand auf.

„Wie war's mit deinem Busenfreund?", fragte Adlgasser, als sie zwanzig Minuten später im Büro aufeinandertrafen.

Kathi hatte ihm einen Zettel auf den Schreibtisch gelegt, bevor sie gegangen war: der ominöse Franzose hatte sich wieder gemeldet.

„Er hat sich Gott sei Dank zurückgehalten", sagte er erleichtert. „Und bei dir?"

„Huberti hatte eine reine Bumsbeziehung mit Janssen", sagte sie.

„Ihre eigenen Worte?", frage Haffner.

Adlgasser nickte. Im Übrigen war Wollenschlägers Kollegin jedoch nicht nur äußerlich ihr Gegenteil. Die untersetzte, mondgesichtige Huberti war weder verbal exhibitionistisch veranlagt noch genauso schlagfertig wie ihre Freundin, auch wenn sie die sexuelle Aufgeschlossenheit mit ihr und Janssen teilte.

„Sie hat es nicht explizit gesagt, aber ich glaube, es gibt kaum etwas, was sie nicht ausprobiert haben."

„Hat sie was von ihren flotten Dreiern gesagt?"

Sie riss verdutzt die Augen auf und schüttelte den Kopf.

„Mit wem – "

Ihr blieb der Mund offen stehen. Misstrauisch blickte sie ihn von unten an.

„Du meinst: Janssen, Huberti und die Wollenschläger?"

Haffner nickte.

„Hat sie das behauptet?"

„Sie hat sogar gemeint, wir sollten ihre Freundin fragen."

Jetzt schüttelten beide gleichzeitig den Kopf.

„Zumindest ist Huberti wieder eingefallen, dass Janssen am Dienstag Abend einen ehemaligen Studienkollegen zum Essen treffen wollte."

„Und das hatte sie zwischenzeitlich vergessen?", fragte er skeptisch.

Sie zuckte mit den Schultern.

„Mir hat sie jedenfalls gesagt, dass sie schlicht nicht dran gedacht hat."

Sein Dienstapparat klingelte. Er beugte sich vor, linste auf das Display und streckte den Zeigefinger empor. Adlgasser hob den Kopf und sah ihn gespannt an.

„Hauptkommissar Haffner, Mordkommission München“, sagte er.

„Guten Tag, Herr Hauptkommissar“, meldete sich eine aufgeregte männliche Stimme mit französischem Akzent. „Endlich erreiche ich Sie persönlich. Ich habe bereits ein paar Mal angerufen. Schrecklich, was mit Gernot passiert ist!“

Haffner unterbrach ihn nur ungern.

„Mit wem habe ich denn die Ehre?“

„Maurice Leclerc. Ich bin ein Freund von Gernot. Wir haben vor Jahren zusammen in Paris studiert. Ich habe aus den Medien erfahren, was geschehen ist.“

„Mein aufrichtiges Beileid, Herr Leclerc!“, murmelte Haffner.

„Wir waren Dienstag Abend gemeinsam essen. Danach hat er mich noch zur S-Bahn begleitet. Wenn ich gewusst hätte …“

Adlgasser war aufgestanden und deutete mit dem Daumen zur Tür. Haffner schüttelte den Kopf, als wollte er sagen: *Warte einen Moment!* Doch sie deutete unmissverständlich auf ihre Armbanduhr.

„Ich kann Samira nicht noch länger allein lassen. Das wird die ganze Woche so weiter gehen. Wir sehen uns morgen“, flüsterte sie.

Er zog die Augenbrauen zusammen und legte die Stirn in Falten. Aber da war sie schon zur Tür hinaus.

„Sind Sie noch da?“, fragte Leclerc.

„Ja, entschuldigen Sie. Meine Kollegin musste mir noch etwas mitteilen.“

Er dachte kurz nach, dann fragte er: „Sie sind direkt zum Flughafen?“

„Ja, mein Flug ging noch in der Nacht. Ich war ohnehin spät dran. Aber ich hatte den Check-in online erledigt. Außerdem reise ich erster Klasse – da winken sie einen auch ein paar Minuten vor dem Start noch problemlos durch.“

„Haben Sie eine Ahnung, ob Janssen von der S-Bahn-Station direkt nach Hause ist? Wollte er vielleicht noch jemand treffen?“

Darüber konnte ihm Maurice Leclerc bedauerlicherweise keine Auskunft geben.

„Es wäre gut, wenn Sie uns Ihr Flugticket einscannen und schicken könnten. Wir müssen das prüfen. Es ist nichts Persönliches.“

Natürlich hatte Janssens Freund nichts dagegen einzuwenden.

„Eine Frage hätte ich der Vollständigkeit halber noch: in welchem Restaurant waren Sie eigentlich?“

39

Dass Janssen mit Maurice Leclerc in einem der schicksten Restaurants im Lehel gespeist hatte, interessierte Haffner am Ende nur noch aus rein dokumentarischen Gründen. Die Information ersparte ihm und seinen Kollegen das Abklappern der zwanzig französischen Gasthäuser und Bistros. Wie Leclerc berichtete, hatten sie sich bei Janssens letztem Parisaufenthalt ebenfalls getroffen.

„Wissen Sie, weshalb er in Paris war?", hatte Haffner ihn gefragt.

„Er war irgendwelchen Dokumenten auf der Spur. Aber wir hatten uns seit zwei Jahren nicht mehr gesehen. Er hat hauptsächlich von seinem Privatleben erzählt. Dass er sich scheiden lassen will. Wir haben … ziemlich viel über Frauen geredet. … Er wirkte ziemlich abgelenkt an diesem Abend."

„In München?"

„Nein, in Paris. Er hat sich nach jedem Frauenarsch umgedreht. Am Ende wollte er mich glatt zu einem flotten Vierer im Puff überreden. Als ich ihm sagte, dass ich das meiner Frau nicht antun kann, hat er gelacht. Wir sind dann beide nach Hause und haben uns erst in München wieder gesehen. Ich war zu einem Vortrag an der Uni eingeladen."

Haffner interessierte natürlich, wie es Janssen am Dienstag Abend gegangen war.

„Er wirkte ein wenig gehetzt. Unkonzentriert. Und gehetzt.

Wie schon in Paris. Aber die Frauen haben ihn vielleicht nicht mehr so stark interessiert."

„Hat Janssen irgendwas erwähnt, dass er sich verfolgt fühlt?"

„Nein. Von wem?"

„Ich hatte gehofft, Sie könnten mir etwas dazu sagen", versetzte er und klärte ihn über das Gerücht mit der *Vatikan-Connection* auf. Doch auch da musste Leclerc passen.

Eine halbe Stunde später zurrte er seinen Drahtesel an einem der Laternenpfähle in der Asamstraße fest. Ihm lief der Schweiß in Strömen von der Stirn. Schon die kleinste Bewegung kostete enorme Kraft bei dieser Hitze.

Er blickte die Fassade hoch. Das Haus, vor dem er stand, war eines der wenigen, die den Krieg unbeschadet überstanden hatte, die Fenster waren behutsam modernisiert. Ansonsten besaß das Gebäude noch seinen ganz eigenen Stil: Stuckgirlanden tropften über die Fenster herab, im Erdgeschoss gab es sogar einen kleinen Tante-Emma-Laden.

Sein Handy klingelte. Er zog es aus der Hosentasche.

„Servus, Uli", sagte er. „Du, ist grad ganz schlecht. Kann ich dich später zurückrufen?"

„Mensch, Tino. Hast du einen Stress!", sagte Uli Schladerer und lachte wie ein Wahnsinniger. „Ich störe dich gar nicht lange. Hast Lust auf ein Feierabendbier? Wir sind aufm Nockherberg. Kommst nach?"

Wen Uli wohl mit *wir* meinte?

„Ich schau, dass ich's einrichten kann", sagte er und legte auf.

Dann überquerte er den Gehsteig und studierte die Namen neben dem Hauseingang. Auf einen der Klingelknöpfe drückte er und wartete. Der Türöffner summte. Er stieg die Treppen hoch bis zum dritten Stock. Die Luft im Aufgang stand wie eine Mauer und roch modrig.

Im Windfang stand eine gepflegte Dame von etwas mehr als sechzig Jahren. Die Ähnlichkeit mit ihrer Tochter war frappierend.

„Kommen Sie doch rein, Herr Kommissar“, sagte sie.

Bisher hatte sie sich auf eine Krücke gestützt, während eine zweite an ihrer Hüfte lehnte. Die nahm sie jetzt in die Hand und humpelte vor ihm her in die Essküche. Dort standen vier mit cremefarbenen Hussen überzogene Lehnstühle um einen Tisch, den eine antike Vase mit Goldrand und frischen roten Schnittblumen zierte. Es duftete nach Nelken.

„Setzen Sie sich doch“, sagte sie.

Er nickte dankend und nahm Platz.

„Wasser?“, fragte sie. „Ich biete Ihnen lieber keinen Wein an – Sie sind ja im Dienst.“

Haffner nickte und blickte sich um. An der Wand hing eine gerahmte München-Vedute von Canaletto, durch die Tür erspähte er im Zimmer gegenüber ein Regal mit bibliophilen Schätzen.

„Furchtbare Sache, das mit Doktor Janssen! Nicoletta hat ihn über die Maßen geschätzt. Das Ganze hat sie ziemlich mitgenommen.“

Während sie ihm ein Glas Wasser auf den Tisch stellt, zog er eine Augenbraue hoch, sagte aber nichts, sondern lauschte gespannt.

„Es mag Ihnen paradox erscheinen“, sagte sie, als könnte sie seine Gedanken lesen, „aber Nicoletta hat gelernt Beruf und Privates strikt voneinander zu trennen. Ohne einen solchen Schutzmechanismus wäre Sie in der Wissenschaftswelt heute so gut wie verloren. Wer tut so etwas?“

„Wenn wir das wüssten“, sagte er, „wäre ich nicht hier. Wir sind ehrlich gesagt ziemlich ratlos.“

„Ich kann mir nicht vorstellen, wie ich Sie aus dieser misslichen Lage befreien könnte“, versetzte sie lächelnd.

„Wie haben Sie beide denn den Dienstagabend verbracht?“, fragte er.

Gallis Mutter schien nur auf die Frage gewartet zu haben und nickte.

„Natürlich“, sagte sie, „das Alibi. Ich kann Sie beruhigen, Herr Kommissar. Es war – wie soll ich es nennen? – unangenehm schwül. Draußen war der Teufel los. Der Fußball

…“

Sie unterbrach sich selbst und seufzte.

„Meine Tochter macht sich nichts daraus. Interessieren Sie sich für Fußball?“

Haffner grinste und nickte.

„Ja, allerdings.“

„Natürlich“, meinte sie. „Männer interessieren sich ganz allgemein für diesen Sport. Man kommt diesem Wahnsinn ja kaum aus. Wir sind an besagtem Abend noch kurz raus, haben eine Runde um den Block gedreht. Ein bisschen Bewegung tut mir gut. Noch geht das alles ohne Rollator …“

Er nickte und versuchte betroffen dreinzublicken. Gallis Mutter stand am Küchenbüffet und zeigte auf ihre Krücken, die neben ihr lehnten.

„Wann kommt Ihre Tochter denn normalerweise nach Hause?“, unterbrach er sie.

„Unterschiedlich, meist nicht besonders früh. Sie ist kein richtiger Morgenmuffel, aber sie springt auch nicht aus dem Bett, wenn der Hahn kräht. Sie arbeitet fleißig, oft bis spät in die Nacht, nimmt sich Sachen mit nach Hause.“

„Und am Dienstag?“

Sie lächelte wieder und fuhr fort: „Ich habe Lachsrisotto gemacht. Mögen Sie das?“

Obwohl er mittags kräftig zugelangt hatte, merkte er plötzlich, dass das Stunden her war. Ihm lief das Wasser im Mund zusammen, sein Magen begann zu knurren.

„Ich kann mir vorstellen, dass Sie eine ausgezeichnete Köchin sind“, wich er schmeichelnd aus.

„Es hat ihr geschmeckt“, sagte sie zufrieden. „Obwohl ihr Appetit in letzter Zeit nachgelassen hat.“

Er sah sie fragend an.

„Wie gesagt: sie schafft den lieben langen Tag, oft auch am Wochenende. Ich bin schon lange dafür, dass sie sich eine Auszeit gönnt. Aber sie meint, dass es ohne sie nicht geht.“

Sie schlug die Augen zu Boden und dachte nach.

„Egal. Die einzige Pause, die sie sich gönnt, ist die allabendliche Lektüre. Haben Sie sie schon mal beim Lesen beobachtet? Nein? Natürlich nicht. Was rede ich bloß? Entschuldigen Sie: die Geschwätzigkeit des Alters …"

Er winkte beschwichtigend ab, und sie fügte hinzu: „Sie kann an einem einzigen Abend ein ganzes Buch verschlingen. Aber am Dienstag Abend? Nach dem Spaziergang haben wir uns gemeinsam aufs Sofa gestreckt und bis gegen zehn in die Röhre geguckt. Kennen Sie Cyrano de Bergerac? Depardieu ist ein spitzenklassiger Schauspieler, finden Sie nicht?"

Er konnte sich vage an den Film erinnern. Die melancholische Gambenmusik hatte ihn damals schwer beeindruckt.

„Nicoletta hat eine ausgesprochene Vorliebe für den Barock, für das Dilemma von Eitelkeit und Lebensfreude", fuhr sie fort. „Der *vanitas*-Gedanke, das Morbide im Leben beschäftigt sie."

Sie schmunzelte und fächelte mit der Hand, als müsse sie sich selbst zur Ordnung rufen.

„Die alberne Talkshow danach hat sie nicht mehr mitbekommen, sie ist eingenickt. Ich habe sie nur noch kurz für die Nachttoilette geweckt. Danach sind wir geradewegs ins Bett."

„Verstehen Sie mich bitte nicht falsch", warf Haffner ein. „Hat ihre Tochter die Wohnung danach noch einmal verlassen?"

Nicoletta Gallis Mutter schüttelte entschieden den Kopf.

„Undenkbar: wir schlafen in derselben Kammer, Herr Kommissar. Wäre sie noch einmal aus dem Haus – "

Sie winkte mit der Hand ab.

Er dachte nach. Seine Aufgabe hier war eigentlich erfüllt. Er streckte die Hand nach dem Glas Wasser aus, das sie ihm zu Beginn kredenzt hatte, und nahm einen Schluck.

„Besten Dank für das Wasser", sagte er und stand auf. „Ich denke, Sie haben uns einen Schritt weitergebracht."

„Freut mich!", erwiderte sie und streckte ihm die Hand hin.

Er ergriff sie. Sie hatte einen für ihr Alter recht bestimmten und warmen Händedruck.

„Wieso besuchen Sie uns nicht mal in der Schweiz? Kennen

Sie Locarno?“

Jetzt musste Haffner lächeln.

„Vielen Dank für das freundliche Angebot. Ich denke darüber nach.“

„Überlegen Sie nicht zu lang! Wer weiß, wie lange ich Sie noch bewirten kann“, sagte sie und deutete traurig auf ihre Beine.

Doch dann lächelte sie wieder verschmitzt und sagte: „Mein Lachsrisotto ist wirklich fantastisch.“

40

Als Haffner den Giesinger Berg endlich bezwungen hatte, wischte er sich den Schweiß von der Stirn, kettete sein Rad an und machte sich auf die Suche nach seinem Kumpel. Ihn bei dem Lärmpegel und der Menschenmenge anzurufen, hatte wenig oder gar keinen Sinn. Also stürzte er sich blindlings ins Getümmel. Plötzlich zuckte er zusammen. Jemand klopfte ihm von hinten auf die Schulter. Er drehte sich um.

„Wir sitzen dort hinten", sagte Schladerer und grinste von einem Ohrläppchen zum anderen.

Er spazierte voraus, Haffner stapfte brav hinterdrein. Etwa in der Mitte des Biergartens hatte Schladerer Plätze ergattert.

„Darf ich dir Olya vorstellen?", sagte er.

Er reichte seiner Begleitung die Hand und half ihr auf. Eine kaum fünfundzwanzigjährige Frau streckte Haffner ein zartes Händchen zum Gruß hin und strahlte ihn mit glänzenden Lippen an. Gegenüber hatte sich ein hautenges, türkisfarbenes Sommerkleidchen mit Spaghettiträgern erhoben.

„Hallo", sagte sie und lächelte halb provokant, halb verschämt. „Ich bin Oksana."

Haffner musste schlucken. Wo zum Geier hatte Schladerer die beiden Schönheiten bloß wieder aufgegabelt?

„Tino", stammelte Haffner. „Tino Haffner. Ich bin ein Freund von Uli."

Mit jeder Silbe wuchs sein Unbehagen. Er wäre am liebsten

im Boden versunken.

„Gibt es irgendwas, das ihr gar nicht mögt?“, fragte Schladerer die beiden.

„Am besten, wir kommen mit“, schlug Oksana vor.

„Könntet ihr uns die vier Plätze freihalten?“, bat Schladerer die Kerle, die mit ihnen am Tisch saßen.

Sie überboten sich gegenseitig an Höflichkeit, um die beiden Damen sobald als möglich wieder neben sich am Tisch zu haben.

Während sie zu viert in der Schlange standen, erklärte Schladerer Oksana und Olya, wie das Ganze funktionierte. Er lachte und schäkerte mit Olya, während über ihren Köpfen die neuesten Nachrichten von *IsarTV* flimmerten – das übliche Kaleidoskop kurz vor dem Sommerloch: S-Bahn-Chaos am Morgen, die x-te Endlosdiskussion über Fahrradwege in der Fraunhoferstraße, Rekordeinnahmen durch zahlungskräftige Araber in der Maximilianstraße.

„Wie wär’s mit einer Monsterbreze?“

Schladerer schwang ein ofenfrisches Exemplar in der Hand. Sie dampfte noch. Den zwei Ukrainerinnen gingen die Augen über. Also landete sie auf seinem Tablett.

Während er Olya noch erklärte, was ein Obazda ist, legte er ihr die Hand um die Hüften und zog sie ganz nah an sich heran. Haffner wusste bald nicht mehr, wohin er blicken sollte.

„Und worauf hättest du Lust?“, fragte er Oksana und räusperte sich.

Wie zufällig trafen sich ihre Augen. Sie sah nicht weg, ihre Pupillen folgten den seinen. Er lächelte, sie lächelte. Was hatte diese Frau für strahlende Zähne! Und diese Mandelaugen, diese knallroten Lippen …

„Also mir wäre Fleisch am liebsten“, sagte sie und beugte sich dabei ganz nah an sein Ohr.

Ihr Parfüm, der Duft ihrer Haut nebelte ihn ein. Sein Herz begann heftig zu schlagen.

Er half ihr, eine riesige Portion Schweinernes mit Knödel und Kraut aufs Tablett zu bugsieren und nahm sich selbst Rippchen mit Barbecuesoße.

„Eine Mass oder lieber Apfelschorle?“, fragte er.

Kurz darauf saßen sie mit vier Glaskrügen wieder an ihrem Tisch.

„Prost!“, rief Haffner und stemmte seinen in die Höhe.

Die Krüge klirrten. Schladerer erklärte eine Tradition nach der anderen, zuvorderst die urbayerische Art, die Mass vor dem Trinken kurz auf dem blanken Holz abzusetzen.

„Machen wir Bayern seit Napoleon“, sagte er, zwinkerte Olya zu und setzte das Glas an den Mund.

Die Tischnachbarn äugten verstohlen herüber. Es war nicht zu übersehen, dass sie nur zu gern die Rollen getauscht hätten.

„Magst uns nichts von deinem neuen Fall erzählen?“, feixte Schladerer.

Oksana schob sich gerade eine Gabel in den Mund. Haffner war heilfroh, dass weder er noch Schladerer eine Krachlederne anhatte – so konnte der sich auf die Schilderung weiterer uriger Tischsitten beschränken, ohne sie praktisch vorzuführen.

„Welchen Fall meinst denn?“, fragte Haffner scheinheilig.

„Jetzt komm schon“, versetzte Schladerer.

Plötzlich riss er die Augen auf und schlug begeistert mit der flachen Hand auf den Tisch.

„Schaut nur!“, rief er und deutete zu den Bildschirmen.

Olya und Oksana folgten seinem Finger. Auf der Mattscheibe prangte Haffners Konterfei. Rudi Stölzl präsentierte eine Zusammenfassung des *Hofgartenmords*. Keiner verstand etwas, aber Oksana lief purpurrot an und legte den Kopf ganz schief, äugte zu Haffner über den Tisch, dass ihm ganz anders zumute wurde.

„Na – hab ich euch zu viel versprochen? Neben euch sitzt Münchens Vorzeigepolizist!“

Schladerer fühlte sich sichtlich in seinem Element und lachte, was das Zeug hielt.

„Geh, Uli“, sagte Haffner. „Übertreib’s nicht. Wird ja langsam peinlich!“

Oksana schüttelte den Kopf und legte ihre Hand auf seine. Sie lächelte wieder.

„Was ist denn das für ein Fall, von dem Uli gesprochen

hat?“, fragte sie.

Haffner verzog das Gesicht. Er verspürte nicht die geringste Lust, sich den Abend von der Arbeit versauen zu lassen.

„Im Hofgarten haben wir eine Leiche gefunden. Ein Wissenschaftler, der angeblich einem Riesenskandal auf der Spur war“, sagte er.

Er merkte, dass ihm die Mass zu Kopf stieg. Hatte er wirklich nichts Besseres zu tun, als Staatsanwalt Fischers Theorie auszuwälzen? Er linste zum Bildschirm empor. Dort war plötzlich Kardinal Rosenkrantz persönlich mit Brustkreuz und Soutane zu sehen. Aber es mussten Archivaufnahmen sein, denn Stölzl unterhielt sich nicht mit ihm. Unter der Aufnahme lief ein Textband durch. Haffner konnte nur erahnen, dass der Beitrag etwas mit Janssens Sensation zu tun hatte.

Schladerer besaß ganz offensichtlich die besseren Augen.

„Wenn der dementiert, dann liegt da der Hund begraben“, sagte er.

Er hob seinen Masskrug wieder hoch.

„Auf unseren Isar-Cop!“

Er lachte lauthals, dass sein Adamsapfel auf- und abtanzte.

„Was sind denn das für brisante Unterlagen, die euer Mordopfer entdeckt hat?“, fragte er.

Auch Olya und Oksana blickten ihn gespannt an. Aber er schüttelte den Kopf.

„Wissen wir noch nicht. Stölzl ist sicher besser informiert.“

Schladerer breitete die Arme aus.

„Willst du uns ernsthaft damit abspeisen, Tino? Du weißt doch, was da läuft!“

Er schüttelte weiter mit dem Kopf. Dabei schwor er sich insgeheim, sich Stölzl bei der nächstbesten Gelegenheit vorzuknöpfen. Denn entweder bluffte er – oder er verheimlichte absichtlich etwas.

„Die ganze Stadt ist voll mit diesen Schlagzeilen“, sagte Oksana.

Er zog die Augenbrauen hoch.

„Wer ist eigentlich dieser Giordano Bruno?“, fragte sie dann.

Haffner holte tief Luft.

„Lange Geschichte“, brummte er.

„Der Abend ist ja noch lang“, sagte sie, schob ihren Masskrug an seinen heran, drehte das silberne Herzchen hin und her, das sie um den Hals trug, und lächelte schelmisch.

Wieder wehte ein Hauch ihres Duftes zu ihm herüber. Und wieder begann sein Herz wie wild zu schlagen. Er war endgültig in der fünften Jahreszeit angekommen.

41

Schladerer war kurz vor zehn mit Olya in ein Taxi gestiegen und davongedüst. Zuvor hatte er ihm noch konspirativ zugezwinkert.

„Soll ich dich heimbegleiten?“, fragte Haffner und stieg nervös von einem Fuß auf den anderen.

Oksana stand mit ihrem frechen Kleidchen vor ihm und hatte die rechte Hand in die Hüfte gestemmt.

„Ist aber ein Stückchen“, sagte sie.

Forstenried lag in der Tat nicht um die Ecke. Aber er brachte sie trotzdem bis vor die Haustür. Sie kramte in ihrem Handtäschchen nach dem Schlüssel. Als sie sich umdrehte, umwehte ihn wieder dieser betörende Duft. Ihm stockte der Atem.

„Ich muss morgen früh raus“, sagte sie und spielte mit dem Schlüssel. „Klausur.“

Er nickte. Das Herz schlug ihm bis zum Hals. Oksana wandte den Kopf ab und schlug die Augen nieder. Plötzlich fasste sie ihn an der Hand, hob ihn wieder, bis sich ihre Nasen fast berührten. Haffner schluckte. Sie legte den Kopf schief und sah ihn erwartungsvoll aus ihren großen blauen Augen an, kam näher, so dass er ihren Duft mit Händen zu greifen glaubte. Ihre Lippen berührten sich, sein Atem ging schneller. Er sog ihren Duft auf, spürte ihre warmen, feuchten Lippen. Ihre Zungen stießen zärtlich aneinander.

Als Haffner am nächsten Morgen die Haustür aufsperrte, blieb ihm nicht mehr viel Zeit.

„Guten Morgen, Herr Hauptkommissar!“, rief Witwe Kowalski vergnügt.

Sie stand auf dem Treppenabsatz und hielt ein Papiertütchen vom Bäcker um die Ecke in der Hand. Der Duft frischer Semmeln lag in der Luft.

„So früh schon unterwegs?“, fragte sie und zwinkerte.

Er nickte stumm und deutete auf sein Handgelenk.

„Bin spät dran …“, japste er.

„Neuigkeiten vom Hofgartenmörder?“

Er presst die Lippen zusammen.

„Ja und nein. Also … jein. Wir haben ein paar Hinweise. Aber nichts, was uns einer Lösung näherbrächte.“

„Eine gesunde Farbe haben Sie heute“, bemerkte sie.

Er wunderte sich und zog skeptisch die Schultern nach oben, denn er hatte kein Auge zugetan.

„Ich habe leider wirklich keine Zeit“, sagte er.

„Ja, die liebe Pflicht“, versetzte sie, winkte und verschwand in ihre Wohnung.

Er verspürte im Grunde nicht die geringste Lust, das Pheromonbad abzuduschen, in dem er die Nacht verbracht hatte. Alles an ihm atmete Oksanas Duft: jeder Millimeter seiner Haut roch nach ihr. Trotzdem schlüpfte er aus der Kleidung und hüpfte eilends unter die Brause. Zehn Minuten später huschte er aus dem Haus und eilte, so schnell er konnte, in die Löwengrube.

„Guten Morgen!“, rief er, als er das Büro betrat.

Adlgasser zuckte zusammen und sah ihn verwundert an.

„Was ist denn mit dir passiert?“, fragte sie und zog die Augenbrauen hoch.

„Hat sich Weber schon gemeldet?“

Sie schüttelte den Kopf.

„Und Brunner? Der könnte auch langsam in die Gänge

kommen."

Adlgasser schwang in ihrem Sessel nach hinten und schüttelte ungläubig den Kopf.

„Alles in Ordnung mit dir?", fragte sie.

Statt ihr zu antworten, griff Haffner zum Diensttelefon.

Zwei Minuten später stand der Sektenbeauftragte der Münchner Kripo bei ihnen im Büro.

„Es tut sich einiges im katholischen Milieu. Irgendwie hat der *Hofgartenmord* und die Gerüchte drum herum vor allem die Traditionalistengrüppchen gewaltig aufgescheucht", sagte er. „Die Pius-Brüder sind euch ein Begriff, oder?"

Er sah die beiden erwartungsvoll an. Haffner nickte, Adlgasser tat es ihm gleich.

„Die sind aber in unserem Fall eher uninteressant. Sie agieren offen und machen keinen Hehl daraus, dass ihnen alles, was nach Meinungsfreiheit, offener Gesellschaft und Demokratie riecht, Teufelswerk ist."

Er blickte die beiden erneut nacheinander an. Doch keiner sagte etwas.

„Spannender ist aber was anderes."

Haffner begann, mit den Fingern auf der Schreibtischplatte zu trommeln, und spitzte den Mund.

„Es gibt da eine Gruppe, die zu öffentlichen Vorträgen und einer Art Katechismus einlädt. Die Themen reichen von LGBTQ und Gender über angeblich falsch verstandene Ökumene bis hin zu Aktionen gegen Sterbehilfe und so weiter. Es gibt ein paar Blogs. Die habe ich ein bisschen genauer unter die Lupe genommen. Von Hetzkampagne würde ich noch nicht sprechen, aber da findet sich alles: *Fake News*, Hasstiraden, Aufrufe zum Exorzismus – um nur ein paar Beispiele zu nennen."

„Und das Kreuz?", unterbrach Haffner ihn.

„Ja – das Kreuz", setzte Weber an und fasste sich ans Kinn. „Das ist eine wirklich haarige Angelegenheit."

Haffner beugte sich vor und bedeutete ihm, weiterzusprechen.

„Nöhle hat es sich gestern noch einmal angesehen. Aber er meinte, dass die C14-Methode da nicht greift: Das Objekt ist zu jung. Also habe ich ein wenig herumgestöbert im Netz und in alten Drucken."

Er warf erst Adlgasser, dann Haffner einen Blick zu und verzog den Mund.

„Jetzt mach's nicht so spannend", schnitt er ihm erneut das Wort ab.

Weber grinste.

„Sieht tatsächlich so aus, als ob es aus der Zeit um 1600 stammen könnte. Die Inquisition hat bei ihren Befragungen exakt solche Kreuze verwendet."

Er zog aus der Mappe, die er die ganze Zeit über in der Hand gehalten hatte, ein Blatt hervor und legte es Haffner auf den Schreibtisch. Der kramte in seinem Aktenstoß herum und legte eines der Fotos aus dem Dianatempel neben den Holzstich.

„Verblüffend, nicht wahr?", rief Weber aus.

Haffner nahm die beiden Abbildungen und reichte sie Adlgasser hinüber.

„Wow!", sagte sie.

Auf der zeitgenössischen Abbildung streckte ein Dominikaner einem Ketzer ein Kreuz entgegen, das haargenau aussah wie dasjenige, das Janssen im Hofgarten in der Hand gehalten hatte.

„Aber nochmal zurück zu den Gruppierungen: eine von ihnen wird von einem Prälaten aus dem Münchner Ordinariat geleitet. Von da in den Vatikan ist es quasi nur ein Katzensprung."

Weber blickte die beiden triumphierend an.

„Wenn ihr jetzt noch herausfindet, wer dieser ominöse *Athanasius* ist …"

„Und wer ist dieser Verbindungsmann in den Vatikan?"

Der Sektenbeauftragte hörte gar nicht mehr auf zu grinsen.

„Der Privatsekretär von Kardinal Rosenkrantz."

Haffner klappte die Kinnlade nach unten. Plötzlich verstand er, was Schladerer gestern Abend gemeint hatte.

„Pfaffen sind wie Ärzte“, erklärte Weber. „Da hackt keiner dem anderen ein Auge aus!“

Kaum war Weber zur Tür hinaus, griff Haffner erneut zum Hörer. Adlgasser schüttelte den Kopf.

„Grüß dich, was hast du für uns?“, fragte er.

„Ich habe mir die Nacht um die Ohren geschlagen“, lamentierte Brunner.

Ich mir auch, fuhr es Haffner durch den Sinn. Diesmal musste er grinsen. Irgendwie fühlte er sich gerade wie Superman persönlich.

„Jetzt sag schon“, drängte er.

„Geknackt“, sagte Brunner.

„Yep!“, entfuhr es Haffner.

Er strahlte und hieb mit der Faust auf die Schreibtischplatte, dass es schepperte.

„Stellst du die Daten aufs Sammellaufwerk?“

„Schon erledigt.“

Kurz darauf surrte der Drucker in Kathis Büro. Er hatte sie gebeten, Brunners Ergebnisse durchzusehen und das Wichtigste auszudrucken. Eine halbe Stunde später hielt er das Dossier in Händen.

„Sag mal: was ist eigentlich in dich gefahren?“, fragte Adlgasser und breitete die Hände aus.

Bevor er zu einer Antwort ansetzen konnte, klingelte das Diensttelefon schon wieder.

42

Als Haffner und Adlgasser das Büro von Staatsanwalt Fischer betraten, hielt er ihnen ein bereits vergilbtes Exemplar der *AZ* vor die Nase.

20 POLIZISTEN JAGEN ZIEGE IN ALLIANZ-ARENA stand da in großen schwarzen Lettern.

„Oder wie wäre es mit dem hier?“, knurrte Fischer.

Er hob die nächste Zeitung hoch, so dass Haffner die Titelschlagzeile problemlos lesen konnte: *POLIZEI GELINKT: AUTOFAHRER GIBT APRIKOSENNEKTAR BEI URINPROBE AB.*

Er wechselte einen fragenden Blick mit ihr.

„Oder vielleicht das hier?“

Fischer lief feuerrot an, wies auf die beiden Stühle vor seinem Schreibtisch und präsentierte ihnen eine fast druckfrische *AZ*. Während sie sich setzten, las er ihnen die Titelseite vor.

„*Hofgartenmord – Inkompetenz der Polizei gefährdet Sicherheit der Bürger.*“

Sein Kopf glich einer Tomate, die Adern an seinem Hals traten deutlich über dem Hemdkragen hervor.

„Der Innenminister macht mir die Hölle heiß!“, rief er. „Wann bekommen Sie diesen Fall endlich in den Griff?“

Zornig schlug er mit der flachen Hand auf die Tischplatte.

„Vielleicht hören Sie sich erst einmal an, was für

Neuigkeiten wir mitbringen“, fiel Haffner ihm ins Wort.

Fischer stutzte. Mit einem Gegenangriff hatte er offensichtlich nicht gerechnet.

„Abgesehen von unserem Hauptverdächtigen mit seinem astreinen Rachemotiv und Hinweisen auf Eifersuchtsdramen haben wir zum ersten Mal etwas gegen diesen religiösen Eiferer in der Hand.“

„Sie meinen diesen *Anastasius*?“

„*Athanasius* … Ja“, korrigierte ihn Adlgasser.

„Wie auch immer“, sagte Fischer und machte eine wegwerfende Handbewegung. „Sie sehen ja – es geht doch!“

Entzückt klatschte er in die Hände.

„Wären Sie eine halbe Stunde früher aufgetaucht, dann hätte ich den Innenminister bereits über die anstehende Aufklärung informieren können.“

Haffner räusperte sich. Fischer warf ihm einen halb misstrauischen, halb vorwurfsvollen Blick zu.

„Wir sind an der Sache dran, aber von Aufklärung würde ich im Moment lieber nicht sprechen“, gab er zu bedenken.

Fischer lehnte sich vor und sah die beiden sehr, sehr ernst an.

„Machen Sie diesen *Anastasius* ausfindig!“

Jetzt beugte sich Adlgasser nach vorn. Haffner legte ihr die Linke auf den Arm.

„Wenn nötig, üben Sie dezent ein bisschen Druck aus. Das Letzte, was wir hier brauchen, ist ein Skandal. Dieser *Anastasius* hat ab sofort oberste Priorität. Wer weiß, was dem sonst noch einfällt – die Medien wittern eh schon eine allgemeine Gefährdelage.“

Er tippte energisch auf das Boulevardblatt, das auf seinem Schreibtisch lag.

„Haben wir uns?“

43

Auf dem Weg zurück ins Büro klingelte Haffners Handy. Er langte in die Hosentasche und zog es heraus.

„Mein Großvater“, sagte er zu Adlgasser und blieb stehen.

Sie ging allein langsam weiter.

„Haffner, Mordkommission München“, sagte er mit scherzendem Unterton.

Die Ansage verfehlte offensichtlich nicht ihre Wirkung: für den Bruchteil einer Sekunde herrschte absolute Stille.

„Hallo?“, sagte er. „Opa?“

Das Schweigen dauerte an. Dann vernahm Haffner eine kehlige Stimme, die er jedoch nicht sofort verorten konnte.

„Korbinian?“, fragte er überrascht, nachdem Korbinian Tucholsky sich mit Namen gemeldet hatte. „Was gibt mir die Ehre in aller Frühe? Und wieso rufst du mich von Opas Festnetz aus an?“

Noch immer klang Haffner aufgekratzt.

„Wolltest du nicht letztes Wochenende rauskommen?“, gab Tucholsky zurück.

Ihm gefiel der vorwurfsvolle Ton nicht. Er überlegte, wie er sich seinem alten Hausarzt gegenüber aus der Affäre ziehen könnte.

„Wird dir jetzt nichts anderes übrigbleiben“, fuhr er fort. „Der Hias ist heute Nacht nämlich heimgegangen.“

Haffner schwankte, rutschte am Treppengeländer nach

unten und ging in die Hocke. War er wach? Oder träumte er? Sicherheitshalber zwickte er sich selbst in die Nase. Es tat weh, und das überraschte ihn nicht.

Eben noch hatte er auf Wolke Sieben geschwebt. Mit einem Schlag wichen die Schmetterlinge in seinem Bauch einem riesigen Schwarzen Loch, das alles um sich herum verschlang. Fassungslos schüttelte er den Kopf. Dann stand er wie in Zeitlupe auf und wankte zurück zum Büro.

„Was ist denn mit dir los?“, fragte Adlgasser und starrte ihn entgeistert an. „Magst dich nicht lieber setzen?“

Er hatte das Gefühl, das Gleichgewicht zu verlieren und machte einen Schritt nach hinten, lehnte sich gegen den Türrahmen und schlug die Hand vor die Stirn. Auf ihr standen plötzlich tiefe Furchen.

„Mein Opa …“, setzte er an, sprach aber nicht weiter.

Adlgasser stand auf und trat näher. Sie streckte den Arm aus. Doch er wischte mit einer ruppigen Bewegung seine Augen trocken. Schließlich rettete er sich wie in Trance auf seinen Drehsessel, schlug die Hände vors Gesicht und schnaufte wie ein Walross, unregelmäßig und rasselnd.

„Wann und wie – ?“, fragte sie.

Er nahm die Hände vom Gesicht.

„Letzte Nacht. Er wollte noch, dass ich komme. Aber ich hab’s auf die lange Bank geschoben.“

Adlgasser setzte sich wieder und betrachtete ihn mitfühlend.

„Herzversagen. Was Besseres kann einem nicht passieren, oder?“, sagte er, drehte den Kopf zum Fenster und sah traurig hinaus. Eine Träne löste sich langsam aus seinem Auge. Er fuhr mit dem Handrücken darüber und fegte den Schmerz beiseite.

44

„Könntest du mir was Süßes mitbringen?“, fragte Haffner.

Adlgasser nickte und verdrückte sich. Offenbar zog sie es nach ihrem missglücken Trostversuch vor, ihn allein zu lassen. Was ihm gar nicht ungelegen kam. Er stand auf, lugte zu Kathi ins Büro: leer. Er zog die Tür zu und seufzte. Dann langte er nach dem Handy, das auf dem Schreibtisch lag, drehte es ein paar Mal lustlos in der Hand hin und her. Schließlich wählte er. Mailbox. Er legte auf. Vermutlich würde er erst am Abend wieder dazu kommen, seine Mutter anzurufen, um sie zu fragen, ob sie mit der Organisation der Leichenfeier klarkam.

Seit letzter Nacht hatten sich seine Gedanken frei wie lange nicht mehr angefühlt. Traurig lächelte er vor sich hin. Ironie des Schicksals: da trat eine neue Person ganz unvermutet in sein Leben und eine andere machte sich heimlich, still und leise davon. Er stützte den Kopf in die Hände. Wieso nur war er nicht gleich zu ihm gefahren?

Plötzlich bimmelte das Handy. Er sah aufs Display: ein Smiley mit Küsschen. Er schüttelte den Kopf und schmunzelte, antwortete kurz, legte es wieder weg und dachte nach.

Weber hatte ihm noch empfohlen, so bald als möglich mit dem Sekretär von Kardinal Rosenkrantz zu sprechen. Der galt eigentlich als weltoffen, aufgeklärt und mediengewandt. Was bewegte ihn wohl, einen Traditionalisten als Vertrauensperson auszuwählen? Die Position des Privatsekretärs war eine der wichtigsten überhaupt, so weit Haffner es einschätzen konnte.

Er schüttelte den Kopf und nahm sich das Dossier mit der Korrespondenz zwischen *Athanasius* und Janssen vor. Janssens Antworten waren stets sehr knapp und kühl gehalten. Die letzte war auf den 8. Juli datiert. Janssen hatte spät nachts geschrieben:

Sehr geehrter „Athanasius",

besten Dank für Ihre Nachricht. Wie Sie wissen, hat sich an der Orientierung unseres Projekts nichts geändert. Wir würden uns freuen, wenn Sie die Arbeit des Giordano-Bruno-Instituts mit etwas mehr Wohlwollen und Offenheit bewerten würden.

Mit freundlichen Grüßen,

Dr. Gernot Janssen, Leiter des GBI

So weit Haffner erkennen konnte, lief die Korrespondenz stets nach demselben Schema ab: *Athanasius* stellte fest, dass aus kirchlicher Sicht größte Bedenken gegen das Projekt vorzubringen seien. Dann steigerte er sich in wilde Verschwörungstheorien hinein, bezichtigte Janssen und sein Projekt, vom Teufel besessen zu sein.

Auf Janssens letzte Mail hatte er noch einen Tag vor dem Mord zurückgeschrieben: *Sie werden es dereinst vor dem Allerhöchsten zu verantworten haben, dass Sie mit Ihrer Arbeit unzählige Seelen ins Verderben stürzen! Ich fordere Sie ein letztes Mal auf, Ihr Projekt einzustellen! Die Geißel Gottes schlägt ohne Gnade immer und überall zu: die Geschichte ist voll davon. Giordanos Hinrichtung ist nur ein Beispiel. Was hat dieser Ketzer denn geleistet? Er schmort zu Recht in der Hölle. Und Sie werden ihm folgen!*

Während Haffner den übrigen Mailverkehr überflog, fiel ihm das Bild von einem Motor ein, der überhitzt und schließlich zu qualmen beginnt. Er schüttelte den Kopf. Welchen Sinn hatte es, das alles durchzulesen? *Athanasius* war ein hervorragendes Beispiel dafür, was passiert, wenn der Mensch seine gute

Kinderstube vergaß. Er dachte zurück an die Recherchen, die er in den vergangenen Tagen zur Inquisition angestellt hatte. Was gab dem Menschen das Recht, sich über andere zu stellen? War es Giordanos Henkersknechten wirklich um die Reinigung einer gottlosen Seele gegangen? Oder geilten sie sich daran auf, jemand zu erniedrigen, jemand zu quälen, der ihnen haushoch überlegen war? War es nicht dieses Gefühl, endlich einmal Macht über einen völlig Wehrlosen auszuüben?

Was war mit all den vorsätzlichen oder fahrlässigen Tötungen, mit denen Haffner sich beschäftigte? Vor einigen Jahren hatte ein Autofahrer eine junge Frau durch München geschleift, weil sich ihr Gurt in seiner Tür verfangen hatte: Hatte der Typ damals bereut, weil ihm die Frau leid tat, die ihre drei Kinder ohne Mutter zurückließ? Oder war es das pure Selbstmitleid, weil er sein Leben verschissen hatte?

Und wie stand es um den Großinquisitor Roberto Bellarmino? Er vertrat den Allmächtigen höchstpersönlich. War ihm nicht klar, dass er mit seinem Urteil das oberste Gebot seines Meisters *ad absurdum* führte? Was hatte es mit Gottes- oder Nächstenliebe zu tun, einen Menschen bei lebendigem Leib auf dem Scheiterhaufen zu rösten?

Und zu guter Letzt: Welches Motiv mochte diesen *Athanasius* umgetrieben haben? Und was für eine Rolle spielte der Satanismus dabei? In einem Punkt musste Haffner Staatsanwalt Fischer recht geben: es war höchste Zeit, dem mysteriösen Science-Stalker auf die Pelle zu rücken.

45

Wie froh war er, als er wenig später mit Adlgasser im Dienstwagen saß! Nur zu dumm, dass es Freitagmittag war: ihr Ausweichmanöver auf die Ungerer Straße war clever, aber der Erfolg nur von kurzer Dauer. Noch vor der Auffahrt zur A9 standen sie im Stau.

„Wie wär's mit Blaulicht?“, brummte er. „Dann schaffen wir es vielleicht, vor Feierabend rauszukommen.“

„Hast du vergessen, dass ich heute früher aufhöre?“

Sie drehte den Kopf zu ihm und lächelte ihn entwaffnend an. Er fing an, leise mit den Fingern auf die Handablage der Beifahrertür zu trommeln. Dass er nachher allein über dem Fall brüten durfte, steigerte seine Laune nicht. Also schwiegen sie.

Plötzlich setzte sich die Kolonne wieder in Bewegung. Er sah, wie Adlgasser zufrieden vor sich hingrinste. Doch das bedeutete lediglich Öl ins Feuer seines Grants.

Eine knappe halbe Stunde später wies ihnen ein wohlgenährter Zwei-Zentner-Mann den Weg zum Gebäudekomplex der *Puhrucker&Steinbeißer Stahlbau GmbH* im Münchner Norden. Sie liefen über die Straße und stiegen die Treppe hinauf.

„Grüß Gott, die Herrschaften!“

Hinter dem Tresen stand ein junger Mann mit halblangen, gescheitelten und gegelten rabenschwarzen Haaren und streckte den beiden Kommissaren die Hand entgegen.

Dabei musterte er sie halb neugierig, halb verunsichert mit zwei Glupschaugen, die hinter dicken Brillengläsern hervorlugten. Tim Klarner besaß eine schmale Himmelfahrtsnase und packte Haffners Hand mit ziemlicher Kraft. Er hatte sich von dem schmächtigen Gegenüber einen weicheren Händedruck erwartet.

„Was kann ich für Sie tun?"

Klarner lächelte, als käme er gerade von einem Schulungsfilm bei *McDonald's*. Haffner präsentierte ihm stumm die Dienstmarke.

„Polizei?", fragte er noch ein wenig unsicherer und wurde blass.

„Wir würden Ihnen gern ein paar Fragen zu einem Mordfall im Hofgarten stellen", sagte Haffner.

„Was für ein Mordfall?", fragte Tim Klarner.

„Gegenfrage: Sagt Ihnen der Name *Athanasius* etwas?"

Aus Klarners Gesicht wich der letzte Rest an Blut. Er fuhr sich mit der Hand in den Nacken.

„Einer der großen Kirchenlehrer", sagte er und blickte nervös von Haffner zu Adlgasser und wieder zurück.

Haffner kniff die Lippen zusammen.

„Kommen Sie, Herr Klarner! Sie wissen sehr gut, was ich meine."

Er begann, sich die Hände zu massieren.

„Ehrlich gesagt: nein."

„Dann helfe ich Ihnen ein wenig auf die Sprünge: Sie kennen das *Giordano-Bruno-Institut* in der Stadtmitte?"

„Flüchtig", wand er sich weiter.

„Und den Institutsleiter? Doktor Janssen?"

Tim Klarner schluckte.

„Flüchtig", wiederholte er kleinlaut. „Auch nur flüchtig."

„Aber Sie hatten regen E-Mail-Kontakt mit ihm."

Er schürzte die Lippen und runzelte die Stirn.

„Ich habe ihm ein paar Mal geschrieben. Aber er hat immer nur kurz geantwortet. Bei einer Informationsveranstaltung an der Uni habe ich vor Monaten einmal versucht, mit ihm ins

Gespräch zu kommen. Er hat mich eiskalt abserviert."

„Haben Sie ihn deshalb mit Ihren Mails bombardiert?"

„Wieso bombardiert? Ich habe versucht, ihn zu überzeugen, sein überflüssiges Projekt einzustellen."

„Für mich persönlich sind mehrere Dutzend Drohnachrichten kein harmloser Versuch, jemand von seiner Meinung zu überzeugen. Sie wissen, dass er seit drei Tagen tot ist?"

„Ah – nein. Tut mir leid. Ich interessiere mich nicht sonderlich für Ratsch und Tratsch."

Haffner blickte Adlgasser verdutzt an. Konnte es sein, dass er vom Medienrummel der letzten Tage tatsächlich nichts bemerkt hatte?

„Sehen Sie keine Nachrichten?", fragte er. „Doktor Janssen wurde *ermordet*."

Tim Klarner hatte wieder etwas Farbe bekommen. Er schaute zum Fenster hinaus und sagte: „Seht die Lilien auf dem Feld."

Haffner und Adlgasser wechselten einen kurzen Blick. Unterdessen drehte Klarner ihnen den Kopf wieder zu und lächelte.

„Es gibt Dinge im Leben, die wichtiger sind", erklärte er.

„Der Tod eines Mitmenschen zählt für Sie nicht dazu?"

Haffner zog die Augenbrauen zusammen und schüttelte ungehalten den Kopf. War Klarner wirklich so naiv?

„Ein bedauerlicher Fall, gewiss. Aber im Spiegel der Ewigkeit – "

„Welche Rolle spielen denn Ihrer Meinung nach die Forschungen des Giordano-Instituts im Spiegel der Ewigkeit?", meldete sich Adlgasser zu Wort.

Klarner wurde wieder ernst.

„Satanswerk", sagte er. „Reicht es nicht, dass dieser durchgeknallte Exmönch vor vierhundert Jahren seine wilden Thesen verbreitet hat? Was nützt es, seine Hirngespinste immer und immer wieder nachzubeten? Wie viele Seelen wurden durch diesen Ketzer verführt und vom rechten Weg abgebracht?"

Sein Gesicht lief jetzt tiefrot an.

„Wir leben im aufgeklärten einundzwanzigsten Jahrhundert!“, rief Adlgasser. „Wissenschaft und Forschung unterliegen Gott sei Dank nicht mehr dem Diktat der Kirche!“

Tim Klarner stutzte. Er musterte sie argwöhnisch. Dabei spielte ein verächtliches Lächeln um seine Lippen.

„Lassen Sie den Herrgott aus dem Spiel!“, meinte er gebieterisch. „Außerdem entbindet mich das nicht von meiner Christenpflicht, wenn ich sehe, dass die Prinzipien der Kirche mit Füßen getreten werden. Meines Wissens herrscht in diesem Land Meinungsfreiheit. Leben wir nicht in einer Demokratie?“

Haffner bekam allmählich den Eindruck, dass *Athanasius* seine Gedanken oft genug wiedergekäut hatte. Nachdem er sie Janssen erfolglos um die Ohren geschlagen hatte, nutzte er jetzt offenbar die Gunst der Stunde mit ihnen.

„Meines Wissens“, ahmte Haffner ihn nach, „endet die Freiheit des Einzelnen dort, wo die der anderen beginnt.“

Er hoffte, Tim Klarner damit eine klare Grenze gezogen zu haben.

Doch der fuhr unbeirrbar fort: „Ich würde sagen: die Rechte der Kirche wurden durch die infamen Äußerungen dieses Ketzers lang genug beschnitten. Wissen Sie, was Giordano Bruno behauptet hat? *Christus war ein Betrüger. Christus hat keine Wunder vollbracht. Christus war ein Magier, ein Zauberer.* Muss man sich solche hohle Phrasen gefallen lassen? Meiner Ansicht nach endet hier“, bei diesen Worten tippte er mit dem Finger auf den Tresen, „genau hier die Freiheit des Instituts! Wenn die Mitarbeiter auch nur einen Funken Respekt vor einer Milliarde Katholiken im Leib hätten! Abgesehen davon: Wie oft sind die niveaulosen Pamphlete dieses Ketzers im Lauf der Jahrhunderte schon gedruckt und nachgedruckt worden? Wer sich mit seinen teuflischen Thesen befassen will, kann sich doch längst nach Lust und Laune bedienen!“

Wegen einer Diskussion über Sinn oder Unsinn wissenschaftlicher Arbeit waren sie nicht hier. Es war an der Zeit, ihm das unmissverständlich klar zu machen. Also legte Haffner ein Foto mit Janssen im Dianatempel auf die Theke.

„Sehen Sie sich das Bild bitte ganz genau an“, forderte er ihn auf.

„Sie haben bereits zweimal ausgesagt, dass Sie Giordanos Schriften und die Arbeit am Institut für Teufelswerk halten. Was fällt Ihnen zu diesem Foto ein? Oder interessiert Sie derlei Alltagskram nicht?“, warf Adlgasser sarkastisch ein.

Klarner warf einen flüchtigen Blick auf die Abbildung, fuhr sich mit der Hand durchs Haar und wurde leichenblass. Schweißperlen traten ihm auf die Stirn.

„Kennen Sie die Bedeutung dieser okkultistischen Symbole?“, hakte Haffner nach. „Wissen Sie, was ein Drudenfuß ist?“

Er zog eine verächtliche Grimasse.

„Der Teufel … ist der Vater des Bösen. Manchmal tritt er uns in Gestalt eines Menschen gegenüber. Es ist gut, wenn Gott uns solche Kreaturen vom Hals schafft!“

Entsetzt starrte Haffner ihn an.

„Halten Sie Doktor Janssen für die Inkarnation des Teufels?“

„Der Teufel ist das Böse schlechthin. Wir haben den Auftrag, uns mit ganzer Kraft seiner Macht zu widersetzen! Wer sich mit ihm befasst, befindet sich bereits in seinen Klauen.“

Haffner spürte, wie ihm allmählich wieder übel wurde. Also wechselte er lieber das Thema.

„In welchem Verhältnis standen Sie genau zu Janssen?“, fragte er.

Klarner verzog den Mund.

„In keinem: Er hat mich doch gar nicht ernst genommen. Wenn Sie unseren Mailverkehr aufmerksam studiert hätten, wie Sie sagen, kann Ihnen das nicht entgangen sein. Die Herren Doktoren tun immer so, als wären sie offen für jede Diskussion. Fängt man aber an nachzubohren, wiegeln sie einen ab wie lästige Fliegen. Wir normal Sterblichen können ihnen ja das Wasser nicht reichen“, sagte er spöttisch.

„Eine letzte Frage hätte ich noch“, sagte Haffner und gab sich größte Mühe, neutral zu klingen. „Wo waren Sie am

Dienstag Abend zwischen zweiundzwanzig und zwei Uhr morgens?

Er stutzte eine Sekunde und zog die Brauen zusammen. Dann schloss er die Augen. Als er sie wieder öffnete, flackerten seine Pupillen.

„Zu Hause. Allein. Im Bett."

„Wer kann das bezeugen?"

Plötzlich lächelte er überlegen und sagte: „Der Herrgott."

46

Zurück im Wagen sah Haffner Adlgasser eine Weile schweigend an. Ihm war das Lachen vergangen. Dann tippte er sich an die Schläfe.

„Tickt der noch richtig?“

Sie startete den Motor.

„Ich fürchte, ja“, sagte sie.

„Und den sollen wir Fischer als neuen Hauptverdächtigen servieren?“

Er schüttelte den Kopf.

„Menschen morden für weit abstrusere Ideen“, bemerkte sie. „So wirr ist er meiner Meinung nach auch gar nicht. Der weiß genau, was er will. Und wie er wem was verkaufen muss. Er wäre nicht der erste Fundamentalist, der ein Menschenleben auf dem Altar seiner Überzeugung opfert.“

Haffner seufzte. Er konnte und mochte ihr nicht widersprechen.

„Hat er noch nie etwas von Aufklärung gehört?“, fragte er dennoch empört.

„Doch, doch“, entgegnete sie. „Gerade deshalb! Weil es die Aufklärung gibt, weil Staat und Kirche voneinander getrennt sind – deshalb fühlt er sich dazu berufen, die Geschichte umzukehren! Er hat Angst: Angst vor der Freiheit, Angst davor, sich jeden Tag neu zwischen gut und böse entscheiden zu müssen. Für ihn garantieren fest definierte Grenzen

Seelenruhe und Stabilität. Dinge, die ihm in der Gesellschaft abgehen."

Er nickte leise vor sich hin. Was sie ausgesprochen hatte, deckte sich hundertprozentig mit dem, was er in den letzten Tagen recherchiert hatte.

„Wir sollten uns am Sonntag sein soziales Umfeld einmal genauer ansehen", brummte er.

Sie stöhnte.

„Kannst du das nicht allein erledigen?", fragte sie, runzelte die Stirn und warf ihm einen flehenden Blick zu. „Ich bekomme Besuch. Außerdem … du weißt doch: Samira …"

Er zuckte mit den Schultern. Der Besuch bei seinem Großvater hatte sich auf unangenehmste Art und Weise erledigt. Womöglich würde ihm ein bisschen Spiritualität nicht schaden. Aber musste es unbedingt bei Hardcore-Katholiken sein?

„Könntest du mich bei Gennaro absetzen?", fragte er.

Sein Magen knurrte entsetzlich.

Wie verabredet hatte Adlgasser ihn in der Ludwigstraße abgesetzt und war allein weitergefahren.

Jetzt saß er bei Gennaro und wehrte sich gerade wieder einmal gegen die üblichen Fragen.

„Ehrlich gesagt bin ich ziemlich genervt", sagte er. „Wir kommen fast nicht vorwärts!"

Die Pizza *Frutti di mare* hellte seine Laune zumindest vorübergehend auf. Genüsslich schob er sich das letzte Stück zwischen die Zähne. Mit der anderen Hand fuchtelte er wild herum, um seinem Ärger Luft zu machen.

„Und du willst unseren neuen Roten wirklich nicht probieren?", fragte Gennaro enttäuscht. „Ist ganz frisch aus Sizilien eingetroffen!"

„Du weißt doch: während der Dienstzeit … Aber zu einem Espresso würde ich nicht nein sagen."

Das sonnengegerbte, faltige Gesicht des *Padrone* heiterte sich schlagartig auf, und ein seliges Lächeln huschte wie ein Sonnenstrahl darüber, als er zur Theke rief: „*Un caffè per il commissario, eh* – einen Espresso für unseren Freund hier!“

Er tupfte Haffner kumpelhaft auf die Schulter, während seine Bedienung hinter dem Tresen anfing, den Siebträger ein bisschen unbeholfen aus der Halterung der blitzblankpolierten *Faema*-Maschine zu schrauben. Mit Riesengetöse klopfte er ihn aus, füllte frisches Kaffeepulver nach und katapultierte nicht ganz ungeschickt ein Tässchen samt Untertasse unter die Düse. Das intensive Bohnenaroma wanderte durch die Pizzeria und bahnte sich den Weg bis zu seiner Nase.

„Er ist noch neu, aber er hat Talent“, raunte Gennaro ihm zwinkernd zu, während der Kellner das Getränk servierte. „*Vero, Giulio*?“

Der Angesprochene vollführte eine Handbewegung, die irgendwo zwischen *hast recht* und *fan culo* lag. Haffner musste an sich halten, um nicht laut loszulachen.

„Kommissar Haffner klärt gerade den Mord aus dem Hofgarten auf“, flüsterte Gennaro seinem neuen Barmann verschwörerisch zu.

„*Cazzo*, was für'n Ding?“

Haffner beobachtete Gennaros Neuzugang. Irgendwas stimmte mit dem nicht, das sah er ihm an der Nasenspitze an: er wusste sehr wohl, wovon sein Chef sprach. Aber wozu das ganze Theater?

Gennaro erzählte Giulio betont lautstark, was alle aus den Medien über den *Hofgartenmord* wussten. Er musste grinsen. Sollte er zum Schein auf das Spiel eingehen? Bevor er Gennaros bühnenreifen Auftritt kommentieren konnte, erlöste ihn das Klingeln seines Handys aus seinem Dilemma.

„Ich dachte, du wolltest nach Hause“, sagte er. „Kann ich dich in zwei Minuten zurückrufen?“

„Wo bist du?“, fragte Adlgasser zurück.

„Gerade mit dem Essen fertig.“

„Bin in fünf Minuten bei dir“, versetzte sie.

Sie klang nervös und legte grußlos auf. Er winkte Gennaro. Der brachte prompt wie auf Bestellung die Rechnung. Haffner legte ein fürstliches Trinkgeld drauf.

„Ich muss los“, sagte er. „Die Pflicht ruft. Das nächste Mal probiere ich deinen neuen Roten – versprochen!"

Vor der Tür trat er von einem Fuß auf den anderen. Adlgassers fünf Minuten wollten nicht enden. Endlich fuhr der schwarze BMW vor, und er stieg ein.

„Jetzt stell mich nicht länger auf die Folter!", sagte er.

„Wir statten Meister *Bubabàf* einen Besuch ab."

„Ist er nicht in der Arbeit?"

„Er hat sich vor allem heute Morgen nicht bei den Kollegen gemeldet. Ich musste Fischer nur noch von Wollenschlägers Aussage berichten."

Ihm blieb die Spucke weg. Fischer gegen seine Überzeugung zum Handeln zu bringen – das verdiente Respekt.

„Die Spusi ist übrigens schon unterwegs."

Er staunte nicht schlecht : die Ereignisse schienen sich plötzlich zu überschlagen.

Als sie Lempls Wohnung betraten, blieb ihm buchstäblich die Luft weg: das Studio war in schwere, fast undurchdringliche Rauchschwaden gehüllt. Der Besuch in seinem Institutsbüro war nur ein billiger Vorgeschmack auf das gewesen, was seine Nase hier erwartete.

Lempl ließ sich kerzengerade und schweigend in seinem Ledersessel nieder, der aus den Siebzigern stammte, während die Herren von der KTU ihre Arbeit aufnahmen. Das *Corpus Delicti*, auf das Sonja Wollenschläger hingewiesen hatte, stand auf einer Kommode in der schummerigsten Ecke des Wohnzimmers.

„Herr Professor Lempl – ich dachte eigentlich nicht, dass wir uns so schnell wieder sehen", sagte Haffner.

Er blieb sitzen und präsentierte sein inzwischen wohlbekanntes Grinsen. Während seine Assistenten Handbibliothek und Unterlagen des Wissenschaftlers sichteten – einen Rechner besaß er zu Hause offenbar nicht – , beugte Nöhle selbst sich gerade über den Glaskasten auf der Kommode und stupste an die Front, vermutlich in der Hoffnung auf eine Reaktion.

„Das ist ja ein echtes Prachtexemplar“, jubelte er und winkte den beiden Kommissaren.

„Ich hoffe, du weißt, wie man damit umgeht“, sagte Haffner und fing an zu lachen.

Nöhle legte den Kopf in den Nacken und sah ihn beleidigt an.

„Klar doch!“

Über die rechte Hand hatte er sich einen Schutzhandschuh gestreift. Adlgasser war ebenfalls nähergetreten und begann leise zu kichern. Nöhle schüttelte indigniert den Kopf und öffnete den Glasdeckel.

Haffner deutete mit der Linken auf die Schwanzspitze des Reptils, das hinter einem Sandstein hervorlugte. Als Nöhle endlich kapierte, was vor sich ging, knallte die andre Hand auf seine Stirn, dass es klatschte.

„Nicht wahr, oder?“

Die drei drehten sich um. Haffner zog die Augenbrauen ernst nach oben.

„Wollen Sie uns verarschen?“, fragte er.

Lempl grinste unbeirrt weiter.

„Sie wussten ganz genau, dass wir hier nur ein billiges Gummi-Imitat finden würden. Wann hören Sie endlich auf mit diesen Spielchen?“

Er bemühte sich sehr, freundlich zu klingen. Aber es gelang ihm zusehends weniger.

„Ob Sie’s glauben oder nicht“, sagte Lempl und begann zu glucksen. „Xanthippe ist letzte Woche leider verstorben. Ist doch Ihr Ressort, nicht wahr, Herr Kommissar?“

„Wer von den beiden hat eigentlich den größeren an der Waffel?“, fragte Haffner Adlgasser und nahm auf dem Beifahrersitz Platz.

Sie zuckte mit den Schultern. Ihm war das Lachen vergangen. Doch auch Adlgassers triumphierende Laune hatte sich gelegt.

„Wieso macht er das?“, fragte er kopfschüttelnd.

„Er ist sich sicher, dass wir ihn nicht kriegen können“,

versetzte sie und wurde nachdenklich.

„Oder wir haben ihn gerade zu Unrecht in Beuge-Haft gesteckt“, gab er zurück.

Obwohl es ihn durchaus ein Stück weit befriedigte, Lempl endlich einmal in die Schranken gewiesen zu haben, regte sich in ihm ein ziemlich ungutes Gefühl bei dem Gedanken, dass Meister *Bubabàf* das Wochenende in einem Stadelheimer Zimmer ohne Aussicht verbringen würde.

47

Am Freitagnachmittag herrschte im Präsidium nach den turbulenten Tagen dieser Woche zum ersten Mal die ganz gewöhnliche gähnende Leere vor dem Wochenende. Die ersten achtundvierzig Stunden des Falles waren nahezu ergebnislos verstrichen. Umso mehr wunderte Haffner sich, dass ihnen Staatsanwalt Fischer um diese Zeit über den Weg lief.

„Gut, dass ich Sie sehe“, sagte er, als stünde er rein zufällig im Gang herum. „Wie wäre es, wenn Sie am Wochenende Ihr Überstundenkonto ein wenig aufmöbeln?“

Er stemmte beide Hände in die Hüfte und sah sie herausfordernd an.

„Das wird leider bis Montag warten müssen“, versetzte Adlgasser schlagfertig.

Doktor Fischer stutzte.

„Der Innenminister hat mir vorhin noch einmal mit Nachdruck eingeschärft, dass wir Ergebnisse liefern sollen. Glauben Sie, es bereitet mir Spaß, mich jeden Tag für Sie abwatschen zu lassen?“

„Mein Kollege kümmert sich bestimmt mit Vergnügen um den Fall“, sagte sie und klopfte Haffner kumpelhaft auf die Schulter. „Meine Tochter feiert nämlich Geburtstag. Wir sehen uns in drei Tagen wieder in diesem Funkhaus.“

Sie lächelte Fischer siegessicher an. Ihm klappte der Kiefer nach unten. Er schien mit vielem gerechnet zu haben, nur nicht mit einem Gegenangriff, und blickte erst den Gang hinunter und begann plötzlich, sich den Nacken zu massieren.

„Ich wusste schon immer, dass es ein Fehler ist, alleinerziehende Frauen bei Ermittlungen einzusetzen. Sie können von Glück reden, dass Sie ihre Stelle angetreten haben, als ich gerade in Urlaub war!“

Adlgasser hatte sich bereits zum Gehen gewandt. Jetzt drehte sie sich ganz langsam um und sah Fischer mit versteinerter Miene ins Gesicht. Er begann zu grinsen.

„Sollte ein Scherz sein“, sagte er und schob die Unterlippe nach unten, so dass seine Zähne deutlich zum Vorschein kamen. „Sie sind mein Zeuge, Haffner. Haben wir uns?“

Nach diesen Worten eilte er davon, ohne die beiden eines weiteren Blickes zu würdigen.

„Dass er ein Arsch ist, habe ich schon immer gewusst“, sagte Adlgasser kopfschüttelnd. „Aber dass er unter die Reaktionäre gegangen ist, war mir neu.“

Haffner zog die Schultern hoch. Schließlich durfte er die Suppe, die sie ihm eingebrockt hatte, allein auslöffeln: ihm stand ein Wochenende mit einer Menge ungelöster Probleme bevor, privaten wie beruflichen.

48

Am späten Nachmittag saß Haffner schließlich mutterseelenallein im Büro. Er hatte die Hoffnung nicht aufgegeben, dass ihn irgendwann die zündende Idee anspringen würde, wenngleich sich sein Optimismus angesichts der Lage in Grenzen hielt. Er griff nach einer der Mappen mit den Ermittlungsunterlagen und klappte sie auf. Irgendwo in diesem Haufen musste sie versteckt sein: die berühmte Nadel im Heuhaufen.

Er lehnte sich im Sessel zurück, legte die Hände in den Nacken und sah zum Fenster hinaus. Über der Stadt flimmerte seit Tagen völlig unverändert die immer gleiche Schwüle. Der Ventilator kämpfte tapfer dagegen an, während seine Gedanken zu Tim Klarner zurückwanderten.

Wie kam es, dass ein unauffälliger Typ wie er zu einem kompromisslosen Fundamentalisten mutierte? Für logische Argumente hatte er sich nicht im Mindesten aufgeschlossen gezeigt. Vielmehr wirkte er wie das verzerrte Spiegelbild eines hartgesottenen Kommunisten, der auf den Klassenfeind schimpft, nur dass Klarners Feindbild der Gutmensch war. Aber hatte er Janssen ernsthaft für eine Bedrohung gehalten?

Natürlich hatte dieser damit geprahlt, seine Welt aus den Angeln zu heben. Aber konnte ihm deshalb die Sicherung durchbrennen? Haffner schüttelte den Kopf und wippte nach vorn. Er zog den Ordner mit dem Mailverkehr heraus und blätterte darin hin und her, fand aber keinerlei Hinweis, dass Stölzls Beitrag Klarner weiter radikalisiert hätte: Seine Botschaft war von Anfang bis Ende genau dieselbe.

Er sah auf die Uhr: fünf vor fünf. Höchste Zeit, dieses lästige Telefonat endlich hinter sich zu bringen. Ein Seufzer entrang sich seiner Brust. Er fuhr den Rechner hoch und tippte eilends das Protokoll zu Klarners Befragung ein. Als er fertig war, schickte er den Druckbefehl los, ging in Kathis Büro und nahm das Papier aus dem Schacht.

Sein Dienstapparat klingelte. Er warf das Protokoll auf den Schreibtisch, beugte sich darüber und hob ab.

„Volltreffer!", sagte Doktor Schaffroth, noch bevor er sich mit Namen melden konnte.

Ungläubig schüttelte er den Kopf. Doch dann realisierte er, was ihr Statement bedeutete.

„Ernsthaft?", rief er enthusiastisch. „Wer ist es?"

Er klemmte den Hörer zwischen Schulter und Ohrmuschel und suchte vergeblich nach einem Kugelschreiber.

„Mooooment", sagte er und legte den Hörer kurz weg.

Schließlich fand er, was er suchte, meldete sich zurück und kritzelte ein paar Worte und Ziffern auf den Notizblock, der vor ihm lag, zog das oberste Blatt ab und klebte es an den Rand seines Computerbildschirms.

„Ich dachte schon, ich würde nur noch Akten wälzen. Besten Dank – Sie haben mein Wochenende gerettet!", sagte er und legte auf.

Wäre Doktor Schaffroth persönlich anwesend gewesen, er hätte ihr spontan einen dicken Kuss auf die Wange gedrückt. Endlich schien sich das Blatt zu wenden. Er schloss das Fenster, fuhr den Rechner herunter, machte den Ventilator aus, blickte sich noch einmal um und steckte den Zettel ein, auf dem er sich Name, Adresse und Telefonnummer der neuen Zielperson notiert hatte. Dann eilte er aus dem Präsidium, schwang sich aufs Fahrrad und flitzte frisch motiviert los.

Keine Viertelstunde später klingelte er an einem schmutziggrünen Altbau im Westend und lief die Treppen hoch.

Als die Tür aufschwang, zuckte die zierliche junge Frau zusammen, die sie öffnete.

„Tommy ist in der Muckibude“, sagte sie, als gäbe es keinen Zweifel daran, dass Haffner gar nicht sie suchte.

„Frau Tatjana Ivanova?“, fragte er.

Sie nickte und schluckte. Die Putzfrau aus dem *Giordano-Bruno-Institut* hatte sich offenbar bereits für den Abend schick gemacht. Sie trug ein schwarzes Minikleidchen mit sehr tiefem Ausschnitt. Es reichte ihr kaum über den Po. Um die Taille hatte sie einen überdimensionierten Gürtel geschlungen, und trotz der Hitze trug sie Lederstiefletten mit Silberknöpfen und -schnallen.

„Ich möchte sowieso zu Ihnen“, sagte er und holte seine Dienstmarke heraus. „Wie kommen Sie darauf, dass ich zu Ihrem … Freund möchte?“

Tatjana Ivanova legte die Hand an den Hals und wurde rot.

„Ich habe noch nie Besuch von der Polizei bekommen“, erklärte sie und bat ihn herein.

Er folgte ihr und betrat merkwürdigerweise zuerst das Schlafzimmer, in dem eine Waschmaschine stand, und gelangte erst danach in ein relativ geräumiges Wohnzimmer. Auf dem zerwühlten IKEA-Bett lag eine braune Tagesdecke. Haffner sah sich um. In der Mitte des Raumes stand ein einfacher Esstisch. Darunter lag ein gewaltiger Perserteppich, dem sein Alter deutlich anzusehen war. Das Sofa hatte vermutlich schon öfter den Besitzer gewechselt. Die einzige Zier im Raum war ein massiver Nussbaumschrank und ein riesiges Heimkino. Die Wände hingegen waren fast kahl. Nur ein Familienfoto und eines, das Ivanova vermutlich mit Freund Tommy zeigte, hing an der Wand. Die Tapeten waren angegilbt wie die Stores vor den Fenstern. Aus der Küchenzeile drang zusätzliches Licht.

Tatjana Ivanova setzte sich aufs Sofa, winkelte die Beine an und legte die Hände in den Schoß.

„Sie wissen, warum ich hier bin?“, fragte er.

Sie schluckte und fuhr sich mit der Hand erst ins Gesicht und dann hinters Ohr.

„Der Doktor aus dem Institut?"

Sie atmete schwer. Haffner nickte stumm und beobachtete sie. Aus ihrem Auge löste sich eine Träne und rann langsam die Wange hinunter. Ihre Lippen zuckten. Irgendwie tat sie ihm leid. Sie wischte mit dem Handrücken übers Gesicht und schniefte.

„Das ist nicht gerecht", flüsterte sie.

Haffner sah sie erstaunt an.

„Was meinen Sie?", fragte er.

„Ich habe ihn gemocht. Wirklich."

Ihre Augen glänzten feucht. Er schwieg und wartete.

„Ich verstehe das alles nicht. Ich habe gedacht, er holt mich endlich raus hier."

Sie sah ihn mit großen Augen an und schüttelte den Kopf.

„Wer tut so was?"

„Um das herauszufinden, bin ich hier", sagte er.

„Aber ich kann Ihnen nichts sagen", flüsterte sie.

Er neigte den Kopf zur Seite, zog einen der Stühle heran, drehte ihn herum und setzte sich rittlings vor sie.

„Wir wissen, dass Sie die letzte Person sind, die mit ihm … intim war. Ihr DNA-Test war positiv. Sie haben Janssen am Dienstag Abend noch getroffen?"

Tatjana Ivanova nickte und seufzte.

„Wo waren Sie?"

„Im Artemis-Hotel."

Am liebsten hätte er sich mit der Hand auf die Stirn geklatscht. Ihm lief ein kalter Schauer über den Rücken: Er hätte längst im Hotel anrufen sollen …

„Wie lang waren Sie da?"

Sie begann mit den Händen zu spielen.

„Eine Stunde? Vielleicht ein bisschen länger. Ich musste doch wieder nach Hause."

„Hatte Ihr Freund – wie heißt er, sagten Sie? Tommy? Hatte er eine Ahnung, dass Sie ihn betrügen?"

Ihr Blick schweifte zum Fenster hinaus. Dann linste sie auf ihr Handy, das neben ihr auf dem Sofa lag.

„Weiß nicht. Ich hoffe nicht."

Sie sah Haffner mit großen Augen an.

„Wissen Sie, er ist eigentlich ganz ok. Manchmal ein bisschen schwierig, aber ok. Arbeit hat er halt keine."

Haffner legte einen Arm auf die Rückenlehne, stützte den Ellbogen darauf und legte die Hand in den Nacken.

„Was treibt er dann den ganzen Tag?"

„Er surft im Internet rum, trifft sich mit Kumpels."

„Was meinen Sie mit *schwierig*?"

Ivanova schlug die Augen nieder. Sie schluckte wieder. Im Raum war es so still, dass er eine Stecknadel hätte fallen hören können.

„Möchten Sie lieber mit meiner Kollegin darüber reden?", fragte er.

Sie schüttelte den Kopf und spielte mit den Fingern auf ihren Schenkeln.

„Ist er gewalttätig?"

„Nein", flüsterte sie. „Nein. Nicht wirklich."

Dann schwieg sie und blickte ihn unsicher von unten an. Er fragte sich, ob er die Befragung fortsetzen sollte. Vielleicht hätte er Üblacker mitnehmen sollen.

„Er hat … manchmal … komische Vorstellungen", meinte sie schließlich.

Haffner legte beide Arme übereinander und wartete geduldig.

„Biggi hat gesagt, er stellt Fotos von uns ins Internet. Ich habe ihn schon ein paar Mal darauf angesprochen. Aber er lacht dann bloß. *Glaub nicht alles, was die Leute schwatzen*, hat er gesagt."

Sie verstummte und senkte den Kopf wieder.

„Aber Biggi hat's mir gezeigt. Ich dachte, die sind nur für ihn und für mich."

Erneut trat Schweigen ein. Haffner drängte nicht.

„Außerdem …"

Ihre Wangen röteten sich wieder.

„Er will mich andauernd … von hinten … also … ich meine … anal … Ist so 'ne fixe Idee von ihm."

Sie verzog das Gesicht.

„Er sagt, das geilt ihn tierisch auf."

Diesmal musste Haffner schlucken. Er schüttelte ungläubig den Kopf. Sie mochte vielleicht einfach gestrickt sein, aber er konnte ihren Wunsch, aus dieser Welt auszubrechen, nachvollziehen.

„Sie wissen, dass Sie etwas dagegen unternehmen können?", fragte er.

Sie warf den Kopf in den Nacken.

„Was soll das bringen? Ist doch eh alles egal. Jetzt – "

Ihr brach die Stimme. Dann rann ihr wieder eine Träne über die Wange.

„Was genau hat Janssen Ihnen denn versprochen?"

Sie lugte wieder auf ihr Handy und sah ihn mit ihren graugrünen Augen an.

„Ich hätte gern Kinder. Bin bald dreißig", schluchzte sie. „Das mit Tommy hat doch keine Zukunft!"

Plötzlich brach es aus ihr heraus: Träne um Träne floss aus ihren Augen. Immer wieder wischte sie übers Gesicht. Haffner blickte sich um. Er stand auf, lief in die Küche und brachte ihr ein Küchentuch. Sie trocknete sich ab, das Papier bildete schnell ein klebriges Knäuel.

„Sie wissen aber schon, dass Janssen eine Tochter hat?"

Tatjana Ivanova antwortete nicht. Sie wirkte plötzlich wie geistesabwesend. Ihr Parfüm erinnerte ihn an Oksana. Er schloss die Augen und versuchte, sich zu konzentrieren.

„Haben Sie Kinder?", fragte sie nach einer Weile.

Er schüttelte den Kopf und setzte sich wieder. Das Thema bereitete ihm Unbehagen, da es ihn an seine letzte gescheiterte Beziehung erinnerte.

„Hat Janssen ernsthaft davon gesprochen, dass er Kinder haben möchte?", fragte er überrascht.

Sie nickte.

„Anfänglich schon. In letzter Zeit weniger. Er wurde immer seltsamer."

„Inwiefern?"

„Er war plötzlich … so rücksichtslos, wollte plötzlich, dass wir uns nicht mehr sehen. Ich weiß nicht, was mit ihm los war."

„Können Sie sich erinnern, seit wann er sich verändert hat?"

„Seit einem Monat?"

„Aber letzten Dienstag wollte er Sie dann doch wieder sehen? Hat Sie das nicht gewundert?"

Sie schüttelte langsam den Kopf und runzelte die Stirn.

„Schon … Nein … Doch – natürlich! Aber ich dachte, er hätte es sich endlich wieder anders überlegt."

„Hatte er das?"

Er musterte sie gespannt. Sie fuhr sich mit der Hand durch die Haare und schwieg. Haffner überlegte, wie er die Frage unverfänglicher formulieren konnte.

„War es wie immer, als Sie sich gesehen haben?"

Tatjana Ivanovas Mundwinkel zuckten erneut, ihre Augen füllten sich wieder.

„Wir sind am Anfang nur nebeneinander im Bett gelegen und haben gekuschelt. Er war wieder wie früher. Zum ersten Mal nach langer Zeit."

Sie hielt inne und sah an ihm vorbei ins Leere.

„Dann haben wir miteinander geschlafen."

Ihre Blicke begegneten sich. Sie schlug die Augen nieder und lächelte traurig.

„Dann ist er eingeschlafen. Ich habe ihn einfach nur angeschaut."

Er wagte es kaum, sie zu unterbrechen. Auf einen Schlag wirkte die junge Frau vor ihm ungemein zerbrechlich.

„Was meinen Sie mit: *Er war ganz anders?*", fragte er schließlich.

Sie sah nicht auf, sondern zuckte mit den Schultern.

„Wussten Sie, dass Janssen schwer krank war?"

Während sie wieder anfing, mit ihren Fingern zu spielen, errötete sie deutlich.

„Ich frage deshalb, weil unsere Gerichtsmedizinerin davon ausgeht, dass er seit ein paar Monaten gar nicht mehr in der Lage war, sexuell zu verkehren."

„Er hat kein Viagra genommen, falls Sie das meinen", wich sie ihm aus.

„Nein, aber *Crystal Meth*", entgegnete er.

Tatjana Ivanova wandte den Kopf ab und sah zum dritten

Mal verstohlen auf ihr Handy.

„Erwarten Sie einen Anruf?“, fragte er.

„Ich möchte nicht, dass Tommy das hier mitkriegt“, erwiderte sie.

Haffner nickte und wechselte das Thema.

„Sind Sie am Dienstag Abend danach direkt nach Hause?“

Sie schüttelte den Kopf, zögerte aber. Wieder warf sie ihm einen unsicheren Blick von unten zu. Also bedeutete er ihr mit der Hand fortzufahren.

„Ich war noch bei Bekannten“, murmelte sie.

Langsam dämmerte ihm, worauf sie hinauswollte.

„Ich bin nicht wegen Schwarzarbeit hier“, sagte er und zwinkerte ihr zu.

Sie atmete auf und entspannte sich allmählich wieder.

„Wussten Sie, dass Janssen noch weitere Affären hatte?“

Plötzlich blickte sie auf und sah ihm direkt in die Augen. Ihr Mund öffnete sich, aber es kam kein Laut heraus. Fassungslos starrte sie vor sich hin. Irgendwann schüttelte sie unwillig den Kopf.

„Wer behauptet so was?“

„Wo waren Sie eigentlich den Rest des Abends?“, fragte er, statt ihr zu antworten.

„Bei Biggi. Sie hat Geburtstag gefeiert in ihrer neuen Wohnung. Wir waren bis kurz vor drei da.“

„Wer ist *wir*?“

„Na, Tommy und ich.“

Er erkundigte sich noch nach Biggis vollständigem Namen und ihrer Nummer und tippte alles in sein Handy.

„Waren Sie den ganzen Abend beieinander?“

„Biggi hat ’ne ziemlich große Wohnung und eine Riesendachterrasse“, erklärte sie. „Die meisten waren draußen und haben gegrillt bei der Hitze. Ein Teil hat im Wohnzimmer Fußball geguckt. Tommy auch.“

„Kann ich ihren Freund irgendwie erreichen?“, fragte er und versuchte, dabei möglichst gleichgültig dreinzuschauen.

49

Mitten auf dem Heimweg ins Glockenbachviertel klingelte sein Handy. Ein Wunder, dass er es bei dem Berufsverkehr überhaupt hörte. Er hielt an und sah nach.

„Kann ich dich zurückrufen?“, fragte er. „Bin in fünf Minuten zu Hause.“

Ohne eine Antwort abzuwarten, legte er auf und strampelte weiter. Er hatte wirklich große Hoffnung auf den DNA-Test gesetzt!

Alles für die Katz!, dachte er und schüttelte frustriert den Kopf.

Zu Hause angekommen, schlich er sich die Treppe hinunter und schloss die Tür lautlos. Dann nahm er das Telefon in die Hand, seufzte und wählte.

„Hallo“, sagte er mürrisch. „Wie weit bist du mit der Organisation?“

„Glaubst du, das ist so einfach?“, fragte seine Mutter zurück.

„Bringst du eigentlich irgendwas auf die Reihe?“

„Du bist ungerecht!“, rief Kreszenz Haffner und fing an zu schniefen. „Er war immerhin mein Vater.“

„Und wieso hast du dich dann nicht um ihn gekümmert?“, kotzte er ins Mikrofon.

„Du vergisst, dass er mich vom Hof gejagt hat!“, entgegnete sie.

„Du vergisst, dass du dich vor den Augen deines minderjährigen Sohnes von Kollegen und Kunden hast durchvögeln lassen!“

Seine Mutter fing an zu heulen. Haffner verdrehte die Augen und stöhnte. Womit hatte er das verdient?

„Warum können wir uns nicht wie normale Leute vertragen?“, fragte sie und schnäuzte sich.

„Organisier du Opas Beerdigung und benimm dich wie ein normaler erwachsener Mensch – dann reden wir weiter“, versetzte er. „Und keinerlei Sperenzchen! Der Opa verdient eine würdevolle Beerdigung und braucht kein Spektakel, bei dem du dich in Szene setzt!“

Er legte grußlos auf und schnaufte tief durch. Geschafft! Trotzdem fühlte er sich plötzlich elend und leer.

Auch sein Magen knurrte. Also rief er beim *Pizza-Flitzer* an und bestellte sich eine Gorgonzola mit Extra-Salami und Peperoni in der Hoffnung, dass ihm Witwe Kowalski diesmal nicht wieder dazwischenkam. Während er wartete, probierte er es bei Ivanovas Freundin Biggi.

„Sie haben echt Schwein“, sagte sie. „Hab nämlich zum Geburtstag ein niegelnagelneues Handy bekommen und bestimmt tausend Fotos geschossen an dem Abend. Soll ich Ihnen den Link zu meiner Dropbox schicken?“

Haffner war begeistert. Sie schlug ihm außerdem vor, per Mail gleich noch eine Gästeliste zu schicken. Durch die konnte er sich nach der Gorgonzola-Pizza ackern.

„Besten Dank“, sagte er und legte wieder auf.

Witwe Kowalski schien an diesem Abend in der Tat nicht zu Hause zu sein oder schlicht keine Lust auf Gesellschaft zu verspüren. Und so klickte er sich ungestört durch die Fotos und telefonierte nebenher in Windeseile die Gästeliste durch, bis er sich absolut sicher war, dass Tatjana Ivanova trotz DNA-Test ein wasserfestes Alibi hatte. Immerhin war sie mit Maurice Leclerc die vermutlich letzte Person, die Janssen lebend gesehen hatte.

Thomas „Tommy“ Edelmann hatte er auf einem der beiden Fotos in ihrer Wohnung gesehen. Jetzt erkannte er ihn auf einigen Bildern vom Beginn der Party. Ein paar Gäste hatten ihn zuletzt bei einer Selbstgedrehten auf der wirklich riesigen Terrasse gesehen. Jemand hatte beobachtet, dass er sich mit zwei Kumpels davongemacht hatte. Erst gegen zwei Uhr morgens entdeckte Haffner ihn wieder auf einem der Fotos.

Zu dieser Zeit thronte Gernot Janssen aber bereits im Dianatempel tot auf seinem Holzstuhl.

50

Am Samstagmorgen brannte die Sonne schon um acht vom wolkenlos blauen Himmel herunter, und die Quecksilbersäule des Thermometers hatte bereits schwindelnde Höhen erklommen. Nach seinem Telefonmarathon war Haffner auf seiner Matratze eingenickt. Ein Kribbeln wie tausend Ameisen im Arm weckte ihn unsanft.

Er rappelte sich auf und sprang in die Dusche. Der eiskalte Wasserstrahl aus dem Duschkopf tat sein Übriges. Er trocknete sich ab, setzte einen doppelten Espresso auf und schlüpfte in seine Klamotten, kippte den duftenden Kaffee hinunter, putzte sich die Zähne und eilte hinaus. Sein roter Mazda stand nur wenige Meter entfernt um die Ecke. Er öffnete das Verdeck, schmiegte sich in den Sportsitz, drehte den Zündschlüssel um, warf einen Blick in den Spiegel und fuhr los.

Als er auf die Autobahn wechselte, wirbelte ihm der heiße Fahrtwind die Haare durcheinander. Er machte das Radio an. Die CD lud, der Bass wummerte, aus den Boxen dröhnte es: *Auf den Wellen wird gefochten, wo Fisch und Fleisch zur See geflochten.*

„Geil!", juchzte er und trat aufs Gaspedal.

Eine Dreiviertelstunde später parkte er den Wagen neben der Uffinger Hauptstraße. Im Schatten hatte es wenigstens dreißig Grad. Er stieg aus und lief über die Straße und den gekiesten Vorplatz. Die Steinchen knirschten unter seinen Tritten. Die Tür zur schlichten, weißen Aussegnungshalle auf dem ehemaligen Friedhofsgelände stand offen. Er trat ein.

Drinnen war es unmerklich kühler. In der Mitte des Raumes stand auf einem schwarzen Katafalk ein hölzerner Sarg. Reflexartig schlug er ein Kreuz und durchmaß die letzten Meter. Er seufzte und fuhr mit der Hand übers Holz. Hier lag er nun, sein Großvater. Er spürte die Maserung und schloss die Augen, hörte, wie sein Herz lauter schlug, sein Atem stockte.

Vor sein geistiges Auge traten Bilder aus der Kindheit, Erinnerungen an frühere Zeiten, schemenhaft und täuschend nah zugleich.

„Opa, Opa“, murmelte er leise und schüttelte den Kopf.

Es hatte keinen Sinn, sich Vorwürfe zu machen. Er wusste das. Und doch bereute er, nicht sofort losgefahren zu sein. Was hätte das am Tod seines Großvaters geändert? Hinter seinem Rücken rauschte der Kies. Er drehte sich um. Nichts. Noch einmal strich er über das glatte Holz, zog die Augenbrauen hoch und öffnete den Mund. Aber er klappte ihn wortlos wieder zu, drehte sich um und trat hinaus. Plötzlich sauste etwas Schwarzes an seinem linken Fuß vorbei. Er zuckte zusammen: ein schwarzer Kater – wie gut, dass er nicht abergläubisch war!

Er lief die paar Schritte bis zur Bäckerei am Kirchplatz. Um diese Zeit war er der einzige Kunde.

„Griaß di, Tino“, begrüßte ihn die Verkäuferin hinterm Tresen und musterte ihn neugierig. „Mein Beileid!“

Er nickte stumm. Seine Lust auf Small Talk hielt sich in Grenzen.

„Gibst mir ein Schokocroissant, Lene?“, sagte er und legte das Geld abgezählt in die Schale, packte die Tüte und lief zurück zum Wagen.

„Ihr zwei habt echt nicht mehr alle Tassen im Schrank!“, rief der Obermaier Hias und zog seinem Schwiegersohn eine saftige Watschen runter.

Haffner konnte sich nicht erinnern, seinen Großvater jemals derart in Rage gesehen zu haben wie an jenem schwülen Sommersamstagnachmittag vor dreißig Jahren.

Er hatte sich nichts ahnend einen der schlaffen, milchig-durchsichtigen Ballons geschnappt, die im Wohnzimmer auf dem Boden und auf dem Sofa herumflackten, war zu seinem Opa gerannt und hatte das Ding aufgeblasen. Seinem Opa war der glitschige Schleim mit Getöse um die Ohren geflogen. Mit dem Hemdsärmel wischte er sich sich das Gesicht ab. Haffner flitzte kichernd ins Wohnzimmer zurück. Dort hing über einer Sessellehne ein teurer Spitzen-BH. Der gehörte Papas neuer Zweitfrau. Die zwei stöhnten in einer der Kammern im Obergeschoss um die Wette.

Sein Großvater war die Treppen hochgehechtet, Haffner hinterdrein. Und dann setzte es diese Watschen. Im selben Augenblick zerriss es den nächsten Ballon.

„Lass das!", rief sein Opa und drohte mit dem Finger.

Er kam die Stiege herunter, nahm seinen Enkel an der Hand und führte ihn in die Küche, packte ihn auf seinen Schoß und bat ihn eindringlich, diese Gummiteile künftig nicht mehr anzurühren.

Als Haffner jetzt aus dem Wagen stieg und vor dem verwaisten Gehöft stand, lief diese und tausend andere Erinnerungen wie ein Film durch seinen Kopf. Fünf Minuten nach der spektakulären Watschenszene war er in den Stadel rausgelaufen. Dort vergnügte sich seine Mutter splitterfasernackt mit dem Bauern vom Nachbarhof im Heu. Am selben Tag waren beide vom väterlichen Hof geflogen. Und der kleine Tino wuchs von da an bei seinem Großvater auf.

Er seufzte, schritt bis zum Hauseingang und legte die Hand auf die Türklinke. Sie schien Tonnen zu wiegen. Ihm war plötzlich speiübel, aber er wusste nicht, ob es an der Erinnerung lag oder an der sengenden Hitze. Im Korridor blieb er stehen und schloss die Augen, sog mit der Nase den vertrauten Geruch ein. Ihm war, als müsste jeden Augenblick die Stubentür aufgehen. Doch es regte sich nichts. Es blieb still. Totenstill.

51

Nach einem dreifachen Espresso und dem Schokocroissant, das er eben gekauft hatte, stieg er hinauf in seine Kammer, zog sich um, holte sein Mountainbike aus der Scheune und schwang sich in seiner Radlmontur in den Sattel.

Er strampelte den Berg bis zum Bahndamm hoch und fuhr Richtung Murnau. Über dem Schotterweg flimmerte die Luft. Der Schweiß tropfte ihm in dicken Perlen von der Stirn, aber es fühlte sich herrlich an. Er trat in die Pedale, so fest er konnte. Unter ihm lag der Staffelsee, dahinter die Alpenkette. Von hier aus erfasste er sie auf einen Blick, die Berge, seine Heimat: das Karwendel, die Große Kisten, Zugspitze, Ettaler Mandl, das Hörnle. Seine Augen füllten sich mit Tränen. Er schob die Sonnenbrille hoch, wischte mit der Hand über die Stirn und stieg noch fester in die Pedale.

Nach einer halben Stunde, als er die Straße zum Staffelsee hinunterschoss, fühlte er sich endlich besser. Im Strandbad und auf dem Minigolfplatz herrschte Hochbetrieb. Der Lärm der Kinder schwappte herüber, auf dem Wasser paddelten Boote. Allmählich lichteten sich seine Gedanken.

Im Schatten der dichten Laubbäume und mit dem Schwung, den er jetzt draufhatte, fiel ihm alles leichter. Die Vögel schwiegen um diese schwüle Mittagszeit. Trotzdem und obwohl ihn immer wieder Bilder aus der Vergangenheit überfielen, atmete er freier. Wie oft war er hier mit seinem Opa entlanggewandert? Er schniefte, wischte erneut die Schweißtropfen weg, senkte den Kopf und konzentrierte sich auf die Bewegung der Muskeln beim Treten. Hier und da schlenderten ein paar Fußgänger.

„Servus!“, brummte er dann fast mechanisch.

Es klang eher wie *sws*. Als er vom Feldweg am Südufer des Sees ins Vogelschutzgebiet abbog, wurde er wilder. Er stieg aus dem Sattel und lenkte das Rad von einer Kurve in die nächste.

Auf einmal sah er Lempl vor sich. In seinem Kopf machte es *bu-ba-baf*, *bu-ba-baf*, *bu-ba-baf*. Er zog und schob den Lenker im Takt und schüttelte den Kopf. Dann fiel ihm Verena Schacht ein mit ihren finanziellen Sorgen, die sexuellen Eskapaden von Sonja Wollenschläger und Andrea Huberti, Tim Klarner und sein Wahn. Und schließlich Tatjana Ivanova. Er stellte sich Staatsanwalt Fischer vor, wenn er erfuhr, dass der DNA-Test für die Katz gewesen war …

Und plötzlich sah er einen Mann ohne Gesicht. Irgendwann kapierte er, dass es Tommy Edelmann war. Den musste er sich vorknöpfen. Denn irgendetwas war faul an diesen Alibis. Oder doch nicht? Welche Verbindung gab es zwischen all diesen Leuten? Was hatte er übersehen?

Er schoss um die Kurve auf die Teerstraße, beschleunigte erneut und spürte plötzlich ein heftiges Seitenstechen, aber er ignorierte den Schmerz, spuckte in den Graben.

Zwanzig Minuten später lehnte er sein Rad an den Zaun vor dem *Alpenblick*. Keuchend lief er zum Seeufer hinunter. In den Schläfen kochte das Blut, vor seinen Augen zuckten seltsame Blitze.

Als er um die Ecke der Wirtschaft bog, bewahrheitete sich seine Befürchtung. Der Parkplatz quoll über von Münchner Kennzeichen, der Biergarten war proppenvoll. Er wich einen Schritt zurück.

„Servus, Tino!“, rief die Kassiererin in ihrem Holzhäuschen.

„Griaß di, Franzi“, versetzte er.

Er war ziemlich aus der Puste, stemmte beide Arme in die Hüften und ließ den Blick über die Menge schweifen. Die Leute steckten die Köpfe zusammen und prosteten einander ausgelassen zu.

„Mein Beileid!“, sagte Franziska Gschwendner, die Chefin vom *Alpenblick*.

Haffner nickte, kniff die Augen zusammen und ging weiter. Der Stammtisch war um diese Zeit unbesetzt. Also stellte er sich in die Schlange, bestellte eine Apfelschorle, ein Helles und zwei Paar Wiener mit Senf und Brezen. Er zahlte, stellte seine Sachen auf dem massiven Holztisch ab und ließ sich auf die Bank fallen, streckte die Füße von sich und langte nach dem Krug. Die Schorle zischte bei jedem Schluck, mit Heißhunger verschlang er die Brotzeit. Erst dann blickte er auf. Der See glitzerte und funkelte in der Mittagssonne. Was war das doch für ein göttlicher Ort!

Über seine Lippen huschte ein Lächeln. Er setzte den Bierkrug an, tauchte den Mund in die Schaumkrone, nahm einen kräftigen Zug und brummte selig. Sein Handy bimmelte. Er öffnete den Reißverschluss an seiner Bauchtasche und sah nach.

Hallo, mein kleiner Kommissar ;), las er und musste schmunzeln. *Schon was vor heute Abend?* Oksana hatte er komplett vergessen. Was sollte er ihr zurückschreiben? Dass um zwei der traditionelle Rosenkranz für seinen Großvater stattfand? Oder wie viel Arbeit ihn in der Löwengrube erwartete?

Während er noch vor sich hinsinnierte, klingelte das Telefon.

„Servus, Uli“, meldete er sich. „Was gibt’s?“

„Wir spielen heute in der *Unterfahrt*“, antwortete Schladerer. „Olya und Oksana kommen auch.“

„Wann fangt ihr an?“, fragte er.

Dann tippte er eine SMS ins Handy, trank sein Seidel in einem Zug aus – was ihm bei der Hitze nicht schwer fiel – und machte sich auf den Weg.

52

Den Sterberosenkranz absolvierte Haffner pflichtschuldigst, nachdem er zu Hause geduscht und sich umgezogen hatte. Seine Mutter glänzte mit Abwesenheit. Etwas anderes hätte ihn auch überrascht. Doch in gewisser Weise fühlte er sich erleichtert. Am Ende schüttelte er eilends allen die Hände, lief zum Auto und düste zurück nach München.

Eineinhalb Stunden später saß er wieder an seinem Schreibtisch in der Löwengrube. Während der Dienstrechner hochfuhr, öffnete er das Fenster und machte den Ventilator an. Er bekam kaum Luft, so stickig war es hier. Also ging er zum Schrank und holte eine Flasche Mineralwasser. Und obwohl er zum dritten Mal an diesem Tag frisch geduscht war, klebte ihm das Hemd bereits jetzt wieder am Leib.

Er setzte sich, gab Kennung und Passwort ein und wartete. Sobald der Rechner bereit war, startete er das Mailprogramm.

„Na, geht doch", sprach er zu sich selbst.

Brunner hatte ihm am Morgen noch eine Nachricht geschickt. Er öffnete sie und fand die komplette Funkzellenauswertung und den Einzelverbindungsnachweis von Janssens Handy vor. Doch der war offensichtlich weit weniger handytauglich gewesen als erhofft. Er telefonierte kaum, verschickte kaum SMS, und wenn, dann an die bereits bekannten Personen: Verena Schacht und ihre Tochter, Sonja

Wollenschläger, Andrea Huberti, Tatjana Ivanova. Aus der Reihe tanzte lediglich Janssens Versicherungsmakler.

Er seufzte und dachte nach, blickte auf die Bildschirmuhr. Kurz vor halb sechs. Sein Magen knurrte. Also zog er die Schublade heraus, förderte eine Speisekarte zutage und suchte die entsprechende Nummer auf dem Handy. Er bestellte sich grünes Curry mit Ente.

„Am besten rufen Sie mich kurz an, wenn Sie da sind“, sagte er und rieb sich die Hände.

Verhungern würde er nicht mehr. Als nächstes rief er bei Tatjana Ivanova an.

„Ist Tommy da?“, kam er ohne Umschweife auf den Punkt.

„Er ist seit gestern nicht mehr heimgekommen. Ich mache mir langsam Sorgen“, sagte sie.

Ihre Stimme zitterte.

„Warten wir das Wochenende ab“, erwiderte er. „Falls er auftaucht oder sich sonst wie meldet, richten Sie ihm aus, er soll mich anrufen, ok?“

Haffner legte auf und lehnte sich im Sessel zurück. Was sollte er jetzt anpacken? Die Lebensversicherung? Er blätterte die Unterlagen durch und blieb wieder mal bei Meister *Bubabàf* hängen. Er fing an zu lesen, kritzelte ein paar Notizen auf seinen Block, strich etwas aus, suchte etwas auf seinem Rechner, korrigierte, was er ausgestrichen hatte, fuhr mit dem Zeigefinger über den geöffneten Schnellhefter – und stutzte plötzlich. Er legte den Stift beiseite und griff nach dem Hörer seines Diensttelefons, tippte eine Nummer ein und wartete.

„Ja? Hallo?“, sagte eine bärige Männerstimme.

„Herr Ramelow?“

„Wer möchte das wissen?“, fragte der Mann zurück.

„Haffner, Kripo München – “

„Worum geht’s?“

Ramelow schnitt ihm mitten im Satz das Wort ab.

„Um ihre Tochter.“

Am anderen Ende der Leitung trat Stille ein. Haffner wartete. Die Sekunden dehnten sich ins Unendliche. Er griff nach der Mineralwasserflasche auf seinem Schreibtisch und nahm einen Schluck.

„Was wollen Sie?"

„Wer ist es denn?", hörte Haffner eine Frauenstimme im Hintergrund.

„Kripo", brummte Ramelow. „Es ist wegen Simone."

„Wieso können die uns nicht einfach in Frieden lassen?", sagte die Frau und stöhnte.

„Wir haben hier in München einen Mordfall", erklärte Haffner. „Sie würden uns einen großen Gefallen erweisen, wenn Sie mir persönlich erzählen könnten, wie die Beziehung zwischen Ihrer Tochter und Professor Lempl aussah."

Ramelow atmete schwer und schwieg. Schließlich seufzte er und fragte: „Was genau möchten Sie denn wissen?"

Haffner setzte ihn kurz über Lempls unkooperative Art ins Bild.

„Kein Wunder", kommentierte Ramelow seinen Bericht. „Ihm wurde auch ziemlich übel mitgespielt."

„Von wem?"

„Im Grunde von allen: von der Polizei, von der Uni, den Zeitungen. Man hat ihn zum Sündenbock gemacht. Und er war das perfekte Opfer. Haben Sie Schwanitz gelesen? Den *Campus*?"

Haffner verneinte und notierte sich vorsichtshalber den Namen und den Buchtitel.

Ramelow fuhr fort: „Zumindest gerüchteweise weiß doch jeder, wie es an den Unis zugeht. Aber Simone hatte Glück. Lempl war anders. Er nahm sie ernst. Das war keine von diesen Affären, bei der Studentinnen die Beine breit machen, bloß um bessere Noten zu bekommen. Er hat sie gefördert, hatte ein offenes Ohr für sie und ihre Probleme. Hat ihr sogar einen Heiratsantrag gemacht."

Haffner zog die Augenbrauen hoch. Sprachen Sie wirklich über denselben Lempl?

„Simone hatte schon seit Jahren Depressionen. Das war eine ständige Berg-und-Talfahrt."

Er verstummte.

„Wissen Sie, wie das ist, wenn um einen herum alles schwarz

wird und man nicht mehr aus dem Loch findet?“

Haffner schnaufte, sagte aber nichts.

„Sie hat uns einen Abschiedsbrief geschrieben. Wenn Sie wollen …“

Er ließ ihn weiterreden. Es war vermutlich das beste, was er tun konnte.

„Egal“, meinte Ramelow. „Sie hielt den Druck nicht mehr aus. All die Prüfungen, die Geheimniskrämerei wegen der Beziehung, das Gemunkel und Getuschel der Freundinnen hinter ihrem Rücken. Das war nicht einfach für sie. Keiner hat ihr geholfen. Lempl war der einzige, der für sie da war. Nur wahrhaben wollte das keiner, am wenigsten die von der Uni. Man hat Lempl zum Rücktritt gedrängt, aber er wollte nicht. War noch ein paar Mal bei uns.“

Ramelow versank wieder in Schweigen.

„In München ist er also gelandet“, sagte er bedächtig. „Kann mir vorstellen, dass es ihm richtig mies geht. Wenn ich Ihnen einen guten Rat geben darf: Lassen Sie den armen Kerl in Ruhe!“

Haffner holte tief Luft und begann mit seinem Kugelschreiber zu spielen.

„Gab es jemand, der es besonders auf Lempl abgesehen hatte?“

„Keine Ahnung. Simone machte ein paar Kurse bei einem von Lempls Kollegen. Nach dem, was sie so erzählt hat, muss der ein richtiges Genie gewesen sein. Sie war hin und weg von seinen Seminaren. An den Namen kann ich mich nicht erinnern.“

„Janssen vielleicht?“, warf er ein.

„Kann sein. Wie gesagt: mein Namensgedächtnis ist nicht das beste. Wir versuchen hier zur Normalität zurückzukehren, falls so was überhaupt möglich ist, wenn man die einzige Tochter verloren hat.“

Er seufzte. Haffner bedankte sich für das Gespräch und legte auf. Wie es aussah, hatte Lempl buchstäblich die Arschlochkarte gezogen. Er kaute an seinem Stift. *Wieso hat Lempl das Institut nicht gewechselt?*, fragte er sich. Störte es ihn nicht, auf ewig die Nummer zwei zu spielen? War er masochistisch veranlagt? Oder hatte er die Demütigungen, die Erniedrigungen nicht mehr ausgehalten? Janssens selbstgefällige, launische Art? Für Lempl musste Janssen der Strippenzieher im Hintergrund gewesen sein.

Er ächzte und langte erneut nach dem Hörer seines Diensttelefons, wählte noch einmal die Nummer von Erwin Eberle. Nichts. Er sah zum Fenster hinaus und schüttelte ratlos den Kopf. Da klingelte das Handy: der Thailänder wartete.

53

Für sein Gemüt war eindeutig von Vorteil, dass er so gut wie in jeder Lebenslage in sich hineinspachteln konnte. Auch jetzt verdrückte er die knusprigen Entenfiletstücke mit Duftreis und Gemüsecurry mit gesundem Appetit. Als er fertig war, schob er die Sachen beiseite und tippte die Daten von Tatjana Ivanovas Lebenspartner in den Rechner ein.

„Na, da schau her!", rief er.

Der Polizeicomputer spuckte einiges aus. Thomas Edelmann war alles andere als ein unbeschriebenes Blatt. Die Kollegen hatten ihn bereits mehrfach auf dem Schirm gehabt wegen des einen oder anderen Scharmützels. Vor allem aber dealte er – mit *Crystal Meth*. Haffner kritzelte ein paar Notizen auf seinen Block. Keiner der bisherigen Ansätze hatte ihn bislang hundertprozentig überzeugt. Edelmann hingegen hatte ein starkes Motiv, da konnte seine Freundin noch so steif und fest behaupten, dass er von ihrer Beziehung zu Janssen nichts wusste. Vor allem fehlte ihm das Wichtigste überhaupt: ein Alibi.

Er sah auf die Uhr. Weiter würde er an diesem Tag sowieso nicht mehr kommen: Zeit, das Wochenende einzuläuten. Also fuhr er den Rechner runter, holte sein Notdeo aus der Schublade und legte vorsichtshalber ein wenig davon nach. Dann stand er auf, machte das Fenster zu, knipste den Ventilator aus und verließ das Büro.

Zwanzig Minuten später hatte er seinen Schreibtisch samt Drehsessel gegen einen einfachen Holzstuhl und quadratische Viermanntische getauscht. Die heimelig-lockere Atmosphäre in der *Unterfahrt* ersetzte die eremitische Abgeschiedenheit seines Büros. Überall murmelten die Gäste munter vor sich hin, aus den Boxen drangen Pizzicatobässe, darunter lagen schwirrende Percussionrhythmen, eine gedämpfte Trompete zauberte Bluenotes dazu.

„Wann legt ihr los?“, fragte er.

„Um halb zehn“, sagte Schladerer.

Olya schmiegte den Kopf an seinen Arm. Sie hatte aus ihren Haaren eine Gretchenfrisur gezaubert, die Haffner an das goldene Flachs im *Rumpelstilzchen* erinnerte. Oksana saß neben ihm und trug ein Miniröckchen, das kaum kürzer sein konnte. Sein Herz schlug wieder schneller, und das Elend der Woche rückte in weite Ferne …

Die Geräuschkulisse erlaubte es Haffner glücklicherweise, mit Schladerer mehr als nur oberflächlichen Small Talk zu betreiben.

„Das sind ganz unterschiedliche Typen“, erklärte er, als der sich nach den Wissenschaftlern des *Giordano-Bruno-Instituts* erkundigte.

„Hast du dir ihre Veröffentlichungen schon mal durchgesehen?“

Haffner nickte, obwohl er bisher nur die teils recht umfangreichen Listen überflogen hatte. Allein die waren für ihn schon ein Buch mit sieben Siegeln gewesen.

„Ich denke aber nicht nur an die Doktorarbeiten“, sagte Schladerer. „Vielleicht läuft das bei den Geisteswissenschaftlern ja anders – aber bei uns in der Chemie und in den übrigen Naturwissenschaften musst du permanent publizieren, wenn du Karriere machen willst.“

Haffner zog ein langes Gesicht.

„Naja, vielleicht ufert das bei denen nicht gar so aus“, sagte er und grinste.

Schladerers Worte beruhigten ihn nicht. Meister *Bubabàf* schrieb zwar fast ausschließlich und nur selten über Dante, aber

Janssen, die Galli oder gar der Dominikaner hatten eine schier endlose Publikationsliste im Netz stehen. Am meisten Zeit hatte offensichtlich Pater Reginald.

„Ich kann mir deine Klienten gern mal ansehen", sagte Schladerer und blinzelte ihm zu.

Er drehte sich zu Olya und flüsterte ihr etwas ins Ohr. Sie kicherte.

„Was darf ich euch bringen?", fragte die Bedienung.

Haffner hatte sie erst gar nicht bemerkt. Aber seine Kehle fühlte sich staubtrocken an. Schladerer bestellte ein stilles Wasser. Er musste schließlich noch auf die Bühne und wollte sich den Ansatz nicht verderben. Olya und Oksana nahmen beide einen Mojito.

„Ein Helles", sagte Haffner.

Ihm lief das Wasser im Mund zusammen.

„Ernsthaft", sagte Schladerer und lehnte sich wieder zu ihm herüber. „Vielleicht fällt mir was dazu ein."

Haffner kniff die Lippen zusammen und wippte mit dem Kopf. Natürlich konnte er froh über jede Anregung sein. Genau genommen war er aber gerade dabei, die Grenzen des Dienstgeheimnisses zu dehnen.

Sein Kumpel schien Gedanken lesen zu können, denn er fügte grinsend hinzu: „Braucht doch keiner zu wissen. Die Namen finde ich auch selber im Internet."

Er holte tief Luft, und Schladerer klopfte ihm gönnerhaft auf die Schulter. Irgendwie fiel ihm ein Stein vom Herzen: am Ende fand Schladerer tatsächlich etwas, und er käme ausnahmsweise ohne Adlgassers humanistische Bildung aus.

„Worüber haben die Herrschaften denn promoviert?", fragte er.

Schladerer schien ernsthaft interessiert. Also berichtete er ihm von Lempls Dante-Manie und landete am Ende bei der Hauptarbeit des Physikers. Sie war das einzige Dokument, das er sich aus reiner Neugier heruntergeladen hatte. Immerhin hatte er in der Schule Physik Leistungskurs gehabt.

„Bei dem Sammelsurium an Formeln und Zahlen ist mir fast schwindlig geworden", sagte er.

Schladerer lachte lauthals.

„Worum geht's denn in der Arbeit?"

Die Bedienung stellte die Getränke auf den Tisch. Sie stießen an, die Gläser klirrten. Oksana sah ihm tief in die Augen und legte ihre Hand auf seinen Arm. Sein Herz klopfte, seine Hose wurde eng. Er lächelte und wollte das Glas ansetzen, doch sie legte den Kopf schief. Also küsste er sie. Dann schmunzelte er und nahm einen Schluck. Oksana nippte an ihrem Mojito.

Haffner spielte mit seinem Bierglas und versuchte sich an das kurze Abstract zu erinnern, das der Dissertation vorangestellt war. Während er ihm erklärte, was er verstanden hatte, spitzte Schladerer den Mund und nickte.

„Nach einer Anleitung für den perfekten Mord klingt das nicht gerade", sagte er.

Die vier lachten.

„Was ist jetzt eigentlich an der Sache dran, dass der Papst Janssen aus dem Weg räumen ließ?", fragte er weiter.

Haffner verdrehte die Augen.

„Du wirst doch wohl Stölzl seine alberne Story nicht abkaufen!", rief er und runzelte argwöhnisch die Stirn.

„Ein Körnchen Wahrheit steckt überall drin", entgegnete er. „Oder glaubst du, dass der Arm des Allmächtigen nicht bis München reicht?"

Schladerers Bauch waberte, sein Kinn vibrierte. Haffner schüttelte den Kopf, musste aber selbst grinsen. Auch die beiden Damen amüsierten sich köstlich.

„Braucht ihr noch was?", fragte die Bedienung in die Runde.

Schladerer blickte auf die Uhr.

„Ich muss langsam auf die Bühne."

Er drückte Olya einen dicken Kuss auf die knallroten Lippen, sie wuschelte ihm die Haare durcheinander und er huschte davon, um gleich darauf mit seinem Quartett und dem Altsaxophon in der Hand aufs Podest zu hüpfen.

Oksana und Olya hatten sich Wodkahaltiges bringen lassen. Haffner blieb vorsorglich beim Bier. Die Combo legte los, das Murmeln verebbte und wich dem rhythmischen Wispern der Instrumente.

54

„Kann doch jedem mal passieren“, flüsterte Oksana und kraulte Haffner mit den Fingerspitzen zärtlich den Bauch. Die andere Hand lag auf seinem besten Stück, das ihm Sekunden zuvor den Dienst versagt hatte.

„Jedem vielleicht schon“, brummte er missmutig.

Den Rest des Satzes behielt er lieber für sich. Schlimm genug, dass sein Ego hier und jetzt Schiffbruch erlitten hatte.

„Was ist denn los mit dir? Hast du eine Leiche im Keller, Herr Kommissar?“, fragte sie und strahlte ihn mit ihren großen Mandelaugen an.

„Nein“, knurrte er.

Er hatte keine Lust, die Nacht komplett an die Wand zu fahren. Wenn das überhaupt noch nötig oder möglich war.

„Mein Großvater ist gestorben“, presste er schließlich zwischen den Zähnen hervor. „Und ich Vollidiot habe mich nicht verabschiedet, obwohl ich die Gelegenheit dazu gehabt hätte.“

Er verstummte und starrte an die Decke. Deutlich spürte er ihren warmen Blick auf seinem Körper.

„Wir haben uns sehr nahegestanden.“

Er wandte den Blick von der Decke und sah ihr tief in die Augen. Ihre dunklen Pupillen glänzten, so dass er sich in ihnen spiegelte.

„Ich bin bei ihm aufgewachsen“, sagte er und seufzte.

„Eigentlich mag ich nicht darüber reden", setzte er hinzu.

Oksana holte tief Luft und neigte den Kopf. Ihre Haare fielen auf seine Brust.

„Dachte mir, dass es etwas Schlimmeres sein muss", sagte sie. „Deine Augen …"

Sie sprach nicht weiter. Also sah er sie überrascht an. Sie schien ihn schneller durchschaut zu haben, als er dachte.

„Tut mir leid für dich!", sagte sie und strich ihm mit der Hand durch die Haare.

Er schloss die Augen.

„Wie viel Erfahrung hast du mit dem Tod?", fragte er.

„Zu viel", erwiderte sie.

Dazu lächelte sie, als sprächen sie gerade übers Wetter. Er richtete sich auf und sah ihr fest in die Augen.

„Hast *du* eine Leiche im Keller?"

Ihre Augen funkelten, aber sie wich seinem Blick nicht aus.

Erst als er ihn abwandte, fuhr sie fort: „Wir haben bei uns zu Hause Rituale, die uns helfen, mit solchen Situationen klarzukommen. Bei uns gehören Tod und Leben untrennbar zusammen. Sie bilden einen ewigen Kreislauf."

Haffner dachte nach.

„Wir hier im sogenannten zivilisierten Westen drängen den Tod gern an den Rand. Ich habe täglich mit ihm zu tun. Und ich habe … gewisse Probleme damit, ein Jenseits zu akzeptieren."

„Du bist Atheist?", fragte sie.

Sie schien überrascht.

„Nur dieses Leben – und dann einzig und allein ein Fressen für die Würmer?"

Ihre Augen tasteten ihn Zentimeter für Zentimeter ab. Doch Haffner presste die Lippen aufeinander und schwieg.

„Meinst du nicht, dass eine Spur von Energie weiterlebt und durchs Universum zieht?"

Er sah sie an, schwieg jedoch. Sie strich ihm wieder zärtlich übers Gesicht. Eine Gänsehaut lief ihm über Arme und Rücken.

„Ich glaube schon, dass da etwas ist. Wie viel wissen wir

denn vom Universum? Hast du noch nie die Präsenz einer anderen Seele gespürt? Ich schon. Ich bin mir sicher, dass sie uns ständig umschweben, dass sie teilhaben an unserem Leben. Angeblich gibt es wenigstens sechsunddreißig Dimensionen! Warum sollte jemand von dort nicht den Weg zu uns finden? Bloß, weil wir uns das nicht vorstellen können? Wenn wir am Verzweifeln sind – warum sollten uns diese Seelen im Stich lassen?"

Er kniff die Augen zu, wusste nicht, ob ihm zum Lachen oder zum Weinen zumute war.

„Warum wäre ich sonst hier?"

Er musterte sie, sah ihr in ihre wunderschönen Augen, betrachtete ihre Lippen, ihre markanten Wangen. Im Hintergrund marschierten die unsichtbaren Trauernden durch den zweiten Satz von Beethovens *Eroica. Reiner Zufall?*, fragte er sich und schüttelte innerlich den Kopf.

Ihre Blicke begegneten sich. Sie strahlte eine unglaubliche Ruhe, etwas unerwartet Vertrautes aus. Ihre Hand tastete nach der Fernbedienung. Das Orchester sprang zurück in den ersten Satz der Symphonie. Sie lächelte ihn wieder an mit diesem Lächeln, das ihn vom ersten Moment an so sehr in Bann gezogen hatte. Die Musik begann zu pulsieren.

„Wenn du wirklich an absolut nichts glaubst", sagte sie und lächelte weiter, „dann gibt es nur das Hier und Jetzt."

Die Synkopen und Fanfarenstöße schwollen an. Sie wartete nicht länger, sondern senkte den Kopf und schlüpfte unters Laken. Er fühlte, wie ihre warmen Brüste über seinen Bauch nach unten wanderten. Sie hob das Laken hoch, biss sich auf die roten Lippen, blickte ihn von unten an und sagte: „Diesmal klappt es."

55

„Guten Morgen“, flüsterte Haffner und beugte sich über sie.

In der Küche roch es nach frischem Espresso. Und Oksanas Körper verströmte denselben betörenden Duft, der ihm und seiner Nase seit Tagen den Kopf verdrehte. Es hatte sich seltsam angefühlt, nicht allein aufzuwachen.

Sie schlug die Augen auf. Ihre Pupillen irrten umher. Schließlich lächelte sie und spitzte die Lippen. Er beugte sich weiter vor und berührte sie sanft.

„Ich habe Kaffee gemacht. Hast du Lust?“

Sie nickte. Er stieß sich von der Matratze ab und schlenderte zurück in die Küche. Auf dem Weg dorthin stolperte er über ihr Spitzenhöschen und den BH. Er grinste und versuchte, sich an ihr Keuchen zu erinnern, bevor sie eng umschlungen eingeschlafen waren.

Als er zurückkam, hielt er zwei Tassen in der Hand und stellte sie auf den Hochtisch. Sie befreite sich aus dem Laken, kroch hervor und griff nach seinem Hemd, das neben der Matratze auf dem Boden lag, und schlüpfte hinein. Dann trat sie zu ihm an den Tisch, räkelte sich und rieb den Schlaf aus den Augen.

„Riecht herrlich“, flüsterte sie und reckte die Nase über die Tasse.

Sie wirkte so anders als die Frauen, die er bisher kennengelernt hatte: durchgestylt bis ins Letzte und doch auf eine sonderbare Art natürlich. Er biss sich auf die Unterlippe, und sie fuhr wie zur Bestätigung durch ihre hüftlangen Haare. Die rundliche Wölbung ihres Busens spitzte aus dem offenen Hemd heraus. Sie rutschte auf den Hochsitz. Er lächelte. Ihre Blicke begegneten sich.

„Alles ok?“, fragte sie.

Er nickte, ergriff ihre Hand und trank einen Schluck. Etwas Vergleichbares hatte er seit Jahren nicht mehr erlebt.

Zwei Stunden später umfing ihn ein Duft, der mindestens genauso intensiv war. Doch er weckte ganz andere Erinnerungen in ihm. Nicht mehr frische Kaffeebohnen oder Pheromone kitzelten seine Nase: Die Luft in der Asamkirche war weihrauchschwanger. Vorn in der Mitte schwebte über dem Altar mit dem Sarkophag von Johann Nepomuk Asam, dem Architekten der Kirche, ein mächtiger Gnadenstuhl und zog Haffners Aufmerksamkeit auf sich.

Ein silbernes Glöckchen ertönte. Die anwesenden Frauen, Männer und Kinder erhoben sich, als hätte sich der Startschuss aus einer Pistole gelöst. Durch eine Seitentür schritt ein schmächtiger, ziemlich hochgewachsener Priester. Auf dem Kopf trug er ein schwarzes Birett, dazu ein gold-grün-besticktes barockes Messgewand. Vor ihm liefen zwei junge Männer her. Den ersten kannte er nicht. Der andere – war Tim Klarner.

Die Orgel verstummte. Ein Kantor intonierte über den Köpfen den Introitus *Suscepimus*. Danach setzte eine Schola ein und spann eine schwerelose, engelsgleiche Melodie weiter, die nur vom Murmeln des Pfarrers und der beiden Ministranten begleitet wurde. Ihm lief ein leichter Schauder über den Rücken bei dieser perfekt einstudierten Choreographie.

Irgendwann verstummte auch der Gesang, der Priester wandte sich um, setzte das Birett wieder auf und begann zu predigen. Haffners Gedanken schweiften ab. Seine Augen wanderten über die Anwesenden. Die meisten saßen kerzengerade da und lauschten andächtig. Plötzlich fiel sein Blick auf eine Frau in der ersten Reihe. Sie trug ein leuchtend rotes Kleid. Er fixierte die Dame, doch es dauerte eine

Ewigkeit, bis sie endlich den Kopf zur Seite drehte. Er traute seinen Augen nicht: Es war tatsächlich Nicoletta Galli.

Von diesem Augenblick an zog die Zeremonie an ihm vorüber, ohne dass er etwas davon mitbekam. Was machte die Wissenschaftlerin hier? Als der Priester den Segen spendete, war er heilfroh und schlich sich auf Zehenspitzen hinaus.

56

Zwanzig Minuten später öffnete sich das schwere Holzportal, und endlich traten die drei Personen, auf die er voller Ungeduld gewartet hatte, gemeinsam heraus. Nicoletta Galli schüttelte den beiden Männern die Hand, sah zufällig in seine Richtung, stutzte und überquerte die Straße.

„So eine Überraschung!", rief sie.

„Die Überraschung ist ganz auf meiner Seite", erwiderte Haffner. „Ich wusste nicht, dass Sie mit diesen Fundamentalisten sympathisieren."

„Wer behauptet das?", fragte Doktor Galli und runzelte die Stirn. „Wieso sind Sie denn hier? Interessiert sich die Polizei neuerdings für lateinische Messen?"

Sie legte den Kopf schief und blickte ihn neugierig an.

„Sie hatten gar nicht erwähnt, dass Sie Tim Klarner kennen", wich Haffner aus.

„Sie haben mich nie danach gefragt", entgegnete sie.

„Etwas dagegen, dass wir dann jetzt darüber sprechen?", fragte er und steckte die Hände in die Hosentaschen.

„Nein. Schießen Sie los!", versetzte sie und nahm ihr rotes Lackhandtäschchen vor den Bauch. „Was möchten Sie wissen?"

Aus dem Augenwinkel beobachtete Haffner, dass Tim Klarner noch ein paar Worte mit dem Geistlichen wechselte und sich dann davonstahl. Haffner nickte in seine Richtung.

„Sie haben doch bestimmt von den Drohungen mitbekommen, die er Ihrem Chef geschickt hat."

Sie nickte.

„Wir haben das gelegentlich diskutiert. Aber er ist durch wissenschaftliche Argumente nicht zu überzeugen. Unserem Monsignore gegenüber hat er seine Thesen übrigens genauso vehement vertreten. Richtig ernst genommen hat ihn deswegen aber keiner."

„Tatsächlich?"

Haffner zog die Augenbrauen hoch.

„Am besten fragen Sie Monsignore Kammhuber selbst. Eine bessere Gelegenheit werden Sie nicht finden", erwiderte sie.

Der stieg gerade die Stufen herunter und kam vorsichtig näher.

„Grüß Sie Gott!", sagte er mit deutlich bayerischem Akzent. „Freut mich sehr, dass ein neues Schäfchen zu unserer kleinen Gemeinde stößt."

Er holte die rechte Hand aus dem Talar, hielt sie ihm hin und lächelte. Haffner ergriff sie und staunte über den resoluten Händedruck.

„Darf ich Ihnen Hauptkommissar Haffner von der Münchner Mordkommission vorstellen?", fragte Nicoletta Galli.

Er tat einen Schritt zurück.

„Mordkommission? Ich hoffe doch sehr, dass niemand aus meiner Gemeinde etwas zugestoßen ist!"

„Kommissar Haffner untersucht den Mord an Doktor Janssen", erklärte sie.

„Ah", machte Monsignore Kammhuber und nickte. „Schreckliche Sache! Haben Sie denn schon eine heiße Spur?"

„Wir haben einige Hinweise. Konkretes kann ich Ihnen leider nicht sagen", sagte er. „Polizeiliches Beichtgeheimnis."

„Natürlich!", rief der Monsignore und klatschte mit dem Brevier begeistert in die Hände. „Aber was treibt Sie dann hierher? Sie werden doch nicht ernsthaft jemand von uns verdächtigen!"

Auf seine Stirn trat eine dunkle Wolke.

„Die Polizei hat Tim Klarner im Verdacht", schaltete sich Doktor Galli ein, noch bevor er fragen konnte, wie er auf den Gedanken kam.

Überrascht blickte Haffner die beiden an. *Ein seltsames Gespräch*, dachte er. Ein paar Passanten liefen vorbei und steckten die Köpfe tuschelnd zusammen. Einer von ihnen faltete die Hände wie zum Gebet und machte eine Grimasse, die Haffner an kitschige Passionsbilder erinnerte. Er wandte den Blick ab.

„Wirklich?", fragte Kammhuber. „Das ist einigermaßen absurd."

„Wieso?", wunderte sich Haffner. „Immerhin hat er Doktor Janssen mehrfach bedroht und aufgefordert, sein gottloses Projekt zu beenden."

„Naja", sagte Kammhuber und wiegte den Kopf hin und her. „Herr Klarner meint es im Grunde genommen nur gut. Er ist ein … feuriger Charakter. Einfach, aber sehr engagiert. Nichts wird so heiß gegessen, wie es gekocht wird, nicht wahr?"

„Doktor Janssen ist inzwischen tot", versetzte er, spitzte den Mund und sah den Sekretär von Kardinal Rosenkrantz ernst an.

„Da haben Sie natürlich recht", räumte er ein. „Der Herrgott sei seiner Seele gnädig."

„Wie stehen eigentlich Sie zu Janssens Institut?", erkundigte er sich.

Kammhuber blickte zu Doktor Galli, als bräuchte er ihre Unterstützung.

Schließlich erklärte er: „Ich habe über Frau Doktor Galli ein wenig Einblick in die Arbeit des Projekts erhalten. Und natürlich war ich über die Eskapaden von Herrn Klarner informiert. Aber Geschichte hat mich noch nie sonderlich interessiert – und schon gar nicht die Inquisition oder Häretiker wie Giordano Bruno. Ich bin nur der Sekretär seiner Eminenz. Forschungsprojekte – noch dazu profane – gehören nicht in meinen Aufgabenbereich."

„Das erklärt aber nicht ihre Einstellung zum Institut“, hakte Haffner nach.

Monsignore Kammhuber faltete die Hände über seiner Bauchbinde und seufzte.

„Worauf möchten Sie denn hinaus, Herr Kommissar? Sie werden doch dem Geschwätz der Medien keinen Glauben schenken.“

„Für Glaubenssachen sind eher Sie zuständig, denke ich“, entgegnete er. „Mich interessieren nur die Fakten. Also beantworten Sie bitte meine Frage: Wie beurteilen Sie die Arbeit dieses Projekts?“

Monsignore Kammhuber verzog das Gesicht und dachte nach.

„Aus weltlicher Sicht erledigen diese Wissenschaftler gewiss exzellente Arbeit“, sagte er zögerlich. „Aber meiner Ansicht nach – meiner ganz persönlichen Meinung nach – könnte man das Geld anderweitig gewiss weitaus besser verwenden. Sie wissen aber so gut wie ich, dass meine Meinung hier nicht zählt.“

„Eines würde mich trotzdem interessieren: Als einer der engsten Mitarbeiter des Kardinals haben Sie doch hervorragende Kontakte nach Rom, oder?“

Diesmal glitt ein fast mitleidiges Lächeln über sein Gesicht.

„Wenn es im Vatikan einflussreiche Kreise gibt, dann vielleicht eine Schwulenlobby. Zumindest behaupten das die Medien. Leute, die sich für die Tradition engagieren, haben es seit fünfzig Jahren beileibe nicht leicht. Wer sich für sie entscheidet, manövriert sich selbst ins Abseits.“

„Ihre Position wirkt auf mich nicht gerade wie eine Strafversetzung“, warf Haffner ein.

Kammhuber nickte und kratzte sich hinterm Ohr.

„Glauben Sie mir: Sie verschwenden nur Ihre kostbare Zeit. Irgendwo läuft Ihr Mörder frei herum. Doch ich versichere Ihnen: bei uns werden Sie ihn nicht finden.“

„Es gibt also keinen Machtkampf im Vatikan?“

Monsignore Kammhuber wippte mit dem Kopf hin und her.

„Modernisten und Progressisten liefern sich schon seit über hundert Jahren einen erbitterten Kampf“, erklärte er. „Das ist eine theologische Auseinandersetzung. Mir ist aber noch nie zu Ohren gekommen, dass dafür Menschenleben geopfert wurden! Wir Traditionalisten sind ganz normale Menschen. Viele von uns haben vielleicht eine Extradosis Nostalgie geschluckt. Uns geht es um die Wiederherstellung einer funktionsfähigen Gesellschaft. Dafür braucht es vor allem eines: Geduld und einen sehr langen Atem.“

Bei diesen Worten deutete er mit dem Finger nach oben, lächelte selig und setzte hinzu: „Und vor allem: *Seine* Hilfe.“

Haffner seufzte. An dieser Stelle kam er im Augenblick ziemlich sicher nicht weiter.

„Nur der Vollständigkeit halber“, sagte er also. „Wo waren Sie Dienstag Abend?“

Monsignore Kammhuber schnaubte und schüttelte den Kopf.

„Ich durfte seine Eminenz zu einer guten Bekannten fahren. Der Chauffeur hatte bereits Feierabend. Ein Notfall sozusagen: die Frau benötigte geistlichen Beistand.“

„Von Kardinal Rosenkrantz persönlich?“, fragte Haffner erstaunt. „Macht er so etwas öfter?“

„Die Dame ist eine langjährige Wegbegleiterin seiner Eminenz.“

Haffner legte die Stirn in Falten.

„Ziehen Sie keine falschen Schlüsse aus meinen Worten“, sagte Kammhuber.

„Der Name der Frau?“, fragte Haffner.

„Seine Eminenz ist mein Zeuge, wie ich schon sagte. Priesterliches Beichtgeheimnis“, versetzte er, klopfte zur Bestätigung auf sein Gebetbuch und sah auf die Uhr.

„Aber ich muss Sie bitten, mich zu entschuldigen. Der Kardinal erwartet mich in einer Viertelstunde zum Mittagessen. Oder haben Sie noch etwas Dringendes auf dem Herzen?“

Haffner schüttelte den Kopf. Monsignore Kammhuber lupfte das Birett zum Gruß, reichte den beiden die Hand und eilte davon.

„Haben Sie heute Nachmittag schon etwas vor?“, fragte Nicoletta Galli. „Ich bin zwar auch verabredet – meine Mutter wartet zu Hause. Aber nach dem Essen wäre ich frei.“

57

Doktor Gallis Vorschlag traf ihn wie ein Blitz aus heiterem Himmel. Er war absolut nicht darauf vorbereitet und doch heilfroh darum: Bei den Ermittlungen zum *Hofgartenmord* trat er auf der Stelle – er verspürte nicht die geringste Lust, den Sonntag im Büro totzuschlagen. Und eine weitere Radtour reizte ihn bei der zunehmenden Schwüle ebenso wenig.

Während er die Sonnenstraße entlangschlenderte auf der Suche nach etwas Abkühlung, vibrierte sein Handy in der Hosentasche.

„Was willst du?", fragte er barsch und grußlos.

Wann hatte sich sein Vater das letzte Mal gemeldet? Zu seinem achtzehnten Geburtstag? Gefühlt war es jedenfalls Jahrzehnte her.

„Lass mich in Ruhe", sagte er. „Und komm bloß nicht auf den Gedanken, am Montag zu stören!"

Er drückte den Teilnehmer weg und stellte den Klingelton wieder auf laut. Dann schnaufte er tief durch und lief weiter. In der Landwehrstraße stieß er endlich auf eine Eisdiele. Aber die Schlange davor schien endlos. Trotzdem stellte er sich brav in die Reihe und wartete. Asphaltgeruch lag in der Luft, die in der ansonsten menschenleeren Straße stand wie eine Mauer – ein typischer Münchner Sonntag.

„Einmal Pistazie und einmal Joghurt bitte, in der Waffel", sagte er.

Das Eis in der Hand schlenderte er Richtung Nußbaumpark. Dort setzte er sich auf eine der Bänke. Auch hier schien alles wie ausgestorben. Trotzdem war es tausendmal besser als die Alternative im Büro. Während er noch an seinem Eis schleckte, klingelte sein Handy plötzlich wieder. *Anonym* stand auf dem Display.

„Hallo?“, sagte er.

„Spreche ich mit Hauptkommissar Haffner?“

Die Stimme verriet ihm nichts.

„Ja. Und Sie sind – “

„Generalvikar Gerhard.“

Haffner riss die Augen auf. Ihm blieb der Mund offen stehen. Hatte er vorhin in ein Wespennest gestochen?

„Ich vertrete die Interessen unseres Erzbischofs und soll Sie recht herzlich von ihm grüßen.“

Gerhard machte eine bedeutungsvolle Pause, als erwartete er eine Reaktion.

Da Haffner jedoch schwieg, fuhr er nach einer Weile fort: „Er bittet Sie freundlichst, seinen Sekretär nicht weiter zu behelligen. Ich kann Ihnen persönlich versichern: das Alibi seiner Eminenz und das von Monsignore Kammhuber ist hieb- und stichfest.“

Erneutes Schweigen. Der Generalvikar räusperte sich.

„Sind Sie noch dran?“

„Natürlich“, brummte Haffner. „Können Sie mir einen triftigen Grund nennen, warum ich nicht in alle Richtungen weiterermitteln sollte?“

Der Stellvertreter des Kardinals räusperte sich ein weiteres Mal.

„Sagen wir es mal so: die Kirche hat gerade äußerst schwierige Zeiten hinter sich. Denken Sie nicht, dass nach all den Missbrauchsgeschichten und Pädophilieskandalen, nach all dem unfassbaren Leid, das unsere Kirche über viele Gläubige gebracht hat – dass jetzt der richtige Moment wäre, allmählich wieder Ruhe einkehren zu lassen? Oder glauben Sie ernsthaft, dass die Kirche mit einem über vierhundert Jahre alten Prozess, für den sich niemand mehr interessiert, den kaum einer kennt

– glauben Sie ernsthaft, dass die Kirche damit nicht fertig würde? Wem wäre denn mit solch einem inszenierten Skandal gedient?"

„Vielleicht der Wahrheit?", schlug Haffner ernst vor.

Generalvikar Gerhard schnaufte. Haffner kniff die Augen zusammen. Wenn die Kirche nichts zu verlieren hatte – wieso schaltete sich plötzlich die oberste Ebene höchstpersönlich ein?

„Meinen Sie nicht, dass es am besten wäre, wenn jeder von uns seiner eigenen Arbeit nachgeht?"

Gerhard schnaubte erneut.

„*Semper aliquid haeret*", sagte er.

Haffner rollte mit den Augen. Der Generalvikar hätte sich über Adlgasser als Gesprächspartnerin gefreut.

„Es bleibt immer etwas hängen", wiederholte er sinngemäß. „Ganz egal, ob bei Ihren Recherchen etwas herauskommt oder nicht. Bedenken Sie das!"

„Ich werde mir Mühe geben", versetzte Haffner und verabschiedete sich.

Er steckte das Handy weg und beobachtete eine Gruppe Halbwüchsiger, die einzigen, die bei dieser Hitze mit ihren Skateboards über eine Böschung bretterten und in hohem Bogen auf den Asphalt sprangen. Der Sonntag hatte so gut begonnen …

58

Nachdem er zu Hause sein Fahrrad geholt hatte, fuhr er direkt zum Alten Botanischen Garten. Er war ziemlich früh dran. Also ging er ins Park Café hinein, bestellte sich einen Eiskaffee und schickte Oksana eine SMS.

„Sind Sie nicht der Kommissar aus dem Fernsehen?“, fragte einer der Frühschoppenbrüder am Nachbartisch.

Haffner schmunzelte, schüttelte aber vorsorglich den Kopf. Dennoch fingen sie an zu tuscheln. Er fühlte sich in seinem Verdacht bestätigt, dass er nur knapp einer Neugierattacke entgangen war, trank rasch aus, zahlte und verließ das Restaurant: ohnehin war es draußen angenehmer.

Die meisten Münchner trieb es bei diesen sengenden Temperaturen entweder an die Isar oder in die Freibäder, an die umliegenden Seen oder ins Voralpenland, was er tags zuvor schon am eigenen Leib erfahren hatte. Der große Ansturm auf die Biergärten erfolgte erst am späten Nachmittag. Dann allerdings brauchte man eine gehörige Portion Glück, wenn man einen freien Platz ergattern wollte.

Er suchte sich ein lauschiges Bänkchen im Schatten der Bäume und hielt Ausschau nach einer Dame in Rot.

Plötzlich standen zwei Leute neben ihm. Er war zu sehr in Gedanken gewesen und hatte sie vorher nicht bemerkt.

„*Buon giorno, commissario* – guten Tag, Herr Kommissar!“, sagte Gennaros Neuzugang und stellte ihm seine Begleitung vor.

Haffner reichte ihnen die Hand. Die von Cancros Freundin Silke war butterweich. Er sah ihr an der Nasenspitze an, wie nervös sie war. *Dass alle immer sofort in den Alarmmodus schalten, wenn sie einem Polizisten begegnen*, dachte er. Er war aufgestanden, doch das schien das Pärchen erst recht zu verunsichern.

„Nicht viel los, hm?“, brummte er und vollführte mit dem Arm eine ausladende Bewegung über die Bierbänke.

Dabei musterte er die beiden neugierig.

„Um diese Zeit hat man noch die Qual der Wahl“, versuchte er weiter, das Gespräch in Gang zu bringen.

Die beiden nickten stumm.

„Sind Sie auch wegen dem Finale hier?“

Haffner beschlich ein flaues Gefühl in der Magengegend. Er konnte sich nicht erinnern, jemals eine ähnlich peinliche Situation erlebt zu haben. Aber bevor es ganz unerträglich wurde, bog gerade noch rechtzeitig Nicoletta Galli um die Ecke und hielt auf ihn zu.

„Dann stören wir mal nicht länger“, sagte Cancro und zog seine Silke mit sich fort.

Haffner atmete auf und schüttelte verwirrt den Kopf. Dann begrüßte er Nicoletta Galli. Sie hatte das schicke Sommerkleid gegen ein weißes Top mit ein paar dezenten schwarzen Linien auf zitronengelben Rauten eingetauscht und trug dazu eine gewöhnliche Jeans. Um die Hüfte hatte sie einen modischen Gürtel geschlungen, der ihrer Figur etwas Wespenhaftes verlieh. Die langen seidenschwarzen Haare hatte sie jetzt hochgesteckt, ein paar widerspenstige Strähnchen davon wehten ihr um den Hals. Wie schon beim ersten Zusammentreffen im Institut stieg ihm ihr betörendes Parfüm in die Nase.

„Darf ich Ihnen etwas zu trinken mitbringen?“, fragte er. „Ich brauche eine Kleinigkeit zum Essen.“

„Gern“, antwortete sie. „Sie sagen mir aber, was es macht, ok?“

Sie nahm auf der Bierbank gegenüber Platz.

„Was trinken Sie?“

„Ein Helles“, sagte sie kurzentschlossen.

Er nickte und zog los. Wenig später stellte er zwei schäumende Glaskrüge auf den Tisch. Dann machte er sich noch einmal auf den Weg und kehrte schließlich mit einem Brotzeitteller zurück.

„Entschuldigen Sie, aber ich hatte noch nichts zu Mittag“, sagte er.

Sie wiegelte ab, und er machte sich über den Wurstsalat mit Brezen her. Er hatte in der Tat einen Bärenhunger, wie er erst jetzt bemerkte.

„Wie geht es Ihrer Mutter?“, fragte er schmatzend und hob den Krug in die Höhe.

Sie stießen an und sie sagte: „Sie leidet ein wenig unter der Hitze.“

Er nahm einen kräftigen Schluck.

„Sie haben einen gesunden Appetit“, bemerkte Nicoletta Galli.

Haffner grinste.

„Ich kann das ganze Jahr über problemlos futtern. Vierundzwanzig Stunden am Tag, dreihundertfünfundsechzig Tage im Jahr“, versetzte er.

„Und was machen Sie, wenn Schaltjahr ist?“, fragte sie und schmunzelte.

So ging es eine Zeitlang zwischen ihnen hin und her, ohne dass sie auf Persönliches oder Relevantes zu sprechen kamen. Als er mit seiner Brotzeit fertig war, tupfte er sich mit einer Papierserviette den Mund sauber und sagte: „Ich falle ungern mit der Tür ins Haus, aber am meisten würde mich Janssens Sensationsfund interessieren.“

Er schob Besteck und Teller beiseite und fasste sie fest ins Auge. Aus dem Augenwinkel konnte er ganz nebenbei Giulio Cancro und seine Begleitung beobachten. Die beiden kannten sich noch nicht allzu lange: Sie saßen eng aufeinander, steckten die Köpfe zusammen und turtelten wie frisch verliebt herum. Ab und zu warfen sie verstohlene Blicke herüber.

„Was soll ich Ihnen erzählen?“, fragte sie. „Recht viel mehr als das, was die Medien berichten, kann auch ich Ihnen nicht sagen.“

„Ein bisschen mehr aber durchaus, oder verstehe ich Sie falsch?“, sagte er.

Sie schmunzelte erneut und dachte kurz nach.

„Was wissen Sie denn bisher? Vielleicht zäumen wir das Pferd von hinten auf.“

„Janssen soll in Rom gewesen sein und Dokumente entdeckt haben, die die Grundfesten der Kirche erschüttern könnten. So oder ähnlich hat er es zumindest vor laufender Kamera verkündet.“

Sie nickte und lächelte.

„Das ist korrekt: er war im *Archivio Segreto Vaticano*, im Vatikanischen Geheimarchiv. Aber die Notiz, die er dort fand, ist ziemlich unspektakulär.“

Haffner zog die linke Augenbraue hoch.

„Ist das ihre Meinung oder …?“

Er vollendete seinen Satz nicht, da er davon ausging, dass sie ihn auch so verstand.

„Meine ganz persönliche Meinung“, gestand sie.

„Haben Sie das Dokument denn gesehen?“

Sie stutzte einen Moment und biss sich auf die Oberlippe.

„Wir haben ausführlich und intensiv darüber diskutiert. Anfangs schien es in der Tat ein Glücksfund zu sein. Denn die Prozessakten zu Giordanos Fall sind größtenteils verschollen. Kardinal Ercole Consalvi, der unter Papst Pius VII. diente, behauptete, Napoleon habe sie mit Hilfe des päpstlichen Bibliothekars Gaetano Marini nach Paris schaffen lassen. Angeblich sollten sie später wieder zurücktransportiert werden, aber bisher ist es noch keinem gelungen, einen Beweis dafür zu liefern.“

„Außer Doktor Janssen?“

„Um Giordanos Prozess rankt sich eine Unmenge Legenden“, wich sie ihm aus. „Es ist gut, wenn seine Werke endlich alle mustergültig herausgegeben und kommentiert werden. Dann kann sich jeder selbst ein Bild von ihm machen. Denn Freidenker wie Verfechter der Kirche beanspruchen seit Giordanos Hinrichtung jeweils für sich die letztgültige Interpretation. Da aber alle immer nur den eigenen Standpunkt gelten lassen, der selbstverständlich die eigene Theorie untermauert, und beide Seiten der gegnerischen Partei Verschwörung oder Unterschlagung von Dokumenten unterstellen, finden diese sinnlosen Grabenkämpfe kein Ende. Es ist höchste Zeit, dass die Spekulationen ein Ende haben."

Haffner legte die Hände übereinander und den Kopf schief.

„Ist es wirklich so einfach?"

Er hatte nie wissenschaftlich gearbeitet, und doch hegte er gewisse Zweifel an ihrer Aussage. Sie zog die Schultern hoch.

„Was ist schon einfach in dieser Welt?", fragte sie zurück.

„War Janssen denn allein in Rom?"

„Nein."

Er lehnte sich zurück.

„Wissen Sie, wer bei ihm war?"

„Ja", sagte sie und zögerte. „Ich."

Ihm blieb der Mund offen stehen. Völlig verblüfft starrte er sie an, und für einen Moment verschlug es ihm komplett die Sprache. Als er sich wieder gefangen hatte, fragte er: „Sie? Und das sagen Sie erst jetzt?"

„Es war bisher noch nie ein Thema", warf sie ein.

Sie klang selbstsicher und belustigt zugleich.

„Sie waren gemeinsam in Rom und haben gemeinsam geforscht?"

„Bevor Sie wilde Vermutungen anstellen", sagte sie. „Wir hatten getrennte Zimmer. Es war eine Dienstreise, wie wir Wissenschaftler sie regelmäßig unternehmen. Mal zieht es uns auf Kongresse, mal in Bibliotheken. In diesem Fall war es eben der Besuch des *Archivio segreto*. Das Resultat war – wie ich schon sagte – ernüchternd."

Haffner schüttelte den Kopf. Er hatte das Gefühl, dass es ihm gerade den Boden unter den Füßen wegzog.

„Ich würde auf das Thema später gern noch einmal zurückkommen", sagte er. „Es gibt noch etwas anderes, das mir Kopfzerbrechen bereitet."

Er nahm einen Schluck aus seinem Masskrug, bevor er fortfuhr. Sie blickte ihm währenddessen ruhig entgegen und nickte.

„Sie sind eine Frau im besten Alter, intelligent und noch dazu gutaussehend."

Er hielt inne und spitzte den Mund.

„Sehr gutaussehend", korrigierte er sich und setzte hinzu: „Ich kann mir nicht vorstellen, dass Janssen keinen Versuch unternommen haben sollte … Wie sage ich es …"

Er strich sich mit der einen Hand übers Kinn, mit der anderen wirbelte er in der Luft herum.

„Hat Janssen nie versucht, bei Ihnen zu landen? Er war doch eine besonders gute Partie, ihre Kolleginnen rühmen seine umfassende Bildung, seinen Witz. Haben Sie niemals Lust verspürt, ihn näher kennenzulernen, ihm näherzukommen?"

Gespannt sah er sie an und wartete ungeduldig. Nicoletta Galli faltete die Hände auf dem Tisch, senkte die Augenlider und lief rot an.

„Sie schmeicheln mir", sagte sie und richtete die Augen wieder fest auf ihn. „Aber ich habe meine Prinzipien."

Sein Blick glitt schweigend über sie, während sie mit ihren Fingern am Masskrug herumspielte und die Lippen aufeinanderpresste.

„Es gibt nur eine einzige Trias, die perfekt funktioniert", sagte sie. „Und das ist die heilige Dreifaltigkeit."

Er schüttelte verständnislos den Kopf.

„Kennen Sie eine Dreiecksbeziehung, in der es problemlos läuft?", fragte sie. „Irgendeiner ist doch immer der Verlierer. Außerdem ist Gernot – war Gernot verheiratet. Er hat eine Tochter. In eine Familie dringt man nicht ein."

Bei diesen Worten verengte sie die Augen zu kleinen Schlitzen.

„Ihre Prinzipien in allen Ehren", sagte er. „Aber Sie haben kein Problem damit, für ein Projekt zu arbeiten, das diese völlig auf den Kopf stellt!"

Sie holte tief Luft und zog die Augenbrauen zusammen.

„Ich verstehe, was Sie damit andeuten möchten." Sie wiegte den Kopf hin und her. „Im Unterschied zu Tim Klarner bin ich Wissenschaftlerin. Als solche bin ich *qua* Beruf gezwungen zu abstrahieren und zu differenzieren. Sehen Sie: einer meiner

Fachkollegen ekelt sich beispielsweise extrem vor Fischen. Er käme nie auf den Gedanken, im Restaurant Forelle oder Haifischflossensuppe zu bestellen. Trotzdem hat er die Hälfte seines Lebens mit antiken Texten zum Fischfang verbracht. Was Sie für pervers halten, ist unser täglich Brot! Wieso sollte ich nicht gut katholisch sein und gleichzeitig über den spannenden Traktaten eines der größten Denker aller Zeiten brüten? Für mich als Forscherin ist es bedeutungslos, ob er ein Ketzer war oder dass seine Werke zweihundert Jahre auf dem Index standen. Das ist für mich kein unlösbarer Widerspruch! Sie sind doch auch nicht Polizist geworden, weil Sie sich hundertprozentig mit dem Bösen identifizieren, oder?"

Haffner blickte sie fasziniert an. Sie hatte Feuer gefangen bei dieser flammenden Verteidigungsrede. Darüber hinaus fand er ihre Logik bestechend.

„Abgesehen davon lag die Kirche mit ihrem Urteil über Giordano Bruno nicht falsch, was seine theologischen Aussagen betrifft."

Er runzelte die Stirn. Bis hierher hatte er ihr ganz gut folgen können. Aber das …

„Sie behaupten allen Ernstes, die Kirche hätte mit Giordanos Hinrichtung kein Verbrechen begangen?"

Nicoletta Galli blies die Nasenflügel auf und sog die dampfende Luft ein.

„Möchten Sie das Thema ernsthaft durchexerzieren, oder sollen wir uns auf das Niveau von Demagogen und Populisten begeben?", fragte sie.

Sie wirkte enttäuscht, als hätte sie mehr von ihm erwartet. Er zuckte mit den Achseln.

„Die Kirche hatte in dieser Zeit überhaupt nicht die Macht, jemanden als Ketzer hinrichten zu lassen", erklärte sie. „Ob Giordano auf dem Scheiterhaufen sterben würde, lag einzig und allein in der Hand der weltlichen Gerichtsbarkeit."

Ihr Blick glitt langsam über ihn, als versuchte sie, seine Gedanken zu erraten.

„Ich kann mir vorstellen, was Sie jetzt denken", sagte sie. „Die Argumentation habe ich schon so oft gehört – glauben Sie mir: sie ist emotional motiviert und hat nichts mit Fakten zu tun."

„Sie behaupten ernsthaft, dass die weltlichen Gerichte damals nicht der verlängerte Arm der Amtskirche gewesen sind?"

Die Leute am Nachbartisch begannen, die Hälse zu recken. Er hatte sich wohl eine Spur zu sehr ereifert. Er machte eine beschwichtigende Handbewegung.

„Ich fürchte, Ihnen wird nicht gefallen, was ich jetzt sage", entgegnete sie seelenruhig. „Aber die Inquisition stellte in der damaligen Zeit einen enormen Fortschritt dar, weil sie die Ära der Willkür beendet und zum ersten Mal in der Geschichte der Rechtsprechung die Perspektive auf einen fairen Prozess eröffnet hat."

Ihre Worte klangen in seinen Ohren wie der reinste Sarkasmus. Dennoch wusste er nicht, was er ihren Argumenten entgegensetzen sollte.

„Glauben Sie, dass ein Gottesurteil fairer war?", fragte sie weiter und sah ihn erwartungsvoll an. „Wenn jemand barfuß über glühende Kohlen oder Glasscherben lief, um seine Unschuld zu beweisen? Und was, wenn es schief ging?"

„Lassen wir das lieber", sagte er und knurrte missmutig.

Er hatte das sonderbare Gefühl, die Stimmung könnte jeden Moment kippen. Also hob er den Masskrug und beendete den unerfreulichen Disput mit einem jovialen „Prost!"

Sie stießen an und tranken. Er hoffte, mit dem Bier auch den Ärger hinunterzuspülen. Und in der Tat kühlte sich sein erhitztes Gemüt wieder ab.

„Sie haben mir vorhin nicht verraten, worauf Janssen gestoßen ist", bemerkte er nach einer Weile.

„Und Sie sind ganz schön hartnäckig", versetzte sie und lächelte ihn wieder an.

Er breitete die Hände aus und wartete gespannt.

„Erwarten Sie nicht zu viel", sagte sie und nahm noch einen Schluck. „Von den Prozessakten ist ja nur eine Zusammenfassung erhalten. Aber Gernot hat in einem Konvolut von Dokumenten, die neben Giordanos Akten einsortiert waren, zufällig ein einzelnes Blatt entdeckt, das dort nicht hingehört. Also kam er auf die Idee, die Akten systematisch zu durchforsten."

Neugierig beobachtete er sie weiter. Doch er wagte nicht, sie zu unterbrechen. Also fuhr sie fort: „In einem weiteren Aktenbündel fand er einen zweiten Zettel. Schrift und Tinte stammten eindeutig nicht vom Anfang des siebzehnten Jahrhunderts."

Haffner spitzte die Ohren. Er verstand nichts von diesen Dingen, aber er ahnte, dass Janssen doch auf etwas gestoßen war, das er nicht ignorieren durfte.

„Es war kein Text. Gernot hatte gehofft, endlich die Akten selbst auszugraben. Stattdessen hatte er ein Notizblatt mit einer Buchstaben-Zahlen-Kombination vor sich."

Nicoletta Galli hielt erneut inne. Er begann auf seiner Bierbank hin- und herzurutschen.

„Zuerst hielt er es für eine Art Geheimcode. Er probierte verschiedene Methoden aus. Aber es kam nichts dabei heraus. Beim Abendessen erzählte er mir zum ersten Mal davon. Er hatte sich die kurze Notiz abfotografiert und zeigte sie mir. Aber mir sagte die merkwürdige Kombination auch nichts."

Sie steckte die Hand durch den Griff ihres Masskruges und hob ihn an, trank ein paar Schlucke und setzte ihn wieder ab. Ein heißer Windstoß fuhr über sie hinweg und riss eine Strähne aus ihrer Hochfrisur. Sie zirkelte die Locke hinters Ohr und fuhr fort: „Am nächsten Morgen kam er plötzlich triumphierend ans Frühstücksbüfett und rief: *Heureka!* Ich war äußerst skeptisch, wenn ich ehrlich bin. Aber er hatte sein Laptop dabei, klappte es auf und deutete aufgeregt auf eine Internetseite aus den *Archives Nationales* in Paris. Er war sich sicher, dass er auf eine Signatur aus den Beständen des französischen Nationalarchivs gestoßen war."

Er sah sie mit großen Augen an. Endlich fügten sich zwei Mosaiksteinchen aus Janssens letzten Lebenswochen zu einem Bild zusammen.

„Gernot war ein Getriebener", erklärte sie weiter. „Seit Monaten hatten wir das Gefühl, dass es ihm nur noch darum ging, uns allen zu zeigen, wie genial er war. Dieser Fund war der perfekte Vorwand."

Haffner zog die Augenbrauen zusammen.

„Wieso Vorwand?", fragte er.

„Er hat aus einer Mücke einen medialen Elefanten konstruiert", sagte sie.

„Wollen Sie damit andeuten, dass seine Sensation in Wahrheit gar keine ist?"

Er stützte den Ellbogen auf den Tisch und setzte sich seitlich, schlug die Beine übereinander und blickte sie ungeduldig an. Seine Kehle fühlte sich zunehmend trocken an. Also tat auch er einen kräftigen Schluck.

„Jedenfalls war das alles, was er in Rom herausgefunden hat", erwiderte sie. „Ich fand es ein bisschen lächerlich. Aber kaum zurück, hat er diesen Journalisten kontaktiert."

„Rudi Stölzl?", fragte er.

Sie nickte.

„Und dann lief Tim zur Höchstform auf."

Das war das perfekte Stichwort für ihn.

„Wieso lässt sich jemand wie Sie, die Sie Esprit haben und umfassend gebildet sind, mit einer Gruppe Fundamentalisten ein?"

Er musterte sie fragend. Sie jedoch überlegte nicht einmal eine Sekunde, bevor sie antwortete.

„Wenn Sie das Gefühl haben, dass um Sie herum alles wegbricht, wenn Freunde und Bekannte sie nur noch enttäuschen, wenn Sie plötzlich wie durch Eingebung erkennen, worin die wahre und einzige Wahrheit besteht, dann setzen Sie alles daran, diese Wahrheit zu besitzen. Und Sie werden sie nicht mehr loslassen."

Haffner fragte sich, ob er sie richtig verstand. Vor allem schien es ein merkwürdiger Zufall zu sein, dass auch sie – wie Tage zuvor schon Verena Schacht – das Thema Wahrheit auf den Tisch brachte. Also fragte er: „Was ist passiert?"

Ihre Augen füllten sich plötzlich mit Tränen. Sie rang sichtlich nach Fassung. Ihm fiel ein, was ihre Mutter zu ihm gesagt hatte – dass sie die professionelle Art ihrer Tochter bewunderte.

„Meine Mutter ist schwer krank. Sie haben sie ja selbst gesehen. Keine Ahnung, wie lang das mit ihr noch gut geht“, sagte sie und wischte mit der Hand über die Augen. „Das ist nur ein Punkt.“

Ihr versagte die Stimme. Als sie sich wieder gefangen hatte, fügte sie hinzu: „Deshalb gibt mir mein Glaube Halt. Kennen Sie das nicht, Herr Haffner?“

Es war das erste Mal, dass sie ihn beim Namen nannte. Er schluckte. Plötzlich hatte er das Gefühl, ihr zu nahe zu treten.

Und tatsächlich meinte sie: „Ich wäre froh, wenn wir über all das ein andermal sprechen könnten.“

Er nickte gedankenverloren.

„Glauben Sie an Gott?“, fragte sie stattdessen und musterte ihn erwartungsvoll.

Er seufzte und strich mit den Fingern über den Rand seines Masskruges.

„Mein Job ist es, der Wahrheit auf den Grund zu gehen“, meinte er schließlich. „Aber ich habe das Gefühl, dass das, was Sie Wahrheit nennen, wenig mit dem zu tun hat, wonach ich suche. Spekulationen über das Jenseits bringen mich nicht weiter.“

Sie stutzte und riss die Augen weit auf.

„Heißt das, Sie leben einzig und allein für die Arbeit?“

Ungläubig schüttelte sie den Kopf.

„Ich würde es so formulieren“, sagte er und versuchte zu lächeln. „*Überm Sternenzelt muss ein lieber Vater wohnen.*“

Im selben Moment klingelte ein Telefon. Nicoletta Galli zuckte zusammen, griff nach ihrer Handtasche und zog ihr Handy heraus.

„Meine Mutter“, sagte sie entschuldigend, stand auf und ging ein paar Schritte weiter.

Er nahm einen Schluck und wartete. Als sie das Telefonat beendet hatte, setzte sie sich wieder auf die Bank gegenüber. Doch ihre Ruhe schien verflogen.

„Würde es Ihnen etwas ausmachen, wenn wir unser Gespräch vertagen?“, fragte sie. „Meine Mutter fühlt sich nicht gut …“

Ihre Bitte kam ihm nicht ungelegen, auch wenn er mit der ungeklärten Frage zurückblieb, worauf Janssen wohl in Paris gestoßen war. Und so verabschiedete sich Nicoletta Galli. Er sah auf die Uhr: bis zum Finalspiel der WM um fünf war es nicht mehr allzu lang. Er musste sich also nicht viel einfallen lassen für den Rest des Sonntags. Fürs Erste lief er zur Ausgabe und holte sich eine frische Mass Bier.

59

„Guten Morgen, meine Lieben! Frisch und munter raus aus den Betten! Frankreich ist seit gestern Weltmeister! Ein bisschen traurig sind wir schon, dass sich das Märchen von Rio nicht wiederholt hat. Aber die gute Nachricht für euch lautet: die Woche ist noch jung! Und für unsere neuen Champions spielen wir natürlich – Queen.“

Haffner zog sich das Kissen über den Kopf. Wieso nur waren Radiomoderatoren zu jeder Tages- und Nachtzeit hellwach und bestens ausgeschlafen? Er warf sich noch einmal auf die andere Seite und nickte weg. Als die Spider Murphy Gang *Skandal im Sperrbezirk* sang, tastete er nach dem Radiowecker und machte ihn aus.

Natürlich konnte man die gestrige Partie gegen Kroatien nicht mit 2014 vergleichen. Glücklicherweise hatte er aber gleich zweimal die richtige Entscheidung getroffen: nach dem Biergarten war er kurzentschlossen ins Glockenbachviertel zurückgeradelt. Bei den Franzosen im *Saint Laurent* herrschte exakt die Stimmung, die er brauchte. Und danach hatte er diesmal Tucholskys Rat befolgt und ein Aspirin eingeworfen. Obwohl er nach zwei Mass Bier auf einen schweren Bordeaux umgestiegen war und er wusste, dass sich das bitter rächen konnte, blieb ihm der größte Katzenjammer erspart. Die Franzosen hatten zudem selten genug akzeptable Biere im Sortiment. Er quälte sich hoch von der Matratze und schleppte sich ins Bad. Der extrastarke doppelte Espresso linderte den ersten Schock beim Blick in den morgendlichen Spiegel.

„Miserabel schaust aus, Haffner“, krächzte er.

Er stieg in die Dusche, drehte das Wasser auf und lehnte die Stirn an die Fliesenwand.

Fünf Minuten später sprang er triefend aus der Kabine und trocknete sich ab. Sein Handy zeigte einen Anruf in Abwesenheit an. Er rief die Mailbox auf.

„Servus, Tino. Hier Uli. Ruf mich doch zurück, ja?“

War das alles? Wieso konnten die Leute nie sagen, was sie wollten, wenn sie eine Nachricht hinterließen? Schladerer musste warten: er war in Eile.

Bevor er in die Löwengrube strampelte, genehmigte er sich einen zweiten Espresso. Zu essen hatte er nichts zu Hause. Seine ganze Hoffnung ruhte daher auf der Kantine im Präsidium.

„Na Tino, bisschen spät geworden gestern?“

Üblacker stupfte Haffner auf die Schulter.

„Wie viele waren's denn?“, fragte er indiskret weiter.

„Hat gereicht“, versetzte er.

„Hahaha, hat gereicht. War's letzte Bier schlecht, hä?“

Zum Glück schwang im selben Moment die Tür auf und Adlgasser trat auf den Korridor.

„Da bist ja endlich“, sagte sie. Auch sie schien wahnsinnig gutgelaunt und ausgeruht. „Wir warten schon ganz sehnsüchtig auf dich.“

Er warf einen Blick auf sein Handy: noch nicht mal Dreiviertel acht. Um diese Zeit saß Staatsanwalt Fischer normalerweise zu Hause und trank seine Filterbrühe, bevor er ins Büro kam. Doch diesmal nicht. Wie ein hungriger Tiger wanderte Fischer an der Stirnseite des Briefingraumes auf und ab und verschränkte dabei die Hände hinter dem Rücken. Als sie eintraten, fuchtelte er wie wild herum und deutete auf die freien Plätze in der ersten Reihe.

„Guten Morgen allerseits“, sagte er und warf einen Blick in die Runde. „Ich hoffe, Sie hatten ein geruhsames

Wochenende."

Wenn Fischer so loslegte, war Vorsicht geboten.

„Reden wir nicht lange um den heißen Brei herum", fuhr er in der Tat fort. „Wenn Sie nicht möchten, dass die Journalisten erst mich und nach der Pressekonferenz ich Sie zerreiße, dann liefern Sie mir jetzt am besten ganz, ganz viele grandiose Neuigkeiten, die wir dem informationsgierigen Volk gleich in den Rachen werfen können."

Er nickte Haffner zu und überließ ihm das Pult.

„Wir waren übers Wochenende nicht untätig", begann er.

Adlgasser war anzusehen, wie froh sie über den Plural war. Er ließ Staatsanwalt Fischer vielleicht den unseligen Abgang vom Freitagnachmittag vergessen.

„Fangen wir mit dem Negativen an: Professor Lempl sitzt in Beugehaft. Von seinem Freund fehlt noch immer jede Spur. Mit unserem Science-Stalker *Athanasius* sind wir ein gutes Stück weitergekommen: er ist identifiziert. Am Wochenende habe ich mir das soziale Umfeld von Tim Klarner angesehen und mit seinem Mentor gesprochen. Es handelt sich um Monsignore Kammhuber, den Privatsekretär von Kardinal Rosenkrantz. Er hält sein Gemeindemitglied für völlig harmlos. Ganz so arglos scheint mir die religiös-fundamentalistische Gruppierung, in der er sich bewegt, allerdings nicht zu sein. Eine weitere, möglicherweise heiße Spur hat sich durch den DNA-Test ergeben."

Im Briefingraum wurde es schlagartig mucksmäuschenstill.

„Der Test war ein Volltreffer: Janssen hatte am Abend vor seiner Ermordung noch Geschlechtsverkehr mit einer seiner Affären."

Er hielt inne und blickte über den Rand seines Pultes. Aller Augen waren gespannt auf ihn gerichtet.

„Deshalb habe ich am Freitagabend der Reinigungskraft des Instituts, Frau Tatjana Ivanova, einen Besuch abgestattet und sie befragt. Ihre Angaben konnte ich noch am Wochenende verifizieren. Es gibt keinen Zweifel an ihrer Aussage."

Doktor Fischer begann, an seiner Krawatte herumzunesteln, Adlgasser starrte Haffner mit offenem Mund an.

„Sie ist eine der letzten Personen, die unser Mordopfer am Dienstagabend noch lebend gesehen hat."

Das Knistern in der Luft war geradezu physisch zu spüren.

„Noch am Samstag habe ich ihren Lebenspartner Thomas Edelmann zur Fahndung ausschreiben lassen. Er ist momentan untergetaucht. Die Daten in unserem Computer sprechen Bände: Edelmann ist ein typischer Kleinkrimineller und vor allem wegen kleinerer Drogendelikte und ein paar gewalttätigen Umtrieben aufgefallen, ist vorbestraft, saß aber noch nie ein. Bisher lief alles auf Bewährung. Im Gegensatz zu seiner Lebensgefährtin hat er kein Alibi."

Im Briefingraum wurde es unruhig. Die Kollegen fingen an zu murmeln.

„Ruhe bitte!", rief Doktor Fischer energisch ins Plenum. „Lassen Sie Herrn Haffner doch zu Ende reden!"

Haffner senkte kurz anerkennend den Kopf.

„Ist sonst noch jemandem was eingefallen?", fragte er und breitete gespannt die Arme aus.

Adlgasser streckte den Finger hoch.

„Kathi hat mir vorhin mitgeteilt, dass sie am Freitag noch bei Janssens Versicherungsmakler angerufen hat. Sie wollten sich treffen, weil Janssen seine Lebensversicherung kündigen wollte."

„Zu wessen Gunsten hatte er sie abgeschlossen?"

„Verena Schacht", sagte Adlgasser.

60

Die Verdauungsprodukte seiner glücklichen Kühe fuhr der Gruber-Bauer am allerliebsten montags aus, um sicherzugehen, dass die *zuagroasten Stadtweiber* ihre feinen Leiberl zum Trocknen in den gülleschwangeren Wind hängen mussten. Außerdem war er über die Grenzen des Dorfes hinaus dafür bekannt, dass er mit eiserner Konsequenz jeder kirchlichen Zeremonie fernblieb. An diesem Montag traf beides zu, so dass Haffner, als er in den großväterlichen Hof abbiegen wollte, um ein Haar von Grubers kolossaler Zugmaschine plattgewalzt wurde. Der Schorsch grinste bis über beide Ohren aus dem Führerstand herunter, als hätte er nur darauf gewartet.

Haffner verkniff sich den Vogel und einen passenden Fluch. Stattdessen streckte er wortlos den linken Arm mit einer unzweideutigen Geste aus dem offenen Mazda, was der Gruber Schorsch mit seiner Hupe quittierte, die es locker mit jeder Vuvuzela aufnahm. Die Trauergemeinde vor dem Haus zuckte zusammen.

Die Fahrt hatte Haffner genutzt, um über Sinn und Unsinn von Pressekonferenzen und die merkwürdige Parallele zu hochmittelalterlichen Hexenprozessen nachzugrübeln. Weit war er dabei nicht gekommen, weil ihn schon, als er auf die A95 Richtung Garmisch fuhr, die verbliebenen und sich andeutenden Lösungsmöglichkeiten im *Hofgartenmord* überfielen.

Vor seiner Abfahrt hatte er den Kollegen noch einmal mit Nachdruck eingeschärft, Thomas Edelmann ausfindig zu machen, auch wenn sich bei ihm Tatmotiv und Tathergang nicht gerade deckten. Aber womöglich war ihm nur ein klitzekleines Detail entgangen. Andererseits hatte ihn Kathis Info stutzig gemacht, nicht etwa, weil sie vergessen hatte, ihn noch am Freitag in Kenntnis zu setzen, sondern weil Verena Schacht jetzt nicht zuletzt wegen ihrer finanziellen Probleme gleich zwei klassische Mordmotive hatte. Was, wenn sie sich doch heimlich mit Lempl zusammengetan hätte? Der hatte Grund genug, sich an seinem Rivalen zu rächen: Zu Verena Schacht als Mörderin oder Auftraggeberin passte zudem der von Nicoletta Galli bezeugte heftige Streit zwischen den zwei Eheleuten.

An dieser Stelle fanden seine Überlegungen wegen des Beinahe-Zusammenstoßes mit dem Schorsch ein abruptes Ende. Er stellte den Mazda auf dem Hof ab, stieg aus und lief gemessenen Schrittes auf die Schar zu.

„Servus, Tino! Beileid." – „Ja, Beileid, Tino!"

Tapfer kämpfte er sich durch die kondolierenden Hände, schüttelte eine nach der anderen bis zur sperrangelweit offenen Haustür. Auf der Schwelle stand ein knochiger alter Herr im Lodengewand, dem die Jahre deutlich den Rücken gebeugt hatten.

„Da bist ja endlich", sagte Tucholsky und schlenzte ihm die Wange.

Haffner breitete die Arme aus und ließ sich herzlich drücken.

„Blass schaust aus", bemerkte sein früherer Hausarzt.

Haffner zuckte mit den Achseln. Im Gang standen seine Spezln. Er drückte Severin die gewaltigen Wurstfinger, spürte Loisls dicke Schwielen von der Schufterei im Sägewerk. Nur das Händchen von Marille glitt ihm wie Butter durch die Finger.

„Fesch schaust aus", sagte er.

Sie räusperte sich, lief puterrot an und zog ihn, ehe er sich's versah, an den üppigen Busen, den ihr Schosserl zusammenschnürte. Er fühlte, wie sie zitterte. Nach all den Jahren war das arme Ding wohl noch immer nicht über ihn hinweg.

„Grüß dich, Tino“, flüsterte sie ihm kaum hörbar ins Ohr. „Tut mir leid für dich!“

Er machte sich los und sah die drei an.

„Sind die anderen schon drin?“, fragte er.

Die drei nickten.

„Ich zieh mich kurz um. Bin sofort wieder da“, sagte er und stapfte die Stiegen nach oben.

In seiner Kammer trat er erst einmal ans Fenster und öffnete einen Flügel. Obwohl er am Samstag noch da gewesen war, wirkte die Luft abgestanden, und von draußen drückte die Schwüle durch die Fensterläden.

Er drapierte seine Tracht aufs Bett und ließ sich in die Kissen plumpsen. Der Wehdam packte ihn, die Sehnsucht nach einer anderen Zeit. Ein Stück Heimat war unwiederbringlich verloren.

Er schloss die Augen, bis er nichts mehr sah, keine Schlieren, keine Farben, die ihm das Hirn vorgaukelte, keinen Schatten, der als Abbild des eben Gesehenen fortwirkte. Sein Atem beruhigte sich. Er tastete nach dem weißen Hemd, stand auf und zog sich aus.

Eine Minute später stürzte er ans Fenster und wisperte verzweifelt in den Hof hinunter: „Marille!“

Tränen traten ihm in die Augen. Im nächsten Moment stand sie im Türsturz und starrte ihn an. Sie begann zu kichern. Zwei dunkle Knöpfe rollten ihr vor die Füße.

„Das ist nicht lustig“, knurrte Haffner.

Marille schlug die Hand vor den Mund, um das Kichern zu ersticken. Haffner hielt die Hose am Bund fest, um nicht plötzlich halbnackt dazustehen.

„Wie hast’n des ang’stellt?“

Sie hatte aufgehört zu kichern, gluckste aber weiter. Er winkte ihr, also trat sie auf ihn zu, kniete auf den Holzboden nieder, sammelte die abgesprengten Knöpfe ein und holte unter ihrem Dirndl Nadel und Garn hervor. So was gab’s nur hier!

„Zieh die Hosen aus!", sagte sie und zeigte aufs Bett. „Und setz dich hin."

Sie hockte sich neben ihn auf die Decke, trennte im Handumdrehen die Hose auf und ließ die Stoffzugabe heraus.

„Kannst sie wieder anziehen", sagte sie, kniete vor ihm nieder und begann, sich an seiner Hose zu schaffen zu machen.

Plötzlich standen Loisl und Severin in der Tür, standen da und wieherten wie ein paar ausgebüxte Rösser. Haffner versuchte sich vorzustellen, was so komisch war: Marille von hinten, wie sie seine Körpermitte mit den Händen massierte. Zu allem Überfluss beugte sie sich dabei auch noch rhythmisch vor und zurück.

„Ihr seid so deppert!", rief sie. „Des is a Beerdigung und koa Komödienstadel!"

Sie stand auf und schnaubte erbost, begutachtete ihr Werk und nickte zufrieden.

„Passt wieder", sagte sie.

„Danke dir", sagte Haffner und seufzte erleichtert. „Wenn ich dich nicht hätte …"

„Am besten kaufst dir a neue Hosen. Mit dem Trumm von vor zwanzig Jahren kommst nimmer weit", versetzte sie, deutete unmissverständlich auf seinen Bauchansatz und wischte hinaus.

61

Um den Sarg drängte sich traditionell die engste Verwandtschaft. Die war inzwischen recht übersichtlich, denn die älteren Mitglieder der Familie waren längst verstorben. Und der Obermaier Hias hatte nur eine Tochter. Den Rest des Versehzimmers füllten daher die Nachbarn, alle in der typischen Werdenfelser Trauertracht, so dass die düstere, niedrige Kammer noch trister wirkte. Die weißen Blusen und Hemden und die brennenden Kerzen waren der einzige Lichtblick.

Unter dem Herrgottswinkel stand Haffners Mutter mit barocken Rüschen. Immerhin hatte sie auf einen papageienhaften Auftritt verzichtet.

Als er eintrat, drehten sich die Köpfe aller Anwesenden kurz um, aber das monotone Murmeln riss nicht ab.

„… du bist gebenedeit unter den Weibern, und gebenedeit ist die Frucht deines Leibes …“, beteten sie.

Haffner nickte zum Gruß.

„Jetzt und in der Stunde unseres Absterbens. Amen“, tönte es weiter.

Vier kräftige Männer hievten den Sarg hoch. Einen Augenblick lang sah es aus, als schwebte er schwerelos durch den Raum. Der Obermaier Hias trat seinen letzten Gang an.

Wir sind nur Gast auf Erden, und oft sind wir allein, scholl es von der Empore, während sich die Kirche nach und nach mit dem Trauerzug füllte. Der Chor mühte sich redlich, doch die Orgel konnte die harmonischen Verwicklungen nicht ganz glätten. Glücklicherweise war Haffner vermutlich der Einzige, der darunter litt.

Während die Trachtenhüte der Einheimischen in den Kniebänken an ihren Schnüren baumelten, begann Pfarrer Muckenthaler mit seiner Predigt.

„Unser Hias, der Obermaier Hias, war ja geradezu eine Inschtitution“, sagte er.

Die Leute reckten die Hälse empor, denn Hochwürden Muckenthaler hatte ausnahmsweise die Kanzel erklommen. Das tat er sonst nur einmal im Jahr, und zwar an Kirchweih.

„Ihr kennt die Geschichten aus seinem Leben vermutlich besser als ich“, fuhr er fort und pries in einer nicht enden wollenden Litanei die Wohltaten, die er der Gemeinde im Laufe von fast acht Jahrzehnten durch sein Engagement erwiesen hatte. „Seinen Einsatz für Recht und Gerechtigkeit werden wir nie vergessen. Seine Hilfsbereitschaft ist sprichwörtlich geworden.“

Kreszenz Haffner, geborene Obermaier, schnäuzte sich demonstrativ. Severin stieß Haffner den Ellbogen in die Seite. Der blitzte ihn strafend an. Severin grinste frech zurück.

„Ohne den Hias hätten vor zwei Jahren die Rindviecher vom Gruber Schorsch nicht überlebt: unter Einsatz seines Lebens hat er alle Kühe und Kälber, Stiere und Ochsen aus dem Stall getrieben.“

Er hielt inne und ließ den Blick über seine Schäfchen schweifen. Doch der Gruber Schorsch dankte dem Hias seinen Einsatz bestenfalls durch Abwesenheit. Die aber, die da waren, nickten, und die Hüte an den Schnüren taten es ihnen gleich, während Pfarrer Muckenthaler Haffners Großvater rühmte, als wäre er einer von den Vierzehn Nothelfern. Dabei war es kein Geheimnis, dass er Zeit seines Lebens mit dem Herrgott gehadert hatte, weil der ihm seine geliebte Gattin auf dem Wochenbett geraubt hatte.

Just in dem Moment, als Muckenthalers *Amen* erscholl, fiel

Haffners Blick auf den Schriftzug über dem Altarblatt. *QVIS VT DEVS* stand da in großen schwarzen Lettern auf grauem Grund: *Wer ist wie Gott?* Darunter schwang der Erzengel Michael sein Flammenschwert. Ihm wurde im Wechsel heiß und kalt. Was war er froh, als das Requiem endlich vorbei war und er ins Freie fliehen konnte!

Doch über dem offenen Grab gingen die Laudationes munter weiter: Der Bürgermeister betete die Anekdoten von Pfarrer Muckenthaler nach, ohne mit der Wimper zu zucken. Dann kam der Kommandant der Freiwilligen Feuerwehr an die Reihe. Und zu guter Letzt trat ein hochdekorierter, zahnlückiger Veteran vor und kramte in Erinnerungen, die Haffners Großvater vermutlich eher peinlich gewesen wären.

Dann war es still. Totenstill. Kein Lüftchen regte sich. Plötzlich zerriss ein Kanonenschlag die Idylle, darauf ein zweiter und ein dritter. Die Vögel schreckten auf, die Hinterbliebenen zuckten zusammen. Während der Sarg an Seilen gleichmäßig in die Grube glitt, fühlte sich Haffner, als führe er in einem Aufzug langsam nach unten. Pfarrer Muckenthaler sprach die letzten Gebete, die Trauernden warfen Erde auf den Sarg, teilten Weihwasser aus. Der Loisl rutschte neben dem Erdloch aus und stürzte um ein Haar hinein. Gott sei Dank war Severin zur Stelle, packte ihn am Revers und zog ihn zurück. Es war höchste Zeit für den Leichenschmaus.

62

Das neue Semester war ein fulminanter Neueinstieg. Er las über Petrarcas Liebes-Sonette aus dem *Canzoniere*. Die Hörerin in der fünften Reihe – er sah es genau, wenn er von seinem Manuskript aufblickte – , sie hing an seinen Lippen und schien jeden Hauch von ihnen zu saugen. Der Rest der Studierenden hingegen hing, wie so oft, lustlos in den Bänken. Einige kritzelten etwas auf ihre Notizblöcke, als wären sie ganz bei der Sache. Er dachte zurück an seine eigene Studienzeit: meist waren es Smileys und andere künstlerische Ergüsse, bestenfalls etwas wie: *Was machst du heute Abend? – Bei Flip abhängen. Du? – Weiß nicht. Rumchillen vielleicht. Meinst du, ich kann mitkommen?*

Heute kommunizierten sie natürlich über *tiktok*, *whatsapp*, *Instagram* und die älteren Semester über *Facebook*. Zu seiner Zeit hatten die Talentierteren Schiffe versenkt.

Simone war anders. Vor ihr saßen in der zweiten Reihe die Streber und Überflieger oder die, die sich dafür hielten, und die Damen mit Ausschnitt, Push-Up und Wimpernaufschlag. Die erste Reihe blieb obligatorischerweise immer frei. Ethologisch gesprochen: Individualdistanz. Zugvögel verhalten sich ähnlich, wenn sie sich auf Stromleitungen zum Abflug sammeln.

Simone entfachte ein Feuerwerk der Emotionen in ihm. Mit einem Schlag gehörte der hässliche Erpel der Vergangenheit an. Er hatte nie eine Freundin gehabt, vielleicht auch nicht einmal das Verlangen danach verspürt. Außer bei einer Mitschülerin in der siebten Klasse. Ihren Namen hatte er vergessen. Sie besaß trotz ihrer zarten dreizehn Jahre nicht nur einen drallen Busen und einen ebensolchen Hintern – sie war vor allem eines: intelligent. Im neuen Schuljahr war sie weg. Aus der Traum.

Und jetzt: Simone. Gut: äußerlich war sie eher das Gegenteil seiner Klassenkameradin. Aber sie interessierte sich: für Literatur, für das Düstere in Dante, für ihn. Sie ließ sich begeistern und begeisterte ihn. Ihre Augen folgten selbst der kleinsten Modulation in seiner Stimme, ihre Mimik glich sich der seinen immer mehr an. Es war, als blickte er in einen Spiegel. Und sie ergab sich willenlos seiner Klugheit, der in langen Jahren aufgetürmten Belesenheit, den Kanonaden seiner Rhetorik.

Umgekehrt war ihm ihr Interesse Ansporn. Vor ihr wurde er zum gedruckten Buch. Davon hatte er immer geträumt. Das löschte die Hänseleien auf dem Schulhof aus. Andere tauschten Matchboxautos oder schlugen sich blutige Nasen. Er hatte sich an einem Tag selbst das Lesen beigebracht, bastelte aus einem Haufen Papier sein erstes Buch, um es mit Ideen zu füllen – seinen Ideen.

Ein Lächeln huschte über sein Gesicht. Simones Verletzlichkeit zog ihn an. Er war ihr auf Gedeih und Verderb ausgeliefert. Nicht dass sie seinen fachlichen Rat benötigt hätte – nein! Dafür gab es an der Uni ganz andere Kandidaten!

Wie oft rutschte ein Rock hoch, gab den Blick frei auf nackte Schenkel und das magische Dreieck im Zwielicht unter der Hörsaalbank! Keine von ihnen ahnte, dass ihm diese fleischlichen Reize völlig gleichgültig waren.

Irgendwann hatte er sich ein Herz gefasst und Simone gefragt, ob sie den eben besprochenen Text noch einmal durchgehen möchte, allein, mit ihm bei einem Tee. Sie war rot angelaufen. Aber sie hatte ja gesagt. Ab diesem Zeitpunkt sah er die Welt mit neuen Augen, mit ihren Augen. Sie weihte ihn ein in ein Fest der Sinne, ließ ihn in den Abgrund ihrer Seele blicken. Als er erkannte, wie labil sie war, war es bereits zu spät.

Wieso hatte ihn Janssen damals hingehängt? Was für ein

Neid musste das sein! Er war der Lieblingsschüler ihrer gemeinsamen Dozenten gewesen. Aber was war aus ihm geworden? Ein Mittelbaudozent. Und was war an seiner Liaison so skandalös? Vögelten nicht zwei von drei Universitätslehrern regelmäßig ihre Alumni?

Wieder trat ein Lächeln auf seine Lippen, doch diesmal war es voller Bitterkeit. Was Schwanitz beschrieben hatte, war nur die Spitze des Eisbergs. Das wusste jeder. Völlig absurd, ihm Simones Freitod anzulasten! Ohne ihn hätte sie sich nie selbst entdeckt!

„Ich habe dich geliebt, Simone!“, murmelte er.

In seinem Schädel pochte das Blut.

„Nein!“, rief er in sich hinein. „Ich liebe dich immer noch!“

Sie trat ganz deutlich vor sein inneres Auge. Wie damals, als sie sich bei ihm verabschiedete, um zu ihren Eltern zu fahren. Dass es das letzte Mal war, ahnte er nicht.

„Was bist du bloß für ein Dämon, Janssen!“, murmelte er wieder.

In seinem Gehirn schien ein Schmiedehammer immer langsamer auf einen Amboss zu schlagen.

„Du sadistischer Teufel! Du hast alles – alles hast du zerstört!“

Er äugte nach oben, zum Fenster hinaus. Draußen auf dem Sims hockte eine Krähe und äugte neugierig zurück.

„Mich bekommst du nicht“, flüsterte er und begann zu grinsen – oder träumte ihm nur?

Viel hatte er nicht gelesen. Was man im Laufe eines Lebens so aufschnappt an Gerüchten und Halbwahrheiten. Sollte sein Körper nicht langsam anfangen, Endorphine auszuschütten? Sein Kopf wurde immer schwerer, begann zu schmerzen. Er fühlte, dass ihm die Augäpfel aus den Höhlen drängten, die Zunge hing bleiern am Gaumen. Sie brannte.

An sein Ohr drangen unartikulierte Laute. War er das? Die blanken Wände wurden undeutlich, rückten allmählich in weite Ferne. Wo war die Krähe, die eben noch am Fenster saß? Durch das Glas fiel milchiges Licht. Wo war bloß der Tunnel, von dem alle sprachen?

„Wo bist du, Simone?“, gurgelte jemand.

War das Ganze am Ende doch keine so glänzende Idee gewesen?

63

Was auf den ersten Blick paradox erscheint, erweist sich bei näherer Betrachtung als logische Konsequenz: die Stimmung auf einem Leichenschmaus ist, wenn sie nicht vergiftet wird von Erb- und Familienstreitigkeiten, bisweilen exzellent. Die Ausgelassenheit und Heiterkeit, mit der Tatsachen und Gerüchte, Dichtung und Wahrheit sich miteinander vermengen, erleichtert den Überlebenden das Weiterleben. Das Leichbier ist ein Moment der Katharsis und nicht selten die Geburtsstunde künftiger Familienlegenden.

Auch das Leben von Haffners Großvater bot ausreichend Stoff für Legendenbildung.

„Und dann hat der Hias mit seinen Pratzen das Tor vom Kuhstall aufgerissen", sagte eben der Gruber Schorsch, der nach Beendigung aller Zeremonien doch noch dazugestoßen war, und schwang seine Hände zur Untermalung des Gesagten in der Luft, so dass alle staunten, als hätten sie die Geschichte eben nicht schon zum vierten Mal an diesem denkwürdigen Tag vernommen.

Just in dem Moment vibrierte Haffners Handy in der Hosentasche. Er linste verstohlen unter den Tisch: Was war derart wichtig, dass Adlgasser sich über seine Bitte hinwegsetzte, ihn nicht zu stören?

„Geh schon dran, wenn dein Gspusi anruft!", rief der Eder Toni und lachte vom anderen Ende der Tafel herüber.

Er saß mit Marille beieinander, deren Wangen sofort wieder wie ein reifer Apfel zu glühen anfingen. Haffner schüttelte nur wortlos den Kopf.

„Leugnen bringt nix“, stichelte der Loisl neben ihm und grinste.

„Ihr seid so g'schert“, versetzte er. „Ist meine Kollegin.“

Etwas Dümmeres als die Wahrheit fiel ihm spontan nicht ein. Der schlichte, mit einer weißen Stoffbahn überzogene Holztisch bebte vor lauter Lachen und Schenkelklopfen. Die Masskrüge klirrten, die Schaumkronen spritzten.

„Was treibt eigentlich die Alex?“, bohrte Eder weiter.

„Was geht dich das eigentlich an?“, konterte Haffner.

„Nix. Interessieren tät's mich halt … also uns.“

Er prustete los und die übrige Tischgesellschaft fiel ausgelassen mit ein.

„Wir heiraten nächste Woche standesamtlich“, sagte Haffner. „Oksana ist schwanger. Im Oktober kommen Zwillinge.“

Das Gelächter erstarb. Für den Bruchteil einer Sekunde hätte man eine Stecknadel fallen hören können. Die Augen sämtlicher Spezln, männlicher wie weiblicher, richteten sich auf ihn.

„Du verarschst uns, oder?“, fragte Eder unsicher und schluckte. Dann fragte er: „Wieso sagst uns nix?“

„Warum sollt' ich euch Quadratschädeln was erzählen?“

An der Tafel trat betretenes Schweigen ein, das nach und nach auf die umliegenden Tische übergriff, so dass es am Ende keinen mehr gab, der nichts mitbekam.

„Worum geht's? Was ist los?“, wisperte es neugierig von allen Seiten.

„Du bindest uns doch einen Bären auf, oder?“, fand der Loisl als erster seine Sprache wieder.

Marilles Wangen hatten die Farbe gewechselt: ihre Pausbäckchen waren jetzt kreidebleich.

„Jetzt echt?“, stieß der Toni krächzend hervor.

Zehn, elf Häupter blickten ihn wie gelähmt an.

„Herrschaftszeiten!“, rief er und hieb mit der Faust auf den

Tisch, dass er wackelte, warf den Kopf in den Nacken und dann erst Toni, danach dem Loisl und den anderen am Tisch einen Blick zu, der sich gewaschen hatte.

„Glaubt ihr wirklich, dass ich nix g'sagt hätt'? Ihr seid solche Armleuchter!"

„Na, dann passt's ja", knurrte der Loisl, langte nach seinem Masskrug und hob ihn hoch. „Prost!"

„Hat die Marille also doch noch Chancen!", rief jemand vom Nachbartisch.

Die Genannte sprang auf und stapfte wütend nach draußen, ohne sich umzudrehen.

„Ihr depperten Deppen, ihr!", rief Haffner und sprang hinterher.

64

Mit seinem Haindlingzitat hatte er sich gerade genügend Luft verschafft, dass er Marilles Krokodilstränen trocknen und Adlgasser zurückrufen konnte. Was er hörte, warf ihn um. Wie sollte er jetzt von Knall auf Fall nach München zurückkommen? Sicher: einer der ehemaligen Landesväter hatte behauptet, man könne mit zwei Mass locker noch Auto fahren. Aber er war erstens zurückgerudert, und zweitens hatte man das Zitat aus dem Kontext gerissen. Und drittens hatte Haffner drei Liter Bier intus und keine zehn Stunden dafür gebraucht.

„Bleib, wo du bist“, riet Adlgasser ihm. „Wir können eh nichts mehr machen. Sie haben Lempl in die Nußbaumstraße eingeliefert.“

„Wieso rufst du mich dann an?“, fragte er genervt. „Ich lasse den Mazda stehen und nehme den nächsten Zug. Pack mir das Material auf den Server, dann kann ich's mir bei der Rückfahrt anschauen.“

Er lief ins Wirtshaus zurück, verabschiedete sich und hetzte zum großväterlichen Hof. Das Hemd klebte ihm wie Uhu am Leib. Unterwegs rief er ein Taxi. Zu Hause warf er seine sieben Sachen in die Tasche und wartete ungeduldig: kurz nach halb zwölf ging der letzte Zug. Fünf vor halb war das Taxi da. Gefühlt blieben ihm nur Sekunden, um ein Ticket zu lösen. Natürlich streikte der Automat. Er trat mit dem Fuß dagegen und fluchte – erfolglos. *Senk ju for träwelling wis Deutsche Bahn,* dachte er, drückte dem Taxler ein viel zu großzügiges Trinkgeld in die Hand und sprang in den Waggon.

Im Grunde freute er sich auf die Fahrt mit der Werdenfelsbahn. Kurz vor Mitternacht war normalerweise tote Hose im Großraumabteil. Dummerweise hatte offenbar halb München wegen des drohenden Wetterumschwungs beschlossen, das kollabierende Hoch bis zuletzt auszukosten. Es gab keine Fenster zum Öffnen, dafür eine Menge bierseliger Bergtouristen. Und die Klimaanlage kühlte den Zug fast auf Schockgefriertemperatur herunter. Rund um ihn herum surrte es wie ein Haufen wild gewordener Wespen, alles schnarchte und plärrte durcheinander, dass ihm Hören und Sehen verging, von den olfaktorischen Genüssen, die seine Nase beleidigten, ganz zu schweigen.

Adlgasser hatte ihm in der Zwischenzeit per Mail einen Link geschickt: Rudi Stölzl war zurück. Er stöpselte den Kopfhörer in die Ohren und startete das Video.

„Inzwischen ist fast eine Woche vergangen, seit letzten Dienstag der international renommierte Wissenschaftler Gernot Janssen im Hofgarten ermordet aufgefunden wurde. Die Polizei und ihr Chefermittler Hauptkommissar Haffner tappen nach wie vor völlig im Dunkeln. Schlimmer ist jedoch, dass die Arbeit der Medien massiv behindert wird. Janssen hatte unserem Sender exklusiv Dokumente von höchster Brisanz angeboten. Von diesen fehlt im Moment jede Spur. Wir gehen davon aus, dass die Polizei den Datenträger absichtlich zurückhält …"

Haffner machte den Browser zu, stöhnte und sah aus dem Fenster. Pechschwarze Nacht. Er versuchte, die Daten vom Server herunterzuladen. Doch kaum hatte er sich eingeloggt, brach auch schon das Netz zusammen: Funkloch zwischen Weilheim und Tutzing. Er schüttelte den Kopf – das konnte alles nicht wahr sein! Also schloss er erst das Laptop und dann die Augen.

65

Nachdem Haffner sich in seinen familientechnisch bedingten Kurzurlaub verabschiedet hatte, schien zunächst alles wie am Schnürchen zu laufen. Von wem der entscheidende Hinweis auf den Aufenthaltsort von Thomas „Tommy“ Edelmann einging, blieb zunächst offen.

Jedenfalls hatte er vorübergehend bei zwei einschlägig bekannten Gestalten aus dem Drogenmilieu Quartier bezogen. Da dem Klingeln der Kollegen kein Erfolg beschieden war, klopften sie mit zunehmender Dezibelzahl höflich an. Schließlich brachen sie die Tür auf und überraschten Edelmann, der nackt unter der Dusche stand.

Die Festnahme geriet für die Bewohner des Giesinger Wohnblocks zu einem außergewöhnlichen Spektakel. Obwohl die Beamten die Nachbarn deutlich angewiesen hatten, ihre Türen vorsichtshalber geschlossen zu halten, reckten diese neugierig ihre Hälse heraus und gaben die neuesten Neuigkeiten lauthals an die höheren Stockwerke weiter.

Als einer der beiden Kollegen Tatjana Ivanovas Lebenspartner auf dem Fliesenboden zu fixieren versuchte, schlug dieser zuerst heftigst mit den Beinen um sich. Plötzlich biss er den zweiten Beamten in einem unbedachten Moment in die Wade und brüllte: „Ey, Alter! Ich hab Aids! Jetzt kannste krepieren, checkst du's?“

Da er noch dazu frech wie Oskar grinste, brannte dem

Kollegen die Sicherung durch. Und so kam es, dass Edelmann am Ende mit einem Veilchen verziert in der Zelle landete.

„Mein Anwalt macht Euch fertig, Drecksbullen!“, brüllte Edelmann und rüttelte wie ein Irrer an der Gittertür.

Nach Aussage der Kollegen hatte Edelmann das Veilchen schon vor der Festnahme gehabt. Sein Verteidiger drohte Adlgasser mit einer groß angelegten Medienkampagne. Sie lächelte ihn gelassen an, denn sie kannte Dr. jur. Schallmoser: Seine polternde Art war bekannt und selten von Erfolg gekrönt.

Bis dato war der Montagvormittag für sie also genau genommen sogar recht erfolgreich verlaufen. Doch dann klingelte Kathis Dienstapparat. Sie stellte das Gespräch durch.

„Adlgasser, Mordkommission“, meldete sie sich.

„Erwin Eberle“, sprach eine Stimme aus dem Hörer.

Adlgasser schluckte. Einen Moment lang verschlug es ihr die Sprache. Sie wusste, dass Haffner es gerade nicht leichter hatte. Dennoch verwünschte sie ihn insgeheim.

„Wieso haben Sie nicht früher angerufen?“, fragte sie.

Eberle wiederholte, was ihnen bereits von mehreren Seiten berichtet worden war.

„Ich fliege nie mit Handy in Urlaub. Mein Job erfordert von mir pausenlose Präsenz. Da ist Handyfasten die einzige Möglichkeit, wenigstens ein paar Tage im Jahr komplett abzuschalten.“

Dann bestätigte er Lempls Alibi.

Als sie eine halbe Stunde später die Sicherheitskontrollen in Stadelheim passierte, ahnte sie zum ersten Mal in ihrem Leben, was es wirklich bedeutete, nach Canossa zu gehen.

Der JVA-Beamte hatte sie wortlos ins Büro der Anstaltsdirektion eskortiert.

„Setzen Sie sich doch!“, bat Direktor Breitenfelder höflich.

Er kippte mit dem Sessel nach hinten und stützte den rechten Arm lässig vom Schreibtisch ab. Während sie Breitenfelder die veränderte Situation schilderte, spitzte dieser immer mehr den Mund. Ihr schwante nichts Gutes.

66

Kurz nach halb zwei herrschten im Büro fast perfekte Arbeitsbedingungen: keinerlei Ablenkung – nichts und keiner störte. Nur die unerträgliche Hitze, das leise Brummen des Ventilators und vor allem das Summen der Deckenleuchten irritierten Haffner. In der Regel machte er deshalb nur seine kleine Schreibtischlampe an. Doch da er jetzt befürchtete einzunicken, blieben die Neonröhren an der Decke an.

Er verschlang Adlgassers Bericht. Das Surren und Brummen trat in den Hintergrund.

Lempl hatte auf einem Laptop bestanden, da er einen Aufsatz termingerecht fertigstellen wollte. Direktor Breitenfelder wollte ihm die Bitte nicht abschlagen und überwachte eigenhändig das Herunterladen der Datei vom Institutsserver. Danach kappten sie ihm die WLAN-Verbindung. Lempl hatte durchaus nervös gewirkt. Aber wer hätte gedacht, dass es nicht am Termindruck lag?

„Konnte doch keiner ahnen, dass er sich stattdessen auf zwölf Seiten über sein Leben auslassen würde“, hatte Breitenfelder sich entschuldigt. „Nicht auszumalen, wenn die Zelle daneben nicht belegt gewesen wäre! Als wir ihn mit der eigenen Hose um den Hals an der Heizung hängend vorgefunden haben, hat er noch geröchelt und gezuckt.“

Sie hatten Lempl in die psychiatrische Klinik in der Nußbaumstraße verlegt, und Breitenfelder informierte das

Präsidium umgehend. Aber da stand Adlgasser bereits vor der Justizvollzugsanstalt.

All das wäre nicht passiert, wenn er, Haffner, die Ermittlungen gegen den Ex-Prof unvoreingenommen angegangen wäre.

Obwohl er im Keller der Löwengrube noch rasch geduscht hatte, um die Müdigkeit zu vertreiben, fühlte er sich Minuten später so, als hätte er seit Tagen dieselbe Kleidung am Leib. Auf seiner Stirn bildete sich ein See von dicken Schweißperlen. Durchs Fenster drang kein Lüftchen, der Ventilator war nicht mehr als ein Tropfen auf den heißen Stein. Ab und an wurde es jetzt taghell draußen. Haffner sah auf. Da! Das nächste Wetterleuchten!

Er druckte Lempls Abschiedsbrief aus und begann zu lesen. Der Text war eine einzige Anklage und Selbstbeweihräucherung. Aber was hatte er erwartet? Von Anfang an hatte Meister *Bubabàf* darauf bestanden, dass er nichts mit Janssens Tod zu tun hatte. Wer konnte es ihm ernsthaft verübeln, dass er nach all dem, was man ihm angetan hatte, nicht kooperieren wollte? Abgesehen davon: Wie hätte er sich eine solche Kooperation überhaupt vorgestellt?

Haffner seufzte und legte den Ausdruck auf die Seite. Noch immer fehlt die zündende Idee. Was er brauchte, war vor allem ein klarer Kopf! Er ging zum Schrank, holte eine Flasche aus dem Wasserkasten und leerte sie bis auf den letzten Tropfen. Dann öffnete er lustlos das Dossier zu Tim Klarner und der *Vatikan-Connection*. Nach diesem Zwischenfall würde Fischer jetzt erst recht sein Steckenpferd reiten.

Aber wieso sollte jemand wie er sein Seelenheil – wie er es vermutlich selbst bezeichnet hätte – aufs Spiel setzen? Kopfschüttelnd strich Haffner Seite um Seite glatt und betrachtete die beigelegten Medienberichte. Was verband Klarner und den mutmaßlichen Geheimbund im Vatikan, der angeblich den Aufstand probte? War Monsignore Kammhuber der Richtige, um eine Intrige zu spinnen, die auf die Zertrümmerung eines wissenschaftlichen Projekts abzielte? Konnte eine Buchstaben-Zahlen-Kombination, eine einfache

Bibliothekssignatur, die Welt aus den Angeln heben?

Haffner kratzte sich hinterm Ohr und sah auf die Uhr: kurz nach drei. Einen Versuch war es wert. Er langte nach dem Handy und wählte. Draußen blitzte es wieder.

„Hallo“, krächzte eine schläfrige Stimme.

„Hier Haffner.“

„Kommissar Arschner? Weißt du, wie spät es ist?“

„Kurz nach drei.“

Rudi Stölzl stöhnte.

„Was hat dir Janssen als Sensation verkauft? Und was war sein Preis?“

Am anderen Ende der Leitung gluckste es.

„Ihr müsst verdammt verzweifelt sein, wenn ihr mich deswegen mitten in der Nacht aus den Federn holt!“

Haffner tippte mit dem Stift auf die Aktenmappe und wartete.

„Warum macht Ihr nicht einfach euren verdammten Job statt spät nachts unbescholtene Journalisten zu belästigen, hm?“

„Was sollte der Beitrag gestern Abend?“, fragte er trocken.

Stölzl räusperte sich.

„Wann rückt ihr eigentlich Janssens USB-Stick endlich heraus? Das Interview war nämlich nur der Auftakt zum ganz großen Theater.“

„Du meinst die Bibliothekssignatur?“, sagte er und warf ihm seinerseits einen Köder vor.

Haffner hörte, wie Stölzl schnaufte. Er schien nachzudenken.

Nach einer Weile meinte er: „Ihr habt gar keinen USB-Stick gefunden, richtig?“

War es Schadenfreude oder Verzweiflung, die aus Stölzls Stimme sprach?

„Fick dich, Stölzl“, sagte er und legte auf.

Ein USB-Stick! Wieso war er nicht früher auf die Idee gekommen? Deshalb fand sich nicht die leiseste Spur auf Janssens Computer! Er hatte die Daten direkt vom Handy auf den Stick gezogen!

Plötzlich hatte er das Gefühl, dass das Komplott mehr als nur aus der Luft gegriffen sein konnte: Was, wenn Klarner nach Janssens Ermordung Handy und Datenträger entsorgt hätte? Was konnte Kammhuber ihm dafür versprochen haben? Einen Platz im Paradies? Dazu musste er ihn nicht einmal zu einem Mord anstiften. Es hätte gereicht, ihn mit der Idee zu impfen, sich die Daten zu verschaffen!

Auf einen Schlag war Klarner der perfekte Kandidat: er wusste nichts von Janssens Vorerkrankungen, vielleicht wollte er ihm nur einen Schrecken einjagen – wie ein Bankräuber, der vor dem Kassierer mit einer Spielzeugpistole herumfuchtelt. Nur: wozu dann die Inszenierung als leibhaftiger Teufel? Es war höchste Zeit, ihn vorzuladen!

Ein Windstoß fuhr durchs Fenster und fegte Lempls letzte Worte vom Tisch. Haffner stand auf, kippte das Fenster und sammelte den Wust vom Boden auf. Draußen dämmerte es. Bevor die ersten Kollegen auftauchten, brauchte er unbedingt eine Mütze Schlaf. Die Akten von Edelmann und Verena Schacht hob er sich für nachher auf.

67

Aus der hintersten Ecke des Kosmos drang eine Stimme an Haffners Ohr. Er öffnete ein Augenlid, dann das andere und blinzelte.

„'moing!", wiederholte die Stimme.

„Jönsen?", fragte Haffner.

„Yep."

„Was machst du hier mitten in der Nacht?"

„Es ist kurz nach acht, Herr Kollege", sagte Jönsen von der KTU.

Haffner schreckte hoch, rieb sich die Augen. Der Grauschleier vor den Augen war hartnäckig. Draußen goss es in Strömen.

„Wir haben sie."

„Wir haben was?", fragte er und gähnte.

„Die Nadel im Heuhaufen."

Doch während er triumphierend von einem Ohrläppchen zum anderen grinste, verstand Haffner nur Bahnhof.

„Genau genommen haben wir den Abdruck einer Nadel im Heuhaufen", korrigierte er sich.

„Jönsen!", brummte Haffner und verzog das Gesicht zu einer geschmerzten Grimasse. „Was genau meinst du mit *Nadel*?"

Allmählich kehrte sein Orientierungssinn zurück. Sein Schädel musste irgendwann auf höchst unliebsame Weise

Bekanntschaft mit der Schreibtischplatte geschlossen haben, denn der Kopf tat ihm weh.

Jönsen fing an zu erzählen: Adlgasser hatte ihm am Montag kurz vor Dienstschluss noch eine extra Nachtschicht aufgebrummt.

„Also habe ich mir die Beweisstücke aus Janssens Suite noch einmal vorgenommen und jedes Fitzelchen dreimal umgedreht."

„Und?"

„Bingo!"

Haffner hatte noch immer nicht den blassesten Dunst, wovon Jönsen sprach.

„Janssen hat die Änderung seiner Lebensversicherung vor seinem Tod noch unterschrieben."

„Neee!", rief Haffner und wippte mit dem Sessel nach hinten.

Jönsen trat von einem Bein aufs andere. Haffner runzelte die Stirn und gab ihm ein Zeichen fortzufahren.

„Das Dumme ist nur: uns fehlt das Original. Wie du dich vielleicht erinnerst, haben wir in der Wohnung nichts entdeckt."

„Wieso machst du dann so ein Mordsgedöns drum herum?"

„Weil irgendwie doch alles da ist."

Er tat einen Schritt auf Haffner zu und stützte sich auf den Schreibtisch. „Janssen hat beim Ausfüllen des Formulars vermutlich einen Kugelschreiber benutzt. Der hat sich auf seinem Notizblock durchgepaust. Wenn du jetzt noch das Original findest, hast du mit an Sicherheit grenzender Wahrscheinlichkeit auch deinen Mörder."

Ungläubig schüttelte Haffner den Kopf. Wie oft hatte er das in der letzten Woche schon gehört oder gehofft? Jönsen huschte zur Tür hinaus. Sekunden später schwang sie jedoch wieder auf.

„Morgenstund hat Gold im Mund", trällerte Üblacker bestens gelaunt und sprang flink wie ein Wiesel herein. Unter dem Arm trug er eine Portion Akten, die er Haffner jetzt quietschvergnügt auf den Tisch warf.

„Gut geschlafen?"

Haffner gab keine Antwort. Stattdessen deutete er muffig auf das organisierte Chaos auf seinem Bürotisch.

„Geht dir der Arsch schon auf Grundeis, Herr Kollege?"

Der psychologische Polizeipsychotherapeut stellte wieder mal seine ganz besonderen empathischen Fähigkeiten unter Beweis.

„Was willst du?", fragte Haffner schmallippig und lehnte sich zurück.

„Der Dealer, den sie gestern geschnappt haben – der will partout nicht singen."

Haffner begann zu grinsen und faltete gemütlich die Hände überm Bauch.

„Was ist daran so witzig?"

Üblacker musterte ihn pikiert.

„Nichts, natürlich nichts", versetzte er. „Wenn du mit ihm genauso einfühlsam umgegangen bist – "

Er sprach nicht weiter. Dafür rollte Üblacker mit den Augen. Also breitete Haffner die Arme aus und signalisierte damit seine Bereitschaft für einen vorübergehenden Waffenstillstand.

Im selben Moment sauste auch schon Adlgasser herein.

„Grüß dich und guten Morgen! Komm ruhig rein ins traute Heim – der Herr Chefprofiler wollte sowieso gerade gehen."

Er winkte Üblacker unzweideutig zu. Der revanchierte sich mit einer wegwerfenden Handbewegung, drehte sich um und verschwand.

„Sehen wir uns halb elf bei Edelmann?", rief Haffner ihm hinterher.

Die Tür öffnete sich noch einmal einen Spalt breit.

„Bitte! Danke!", knurrte Üblacker.

Dann waren sie allein.

„Schöne Bescherung", sagte Adlgasser und warf ihm von ihrem Sessel aus einen missmutigen Blick zu.

Haffner nickte stumm.

„Fischer will uns um neun sehen", sagte sie nach einer Weile und beugte sich vor.

Er nickte weiter.

„Kannst echt froh sein, dass du gestern abgetaucht bist."

Haffner sagte kein Wort, sondern sah sie nur mit todmüden Augen an.

„Mensch! Sag doch endlich was!", platzte es schließlich aus ihr heraus.

„Was soll ich denn deiner Meinung nach sagen?"

Er lehnte sich ebenfalls nach vorn und kreuzte die Arme auf dem Schreibtisch.

„Schöne Bescherung, hm?"

Ihm war nicht zum Lachen zumute.

„Ich war mir relativ sicher, dass Lempl mit drinsteckt", sagte er, stutzte aber und setzte hinzu: „Besser gesagt: ich hätte mir nichts sehnlicher gewünscht, als dass er's gewesen wäre. Diese Arroganz … Dummerweise habe ich nicht kapiert, dass die nur ein gigantischer Minderwertigkeitskomplex war. Darauf hätten wir kommen können … sollen … müssen."

„Fischer wird wissen wollen, wie's weitergeht", sagte Adlgasser und biss sich auf die Lippe.

„Gott sei Dank haben wir noch die eine oder andere Alternative", entgegnete Haffner. „Wenn Edelmann singt …"

Fischers Halsschlagader trat deutlich über dem Hemdkragen hervor, und auch seine Miene erinnerte wieder mal an einen Vulkan, der kurz vor dem Ausbruch steht. Haffner überließ seiner Kollegin die undankbare Aufgabe, den Staatsanwalt über Jönsens Fund zu informieren.

„Wieso sagen Sie das jetzt erst?", fragte Fischer und runzelte verärgert die Stirn, nachdem Adlgasser geendet hatte. „Manchmal habe ich das Gefühl, ich lebe hier im Irrenhaus! Sie bringen mich irgendwann noch ins Grab!"

„Wir haben ja selbst erst vor wenigen Minuten davon erfahren", sprang Haffner ein. „Wir haben uns erlaubt, Janssens Gattin vorzuladen."

Fischer riss die Augen auf und sah ihn entsetzt an.

„Sie haben was?"

Er schwang nach vorn, legte die Hände auf den Tisch und trommelte auf seine Schreibtischunterlage. Dann schüttelte er erbost die Rechte in der Höhe.

„Sie können doch nicht eine unbescholtene Witwe am Tag der Beerdigung – “

Fischer vollendete den Satz nicht, ihm blieb das Wort im Hals stecken.

„Sie wird ihre Tochter mitbringen“, fuhr Haffner in aller Seelenruhe fort. „Dazu bräuchten wir allerdings psychologische Unterstützung. Janssens Tochter ist noch minderjährig.“

Es war einer der seltenen Momente in Haffners Dienstleben, in denen Staatsanwalt Fischer die Sprache wegblieb. Er saß vor ihnen, fuchtelte mit den Händen herum, rieb sich das Kinn und blickte ratlos zum Fenster hinaus.

„Sind Sie sicher, dass das einen substantiellen Fortschritt bringen wird?“, fragte er nach einer ganzen Weile.

Haffner zuckte mit den Schultern. Einen Versuch war es wert.

„Konzentrieren Sie sich endlich auf die *Vatikan-Connection*“, sagte Fischer mürrisch. „Das hat absolute Priorität!“

68

Tim Klarner saß auf dem Bett und formte mit den Lippen lautlose Worte. Er reihte sie aneinander wie die Perlen, die eine nach der anderen über seine Fingerkuppe glitten. Seine Brust hob und senkte sich gleichmäßig. Auf dem Nachtkästchen summte das Handy. Noch drei *Ave*.

Zum ersten Mal seit Jahren hatte er verschlafen. Ihm blieb nur Zeit für einen statt drei Rosenkränze. Aber die gütige Mutter würde es ihm sicher nachsehen. Selig schloss er die Augen und führte das filigrane silberne Kreuzchen an seine Lippen. Dann drapierte er die Perlenkette behutsam wie eine Schnecke um das Bild von der *Mutter vom Guten Rat*, das neben der Lampe auf einer kleinen Kommode stand.

Er griff nach dem Telefon. Die Nummer sagte ihm nichts. Wahrscheinlich wieder so ein Mega-Sparangebot. Er horchte in die Stille, das Freizeichen ertönte.

„Koller, Morddezernat München. Herr Klarner?"

Er schluckte. Die Stimme der Dame strahlte etwas Warmes aus.

„Ja. Worum geht es?"

„Könnten Sie um halb elf im Präsidium sein?"

„Ich bin gerade auf dem Weg in die Arbeit", versetzte er.

„Geben Sie Ihrem Chef Bescheid. Sie bekommen eine Bescheinigung von uns."

Katharina Kollers freundliche Stimme wurde mit jeder Silbe

ein wenig strenger wie die einer unnachgiebigen Mutter. Seine Augen wurden kleiner, verengten sich zu Schlitzen. Er musste an seine Kindheit denken.

„Der wird nicht begeistert sein“, schob er nach. „Wir haben einiges zu erledigen.“

„Wir können Ihnen gern eine Streife vorbeischicken, die Sie abholt.“

„Schon gut“, grummelte er.

„Wie gesagt: halb elf. Seien Sie pünktlich!“

Vor sein geistiges Auge trat seine Mutter: sie stand da und drohte mit hoch erhobenem Zeigefinger.

69

Als Haffner mit Adlgasser zum Pressesaal marschierte, saß ein etwa dreißigjähriger Mann mit dunklen lockigen Haaren auf einem der Stühle im Korridor und kaute an seinen Fingernägeln. Ein Kollege in Uniform stand daneben und bewachte ihn. Haffner grinste zufrieden: auf dieses Verhör war er gespannt!

Sie besprachen sich kurz mit Staatsanwalt Fischer und der Pressesprecherin. Dann stürzten sie sich ins Getümmel.

Überraschenderweise blieb die öffentliche Kreuzigung aus: Rudi Stölzl schien noch an dem nächtlichen Telefonat zu knabbern. Er stellte keine einzige Frage. Haffner informierte mit knappen Worten über den Stand der Ermittlungen und überließ Adlgasser die Beantwortung der Fragen. Niemand fragte nach Lempl – der Zwischenfall schien sich merkwürdigerweise nicht herumgesprochen zu haben. Und da Stölzl handzahm blieb, wollte auch keiner etwas zur *Vatikan-Connection* wissen. Haffner hatte selten eine derart unspektakuläre Konferenz erlebt.

Auf dem Rückweg sprachen sie über das weitere Vorgehen.

„Mich irritiert weniger, dass wir mit Edelmann ein Täterduo hätten, falls einer seiner Kumpel mitgemacht hat. Die intellektuelle Inszenierung passt nicht zu ihm. So einer zückt doch das Messer oder zieht seinem Opfer ein Stück Holz über den Schädel, erwürgt ihn mit bloßen Händen. Wie besorgt sich jemand wie er eine Kreuzotter?"

„Glaubst du nicht, dass ein Drogendealer auch an Schlangen rankommt?", meinte sie.

„Aber was ist mit der Organisation des Ganzen? Er hatte höchstens drei, vier Stunden, um Janssen abzupassen. Und woher wusste er, welchen Weg Janssen einschlägt?"

Unwillig schüttelte er den Kopf.

„Da haben wir die lustige Bagage ja beieinander", raunte er ihr zu, als sie auf dem Gang zum Büro anlangten.

In der Tat saßen oder standen sie alle herum und linsten verstohlen und schweigend in alle Richtungen: Thomas Edelmann hatte die Hände in den Hosentaschen und hing immer noch gelangweilt auf dem Stuhl; die Füße von Tim Klarner hatten sich indessen selbstständig gemacht und zappelten hin und her, während er mit seinem Handy zu spielen schien. Die Haare hatte er scheinbar wieder nach hinten gegelt.

„Ich hoffe, Sie haben einen sehr guten Grund, mich am Tag von Gernots Beerdigung herzubestellen", zischelte Verena Schacht, als er mit einem Kopfnicken an ihr vorüberwischen wollte.

Sie hatte ihre Tochter stehen lassen und war den beiden entgegengelaufen. Haffner hielt an und kniff die Augen zusammen.

„Glauben Sie mir: ich kann mir selber Angenehmeres vorstellen als so ein Theater. Wenn Sie uns diesmal die Wahrheit auftischen – und zwar nicht wieder scheibchenweise – , dann sind wir hier ganz schnell fertig!"

Wenige Minuten später saß er mit ihr und Janssens Tochter im Verhörraum. Üblacker komplettierte das Quartett.

Janssens Witwe hatte sich augenscheinlich bereits für die Trauerfeier zurechtgemacht und trug ein schlichtes, schwarzes Kleid. Ihre Handtasche lag auf dem Tisch, die Tochter senkte verschüchtert den Kopf.

„Fangen wir noch einmal von vorne an", bat Haffner, nachdem er die Daten zur Vernehmung auf Band gesprochen hatte. „Ich fasse kurz zusammen, wie sich die Dinge auf Grund ihrer bisherigen Aussagen darstellen. Vor zwei Wochen hatten sie demnach eine heftige Auseinandersetzung mit Ihrem Gatten. Das Wochenende vor seiner Ermordung hat er mit Ihrer Tochter Julia am Gardasee verbracht. Ist das korrekt?“

Mutter und Tochter warfen sich einen Blick zu. Dann nickten beide.

„Ja, das ist richtig“, antwortete Verena Schacht.

„Erzählen Sie doch noch einmal genau von diesem Streit mit Ihrem Mann!“

„Was genau möchten Sie denn hören?“, fragte sie.

Haffner kratzte sich mit dem Zeigefinger hinterm Ohr.

„Bleiben Sie bei Ihrer Aussage, dass Sie ihren Mann in den letzten zwei Wochen vor seinem Tod nicht persönlich getroffen haben?“

Sie zog die Stirn in Falten und schüttelte irritiert den Kopf.

„Das habe ich Ihnen doch alles schon einmal erklärt. Wir hatten keine Gelegenheit mehr dazu, auch nicht, als er Julia für den Wochenendtrip abgeholt hat. Julia lief zu ihm runter.“

Sie warf ihrer Tochter einen auffordernden Blick zu. Julia spielte mit ihren lackierten Fingernägeln und zeigte keinerlei Reaktion.

„Wir sind uns strikt aus dem Weg gegangen – nicht zuletzt wegen diesem unerfreulichen Zwist“, erklärte sie also selbst.

Haffner nickte. Offenbar brauchte sie eine Hilfestellung.

„Sie sind sich absolut sicher, dass sie in der letzten Woche vor seiner Ermordung nicht in seiner Suite gewesen sind?“

„Was hätte ich denn dort gewollt?“, fragte sie entrüstet.

„Genau diese Frage treibt uns um“, entgegnete er. „Wir gehen davon aus, dass Sie die geänderte Lebensversicherung Ihres Mannes aus seiner Wohnung entwendet haben!“

„Das ist doch völlig absurd!“, empörte sie sich. „Ich habe nicht einmal einen Schlüssel zu seinem Apartment.“

„Sie nicht, aber ihre Tochter“, warf er ein und beobachtete die beiden gespannt.

Sie sah ihn sprachlos an und wurde rot.

„Wir haben das ausgefüllte Formular als Durchschlag auf dem Notizblock Ihres Gatten gefunden. Es ist alles da, sogar

Unterschrift und Datum. Was fehlt, ist das Original. Verstehen Sie?“

Verena Schacht schloss die Augen und schluckte.

„Kann es nicht sein, dass er es sich doch anders überlegt hat?“, fragte sie kleinlaut. „Was weiß ich – vielleicht hat er den Antrag weggeworfen.“

„Ohne das Treffen mit seinem Versicherungsmakler zu canceln?“

Haffner wiegte den Kopf hin und her. Ihr Argument war trotz allem nicht ganz aus der Luft gegriffen.

„In seinem Papierkorb haben wir nichts gefunden“, warf er ein.

Verena Schacht schwieg und blickte ihn traurig an.

„Sie bleiben also dabei, dass Sie nicht in der Suite waren?“

Sie schluckte abermals und senkte die Lider.

„Ja.“

„Sag’s Ihnen halt, Mama“, schaltete sich plötzlich ihre Tochter ein.

Verena Schacht hob den Kopf. Als sie die Augen wieder öffnete, waren sie feucht, ihr Kinn begann zu beben.

„Ich frage Sie ein letztes Mal“, sagte Haffner und überging Julias Einwand, als hätte er ihn gar nicht wahrgenommen. „Worüber haben Sie in ihrem Telefonat gestritten?“

Wie geistesabwesend schüttelte sie den Kopf und biss sich auf die Lippe.

„Mama“, flehte Julia. „Wenn du’s nicht machst, dann sag ich’s ihnen.“

Matt schüttelte sie den Kopf, sie atmete schwer, doch ihrer Brust entrang sich kein einziger Ton.

„Ich war das“, sagte Janssens Tochter und begann zu schniefen. „Ich war noch bei Papa in der Wohnung, bevor wir losfuhren. Er hatte sein Handy vergessen. Und so ’nen doofen USB-Stick. Er ist komplett ausgetickt, weil er ihn nicht gleich gefunden hat. Dann lagen da diese Papiere auf seinem Schreibtisch.“

Eine Träne rann ihr übers Gesicht.

„Du musst nichts sagen, was deine Mutter belastet“,

flüsterte Üblacker sanft, der bisher schweigend daneben gesessen hatte, und legte ihr die Hand auf den Arm.

„Ist ok“, entgegnete sie mürrisch und schüttelte ihn ab.

Dann wischte sie sich mit dem Handrücken über die Wange.

„Ich wollte dir doch nur helfen, Mama.“

Ihre Stimme zitterte. Verena Schacht blickte ihre Tochter zärtlich an und strich ihr eine Strähne aus der Stirn.

„Ich weiß“, flüsterte sie. „Ich weiß, mein Schatz.“

Haffner lehnte sich zurück und sah die beiden abwechselnd immer wieder an.

„Wieso haben Sie uns das nicht schon längst gebeichtet? Es musste Ihnen doch klar sein, dass das kein gutes Licht auf Sie wirft.“

„Mein Gott!“, brach es plötzlich aus ihr heraus, ihre Stimme überschlug sich. „Wissen Sie, wie es ist, am laufenden Band betrogen zu werden? Wenn der Mann, in den Sie sich einmal Hals über Kopf verliebt haben, sich als egoistisches Schwein, als sarkastisches Sexmonster entpuppt? Er wollte die Scheidung – ohne Rücksicht auf irgendwas und irgendjemand. Er zahlte keinen Unterhalt und wollte mir Julia wegnehmen. Ich hatte so sehr gehofft, er käme eines Tages wieder zurück. Zu mir. Zu Julia. Zu uns. Ich wollte bloß, dass alles wieder wie früher wird!“

Sie schluchzte, öffnete das schwarze Täschchen auf dem Tisch, zog ein Taschentuch hervor und verbarg ihr Gesicht darin. Dann schnäuzte sie sich.

„Ist das so schlecht nachvollziehbar?“

Mit glasigen Augen starrte sie ihn an.

„Und plötzlich kommt so ein Psychopath daher, spielt den Herrgott und macht alles zunichte. Wer bringt mir meinen Mann, wer bringt Julia ihren Vater zurück?!“

Ihre Mundwinkel zitterten, die Tränen rannen ihr in Strömen übers Gesicht. Julia ergriff ihre Hand und fiel ihr wimmernd um den Hals. Haffner holte tief Luft, schloss die Augen und legte den Kopf in den Nacken.

„Eine Frage hätte ich noch.“

Er öffnete die Mappe und legte ein Foto vor ihr auf den

Tisch.

„Das Kreuz, das Ihr Mann hier in der Hand hält – kennen Sie es?“

Sie zog das Bild näher heran, warf einen kurzen Blick darauf und schob es wieder weg.

„Es gehört Gernot. War ein Geschenk.“

„Von Ihnen?“

„Nein. Ein Freund der Familie hat es ihm vermacht. Es soll aus dem Prozess gegen Giordano Bruno stammen.“

Er fuhr sich mit der Hand über den Kopf: Also doch! Er schuldete Rolf Weber einen Gefallen.

„Haben Sie eine Ahnung, wieso ihr Mann es ausgerechnet an diesem Abend bei sich trug?“

Sie schüttelte den Kopf.

„Ehrlich gesagt, nein. Gernot war überzeugter Atheist. Er hing nicht an diesem Kreuz, wollte es auch gar nicht behalten. Ich habe darauf bestanden. Man kann ja nie wissen – vielleicht hilft es, dachte ich.“

„Können Sie sich vorstellen, dass er es weiterschenken wollte?“

Sie zuckte mit den Achseln.

„Möglich. Aber ich wüsste nicht, an wen.“

70

Haffner fiel mindestens eine Person ein, die wahrscheinlich frohlockt hätte über Janssens Geschenk. Tatsächlich sah es für die Witwe nach diesem Gespräch nicht unbedingt besser aus als zuvor. Denn ein zugedrehter Geldhahn, die Drohung, ihr Julia wegzunehmen – so unwahrscheinlich das in der Realität war –, das alles ergab zwei astreine Motive: Habgier und Rache. Aber das reichte nicht einmal für einen Indizienbeweis. Denn sie hatte ein Alibi – ein schwaches zwar, aber eben ein nachvollziehbares.

Entsprechend schlecht war seine Laune, als er ins Büro zurückkehrte. Zu allem Überfluss war es verwaist.

„Weißt du, wo Vroni sich rumtreibt?", fragte er Kathi. „Und wo ist eigentlich dieser Edelmann abgeblieben?"

Kathi zog die Schultern hoch und sah ihn ratlos an.

„Entschuldigen Sie", ertönte eine Stimme hinter ihm.

„Können Sie nicht anklopfen?", schnauzte Haffner Klarner an.

Der stand mit der Klinke in der Hand in der Tür und äugte herein.

„Ich dachte, es würde Sie vielleicht interessieren, wohin Ihre Kollegin mit diesem … Fiesling verschwunden ist."

Haffner verzog verärgert das Gesicht.

„Wenn Sie es wissen – wieso spucken Sie's nicht einfach aus?"

Bei Haffner hatten die Alarmglocken zum ersten Mal geschrillt, als er auf dem Korridor den Kollegen in Uniform vermisste. Dass Klarner dort als einziger herumsaß, hatte seinen Argwohn noch gesteigert. Sein kleiner Finger juckte – das war kein gutes Zeichen.

Vor drei Jahren hatte Staatsanwalt Fischer einen harmlos dreinblickenden Familienvater als *armes Schwein* bezeichnet und hätte ihn über Weihnachten am liebsten zu seiner Familie nach Hause geschickt. Das *arme Schwein* hatte Haffners Kollegen kurzerhand ein Kantinenmesser an die Gurgel gesetzt und ihn als Geisel genommen. Hätte Haffner ihn nicht mit einem gezielten Schuss niedergestreckt, hätte das *arme Schwein* vermutlich noch am selben Abend seine Familie ausgelöscht. Sein ehemaliger Kollege litt seither unter schlaflosen Nächten, Haffner hatte Adlgasser an seiner Seite – und soeben ein Déjà-Vu, als er wieder vor der Kantinentür stand.

Er holte zwei-, dreimal tief Luft. Dann drückte er die Klinke vorsichtig nach unten. In der Linken hielt er seine Dienstwaffe. Die Tür glitt lautlos auf. Der Saal war leer. Wo waren die beiden? Ihm wurde mulmig zumute. Langsam tastete er sich vor. Er hörte eine Stimme. Kam sie von links? Oder doch von rechts? Er lugte um eine Säule, die entsicherte Waffe im Anschlag.

Da erblickte er sie. Sie saß mit dem Rücken zu ihm. Edelmann sah er nicht. Adlgasser sprach leise auf ihn ein. Haffner machte ein paar Schritte nach vorn. Endlich gewahrte er auch ihn. Er hing lässig auf einem der Kantinenstühle und fummelte permanent an seinen Händen herum.

Erleichtert atmete er auf, sicherte die Waffe und steckte sie weg.

„Kollegin Adlgasser“, rief er in den Saal, als hätte er sie noch nicht entdeckt.

Er blieb in einiger Entfernung stehen und stemmte erbost die Hände in die Hüfte. Sie stand auf und kam ihm entgegen.

„Was soll der Quatsch?“, flüsterte er ihr ins Ohr.

„Ich dachte mir, er könnte einen vierfachen Espresso gebrauchen“, gab sie pikiert zurück. „Oder glaubst du, dass wir in dem Zustand irgendwas aus ihm rausbekommen?"

Einen Moment lang überlegte er, ob er ihr hier und jetzt eine Standpauke halten sollte. Edelmann saß da und kratzte sich an den Armen. Der Kaffee schien seine Entzugserscheinungen nur mäßig zu lindern. Er entschied sich für Deeskalation.

„Hast du wenigstens was rausbekommen aus ihm?"

Sie wiegelte ab und warf ihr Pagenköpfchen keck in den Nacken. Kapitulation sah anders aus. Er seufzte und lief auf Edelmann zu.

„Hauptkommissar Haffner, wir hatten noch nicht das Vergnügen."

Obwohl er ihm die Hand entgegenstreckte, machte Edelmann keinerlei Anstalten. Stattdessen langte er nach seinem Kaffee. Er klapperte auf der Untertasse.

„Kommen Sie mit", sagte Haffner.

Edelmann würdigte ihn keines Blickes.

„Darf ich Sie anfassen?", fragte Haffner und packte ihn, ohne eine Antwort abzuwarten, am Arm.

„Ey, ey, ey!", machte er und warf ihm einen angriffslustigen Blick zu.

„Ganz ruhig!", versetzte Haffner. „Den Kaffee können Sie mitnehmen. Pack ma's?"

71

Thomas Edelmann steckte in einer viel zu engen löchrigen Jeans. Das Hemd hatte er bis zur Brust aufgeknöpft, so dass Haffner seine dichte Behaarung bewundern konnte. Die Manschetten hatte er zurückgeschlagen, seine Arme lagen blank und vermittelten einen exemplarischen Einblick in seinen tätowierten, muckibudengestählten Körper. Trotz der abgefahrenen Sneakers, die er kaum bei Deichmann und noch weniger mit seinem Hartz-IV-Satz erstanden haben konnte, wirkte er wie das Negativ seiner durchgestylten Lebenspartnerin.

„Ohne Anwalt sag ich nix", wiederholte er mantraartig auf jede von Haffners Fragen.

Nur über seine Personalien, die sie sowieso hatten, gab er mit breitem Grinsen bereitwillig Auskunft.

„Warum bringen Sie Doktor Schallmoser dann nicht gleich mit?", fragte Haffner und grinste zurück.

Er langte nach einer der Ermittlungsakten, die er mitgebracht hatte, und holte ein Foto heraus.

„Haben Sie diesen Mann schon mal gesehen?"

Null Reaktion.

„Wissen Sie, wer das ist? Das ist Doktor Gernot Janssen, letzten Dienstag Nacht ermordet zu einer Zeit, da Sie nachweislich kein Alibi haben."

Edelmann steckte den Finger in die Nase. Haffner verdrehte die Augen und blätterte Edelmanns Personalakte gemächlich durch.

„Wir kennen uns nicht persönlich, Herr Edelmann. Aber ihre Biographie liest sich nicht gerade wie eine Empfehlung für den Diplomatendienst."

„Hä?", machte er, runzelte die Stirn und zog die Oberlippe abschätzig nach oben.

„Ihre Bekanntschaft mit unseren Kollegen und mit der Justiz", fuhr Haffner fort, führte den Satz aber nicht zu Ende. „Egal. Ich gebe Ihnen einen guten Rat: arbeiten Sie mit uns zusammen. Dann können wir Ihre einschlägigen Erfahrungen mit der Drogenabteilung vielleicht unter den Tisch fallen lassen. Oder: wir ziehen Sie erst einmal für ein Weilchen aus dem Verkehr."

Edelmann regte sich nicht. Wobei regungslos nicht das richtige Wort war. Er hatte die Beine untergeschlagen, sein linker Fuß führte einen Tanz wie ein Perpetuum mobile auf, dass der Tisch wackelte. Haffner warf Adlgasser einen vielsagenden Blick zu. War Edelmann der nächste, der an Renitenz litt?

„Bis jetzt haben unsere Kollegen Sie bloß wegen ein paar Drogendelikten am Arsch. Hier und heute geht's aber um Mord. Da drückt kein Richter und kein Staatsanwalt ein Auge zu. Fangen wir also noch einmal mit der Nacht von Dienstag auf Mittwoch letzter Woche an. Wo waren Sie da ab zehn Uhr abends?"

„Hat Ihnen Tatjana doch ch alles gesteckt. Kommt übrigens gar nicht gut rüber, dass du in meinem Privatleben rumwühlst, Alter."

Edelmann kniff drohend das rechte Auge zu. Haffner sah ihn verblüfft an: es war das erste Mal, dass er zwei zusammenhängende Sätze von sich gab.

„Macht es Ihnen was aus, wenn wir beim *Sie* bleiben?", fragte Haffner kühl. „Ihr Privatleben interessiert uns nicht, es sei denn, es kreuzt an irgendeiner Stelle das von Gernot Janssen."

Er tippte auf das Foto, das immer noch vor ihm lag.

„Kennen Sie den Mann auf dem Foto?", wiederholte er

seine Frage.

Thomas Edelmann zwickte sich immer wieder in den Handrücken und schüttelte wortlos den Kopf. Dabei vermied er jeden Blickkontakt.

„Sind Sie sicher?“, insistierte Haffner.

„Ja“, sagte er genervt.

„Schwer zu glauben“, wandte Haffner ein und lehnte sich demonstrativ nach vorn. „Immerhin haben Sie in den letzten Wochen eine schöne Stange *Crystal Meth* an ihn verhökert.“

„Wer behauptet das?“

Haffner zuckte mit den Schultern.

„Wir wissen, dass Janssen vor circa drei Monaten zum ersten Mal versucht hat, an Amphetamine zu kommen. Ich denke, Sie waren sich alle sehr schnell einig. Schließlich sprang für jeden etwas dabei heraus: Janssen bekam seinen Stoff und hat sich mit Ihrer Partnerin vergnügt – und Sie haben abkassiert. Ganz nebenbei haben Sie Ihre Freundin in Ihre Drogengeschäfte mit hineingezogen. Möchten Sie immer noch behaupten, dass Sie den Mann nicht kennen?“

Er pochte jetzt ungeduldig mit dem Zeigefinger auf das Foto, auf dem Janssen im Dianatempel zu sehen war. Edelmann rutschte auf seinem Stuhl hin und her und kratzte sich an den Unterarmen.

„Die doofe Fotze hat mich betrogen?“, ätzte Edelmann und warf ihm einen stinksaueren Blick zu. „Sie hat gesagt, sie braucht den Stoff für eine Freundin. Wer hat hier wen wo reingerissen, hä?“

„Ein bisschen mehr Anstand im Beisein einer Dame, wenn’s geht“, schaltete sich Adlgasser plötzlich ein, die das Gespräch bisher schweigend verfolgt hatte.

Er zog die Achseln hoch und begann, sich am ganzen Körper zu kratzen.

„Könnte ich noch so’n Kaffee haben?“, bettelte er, als wäre nichts gewesen.

Adlgasser schüttelte angeekelt den Kopf, huschte aber aus dem Raum und kehrte mit einem Plastikbecher zurück, den sie Edelmann vor die Nase stellte. Ohne ein Wort des Dankes griff er danach und nippte daran.

„Zefix! Ist der heiß!“, fluchte er und zuckte zusammen.

Dann dachte er nach und sagte zähneknirschend: „Ich kenne den Typen wirklich nicht, hab ihn nie gesehen, das müsst Ihr mir glauben!“

Er sah erst Haffner an, dann drehte er sich zu Adlgasser um, die hinter ihm an der Wand lehnte.

„Woher soll ich denn wissen, dass die Hure mit dem da in die Kiste steigt und sich durchnageln lässt!“

Er schüttelte den Kopf.

„Und ich Idiot besorge ihr auch noch den Stoff!“

Er schlug sich mit der flachen Hand auf die Stirn, dass es klatschte.

„Ich hab den nie getroffen. Ich schwör’s!“

Haffner seufzte.

„Wir würden Ihnen ja liebend gern glauben“, sagte er lächelnd. „Vielleicht verraten Sie uns, wo Sie vergangenen Dienstag Nacht waren. Das wäre ein Anfang!“

Edelmann warf ihm einen wirren Blick zu und wischte sich mit der Hand den Schweiß aus dem Nacken.

„Bin doch nicht bescheuert und belaste mich selber!“

Haffner zog die Augenbrauen hoch und lehnte sich entspannt zurück. Er war sich sicher, dass es nicht mehr lange dauern konnte, bis Edelmann auspackte. Da sprang die Tür auf. Kathi streckte ihren Schopf herein und winkte ihm.

„Kommst du mal kurz?“, fragte sie.

Ihm schwante Übles.

„Darf ich Ihnen den Kollegen Joe Glücksmann von der Droge vorstellen?“

Staatsanwalt Fischer gab sich persönlich die Ehre. Das war kein gutes Zeichen. Die beiden Männer reichten einander die Hände.

„Ich lasse Sie dann mal allein“, sagte Fischer und verließ dezent den Raum.

„Was gibt’s?“, fragte Haffner und versuchte, irgendetwas aus Glücksmanns Miene herauszulesen. „Wir sind mitten in einer Befragung."

„Tommy Edelmann, ich weiß", sagte er und verzog den Mund. „Er war von Dienstag auf Mittwoch letzter Woche mit mir unterwegs."

„Mit … Ihnen?", stammelte Haffner.

Er ließ die Hände sinken. Seine Arme hingen wie zwei kraftlose Säcke an ihm herunter. Genau so fühlte er sich auch: wie ein saft- und kraftloser Sack.

„Wir sind kurz davor, in Dachau einen Laden hochgehen zu lassen", erklärte Glücksmann. „Ich bin Undercover. Es wäre super, wenn wir uns auf absehbare Zeit nicht weiter in die Quere kommen würden. Wäre nicht so prickelnd, wenn uns Tommy zusammen sieht. Ihnen fällt sicher was ein."

Er klopfte Haffner auf die Schulter.

„Tut mir leid!", sagte er.

Haffner musste aussehen wie ein begossener Pudel, denn Glücksmann fügte hinzu: „Und viel Glück bei der Jagd nach dem Mörder."

Dann suchte er das Weite.

„Ich fasse es nicht!", rief Haffner und schleuderte die beiden Mappen mit Schmackes auf den Tisch.

„*Adios amigos!*", hatte Edelmann gerufen, bevor er von einem Ohrläppchen zum anderen grinsend abzog.

„Jetzt beruhige dich!", sagte Adlgasser.

„So ein Elends-Drecks-Scheißtag!", fluchte er. „Am Ende bleibt uns wirklich nur noch dieser Katholiban!"

„Du glaubst immer noch nicht, dass er's war, oder?", sagte sie. „Warte es doch erst mal ab: Wenn du denkst, es geht nicht mehr, kommt von irgendwo ein Lichtlein her!"

Sie lächelte ihn aufmunternd an.

„Dein Wort in Gottes Ohren!", sagte er und hoffte inbrünstig, dass sie endgültig recht behalten würde.

72

„Eine Frau Kowalski hat vorhin für dich angerufen“, sagte Kathi und kam ins Büro herüber.

Haffner sah sie erstaunt an.

„Was wollte sie?“

„Sie hat gefragt, ob alles in Ordnung ist, weil du letzte Nacht nicht nach Hause gekommen bist.“

Sie grinste und ließ die Augenbrauen tanzen.

„Das ist meine Vermieterin“, brummte er und drehte ihr den Rücken zu. „Polizistenwitwe. Die denkt eben mit.“

„Polizistenwitwe“, wiederholte Kathi. „Verstehe.“

Sie nickte und verschwand wieder. Haffner seufzte nur und schüttelte den Kopf.

„Holst du Klarner rein?“, bat er Adlgasser und sank in seinen Sessel.

Tim Klarner trug dieselbe Kleidung wie am Freitag und in der Kirche. Die Luft im Büro war ohnehin schon schwül und abgestanden. Aber jetzt bekam sie eine modrige Note. Haffner fiel einer dieser Soldatenwitze ein, in dem die Gefreiten ihre Unterwäsche miteinander tauschen. Es lief ihm eiskalt über den Rücken runter.

Kathi Koller hatte netterweise einen Bürostuhl gebracht. Auf dem kauerte Klarner jetzt däumchendrehend. Als er genauer hinsah, erkannte Haffner, dass seine Finger sich gar nicht bewegten. Vielmehr glitten schwarze Perlen langsam durch seine gefalteten Hände.

Grundgütiger!, sprach er zu sich selbst und rollte mit den Augen.

„Können wir anfangen?"

Behäbig rappelte er sich auf und steckte die Perlenschnur weg.

„Haben Sie inzwischen mitbekommen, dass sich die Medien zunehmend auf ihre Gemeinde einschießen?"

„Wieso auf uns? So weit ich informiert bin", sagte er und betonte dabei jede einzelne Silbe: „Und ich habe mich informiert! – So weit ich es mitbekommen habe, interessiert man sich für Spuren, die in ihrem ungelösten Fall nach Rom führen sollen. Damit sind Sie bei mir aber definitiv an der falschen Adresse."

Haffner lächelte. Bevor er jedoch fortfahren konnte, schaltete Adlgasser sich ein.

„Formulieren wir es anders, Herr Klarner: Unser Staatsanwalt, Doktor Fischer, ist felsenfest überzeugt, dass Sie der Mörder in unserem *ungelösten* Fall sind. Er wollte von Anfang an, dass wir uns an *Ihre* Fersen heften. Übrigens ist er nicht gerade für seine Geduld bekannt. Er will innerhalb der nächsten vierundzwanzig Stunden Ergebnisse sehen. Wir haben nicht vor, ihn zu enttäuschen!"

„Da bin ich aber gespannt", sagte Klarner und lachte.

„Sehen wir uns doch einmal Ihr Motiv an", sagte Haffner ruhig. „Sie haben Janssen mit einer Flut an Mails gestalkt, ihn belästigt und tyrannisiert – ganz zu schweigen davon, dass Sie auch in unserer Gegenwart über Janssens Tod triumphiert haben. Und just in dem Moment, als er mit seiner revolutionären Entdeckung an die Öffentlichkeit will, verhindert sein gewaltsamer Tod das Ganze."

Über Klarners Gesicht huschte ein abschätziges Lächeln.

„Ihr Kombinationstalent in allen Ehren, Herr Kommissar", warf er ein, „aber ich finde es lediglich gut, dass das Projekt einen herben Rückschlag erleidet. Drehen Sie mir nicht das Wort im Mund um! Ich bin ein stinknormaler Bürger: ich fackle keine Hexen ab, binde mir keine Dynamitstangen um den

Bauch, jage keine Ungläubigen in die Luft oder schneide ihnen vor laufender Kamera die Kehle durch. Die Terroristen sitzen woanders."

„Aber Sie glauben an die Existenz von Hexen und Ketzern und halten den Rest der Welt für religiös rückständig, verdorben und gottlos. Das ist doch korrekt so, oder?"

„Sie wissen so gut wie ich, dass es keine Hexenprozesse mehr gibt."

„Das ist keine Antwort auf meine Frage", sagte Haffner.

Tim Klarner lächelte amüsiert.

„Ich gebe gern zu: unsere Welt ist lau geworden. Das Heidentum feiert fröhliche Urständ, während unser christliches Abendland seine Wurzeln verleugnet und wir uns von fremden Kulturen überrennen lassen. Wieso verschließen Sie die Augen vor der Realität?"

Er sah Haffner erwartungsvoll an. Doch er zuckte gleichgültig mit den Achseln. Welchen Sinn hatte diese Wertediskussion?

„Das hier ist keine Talkshow", bemerkte Adlgasser und fügte hinzu: „Kennen Sie eigentlich die *Lausbubengeschichten* von Ludwig Thoma?"

Haffner legte den Kopf in den Nacken: was genau führte sie plötzlich im Schilde? Klarner stutzte ebenfalls und schüttelte unwillig den Kopf.

„Ich verstehe die Frage nicht", sagte er.

„Ich meine die Geschichte, in der der halbwüchsige Ludwig der Angorakatze der Nachbarn einen Knallfrosch an den Schwanz gebunden und damit das arme Tier samt seiner Familie schier in den Wahnsinn getrieben hat. Klingelt da etwas bei Ihnen?", sagte sie und grinste ihn herausfordernd an. „Übrigens war das die Familie von Geheimrat Bischof – da sind wir von unserem Thema gar nicht so weit entfernt."

Ihm gefror das Lächeln ein. Haffner konnte deutlich hören, wie er schluckte. Er hob die Augenbrauen und warf ihr einen fragenden Blick zu, doch sie tat so, als wäre er gerade gar nicht da.

„Ich habe mich gestern ein wenig in Ihrer Nachbarschaft

umgehört“, fuhr sie stattdessen fort. „Da erzählt man sich so einiges. Sie wohnen im Haus Ihrer Mutter?“

„Ja, aber was …?“

Er schluckte erneut und blickte irritiert drein.

„Seit wann?“

„Immer schon“, versetzte er. „Aber was hat das …?“

„Warten Sie’s ab“, sagte sie. „Ihre Nachbarn waren übrigens voll des Lobes über Sie.“

Klarner zog ein langes Gesicht und rutschte auf seinem Stuhl hin und her.

„Wie lange haben Sie Ihre Mutter gepflegt?“

„Drei, vier Jahre“, sagte er zögerlich und kniff die Augen zusammen.

„In diesen drei, vier Jahren sind in ihrem Viertel auffällig viele Katzen auf teilweise recht unliebsame Weise ums Leben gekommen“, fuhr sie fort.

„Und was hat das mit meiner Mutter zu tun?“, fragte er.

Kleine Schweißperlen bildeten sich auf seiner Stirn, der Stuhl, auf dem er saß, quietschte.

„Beschreiben Sie uns doch mal das Verhältnis zwischen Ihnen und Ihrer Mutter.“

„Was soll ich dazu sagen? Ich habe mich tagaus, tagein um sie gekümmert, und das zusätzlich zur Arbeit“, presste er zwischen den Zähnen hervor.

Er hatte sichtlich Mühe, über die Situation zu reden.

„Heißt das, dass es Spannungen zwischen ihnen gab?“, beharrte sie.

Tim Klarner schloss die Augen und holte tief Luft. Ungehalten schüttelte er den Kopf.

„Ich kapiere wirklich nicht, was das hier alles soll.“

„Nun, Ihre Nachbarn können nichts beweisen, aber sie sind sich ziemlich sicher, dass die armen Miezchen auf Ihr Konto gehen.“

„Das ist eine gemeine Unterstellung!“, rief er. „Haben Sie Beweise für diesen Unsinn?“

Adlgasser stand auf, trat vor ihn hin und sah ihm scharf in die Augen.

„Da mögen Sie recht haben. Aber es geht hier um die Aussage Ihrer eigenen Nachbarn, die Sie von Kindesbeinen an kennen und übereinstimmend berichtet haben, dass Sie Ludwig Thomas *Lausbubengeschichten* verschlungen haben. Dazu kommt, dass ihre Mutter eine unruhige Hand hatte."

Bei diesen Worten zuckte er zusammen, als hätte Adlgasser zu einer saftigen Watschen ausgeholt. Unsicher schielte er zu Haffner herüber, dann zu ihr hoch.

„Ja, zugegeben: meine Mutter war streng. Streng zu mir, aber auch streng zu sich selber. Sie wusste halt noch, wie man Kinder erzieht."

„Haben Sie deshalb den Lieblingskater ihrer Nachbarstochter in die Luft gesprengt?"

Haffner schwante allmählich nichts Gutes mehr. Und er staunte insgeheim über Adlgassers Enthüllungen, die sie offenkundig in Windeseile während seiner eintägigen Abwesenheit zusammengetragen hatte. Gar so harmlos war Doktor Fischers Lieblingskandidat also augenscheinlich doch nicht. Vor der Schöpfung bewies Klarner jedenfalls wenig Respekt.

„Lassen wir die Nachbarskatzen mal beiseite", sagte er dennoch und wechselte das Thema.

Adlgasser nahm wieder hinter ihrem Schreibtisch Platz.

„Wandern Sie eigentlich gern?"

„Gelegentlich", antwortete er, doch es klang eher wie eine Gegenfrage.

„Darf ich fragen, wo es Sie *gelegentlich* hinzieht?"

„Andechs ist herrlich, obwohl ich die Touristenmassen nicht mag. Mir tun die Mönche auf dem Hügel leid: was müssen die das ganze Jahr über aushalten!" Er sann kurz nach. „Ettal. Ja, Ettal ist auch sehr hübsch. Überhaupt mag ich den bayerischen Barock."

Bei diesen Worten fing er plötzlich an, ganz selig zu lächeln.

„Einer meiner Arbeitskollegen ist dort aufs Internat gegangen. Mittlerweile hat er's nicht mehr so mit der Religion."

Er schüttelte verständnislos den Kopf.

„Er meint, die Dosis, die sie ihm dort verabreicht haben, reicht für den Rest des Lebens."

Klarner schien ernsthaft betroffen. Haffner dagegen fragte sich, ob sein Kollege in Ettal nicht einfach eine gehörige Tracht Prügel bezogen hatte. An lüsterne Streicheleinheiten im Beichtstuhl oder wo auch immer mochte er lieber erst gar nicht denken. Brauchte es mehr, um einem die Lust auf den sinnlichen oberbayerischen Barock zu verleiden?

„Dann kennen Sie auch das Graswangtal?“, fragte Haffner weiter.

Er zog seine Augenbrauen zusammen und sah ihn entsetzt an.

„Aber da gibt’s ja nur nackte Natur, weit und breit keine einzige Kirche!“

Haffner war kurz davor, einen Schreikrampf zu bekommen. Von Ettal aus waren es nur Minuten bis Linderhof, einem der Prachtschlösser des Bayernkini, in Garmisch lockte die Partnachklamm – die ganze Gegend war über und über voll mit prächtigen Naturwundern und Sehenswürdigkeiten!

„Aber Sie kennen das Münterhaus in Murnau? Kandinsky? Den Eselfries im Franz-Marc-Museum in Kochel?“

Er erwartete längst keine positive Antwort mehr, war aber trotzdem völlig fassungslos, als Klarner rot anlief.

„Muss man das alles kennen?“, fragte er patzig. „Warum die wertvolle Lebenszeit mit solchem Kram vertrödeln?“

„Weil es sich um Kunst von Weltrang handelt?“, warf Adlgasser ein.

Auch sie runzelte überrascht die Stirn.

„Was interessieren denn den Herrgott diese Pinseleien? Drücken Sie einem Gorilla einen Pinsel in die Hand – der kriegt so eine Schmiererei doch mindestens genauso gut hin!“

„Wie beruhigend, dass Sie so genau wissen, was den Herrgott interessiert“, rief Adlgasser.

Haffner saß in seinem Sessel und schloss die Augen. Was war das bloß für ein Abgrund, in den er da gerade blickte? Wieso glaubte Klarner, alle Welt verurteilen zu dürfen? Hatte nicht sein Heiland, Herr und Meister genau das Gegenteil gepredigt? Er seufzte.

„Und wie sieht’s mit dem Ähndl aus?“, startete er einen

letzten Versuch.

„Ich war noch nie im Murnauer Moos, aber die Kapelle kenne ich aus einem uralten Führer meiner Mutter. Ansonsten sieht es dort wahrscheinlich aus wie in Andechs: Biergarten, Bierdimpfler, Bierlaune – nicht mein Geschmack."

Haffner gab's auf – er hatte gehört, was er wissen wollte, und öffnete eine der Mappen auf seinem Schreibtisch.

„Sehen Sie sich dieses Foto bitte genau an", forderte er ihn auf und drückte ihm die Aufnahme in die Hand.

Klarner spitzte den Mund.

„Ein schönes Kreuz", murmelte er voller Bewunderung.

„Sie kennen es?"

„Nein. Warum steht es auf dem Kopf?"

Haffner ließ die Luft aus seinen Backen entweichen und sah Adlgasser an. Auch sie kniff die Lippen zusammen. Kein gutes Omen – es sei denn, Klarner war ein exzellenter Schauspieler.

„Wir hatten eigentlich gedacht, dass Janssen Ihnen das Kreuz geschenkt hat, um Sie … zu beschwichtigen", fuhr Haffner fort.

„Warum hätte er das tun sollen?"

Er legte das Foto auf Haffners Bürotisch zurück.

„Das Kreuz stammt aus dem Prozess gegen Giordano Bruno. Es gehörte der heiligen Inquisition. Das ist doch eine ganz besondere Reliquie, oder nicht?"

„Wirklich?", fragte Klarner, nahm das Bild wieder in die Hand und betrachtete es diesmal mit funkelnden Augen.

Seine Neugier schien tatsächlich geweckt.

„Nehmen wir einmal folgendes an: Janssen ist Ihre permanenten Attacken leid und schlägt Ihnen einen Deal vor. Dummerweise fängt er bei dem Treffen im Hofgarten an, sich über Sie und ihren naiven Kinderglauben lustig zu machen. Den Rest kennen wir ja."

Er riss die Augen auf und sah Haffner entsetzt an.

„Wie hätte ich das denn anstellen sollen?"

„Janssen prahlt mit seinem Fund und fuchtelt mit seinem USB-Stick vor ihrer Nase herum", fuhr Haffner unbeirrt fort. „Das ist die Gelegenheit: Sie packen den nächstbesten Ast und strecken Janssen an Ort und Stelle nieder."

Klarner fing an, mit den Händen zu spielen, und fuhr sich über die schweißnasse Stirn. Seine Augen weiteten sich noch mehr.

„Ich dachte, er wurde vergiftet", entfuhr es ihm.

Haffner blickte Adlgasser überrascht an.

„Wer behauptet das?"

„Steht doch in allen Zeitungen", stammelte Klarner.

„Ich dachte, die Medien interessieren Sie nicht", sagte Adlgasser.

Er kratzte sich hinterm Ohr.

„Nachdem Sie mir so auf die Pelle rücken – ", erwiderte er, sprach aber nicht weiter.

„So weit wir informiert sind, haben die Medien darüber gar nicht berichtet", entgegnete Haffner. „Es gibt nur einen plausiblen Grund, warum sie über Täterwissen verfügen."

Er musterte Klarner gespannt. Seine Augen begannen zu flackern.

„Wer hat Ihnen geholfen, Janssen in den Hofgarten zu transportieren und wie ein Opfer satanistischer Praktiken zu inszenieren? Monsignore Kammhuber?"

„N-nein, n-nein", stotterte er und rang nach Worten.

Er holte ein Stofftaschentuch aus der Hosentasche und wischte sich die Stirn ab.

„Kammhuber bringt als einer der wichtigsten Münchner Prälaten das nötige Know-how mit, Sie spielen den Handlanger, beseitigen alle Spuren, entsorgen Janssens Handy und den USB-Stick – und schon ist der Spuk mit der skandalträchtigen Sensation vorbei."

Entgeistert schüttelte Klarner den Kopf.

„Nein! So war es nicht!", rief er.

„Wie war es dann?", bohrte Haffner nach. „Erleichtern Sie Ihr Gewissen! Sie werden sehen: es geht Ihnen danach sofort besser!"

„Aber – ich – war – das – nicht!", skandierte er wie von Sinnen. „Ich habe Ihnen doch schon gesagt: ich war zu Hause, als Janssen ermordet wurde."

„Wer war es dann?“

Während draußen ein weiterer Wolkenbruch niederging, heiterte sich seine Miene plötzlich schlagartig auf.

„Ich durfte dem Kardinal bei unserer letzten Fußwallfahrt zum Frauendreißiger in Thalkirchen persönlich die Hand schütteln“, säuselte er. „Er hat mich ausdrücklich ermuntert, den eingeschlagenen Weg unbeirrt weiterzugehen.“

„Kardinal Rosenkrantz? Welchen Weg?“

„Ja, Kardinal Rosenkrantz! Er bewundert das leuchtende Zeugnis, das wir in diesen wirren Zeiten in dieser säkularisierten Welt ablegen. *Wir* halten die Fahnen hoch, *wir* sind der Fels in der Brandung!“

In seinen Augen flackerte es wieder. Haffner hatte das Gefühl, dass ihm der Faden wieder entglitt, während sein Gegenüber offenbar an Boden gewann.

„Monsignore Kammhuber hat doch bestimmt exzellente Beziehungen nach Rom“, versuchte er ihm zu suggerieren.

„Kann sein. Weiß nicht. Ohne Rom geht in der Kirche doch sowieso nichts.“

Er errötete gerade so sehr, dass in Haffner der Verdacht aufkeimte, seine Vermutung könnte doch viel mehr mit der Realität zu tun haben, als ihm lieb war.

„Hat Kammhuber Ihre Meinung über das Institut eigentlich geteilt?“

„Tausendprozentig. Er hat immer wieder gesagt, dass das mit dem Projekt eines Tages ein übles Ende nehmen wird. Wir alle dachten das. Das Ergebnis sehen wir ja.“

„Was meinen Sie mit *alle*?“

Tim Klarner erschrak und fasste sich ans Kinn. Ihm schien plötzlich klar zu werden, dass er sich verplappert hatte.

Er überlegte eine Weile, bevor er antwortete: „Alle, die sich wie ich vorbehaltlos für unsere Überzeugung einsetzen.“

Haffner fiel auf, dass Klarners Gedanken hin und wieder wie auswendig gelernte oder nachgebetete Phrasen wirkten. Er hatte laut Akten Abitur, ein Wirtschaftsstudium hatte er erfolglos abgebrochen. Haffner musste an Gehirnwäsche denken: Wie viel von dem, was er da von sich gab, war wirklich seine ureigene Überzeugung?

„Alle?“, fragte er noch einmal und durchbohrte ihn so scharf, dass er ganz verschüchtert zurückäugte.

Aber er verstand offensichtlich nicht, worum es Haffner ging. Also präzisierte er seine Frage.

„Schauen wir uns zum Beispiel ganz konkret Ihre Gemeinde an: teilen wirklich alle ohne Ausnahme Ihre Haltung?“

Er zog die Schultern hoch.

„Ich weiß nicht. Ich hoffe es.“

„Wie gut kennen Sie Doktor Galli?

„Kennen ist übertrieben“, wehrte er ab.

Haffner fixierte ihn so lange, bis er seinem Blick auswich und zum Fenster hinausschaute, hinter dem sich eine wahre Sintflut abspielte.

Klarner sann nach und meinte dann: „Wir waren uns nicht tausendprozentig einig, was ihre Arbeit betrifft. Wenn ich mit ihr darüber sprechen wollte, hat sie das Thema gewechselt. Ich habe ihr trotzdem ein paar Mal nahegelegt, sich einen anderen Job zu suchen.“

„Entschuldigung“, unterbrach Adlgasser ihn unsanft. „*Nahelegen* klingt für mich nicht wie ein guter Rat, sondern wie eine Drohung.“

„Quatsch!“, sagte er verärgert. „Ich habe ihr gesagt, sie soll sich mit ihrer Arbeit nicht ihr eigenes Grab schaufeln.“

Er sah die beiden Kommissare abwechselnd an und wartete offenbar auf eine Zwischenfrage. Da die ausblieb, fuhr er fort: „Wir alle haben die Wahl. Wir können uns fürs Paradies entscheiden oder für die ewige Verdammnis. Doktor Galli ist doch zu weit Höherem berufen!“

„Zum Beispiel zur Leitung des Instituts?“

„Das ist doch absurd!“, entrüstete er sich. „Wo wäre denn da der Unterschied zu jetzt? Es gibt so viele tolle theologische Texte. Warum kümmert sie sich nicht darum? Das wäre was für sie. Aber doch nicht dieser Ketzer!“

Er brach ab und schüttelte angewidert den Kopf.

„Ich konnte sie nie überzeugen. Wissenschaft ist Wissenschaft, hat sie gesagt. Als ob es um die Wahl zwischen

Äpfel und Birnen gehen würde. Ich hoffe sehr, dass die Ereignisse der letzten Zeit sie endlich aufrütteln."

Vermutlich verstand er tatsächlich nicht, was Galli auch Haffner zu erklären versucht hatte: dass ein Wissenschaftler sich mit Themen auseinandersetzen kann oder muss, die ihm persönlich gegen den Strich gehen. Er machte den Mund auf, klappte ihn aber sofort wieder zu. Wenn es Nicoletta Galli nicht gelungen war, ihm das plausibel zu machen – was konnte er da ausrichten?

„Hat Sie Ihnen gegenüber jemals Kritik an ihrer Arbeit geäußert?"

„Am Projekt nicht, nein. Aber dieser angebliche Sensationsfund hat sie umgetrieben. Das ging ihr wohl zu weit. Sie hat gesagt, ihr Chef sollte aufpassen, dass er sich am Ende nicht die Finger verbrennt."

Haffner wurde hellhörig.

„Hat sie gesagt, was sie damit meint?"

Klarner schüttelte den Kopf.

„Sie hat nur erwähnt, dass sie ihm deswegen heftig ins Gewissen geredet hat."

„Wie sind die beiden allgemein miteinander ausgekommen?"

Auf Klarners Miene machte sich Empörung breit.

„Keine Ahnung! Ich war doch nie dabei. Begeistert hat sie nicht gewirkt. Ich habe mich gewundert, dass sie unbedingt auf diese Forschungsreise nach Rom mitwollte."

Haffner und Adlgasser warfen sich einen überraschten Blick zu.

„Heißt das, dass Janssen sie gar nicht mitnehmen wollte?"

Er zuckte wieder mit den Schultern.

„Woher soll ich das wissen?"

„Eine letzte Frage", sagte Haffner. „Können Sie sich vorstellen, dass die beiden …"

Den Rest des Satzes verkniff er sich absichtlich. Klarner verstand ihn auch so auf Anhieb.

„Sie wollen Frau Galli allen Ernstes unterstellen – "

Diesmal brach er mitten im Satz ab, setzte eine

schmerzverzerrte Miene auf und sagte: „Ich fasse es nicht. Glauben Sie ernsthaft, dass alle nur Sex im Kopf haben? Ich kenne in unserer Gemeinde niemand, der es mit seinem Glauben so tausendprozentig ernst meint wie sie. Ts, ts, ts! Ich fasse es nicht!"

„Dein Eindruck?", fragte er Adlgasser, als Klarner zur Tür hinaus war.

In der Luft lag noch immer der abgestandene, modrige Geruch, den er mitgebracht hatte. Sie presste die Lippen aufeinander und breitete die Hände aus.

„Er war's tausendprozentig nicht", antwortete sie schmunzelnd. „Aber in Mathematik könnte er ein bisschen Nachhilfe gebrauchen: mehr als hundert Prozent gibt's halt mal nicht. Aber mal ernsthaft: Motiv hin oder her – woher hätte der die Schlange haben sollen? Und von Satanismus hat er keinen blassen Schimmer, wie wir jetzt gesehen haben."

Haffner nickte und sah zum Fenster hinaus. Mittlerweile goss es seit Stunden ununterbrochen wie aus Gießkannen. Die Neonröhren surrten über ihren Köpfen. Alles in allem ziemlich mau, das Ergebnis dieses Vormittags. Er verschränkte die Arme, schloss die Augen und dachte nach.

Schließlich sprang er auf und lief zu Kathi ins Büro.

„Könntest du dein Französisch noch mal rauskramen?", fragte er.

Sie drehte sich zu ihm um und warf ihm einen verführerischen Schlafzimmerblick zu.

„Wenn du ganz brav *bitte* sagst."

„Bitte."

„Was soll ich tun?"

„Ruf doch *bitte* im Pariser Nationalarchiv an und erkundige dich, was Janssen dort gesucht hat. Möglicherweise liegt der Schlüssel zu unserem Fall ja dort. Und wo du gerade dabei bist: Frag *bitte* in Rom nach, ob sich jemand vom Personal an Janssen und Galli erinnert. Man kann auch getrennte Zimmer buchen und sich trotzdem gemeinsam verlustieren."

„Und du?", rief Adlgasser herüber. „Was treibst du in der

Zwischenzeit?“

„Ich geh Mittag essen.“

„Allein?“

„Nein.“

Er kam zurück ins Büro. Adlgasser musterte ihn neugierig. Er aber grinste und deutete zum Fenster hinaus, wo die Sintflut weitertobte.

„Und dann mach ich’s wie der gute alte Columbo: ich gönne mir zur Abwechslung eine Beerdigung. Meine letzte ist ja schon satte vierundzwanzig Stunden her. Sonst bekomme ich noch Entzugserscheinungen.“

Sie sah ihn entgeistert an.

„Was glaubst du, dass du da findest?“

„Wenn ich das wüsste, liebe Vroni“, versetzte er, „dann müsste ich nicht in dieses Sauwetter raus.“

73

Die Münchner Mordkommission tritt beim Hofgartenmord *noch immer auf der Stelle. Wir hatten kürzlich schon berichtet, dass offenbar Beweismaterial verschwunden ist. Das Mordopfer hatte unserem Sender die Exklusivrechte an seiner Jahrhundertentdeckung zugesichert. Der leitende Ermittler, Hauptkommissar Haffner, scheint der Aufgabe in zunehmendem Maße nicht gewachsen zu sein. Zu allem Überfluss hat, wie wir aus sicherer Quelle erfahren haben, einer der Verdächtigen einen Selbstmordversuch unternommen und ist nach Aussage der behandelnden Ärzte nicht vernehmungsfähig. Wir fragen uns, ob die Staatsanwaltschaft die Leitung in diesem Fall nicht allmählich in versiertere Hände legen sollte.*

Rudi Stölzls Gesicht verschwand von der Mattscheibe. Die Kameraeinstellung wechselte in den Pressesaal des Präsidiums. Giulio Cancro knabberte genüsslich an einer Giga-Portion Chips.

„*Ehi*, schau mal“, rief er in die Küche und wischte sich mit dem Handrücken den vollgesabbelten Mund ab.

Dabei fuchtelte er wie wild vor dem Bildschirm herum.

„Was sagst du?“, fragte Silke.

„Schau mal, wer da im Fernsehen ist!“

Neugierig steckte sie den Kopf herein.

„Wow! Der Kommissar aus dem Biergarten.“

Giulio Cancro nickte.

„Meinst du nicht, wir sollten endlich zur Polizei gehen?“

Er riss die Augen weit auf.

„Wir haben doch nichts gesehen.“

„Gesehen nicht, aber gehört“, gab sie zurück. „Du bist vielleicht ein Schisser.“

„Was heißt *Schissa*?“, ahmte er sie nach. „Ich lebe zwar seit Jahren in München, aber ich bin immer noch Italiener. Und wir Italiener haben ein ganz besonderes Verhältnis zur Polizei, ob du’s glaubst oder nicht.“

Sie sah ihn verständnislos an. Also breitete er theatralisch die Arme aus.

„Na: entweder du bist der Mafioso – oder der Polizist ist einer. So oder so steckste in der Scheiße! *Capisci* – verstehst du?“

Silke schüttelte ihre beiden Lolitazöpfchen, die sie sich am Morgen extra für ihn geflochten hatte.

„Wir sind doch nicht in *bella Italia*“, murrte sie und knallte ihm die Colaflasche aufs Beistelltischchen.

Giulio Cancro rollte mit den Augen und zog die Brauen zusammen.

„Jetzt komm mir bloß nicht mit *die Polizei, dein Freund und Helfer*!“

Er holte tief Luft und dann brach es aus ihm heraus: „Warst du schon mal bei die Bullen? Nein? Na, dann erzähl ich dir was. Wollte vor zwei Monaten melden, dass ich hab verloren mein Nummernschild – “

„Dass ich mein Nummernschild verloren *hab*“, unterbrach sie ihn, hob den Zeigefinger und lächelte schelmisch.

Aber er fuhr unbeirrt fort: „Kannste dir nicht vorstellen, was das für ein Heckmeck war! Rufe ich am Sonntag Abend an und frage, ob ich kommen kann, weil mir’n Freund gesagt hat: musste machen. Also mach ich, geh am Montag Vormittag, bevor ich in die Arbeit muss. Denk mir: ist ’ne Sache von paar Minuten. Aber: Kein Parkplatz, nix, wo du deine Karre hinstellen kannst. Davor alles Halteverbot und so. Also such ich’n Kilometer entfernt beim Saturn. Krieg ich endlich einen, renn zurück zur Station. Warten zwei *ragazze* vor der Tür, geht auf, geh ich rein, warten drei Typen drinnen, die unterhalten sich. Ich setz mich auf'n Klappstuhl und frag, ob's lang dauert. Die lachen. Superlustig! Is'n kleiner Gang, vier Meter *al massimo*, eineinhalb Meter breit. Kriegste Klaustrophobie! Gegenüber verspiegeltes Fenster. Siehste nix. Auf der anderen Seite 'ne Kamera. Kommste dir vor wie ein Verbrecher. Nach 'ner halben Stunde geht der Türöffner, geht der erste von die drei Typen vor mir rein. Kommt der nächste von draußen, setzt sich und erzählt mir die Story vom wilden Pferd. Tür geht wieder auf, und eine Blondine in Uniform mit kurzen Haaren fragt, was wir wollen. Der eine hat'n Unfall gehabt und braucht was wegen Versicherung. Fehlanzeige bei der Polizei. Soll das mit Versicherung klären. Er versteht aber nix. Kann nur Arabisch, kein Wort Deutsch, kein Wort Englisch. Der andere will 'ne Aussage machen wegen Einbruch beim Nachbarn. *Und Sie?* Ich reagiere erst gar nicht. Aber sie meint mich. *Verlustmeldung?* Ne, sag ich, Kennzeichen. *Also 'ne Verlustmeldung.* Frag ich: Woher wissen Sie das? Sie: *Hab ich geraten.* Ich krieg 'nen Hals – sind wir hier im Polizeistaat?"

Silke fing an zu grinsen.

„Hörst du mir überhaupt zu?", beschwerte er sich.

Im Fernsehen lief inzwischen eine Dokusoap zu Trickbetrügern. Cancro langte nach dem Glas und trank einen Schluck von seiner Cola.

„Nach einer Stunde", erzählte er weiter, „kommt eine Frau mit Hund und zwei Kindern. Türsummer summt. Die Frau geht einfach durch. Der Alte und ich sitzen da wie belämmert. Ich sag: Tschuldigung, hinten anstellen – ? Die Frau dreht sich um und sagt: *Tschuldigung, ich wusste nicht … Ich dachte …* Von drinnen brüllt eine Stimme: *Wenn ich die Frau reinlass, kann die rein, ja?! Cazzo* – klar! Man wird wohl noch fragen dürfen, denk ich. Durch die Tür hör ich, dass sie dem Kleinen das Rad geklaut haben. Obwohl: sicher ist es nicht, dass sie es geklaut haben. Die Frau kommt raus. Der Alte schlüpft rein. Dann kommt so ein langhaariger Bombenleger. Der Türsummer summt zum x-ten Mal. Ich verdreh' die Augen und glaub's nicht. Der Hippie geht rein, kommt wieder raus nach fünf

Minuten und verschwindet. Nach einer Ewigkeit hör ich die Stimme von der Blondine durch die Tür – die mit den kurzen Haaren vom Anfang, verstehste? *Wie lang wollt Ihr den da draußen eigentlich noch sitzen lassen? Der hockt da seit zwei Stunden.* Kannste dir vorstellen? Zwei Stunden! Wegen Nummernschild! Voll Scheiße, echt ey!"

Eine Sekunde lang hielt er den Atem an, bevor er fortfuhr: „Der Alte kommt raus, ich steh auf und mein: jetzt kannste rein. *Ma no!* Die Tür geht auf, ein Pärchen, sie 'ne kleine Blonde, er Dummschwätzer mit Nickelbrille. Durch die Tür hör ich, dass sie gestalkt wird. Ok: Stalking geht vor. Irgendwie ist alles wichtig, bloß mein Nummernschild nicht! Muss ja nur in die Arbeit. Die zwei kommen raus. Fragen mich, ob ich schon lange warte. Mir platzt fast der Kragen, hab aber keine Lust, meine ganze Geschichte zu erzählen und mir die Lebensgeschichte von den zwei Psychopathen anzuhören! Der Typ labert die Tussi voll mit megawichtigen Tipps, fragt sie aus, ob sie dies oder das gemacht hat."

Silke setzte eine mitleidsvolle Miene auf und nahm neben ihm auf der Couch Platz, wuschelte ihm durch die Locken.

„Und das Ende vom Lied?", fragte er und sah sie erwartungsvoll an.

Sie wiegte den Kopf hin und her, dass ihre Zöpfchen für ihn tanzten. Er musste fast schon selbst grinsen. Aber er riss sich am Riemen und sagte: „Die Blondine hat sich am Ende persönlich um mich gekümmert. Denke mir: schau, schau! Sie: *Warum sind Sie so sauer?* Ich: Weil ich blöd angequatscht worden bin? Sie: *Von wem?* – Von Ihnen. – *Ich wollte nur witzig sein.* Haha! Witzig! Das sind vielleicht Witze. Auf der Zulassungsstelle haben sie dann festgestellt, dass die Vollpfosten von der Polizei das falsche Kennzeichen zur Fahndung ausgeschrieben haben!"

Sie sah ihn mit glänzenden Augen von unten an. Er konnte sich das Grinsen kaum mehr verkneifen.

„Willst du immer noch zur Polizei?", fragte er, fingerte nach seiner Sonnenbrille, die auf dem Tisch lag, setzte sie auf die Nase und blickte sie finster an.

„Wenn du dich so aufführst, behalten die dich wirklich noch

da und buchten dich ein, du Mafioso“, sagte sie kichernd, fiel ihm um den Hals und drückte ihm einen dicken Schmatz auf die Backe.

74

Vor über siebzig Jahren hatte der Ostfriedhof durch eine Nacht- und Nebelaktion traurige Berühmtheit erlangt, als hier die führenden Nazischergen eingeäschert worden waren. Inzwischen hatten unter anderem Rex Gildo, der Schwarm unzähliger Frauenherzen, oder der exzentrische Modezar Rudolph Moshammer auf dem Areal ihre letzte Ruhestätte gefunden, weshalb die kollektive Erinnerung an die Ereignisse während und kurz nach der Nazi-Diktatur längst unter einem Firnis der Nostalgie verschwunden waren.

Oksana hatte Haffner eine SMS geschickt und vorgeschlagen, gemeinsam spontan Mittag zu essen. Das hatte ihm eine kleine Verschnaufpause gegönnt. Als sein Blick jetzt durchs Taxifenster fiel, bereute er es, seinen Knirps in der untersten Schublade seines Schreibtisches zurückgelassen zu haben. Wider besseres Wissen hatte er sich falsch entschieden: die Himmelsschleusen machten auch nicht für Sekunden dicht.

„Haben'S Ihren Schirm vergessen, Herr Kommissar?", fragte der Chauffeur.

Er nickte und brummte.

„Und der Fall? Haben'S den gelöst?"

Neugierig blickte der Taxler in den Rückspiegel. Haffner konnte sich nicht erinnern, ihm je zuvor begegnet zu sein.

„Man sieht Sie ja jetzt fast täglich in den Nachrichten", fuhr er fort und lenkte seinen beigen Mercedes auf den Sankt-

Martins-Platz.

Der Regen trommelte gnadenlos aufs Dach und gegen die Fensterscheiben.

„Wir sind kurz davor“, grummelte Haffner gedankenverloren und kramte in seiner Gesäßtasche umständlich nach seinem Portemonnaie, denn er saß dummerweise darauf.

„Stimmt es, dass der Papst diesen Wissenschaftler hat abmurksen lassen?“

„Wer behauptet so was?“

„Sie sollten mal bei unserem Taxler-Stammtisch vorbeischauen, am besten gleich heute Abend im Hofbräuhaus. Sie werden es nicht bereuen! Taxler-Ehrenwort.“

Endlich erwischte Haffner die Brieftasche und klappte sie auf.

„Sie kriegen auch eine Gratis-Fahrt nach Hause.“

„Passt so“, sagte er lachend und drückte dem Fahrer die Summe abgezählt in die Hand. „Ich schau, ob ich es einrichten kann.“

Der Taxler streckte den Daumen in die Höhe. Haffner sandte einen Blick durchs Fenster zum Himmel, dann stieß er, die Quittung in der Tasche, mit Schwung die Tür auf und flitzte hurtig aus dem Wagen und spurtete über den Platz, um Unterschlupf in der riesigen Halle zu finden. Dabei fluchte er wie ein Rohrspatz und zog den Kragen seines Sommermantels, den er für alle Fälle immer im Büro hängen hatte, so hoch es ging nach oben. Zumindest den hatte er übergeworfen. Trotzdem fühlte er sich, noch bevor er sich unter die schützenden Kolonnaden retten konnte, wie ein begossener Pudel: das Wasser lief ihm in Strömen in den Kragen. Es war ekelhaft.

Unter dem schützenden Dach angekommen, schüttelte er den Regen ab und betrat die riesige Aula, die Ähnlichkeit hatte mit einer frühchristlichen Basilika. Im vorderen Bereich saß verstreut ein übersichtliches Grüppchen, das in der geräumigen Halle fast unterging. Haffner ließ seinen Blick über die Trauergäste schweifen und identifizierte die Mitarbeiter des

Instituts. In der ersten Reihe saß Verena Schacht mit ihrer Tochter, die sich an die Mutter schmiegte, daneben ein Herr, den Haffner auf etwa sechzig schätzte. Irgendwoher kannte er ihn, aber er zermarterte sich erfolglos das Gehirn, woher. Zwei Männer in Armani-Anzügen nahmen gerade etwas abseits Platz. Ihre Gesichter und die ein paar anderer Gäste sagten ihm nichts.

Einige unterhielten sich flüsternd. Nicoletta Galli wandte den Kopf um. Als sie ihn erblickte, nickte sie. Sie trug ein elegantes schwarzes Kostüm, eine dunkle Ray-Ban-Sonnenbrille und erinnerte ihn an Verena Schacht bei ihrem Zusammentreffen in der Pathologie. Blass und kraftlos saß sie auf ihrem Stuhl und glich einer welken Blume, deren Blüte sich neigt. War das die Frau, die Beruf und Privates so gut zu trennen verstand?

Er setzte sich. Plötzlich ertönte ein dumpfer Gong, schwoll an und ebbte allmählich wieder ab. Dann schwebten meditative Orgelklänge vom Band durch den Raum. Er kannte die Melodie. Doch ihm fiel beileibe nicht ein, wo er sie schon einmal gehört hatte. Grantig schüttelte er den Kopf. Er versuchte krampfhaft, an etwas anderes zu denken. Das funktionierte immer.

Ein Herr mit dunklem Anzug und Stiftenkopf schritt durch die Apsis, verneigte sich vor dem Sarg und stellte sich hinter einen Marmorblock, der als Lesepult diente. Haffner hatte den städtischen Angestellten einmal bei einem Empfang im Rathaus kennengelernt. Was man Edwin Huschek gerade nicht ansah: er war ein ausgesprochen jovialer Zeitgenosse, einer von denen, die einen Witz nach dem anderen erzählen und jeden zum Lachen bringen.

Jetzt hielt Huschek die Wimpern gesenkt und wartete, bis die Musik verklungen war.

„Wir haben uns heute hier eingefunden, um Abschied zu nehmen von Herrn Doktor Gernot Janssen“, hob er feierlich an und trug einen ausführlichen Lebenslauf vor.

Ab und an drang ein Schniefen oder Schnäuzen an Haffners Ohr.

„Es ist ihm leider nicht mehr vergönnt, seine Tochter zur jungen Frau heranreifen zu sehen. Obwohl die Familie von der schmerzhaften Trennung gezeichnet war, gab Doktor Janssens Gattin die Hoffnung nie auf, dass sich ihre Lebenswege eines Tages wieder kreuzen würden. Diese Hoffnung wurde durch das Hinscheiden von Gernot Janssen, einem herausragenden Forschergeist, zunichte gemacht. Seine Schaffenskraft hat Gernot Janssen der Herausgabe der Werke eines der größten Köpfe des Abendlandes gewidmet. Seine Kollegen und Mitarbeiter danken ihm für die fruchtbare Zusammenarbeit ebenso wie seine Frau und seine Tochter für all die gemeinsamen glücklichen und innigen Momente erfüllter Liebe und Zuneigung. Der Tod kennt keinen Groll, er löst alles in Wohlgefallen auf."

Ein Schluchzen hallte durch die Weiten der Aula. Haffner begann hin- und herzurutschen. Natürlich hatte es keinen Sinn, bei einer solchen Feier charakterliche Defizite zu beschwören. Doch die Glorifizierung Janssens rührte ihn seltsam an.

Während er seinen Gedanken nachhing, schritt Huschek in seiner Rede voran: „… werden die Hinterbliebenen Doktor Gernot Janssen stets ein ehrendes Gedenken bewahren …", hörte er.

Erneut zerriss ein Schluchzer die Stille. Haffner versuchte einen Blick auf die trauernde Gattin zu erhaschen. Doch Irmgard Bauer, Janssens Sekretärin, und Doktor Huberti versperrten ihm von seinem Platz aus die Sicht.

In einem selbstverfassten Nekrolog bezeichnete Janssen sich als überzeugten Atheisten und legte sein Vermächtnis in die Hände des nunmehr verwaisten Projektes.

„Nur so ist es mir möglich, in die Zukunft hineinzuwirken und weiterzuleben. Ich bereue nichts von dem, was ich an Widersinnigem produziert habe", verlas Huschek Janssens getragene Worte weiter. „Sollte ich jedoch jemandem zu unrecht Schmerz zugefügt haben, so bitte ich um Nachsicht."

Haffners Blick fiel auf Nicoletta Galli. Sie wirkte wieder gefasst, fast fassadenhaft. Am meisten beschäftigte ihn jedoch der gewaltige Unterschied zwischen der Beerdigung tags zuvor und dieser Trauerfeier. Ihm hatte es den Hals zugeschnürt, als sein Großvater für immer in dieses Erdloch hinunterfuhr. Und hier? Regungslose Betroffenheit. Oder täuschte der Eindruck?

Huschek war inzwischen fertig und trat dezent zur Seite. Zu den bombastischen Klängen von Straussens *Also sprach Zarathustra* schritten ein paar Bestatter heran, nahmen den Sarg auf und trugen ihn langsam an der kleinen Traube Trauernder vorbei. Diese hatten sich erhoben und folgten schweigend, um Janssen auf seiner letzten Reise ein Stück weit zu geleiten.

Haffner reihte sich als letzter ein und holte erst einmal tief Luft. Er hatte das Gefühl zu ersticken und öffnete einen weiteren Hemdknopf. Die Luft war feucht. Es hatte merklich abgekühlt.

Nachdem der Sarg den Blicken entschwunden war, bildeten sich kleine Grüppchen. Nicoletta Galli und die beiden Herren in Armani-Anzügen gesellten sich zueinander. Haffner schlenderte wie orientierungslos herum und näherte sich den drei möglichst unauffällig.

„… würde ich mir an Ihrer Stelle ernsthaft noch einmal durch den Kopf gehen lassen“, sprach der ältere von beiden gerade. „Eine solche Chance bietet sich nur selten im Leben.“

Doktor Galli legte den Kopf schief und schwieg.

„Herr Kommissar Haffner!“, erscholl plötzlich eine sonore Bassstimme hinter ihm.

Er fuhr herum. Vor ihm stand Verena Schachts Begleiter.

„Herr Kardinal Rosenkrantz“, entfuhr es ihm, als hätte ihm der Name die ganze Zeit schon auf der Zunge gelegen.

Seine Eminenz war ohne Habit und purpurfarbenes Scheitelkäppchen erschienen und trug stattdessen einen dunklen Anzug mit Brustkreuz. Die beiden Männer reichten sich die Hände.

„Auf ein Wort“, sagte Rosenkrantz höflich und lächelte ihn an.

Er nickte, und sie gingen ein paar Schritte weiter. Der Kardinal strich sich bedächtig über das glatt rasierte Kinn.

„Finden Sie es wirklich angebracht, Frau Schacht an diesem schweren Tag einem Verhör zu unterziehen?“

Ein sonderbarer Einstieg, dachte er und blickte den Kardinal überrascht an.

„Ich mache nur meinen Job“, sagte er achselzuckend. „Wenn ich stets auf Befindlichkeiten oder Gefühle Rücksicht nehmen würde, blieben die meisten Fälle ungeklärt. In welcher Beziehung stehen Sie eigentlich zum Toten?“

Kardinal Rosenkrantz faltete die Hände vor dem Bauch.

„Es ist anders, als Sie denken“, sagte er.

Haffner maß ihn mit neugierigen Augen.

„Darf ich Ihnen eine ganz einfache Frage stellen, Herr Kardinal?“, fragte er.

Der Kardinal breitete die Arme einladend aus.

„Wo waren Sie am Dienstag Nacht vor einer Woche zwischen zehn und zwei?“

„Das ist nicht Ihr Ernst, oder?“, sagte er und legte die Stirn in Falten.

Seine Miene versteinerte sich schlagartig.

„Wie ich schon sagte: es ist nicht so, wie Sie sich das Ganze vorstellen“, erwiderte er und begann schließlich zu erzählen, wie er an jenem Abend einen Anruf von Verena Schacht erhalten hatte und wie sie ihm verzweifelt und unter Tränen von Janssens Scheidungsplänen berichtete.

„Ich habe Julia getauft. Sie ging bei mir zur Erstkommunion, vor zwei Jahren habe ich sie gefirmt. Verena ist eine entfernte Verwandte von mir – über sie habe ich Gernot kennengelernt.“

„Ihr Alibi!“, sagte Haffner fordernd.

Der Kardinal schnaufte und runzelte abermals die Stirn.

„Mein Alibi? Ich habe mich spät abends zu ihr fahren lassen. Mein Chauffeur war zu Hause – seine Frau erwartete dieser Tage ihr viertes Kind. Also habe ich meinen Sekretär gebeten, mich hinzubringen. Er war es auch, der mich am Morgen wieder abgeholt hat. Wir wären uns übrigens fast begegnet.“

Haffner stutzte. Doch plötzlich erinnerte er sich, dass an jenem Mittwoch Morgen tatsächlich eine schwarze Limousine vor dem Haus geparkt hatte, als er mit Adlgasser dort vorgefahren war.

„Du glaubst nicht, wen ich hier getroffen habe!“, rief er Adlgasser ins Telefon.

„Vielleicht verrätst du’s mir?“, versetzte sie.

Er berichtete ihr in aller Knappheit von der wunderlichen Begegnung.

„Rufst du bei Kammhuber an und überprüfst die Geschichte? Ich brauche hier noch ein Weilchen.“

„Für dich kommt eigentlich gerade Besuch: ein Pärchen will was mitbekommen haben.“

„Wegen Janssen?“

„Exakt.“

Er dachte blitzschnell nach.

„Kannst du das nicht übernehmen? Ich kann hier nicht weg! Wieso melden die sich eigentlich erst jetzt? Gib mir kurz Bescheid, ok? Und erinnere Kathi daran, dass sie mich wegen Rom auf dem Laufenden hält!“

Er hatte kaum aufgelegt, als er aus dem Augenwinkel drei Leute auf sich zukommen sah.

„Darf ich Ihnen Hauptkommissar Haffner vorstellen? Er leitet die Ermittlungen zu Gernots Tod“, sagte Doktor Galli.

Die vier schüttelten einander die Hände.

„Albert von Greiff“, stellte sich der ältere der beiden schicken Herren vor und erkundigte sich dann: „Haben Sie den Übeltäter schon gefasst?“

„Wir sind ihm auf den Fersen“, sagte Haffner.

„Tatsächlich?“, schaltete sich der jüngere ein. „Die Medien malen aber ein ganz anderes Bild. Wir wären froh, wenn das Projekt, das wir finanzieren, wieder aus der Schusslinie käme! Was ist eigentlich mit dieser Spur in den Vatikan? Ist Ihnen die Sache eine Nummer zu groß?“

Haffner musterte ihn argwöhnisch. *So jung und schon so arrogant*, dachte er.

„Egmont!“, fuhr ihn von Greiff an. „Die Polizei mag Fehler machen. *Errare humanum est*, nicht wahr, Herr Hauptkommissar? Aber sie erledigen doch nur ihren Job.“

Er lächelte kühl und klopfte seinem jüngeren Gefährten väterlich auf die Schulter. Dann sagte er: „Verzeihen Sie meinem Freund seine allzu direkte Art. Er hat einen sehr speziellen Humor.“

Albert von Greiff strahlte Haffner mit seinen blütenweißen Zähnen an, als spielte er gerade die Hauptrolle in einer Zahnpastawerbung.

„Wir stehlen Ihnen dann mal lieber nicht weiter Ihre kostbare Zeit. Weidmanns Heil bei der Verbrecherjagd!“, sagte er, sah Doktor Galli von der Seite her an und meinte noch: „Vielleicht können Sie Frau Galli ja davon überzeugen, die Leitung des Instituts zu übernehmen. Uns ist es nicht gelungen.“

Er wandte sich Haffner wieder zu und streckte ihm die Hand entgegen.

„Adieu! Hat mich gefreut, Herr Hauptkommissar.“

Die beiden verabschiedeten sich von Nicoletta Galli und trabten davon. Auch die übrige Trauergemeinde zerstreute sich allmählich in alle Winde. Verena Schacht schritt mit Kardinal Rosenkrantz und ihrer Tochter an ihm vorüber, ohne ihn eines weiteren Blickes zu würdigen. Seine Eminenz hob die Hand wortlos zum Abschied.

„Ich weiß nicht, wie es Ihnen geht“, sagte Nicoletta Galli und sah ihm erwartungsvoll in die Augen. „Aber ich bliebe gern noch ein wenig unter Leuten. Würden Sie mich auf ein Glas begleiten?“

„Kennen Sie denn ein nettes Lokal in der Nähe?“, entgegnete er.

„Wie wäre es mit dem Schoberwirt? Oder möchten Sie es lieber weniger rustikal?“

Erst jetzt bemerkte er, dass die Sintflut endlich aufgehört hatte. Nur die feuchtkalte Luft und der wolkenverhangene Himmel erinnerten an die kurz zuvor noch weit geöffneten Schleusen, die sich über die Stadt ergossen hatten. Sie schlenderten hinüber zur Tramhaltestelle und saßen kurze Zeit später in der wohligen Wärme der urigen Traditionswirtschaft.

75

Es war immer dasselbe: nicht nur, dass sich die Ermittlungen seit einer Woche im Kreis drehten – seit Haffner seinen Großvater zu Grabe getragen hatte, schien er wie ausgewechselt. Er hatte Adlgasser angerufen, um sich mit ihr nach der Trauerfeier für Gernot Janssen kurzzuschließen. Kaum hatte er aufgelegt, tanzte ihr Handy auf dem Schreibtisch.

„Was ist denn, Mama?“, fragte sie genervt.

Das fehlte ihr gerade noch: Samira war beim Klettern von einem Ast gefallen und hatte sich den Arm gebrochen.

„Ich kann jetzt unmöglich weg“, erklärte sie ihrer Mutter, die völlig durch den Wind schien. „Muss hier unbedingt noch eine Aussage aufnehmen. Bin spätestens in einer Stunde bei euch, ok?“

Sie legte auf und ächzte. *Murphy's Law lässt grüßen*, dachte sie. Es klopfte.

„Herein!“, rief sie.

Ein Kollege steckte die Nase durch die Tür.

„Die beiden Zeugen wären jetzt da.“

„Lass sie rein“, sagte sie, winkte und richtete sich auf.

Durch die Tür spazierte ein untersetzter mediterraner Typ mit Goldkettchen. Er war bestimmt einen Kopf kleiner als seine weibliche Begleitung, die er im Schlepptau hatte: eine ziemlich hübsche, schlanke Frau um die fünfundzwanzig mit einer Bombenfigur und Zöpfchenfrisur. Adlgasser musste schlucken. Er kaute schmatzend an einem Kaugummi.

„Wir wollten eigentlich zu einem Hauptkommissar Haffner“, erklärte der Mann.

„Und Sie sind?“

„Giulio Cancro. Das ist meine Freundin Silke Schneider.“

„Mein Kollege ist im Moment außer Haus“, sagte sie. „Worum geht es?“

Sie stand auf und bat Kathi, einen zweiten Stuhl zu bringen. Dann bot sie den beiden an, sich zu setzen.

„Um letzten Dienstag Nacht“, meldete sich Silke Schneider zu Wort.

Sie musterte die beiden aufmerksam. Während er ebenso breitbeinig wie breitschultrig dasaß, wirkte Silke Schneider durch ihre unprätentiöse Art weit sympathischer.

„Und worüber möchten Sie eine Zeugenaussage machen?“, fragte Adlgasser und zog die Augenbrauen hoch.

Die beiden warfen einander einen unsicheren Blick zu. Offenbar wussten sie nicht, wo und wie anfangen.

„Da ist doch … dieser *dottore* umgebracht worden“, sagte Cancro schließlich.

„Sie meinen den *Hofgartenmord*?“

Die zwei nickten synchron. Adlgasser nahm ihren Notizblock und tippte mit dem Kugelschreiber darauf.

„Na, dann schießen Sie mal los. Was haben Sie denn gesehen?“

Das Pärchen tauschte wieder Blicke.

„Gesehen …“, stammelte sie, „gesehen haben wir nichts. Es war ja stockdunkel dort im Englischen Garten.“

„Aber?“, insinuierte Adlgasser.

„Gibt’s eigentlich ’ne Belohnung … Ich meine, wenn Sie den Täter fassen?“

Silke Schneider sah sie mit großen dunklen Augen an. Adlgasser seufzte. Dass es den Leuten immer nur um den schnöden Mammon ging! Die Frau lief purpurrot an.

„Es liegt nicht in meiner Kompetenz, das zu entscheiden. Vielleicht erzählen Sie mir einfach, was sie beobachtet haben.“

„Eines müssten wir noch klären“, sagte Cancro, verzog den

Mund und rieb sich die Schenkel.

„Die Polizei verhandelt nicht“, schnitt sie ihm kurzerhand das Wort ab.

„Wir möchten auf keinen Fall irgendwo mit reingezogen werden.“

Er verstummte und sah sie erwartungsvoll an. Adlgasser verstand nicht, worauf er hinauswollte. Ihre Gedanken wanderten zu Samira. Vermutlich saß sie jetzt gerade in einem dieser sterilen Krankenhauskorridore und hatte furchtbare Schmerzen. Vielleicht hätte sie doch lieber fahren sollen. Sie tippte erneut mehrmals mit der Rückseite ihres Stiftes auf den Block und wartete ungeduldig.

„Wir wären froh, wenn wir nicht selber am Ende Probleme bekämen“, meinte Silke Schneider und sah Adlgasser treuherzig an. „Wegen Erregung öffentlichen Ärgernisses.“

Ihre Wangen begannen zu glühen. Cancro nickte, sah gleichgültig zum Fenster hinaus und ließ eine Kaugummiblase platzen. Jetzt schmunzelte Adlgasser. Daher wehte der Wind! Die beiden hatten sich im Englischen Garten miteinander amüsiert!

„Wir sind hier doch nicht bei der Sitte“, erklärte sie und zwinkerte der Frau mit den süßen Zöpfchen und dem sagenhaft engen Kleidchen zu.

Also erzählten die beiden, dass ein Pärchen, eine Frau und ein Mann, nicht weit von ihnen entfernt heftig miteinander gestritten hatte. Sie hatte ihm Vorwürfe gemacht, er nur gelacht. Und plötzlich war es still gewesen.

„Würden Sie die Stimmen wiedererkennen?“, fragte Adlgasser.

„Die waren zu weit weg. Irgendwo da bei den Büschen und Bäumen unterhalb vom Monopteros. Es war total dunkel“, erklärte Silke Schneider.

Adlgasser nickte. Das war doch mal was – und die Uhrzeit passte wie die Faust aufs Auge.

76

In der Zwischenzeit war das Gespräch zwischen Haffner und Galli ins Stocken geraten. Er fragte sich, ob es möglicherweise daran lag, dass der Schoberwirt zwar eine Unzahl an Biersorten führte, aber bedauerlicherweise kein Augustiner darunter. Er musste schmunzeln. Ganz so einfach war es nicht.

„Sie klingen fast schon wie Albert von Greiff vorhin auf dem Friedhof", nahm Nicoletta Galli den Faden schließlich wieder auf.

„Und wenn Ihr Albert schlicht und ergreifend recht hat?", entgegnete er.

„Er ist nicht mein Albert", flüsterte sie ein bisschen pikiert und fuhr dann laut fort: „Aber er ist ein sehr patenter Mensch und hundertprozentig von unserem Projekt überzeugt. Er scheut weder Kosten noch Mühen. So viel Enthusiasmus und Engagement ist heutzutage selten. Dabei lässt er uns sämtliche Freiheiten."

„Klingt wieder mal wie das Paradies auf Erden, das mit Ihrer Stiftung."

Sie nickte und blickte verträumt in die Ferne. Dann fuhr sie sich mit der Hand über die Augen, als wollte sie ihre Gedanken fortwischen.

„Manchmal gibt es gute Gründe, etwas *nicht* zu tun", versetzte sie wie aus heiterem Himmel.

Haffner unterbrach sie nicht.

„Ich habe mich vor knapp zwei Jahren mit guten Gründen für dieses Projekt entschieden, wollte endlich auf eigenen Füßen stehen. Die Von-Greiff-Stiftung erlaubt es uns, ohne zeitliche Vorgaben zu forschen. Etwas Vergleichbares werden Sie in der deutschen Forschungslandschaft vergeblich suchen, vor allem wenn der Staat seine Finger im Spiel hat."

Sie sah ihn an. Doch er blieb ganz Ohr.

„Ich will beileibe nicht in dieses ewige Lamento verfallen, aber es ist nun einmal Tatsache: in unserem Land fehlen die fetten Geldtöpfe, wie sie amerikanische Eliteunis haben. Bei uns legt man hingegen den Wissenschaftlern immer mehr die Daumenschrauben an. Forschung zu betreiben ist bei uns inzwischen eine moderne Form der Sklaverei."

Haffner zog die Augenbrauen hoch.

„Doch, ernsthaft!", beharrte sie. „Der Unterschied zwischen antiker Sklaverei und moderner Ausbeutung ist nicht so groß, wie Sie vielleicht meinen! Die Methoden sind subtiler, die Mechanismen perfider. Wenn sich die Geisteswissenschaften nicht bald vom Diktat der Ökonomie emanzipieren, droht ihnen der Kollaps durch die permanente ‚Optimierung': der Publikationswahn ist der Todesstoß für die wissenschaftliche Qualität! Die Rückkehr zum Mäzenatentum, wie es früher existierte, ist die einzig praktikable Lösung – alles andere ist schnöder Popanz. Man kann Forschung weder ins Korsett einer pseudokommunistischen Planwirtschaft zwängen, die sich neoliberal schimpft, noch die Ergebnisse vom Willen der Sponsoren diktieren lassen. Forschung ist weder ökonomisch noch politisch. Trotzdem versuchen beide, Politik und Wirtschaft, sie zu vereinnahmen. Dabei wird gern übersehen, dass die drei völlig inkompatibel sind. Wer das nicht versteht und die entsprechenden Konsequenzen zieht, stößt die Forschung gnadenlos in den Abgrund!"

Sie hielt inne. Ihre Augen funkelten leidenschaftlich. Ein solches Feuer hatte Haffner bisher noch nicht an ihr bemerkt. Schließlich faltete sie die Hände auf dem Tisch.

„Den Garten Eden gibt es nicht mehr", sagte sie und seufzte, „aber bis zu einem gewissen Grad stimmt es doch: Wir versuchen, in unserem Projekt ein kleines Stück vom Paradies zurückzuerobern."

Sie hob die Augen und lächelte ihn an. Dann schwieg sie wieder und dachte eine Weile nach, bevor sie fortfuhr: „Trotzdem habe ich keine Wahl. Mir sind die Hände gebunden, aus privaten Gründen. Sie haben es selbst gesehen: meine Mutter ist krank. Der Moment, an dem ich mich endgültig entscheiden muss, kommt mit Siebenmeilenstiefeln auf mich zu. Mein Vater ist Hypochonder und generell nicht der robusteste … Eine leitende Position, so attraktiv sie auch sein mag, wäre mir nur hinderlich. Ihr derzeitiger Aufenthalt in München könnte der letzte dieser Art sein. Die unerträgliche Leichtigkeit des Seins hat sich längst aus meinem Leben davongestohlen", flüsterte sie, während sich ihre Augen langsam mit Tränen füllten.

Haffner beobachtete sie gespannt. Unter anderen Umständen hätte er vielleicht den Arm um sie gelegt, um sie zu trösten. Bevor er reagieren konnte, winkte sie jedoch selbst harsch ab.

„Egal! Was säusle ich Ihnen die Ohren voll! Reden wir von heit'reren Dingen", sagte sie.

Wieder huschte dieses für sie so typische Lächeln über ihr blasses Gesicht.

„Wie geht es Ihren Ermittlungen?"

Er legte die Stirn in Falten und schürzte die Lippen.

„Viel kann ich Ihnen nach wie vor nicht verraten. Berufsgeheimnis. Das kennen Sie vermutlich genauso gut wie ich."

„Bei uns gibt es kein *top secret*", versetzte sie und lachte wieder.

„Und was ist mit Janssens mysteriöser Entdeckung?"

Sie schlug die Augen nieder und verzog den Mund.

„Sie lassen nicht locker, oder?"

„Würden Sie aufgeben, wenn Sie bei ihren Forschungen auf ein Rätsel stoßen würden?"

Sie lächelte schüchtern und schüttelte den Kopf. Haffner hatte das Gefühl, dass sie fast unmerklich errötete. Er nahm einen Schluck aus seinem Glas. Sie langte automatisch nach dem ihren, trank aber nicht, sondern begann, damit herumzuspielen.

„Betrachten Sie die Angelegenheit doch mal so: die Medien haben sich längst ihre eigene Sensation, ihre eigene Wahrheit kreiert. Wer so was zu nutzen weiß, gewinnt. In unserem Bereich kommt so etwas nicht oft vor. Wir bekommen selten Aufmerksamkeit. Kennen Sie die Nebra-Scheibe? Oder den Mechanismus von Antikythera?"

Diesmal schüttelte Haffner den Kopf.

„Das eine ist ein 6000 Jahre altes astronomisches Instrument, das andere der vielleicht erste Computer der Menschheit: Solche Entdeckungen sorgen vielleicht gerade noch für Furore. Aber wir schießen keine Astronauten ins All, besiegen den Krebs nicht und lösen nicht die Energieprobleme auf diesem Planeten. Unsere Forschungsergebnisse verändern die Welt nicht schlagartig von heute auf morgen, sie bewegen nicht Millionen oder Milliarden von Menschen wie die Erfindung des Internets seit den neunziger Jahren. Nur ein Beispiel: Vor kurzem hat jemand in Vergils *Äneis* die Signatur des Autors gefunden. Sie war die ganze Zeit über da, perfekt im Text versteckt: das ist eine philologische Sensation! Nach über zweitausend Jahren – stellen Sie sich das vor! Und was passiert? Die Kollegen stürzen sich wie die Geier aufs Aas und zerreißen die Sensation in Rezensionen, Vorträgen und Diskussionen. Weil nicht sie es waren, die darauf gestoßen sind. Das ist die Realität!"

Nicoletta Galli hielt inne und fuhr sich durch die Haare.

„Klingt resigniert."

„Ich würde sagen: abgeklärt. Nicht mehr und nicht weniger."

„Aber was hat Janssen denn nun in Paris entdeckt? Und wieso haben Sie ihm davon abgeraten, den Fund zu veröffentlichen?", insistierte er.

Er wollte endlich Licht in die Affäre bringen.

„Gleich zwei Fragen auf einmal", sagte Nicoletta Galli und versuchte zu lächeln.

„Sie sind mir neulich die Antwort schuldig geblieben. Alle Welt ist inzwischen überzeugt, dass hinter Janssens Ermordung eine Verschwörung steckt, die bis in den Vatikan reichen soll."

Sie biss sich auf die Lippen.

„Und Sie? Was glauben Sie?"

„Darum geht es nicht. Ich versuche nur, Antworten zu finden."

„Sie glauben also nicht daran?"

„Wir haben keinen einzigen konkreten Beweis für Janssens Fund: kein schriftliches Dokument – weder zu Hause noch in seinem Büro – , keine Spur auf seinem Laptop, das Handy ist weg. Der einzige Datenträger, auf dem wir etwas finden könnten, ist spurlos verschwunden."

Er sah sie herausfordernd an.

„Aber wieso sperren Sie sich eigentlich seit Tagen dagegen, mit mir darüber zu reden?"

Sie wiegte den Kopf bedächtig hin und her und holte tief Luft.

„Ok", sagte sie. „Er hat mir den USB-Stick gezeigt."

Jetzt war Haffner völlig platt. Wozu das Katz-und-Maus-Spiel die ganze Zeit über?

„Sie haben die Dokumente gesehen?"

„Nein – aber wir haben ausführlich darüber diskutiert."

„Wann?"

„Dienstag Abend, bevor er aus dem Büro ging."

Er schüttelte völlig verdutzt den Kopf. Sie sah ihn mit großen, dunklen Augen an, ohne mit der Wimper zu zucken. Haffner knetete seine Hände durch, schloss die Augen und dachte nach.

„Warum rücken Sie erst jetzt damit heraus?", fragte er angesäuert.

Nicoletta Galli schluckte und sagte: „Würden Sie mich einen Augenblick entschuldigen?"

Sie deutete auf die goldenen Buchstaben an der Wand.

„Ich bin sofort wieder da", wisperte sie und lief zur Toilette.

Haffner saß da wie gelähmt. Als die Schockstarre nachgelassen hatte, langte er in die Manteltasche. Seine Hand zitterte. Kein Anruf, aber eine SMS von Oksana. Er schmunzelte und wählte Adlgassers Nummer.

„Ist gerade ganz schlecht", sagte sie.

Ihre Stimme überschlug sich beinahe.

„Hast du was rausbekommen?"

„Ich ruf dich in einer halben Stunde an. Samira ist im Krankenhaus. Stell das Handy auf laut, ok? Pfiadti."

Aufgelegt. Eine weitere SMS blinkte im Display: Kathi hatte endlich Neuigkeiten aus Rom. Im selben Moment bog Nicoletta Galli um die Ecke. Er steckte das Handy weg, vergaß aber, die Stummschaltung zu deaktivieren.

77

Nachdem Adlgasser Samira im Krankenhaus abgeholt hatte, schien sich die Lage endlich wieder zu beruhigen. Ihre Tochter war mächtig stolz auf den ersten Gips in ihrem Leben. Doch als Adlgasser versuchte, Haffner zu erreichen, ging nur die Mailbox dran. Wozu hatte sie ihm eigentlich extra eingeschärft, erreichbar zu bleiben?

„Ich muss noch mal los“, sagte sie atemlos zu ihren Eltern. „Könnt ihr auf die Kleine noch ein, zwei Stunden aufpassen?“

War natürlich kein Problem – für sie war die größte Aufregung ja Gott sei Dank überstanden.

„Komm her, mein tapferes Mäuschen!“, sagte sie, nahm Samira fest in die Arme und drückte ihr einen dicken Kuss auf die Stirn.

Dann sauste sie mit dem Auto zurück in die Stadt. Von unterwegs rief sie Üblacker an, gabelte ihn im Präsidium auf und berichtete ihm in aller Knappheit von den neuesten Entwicklungen.

„Wir wissen jetzt, dass es eine Frau gewesen sein muss“, erklärte sie, während sie in den Dienstwagen umstieg.

Sie überließ Üblacker das Steuer, damit sie ungehindert telefonieren konnte.

„Wohin geht’s?“, fragte der Chefprofiler.

Adlgasser nannte ihm die Adresse und sie fuhren los. Doch *Murphy’s Law* war zurück: rote Welle auf der gesamten Strecke

– sie kamen kaum vorwärts. Haffner ging noch immer nicht dran. Sie seufzte und wählte wieder. Auf der Reichenbachbrücke hatte sie endlich Glück.

„Hallo, Gerald!“, sagte sie. „Könntest du deinen Rechner nochmal anschmeißen?“

„Es ist nach Dienstschluss“, sagte Brunner unterkühlt.

„Ist echt dringend“, insistierte sie.

„Was brauchst du?“

„Könntest du Tinos Handy orten? Er geht nicht mehr ans Telefon …“

„Er ist erwachsen“, sagte der Informatiker.

„Ich habe ihn aber extra gebeten, dranzugehen, wenn ich mich melde.“

Brunner schnaufte.

„Ich ruf dich zurück.“

Aufgelegt. Üblacker bog in die Asamstraße ein und hielt an. Ihr Handy klingelte.

„Und?“

„Keine Chance.“

„Zefix!“, fluchte sie. „Klappt doch sonst immer! Versuchst du’s bitte weiter? Und halt mich auf dem Laufenden, ja?“

78

Die Regenschauer hatten dem Hochsommer eine Zwangspause verpasst. Es hatte spürbar abgekühlt. Durch die Talsenke der Isar waberten feine Nebelbänke. Der Berufsverkehr war längst über die Reichenbachbrücke stadtauswärts abgeflossen. Haffner glaubte, einen BMW mit überhöhter Geschwindigkeit über die Brücke brettern zu hören. Diesen Sound kannte er unter hundert anderen heraus.

An diesem Abend trauten sich selbst hartgesottene Jogger nicht aus dem Haus, keiner hechelte die sandigen Wege an der Böschung entlang, die Piste hatte sich in einen Pfützenslalom verwandelt, über der Stadt jagten tiefe Wolken dahin und läuteten die Nacht vor der Dämmerung ein. Kurz vor neun war es stockfinster. Nur die Straßenlaternen und die Dunstglocke über der Stadt warfen ihr fahles Licht auf Nicoletta Galli, die ihn zu einem Spaziergang überredet hatte.

Der Gesprächsstoff war ihnen nicht mehr ausgegangen, seit sie von der Toilette zurückgekehrt war.

„Mich würde interessieren, wie Sie Janssen als Menschen erlebt haben“, sagte er, während sie die Lände entlangschlenderten.

„Glauben Sie nicht, dass es an der Zeit wäre, ihm endlich seine wohlverdiente Ruhe zu gönnen?“, entgegnete sie.

Er zuckte mit den Schultern.

„Es reicht nicht, Janssens Körpermaße oder sein familiäres

Umfeld zu kennen – oder sein berufliches, seine Eskapaden. Für mich ist Ihr Chef nach wie vor ein einziges großes Rätsel."

„Er war korrekt, strebsam, ehrgeizig", erklärte sie. „Aber das hatte ich Ihnen schon gesagt."

Er lugte zu ihr hinüber. Ihre Gestalt war in dem milchigen Dunst kaum zu erkennen, doch ihre Gesichtszüge konnte er erahnen.

„Er hat sich stark verändert in den letzten Monaten", sagte sie und seufzte. „Wie nannten Sie es vorhin? Paradies auf Erden? Ich dachte mir anfangs tatsächlich etwas Ähnliches. Wie es vor meiner Ankunft am Institut war, weiß ich nur aus Erzählungen. Gernot hat Struktur in den Laden gebracht."

Ihr Ausdruck wurde allmählich weniger offiziell, sie schien sich hier draußen zu entspannen. Stumm zog die Weideninsel an ihnen vorbei.

„Wie auch immer …", sinnierte sie laut vor sich hin: „Er fing plötzlich an, an allem und jedem herumzukritisieren. Keiner von uns hat dem Bedeutung zugemessen. Menschen verändern sich manchmal. Wer weiß schon, warum? Aber irgendwann wurden seine cholerischen Ausfälle zur Regel. Er war unausstehlich."

Sie hielt inne und sog die feuchte Luft ein.

„Und dann kam Rom. Das war herrlich!"

Der Unterton in ihrer Stimme ließ erahnen, wie wichtig ihr diese Reise gewesen sein musste.

„Ich weiß, was Sie jetzt fragen möchten", hauchte sie.

Doch Haffner schwieg und lauschte.

„Unsere Geldgeber sind sehr spendabel. Wenn wir Manuskripte oder Archive einsehen möchten, ziehen sie es vor, dass wir das vor Ort tun, trotz Digitalisierung. Ich war nie zuvor in der *Vaticana*. Das war umwerfend! All dieses Pergament, dieses Papier, diese Gerüche! Tausende und abertausende Stapel lebendiger Geschichte! Alles zum Anfassen! Und das Hotel: das war erste Sahne, ein Service, wie ich ihn selten erlebt habe. Das Frühstücksbüffet – ein einziges Schlaraffenland! Nicht diese italienischen Panini, die zerbröseln, wenn man sie mit dem Finger antippt, und die man mit einem Liter Kaffee kaum hinunterwürgt."

Vor seinem geistigen Auge schwebten üppige Salami- und Käseplatten, frisch gepresste Säfte in dickbauchigen Karaffen, und fast hatte er den Eindruck, frischen Espresso zu riechen. Ihm lief das Wasser im Mund zusammen. Plötzlich wurde ihm klar, dass er seit Mittag nichts mehr gegessen hatte. Sein Magen knurrte. Er blieb stehen und sah sie an. Ihre Augen glänzten in der Dunkelheit.

„Und in all der Zeit …", setzte er an, wusste aber nicht, wie er seine Gedanken in Worte fassen sollte. „Nach all den Geschichten, die ich seit einer Woche gehört habe – "

Er unterbrach sich, denn sie hatten das Thema im Alten Botanischen Garten bereits angesprochen. Schließlich holte er tief Luft.

„Wir wissen, dass Janssen kein Kostverächter war. Er sah blendend aus. Und Sie beide hätten das perfekte Paar abgegeben."

So weit er es erkennen konnte, zog sie die Schultern hoch. Er ging langsam weiter.

„Wollen Sie mir ernsthaft vormachen, dass Sie und Janssen sich auf dieser Forschungsreise nicht nähergekommen sind?"

Nicoletta Galli schluckte und schwieg. Die Zeit schien sich ins Unendliche zu dehnen.

„Sind wir nicht", sagte sie.

„Aber sie haben gestritten", versetzte er und stemmte die Hände in die Hüften.

„Wer behauptet das?"

„Unsere Sekretärin hat im Hotel angerufen. Das Personal hat ausgesagt, dass sie beide anfänglich recht harmonisch wirkten. Aber sie haben gestritten. Worüber?"

Sie seufzte. Haffner reckte den Kopf in die Höhe, sog die feuchtkalte Luft in die Lungen und stieß sie durch den Mund wieder aus. Ein dampfendes Wölkchen zeichnete sich gegen den dunstigen Himmel ab und löste sich in nichts auf. In der Ferne krächzte eine Rabenkrähe.

Eine Weile schritten sie schweigend nebeneinander her. Doch irgendwann hielt er es nicht mehr aus. Er öffnete den

Mund, um das Schweigen zu brechen.

„Wir sind uns auf der Romreise nicht nähergekommen“, kam sie ihm zuvor.

Ihre Stimme klang seltsam, fast kehlig, als steckte ein dicker Kloß in ihrem Hals.

„Sie haben es doch selbst gesehen, Herr Kommissar“, sagte sie förmlich. „Ich bin sehr gläubig, habe immer davon geträumt, eine Familie zu gründen mit einem Mann an der Seite, der treu zu mir und unserem Kind steht.“

Ihr Atem ging plötzlich schwerer.

„Ich bin selbst ein Einzelkind. Ich hätte gern eine lustige Kinderschar um mich gehabt. Können Sie sich Gernot als treuen Gatten vorstellen?“, fragte sie und sah ihn an.

Er schüttelte den Kopf, aber nicht, um ihr zu widersprechen. Immerhin hatte es in Janssens Leben Zeiten gegeben, in denen er mit Frau und Tochter glücklich gewesen war.

„Sie haben gesagt, Sie glauben an ein höheres Wesen überm Sternenzelt, richtig?“, sagte sie, bevor er antworten konnte. „Es gibt und gab in der Geschichte der Kirche unzählige Frauen, die wollten rein und unberührt in die Ehe gehen. Klingt altmodisch, nicht wahr?“

Diesmal unterbrach er sie nicht.

„Ich war immer überzeugt, dass auch mir das gelingt. Jungfrau bleiben … fürs Himmelreich.“

Sie stockte. In ihrer Stimme lag plötzlich etwas Bitteres.

„Ich war mir sicher …, bis … bis dieser … dieser Teufel in mein Leben trat“, stammelte sie.

Haffner blieb stehen und sah sie überrascht an.

„Erst hat er diese beiden verdorbenen Dirnen aus dem Institut flachgelegt“, sagte sie verächtlich. „Dann die Putzfrau. Ist mit ihr um die Häuser gezogen und hat sie gevögelt. Eine unschuldige Seele nach der anderen hat er mit seinem Pesthauch infiziert, stets auf der Suche nach noch mehr Befriedigung.“

Sie hielt inne und schnaubte zornig. Er schüttelte irritiert den Kopf. Woher hatte sie diese Informationen?

Wollenschläger und Huberti hatten darauf bestanden, dass alles mit größter Diskretion vor sich gegangen war. Doch Galli gönnte ihm keine Pause.

„Ich war mir sicher, das alles würde ein Ende haben, wenn ich mich aufopfere, ihn zur Umkehr bewegen würde! Ich wollte ihn retten, wollte die Welt vor ihm retten, ihn vor dem ewigen Untergang, diesen Heuchler! Alles hat er geheuchelt: Liebe, Zuneigung, Wärme, Verständnis … Er hat mich benutzt, mich durchgefickt wie ein wertloses Stück Fleisch!“

Nicoletta Galli hatte sich derart ereifert, dass ihre Worte ihn mit all ihrer Abscheu auf der Wange trafen.

„Es hätte so gut, so einzigartig schön werden können!“, flüsterte sie plötzlich weinerlich. „Mein ganzes Herz habe ich ihm geschenkt, mein Innerstes von innen nach außen gekehrt, meinen Gott bespien und verraten – im Glauben, ich könnte ihn damit auf den Weg der Tugend bringen! Und er? Er hat mich in den Staub getreten, mich behandelt wie den letzten Dreck!“

Sie zitterte und bebte jetzt am ganzen Leib. Haffner schloss die Augen und schüttelte ungläubig den Kopf.

„Und als wäre all das nicht schon genug“, fauchte sie, „als wäre dieser Sündenpfuhl allein nicht Grund genug, diesen Satan in der Hölle schmoren zu lassen, vergreift er sich auch noch an den Schwächsten dieser Welt und raubt ihnen Licht und Leben!“

Sie streckte die Hände empor und schüttelte sie gegen den Himmel. Haffner starrte sie entgeistert an: wovon sprach sie? Er musste nachdenken, tappte ein, zwei Schritte vor und stolperte über einen schweren, metallenen Gegenstand. Wer um alles in der Welt hatte hier einen Kanaldeckel aus der Verankerung gerissen? Er tastete nach dem Handy und holte es heraus: ein Dutzend Anrufe von Adlgasser. Er war einfach nicht handytauglich. Und Schladerer. Den hatte er komplett vergessen. Wieso hatten es plötzlich alle so eilig? Während er noch nachsann, blinkte Adlgassers Nummer auf dem Display. Er hob die Hand und bedeutete Galli, ihn kurz zu entschuldigen. Sie kniff die Augen zusammen.

„Mann, Tino!“, rief sie ihm ins Ohr. „Wo treibst du dich denn rum?“

Er lief Schritt um Schritt weiter, ohne darauf zu achten, wohin.

„Ist im Moment nicht so günstig“, krächzte er.

Er spürte, wie die Feuchtigkeit sich an seinen Stimmbändern festkrallte, und räusperte sich.

„Hab hier alles im Griff. Ich ruf dich gleich zurück.“

Ohne ihre Reaktion abzuwarten, legte er auf und rief Schladerers Nachricht ab.

„Servus, Tino. Hier Uli. Ich hab was für dich …“

Im selben Moment rauschte es hinter ihm. Er sah über die Schulter. Galli war weg. Er fuhr herum. Es rauschte wieder. Etwas Spitzes, Kaltes stach ihn am Hals. Es zischte. Verflucht noch mal! Brannte das! Plötzlich war es Nacht.

79

„Kruzitürken!“, fluchte Adlgasser. „Irgendwas musst du doch auf dem Schirm haben!“

Am anderen Ende der Leitung herrschte zunächst Grabesstille.

„Nähe Isar“, grummelte Brunner nach einer Weile.

Sie hörte, wie seine Finger mit leisem Klicken flink über die Tastatur hasteten.

„Genauer geht's nicht?“, fragte sie und stieg von einem Fuß auf den anderen.

„Moment …“

Wieder ratterten die Tasten leise vor sich hin.

„Eine Zeit lang war er in der Ohlmüllerstraße ins Funknetz eingeloggt … Vielleicht ist er Richtung Stadt gelaufen …“

Wieder rhythmisches Klappern.

„Stop!“, rief er. „Sieht so aus, als ob er irgendwo an der Reichenbachbrücke unterwegs gewesen wäre.“

Ok, das war schon mal was.

„Was hast du vor?“, erkundigte er sich gespannt.

Sie überlegte keine Sekunde.

„Die ganz große Nummer: SEK, Sanis, Feuerwehr. Wir brauchen Halogen-Strahler! Und der Hubschrauber muss in die Luft!“

Sie schnaufte kurz durch.

„Danke dir, Gerald“, sagte sie und legte auf.

Üblacker hatte die ganze Zeit über regungslos in Haffners Sessel gehangen. Jetzt setzte er ein Gesicht auf wie drei Tage Regenwetter.

„Sollten wir nicht langsam Staatsanwalt Fischer Bescheid geben?"

Sie runzelte die Stirn und dachte angestrengt nach.

„Am besten teilen wir uns in zwei Trupps auf", ignorierte sie seinen Einwand und trat vor den Stadtplan, der an der Wand hing.

In Windeseile erklärte sie ihm, was sie vorhatte. Sie ahnte, dass sie nicht mehr als diesen einen Versuch hatten. Die Aktion durfte nicht scheitern.

„Die Strecke von der Museumsinsel flussabwärts ist zu unwegsam. Kann mir nicht vorstellen, dass er dorthin will."

Sie blickte Üblacker forsch in die Augen und zeigte mit dem Finger auf ihn.

„Du kommst mit mir. Sag Spann Bescheid, dass er von der Zenneckbrücke aufwärts suchen soll. Wir schließen von der Wittelsbacherbrücke her auf."

Der Chefprofiler klebte noch immer wie ein nasser Sandsack in Haffners Sessel und verzog den Mund.

„Ja, was ist? Worauf wartest du?", fragte sie.

Als er noch immer keine Anstalten machte, klatschte sie zwei-, dreimal in die Hände und blitzte ihn finster an.

„Auf geht's! Gemma, gemma!"

80

Haffner schlug die Augen auf und versuchte, sich zu orientieren. Um ihn herum war es stockdunkel. Wo war er? Was war passiert? Und wie lang war er weg gewesen? Nur allmählich wich seine Benommenheit. Je klarer er im Kopf wurde, desto deutlicher wurde ihm auch, dass es nur Sekunden gewesen sein konnten. Sein Schädel schmerzte, die Kehle brannte. Mit dem Rücken lehnte er an einem Felsblock. Er sah nach oben. Die Augen gewöhnten sich schnell an die Dunkelheit. Über ihm wölbte sich der Bogen einer Brücke. Ein paar Meter weiter rauschte die Isar düster und unheimlich vor sich hin.

Er versuchte, sich aufzurichten. Es gelang ihm nicht, denn seine Handschellen schnitten ihm schmerzhaft ins Fleisch. Die Umgebung nahm langsam Konturen an. Auch seine Erinnerung kehrte zurück. Ein paar Meter weiter kauerte eine dunkle Gestalt auf dem Boden. Nicoletta Galli hatte die Hände um die Füße geschlungen und das Kinn auf dem Knie abgelegt.

„Am besten, Sie bewegen sich nicht. Das Kopfweh geht vorüber“, sagte sie streng.

Seine Hände fühlten sich pelzig an. Das verdankte er der höchst unbequemen Haltung, in der er dasaß.

„Ich wollte Ihnen nicht weh tun“, fuhr sie monoton fort.

In Haffner regten sich Zweifel.

„Wir haben nicht viel Zeit, dieses Gespräch zu Ende zu bringen“, erklärte sie weiter, stand auf, kam auf ihn zu und ließ sich vor ihm nieder.

„Ich nehme an, ihre Kollegen suchen Sie bereits."

„Warum sollten sie das?", fragte er, um Zeit zu gewinnen. „So lange mich niemand als vermisst meldet, wird keiner etwas unternehmen. Das kann ein, zwei Tage dauern."

„Verkaufen Sie mich nicht für dümmer als ich bin", brauste sie auf. „Ich hatte geglaubt, wenigstens Sie würden mich verstehen."

Ihre Worte klangen ernsthaft enttäuscht. Er versuchte, ihr Gesicht im Dunkeln zu erkennen. Ihre Augen schienen jedoch jeden Glanz verloren zu haben.

„Was würden Sie tun, wenn Ihr Chef plötzlich zum Psychopathen mutiert?"

Haffner zuckte teilnahmslos mit den Schultern.

„Wird das hier ein Verhör?", fragte er zurück.

Nicoletta Galli schwieg. Ihn fror. Die feuchte Luft kroch unter seinen dünnen Sommermantel.

„Jede einzelne Vertragsverlängerung war eine Tortur. Gernot hat seine Stellung schamlos ausgenützt. Er ließ uns alle zappeln wie einen Hecht an der Angel, der noch halb im Wasser hängt, aber das Maul schon im Todeskampf aufreißt."

„Wieso haben Sie sich nicht gewehrt?", fragte er verwundert. „Sie selber – oder noch besser: alle miteinander, das ganze Team?"

War dieser Haufen hyperintelligenter Wissenschaftler wirklich ein derart unreifer Kindergarten?

„Warum haben Sie Ihre Sponsoren nicht eingeweiht? Die hätten das doch so nicht akzeptiert ..."

Sie lachte hellauf.

„Haben Sie eine Ahnung! Gernot hat uns alle gegeneinander ausgespielt. Ich verband mit dieser Reise ernsthaft die Hoffnung, dass sich alles wieder zum Besseren wenden, alles wie früher werden könnte, als wir noch prächtig miteinander auskamen."

Ihrer Brust entrang sich ein Seufzer.

„Haben Sie je im Leben einen perfekten Augenblick erlebt?"

Sie musterte ihn neugierig.

„Ich meine etwas, das wir uns in den buntesten Farben ausmalen. Etwas, von dem wir jahrelang träumen. Wenn es da ist, wirkt alles plötzlich nur noch surreal, obwohl einfach alles stimmt: Farben, Gerüche, Musik."

Ihre Augen glitten gespannt über ihn hinweg, doch er schwieg.

„Waren Sie schon mal in Rom? Wir waren gleich am ersten Abend gemeinsam essen, in den *Fratte di Trastevere*."

Die Worte sprudelten plötzlich wieder aus ihr hervor wie eine munter murmelnde Quelle.

„Wie viele *ristoranti* gibt es wohl in Rom? Tausend? Fünftausend? Egal. Dieser Ort hat etwas Mystisches, er ist besonders – ein perfekter Ort, prädestiniert für den perfekten Augenblick. In den *Fratte* herrscht ein Kommen und Gehen, ein geschäftiges Treiben. Die Familie kocht in dritter Generation auf, der *padrone* kümmert sich rührend um die flanierenden Touristen, die auf einen der begehrten Plätze drinnen oder draußen in der Gasse spechten. Er verwickelt die Passanten geschickt in ein Gespräch, obwohl er weiß, dass kein einziger Platz mehr frei ist. Genau darin besteht seine Kunst: er bietet ihnen gratis einen *aperitivo* an, plaudert mit ihnen über Gott und die Welt, umgarnt sie, macht einer feinen Dame im Blumenkleid ein Kompliment und bittet ihren Begleiter augenzwinkernd um Verzeihung für die Offenheit. Natürlich lachen alle drei höchst zufrieden. Währenddessen wuselt der erwachsene Sohn zwischen den prall gefüllten Tischen hin und her, scherzt mit dem einen, erkundigt sich nach dem Wohlbefinden der werten Schwiegereltern, erkennt Gäste selbst nach Jahren wieder. Über all dem schwirren Mandolinenklänge oder es trällert *O sole mio* vom Band. Die frisch zubereitete Pasta legt ihren Duft darüber, der Wein fließt in Strömen. Draußen streicht die Luft lau um die heißbegehrten Plätze, drinnen schwitzt die Luft, dick und fett wie die köstlichen Tagliatelle mit Steinpilzen auf dem Teller. Durch die schmale Gasse drängelt sich Stoßstange an Stoßstange, eine Vespa schlängelt sich rasselnd zwischendurch."

Sie hielt inne. War sie noch da?

„Wir saßen auch da, nur ein flackerndes Öllämpchen zwischen uns: der perfekte Augenblick, ein Moment für die Ewigkeit!"

Haffner fragte sich, was dann schiefgelaufen sein konnte, und schüttelte den Kopf.

„In diesem Augenblick wollte ich es ihm sagen. Was war ich nervös und aufgeregt! Wie lange hatte ich davon geträumt! Mir schlug das Herz bis zum Hals. Ich wusste: dieser Moment, dieser perfekte Augenblick, der wird alles ändern. Unser Kind würde alles ändern."

Plötzlich fiel es Haffner wie Schuppen von den Augen. Doch Nicoletta Galli gönnte ihm keine Verschnaufpause.

„Doch von da an war mein Leben nur noch ein Alptraum!", rief sie. „Nicht etwa, weil er mich nach der Rückkehr mied wie Pest und Cholera. Ich meine auch nicht die lächerliche Signatur, auf die er gestoßen war. Es ging nur noch um ihn. Ich will nach Paris. Ich werde Giordanos Prozessakten finden. Ich! Ich! Ich!"

„Und?", warf Haffner ein. „Hat er sie gefunden?"

Sie ignorierte seine Frage.

„Nicht einen einzigen Gedanken verschwendete er auf das Kind, das unter meinem Herzen wuchs. Stattdessen hat er mich vor die Alternative gestellt: Kind – oder Vertrag."

Sie schluchzte.

„War das der Streit, den das Personal in Rom mitbekommen hat?", fragte er mit sanfter Stimme.

„Ich wollte nichts sehnlicher als eine Familie", entgegnete sie, ohne auf ihn einzugehen, und schluchzte weiter. „Und er? Sagt ihnen RU486 und Cytotec etwas? Keine Ahnung, wie er an das Zeug herangekommen ist. Er hat die Tabletten in meinem Kaffee aufgelöst. Ich war völlig ahnungslos."

Sie rückte näher an ihn heran, so dass sich ihre Nasen fast berührten. Er spürte ihren dampfenden Atem.

„Nein", sagte er ehrlicherweise. „Was ist das?"

Sie holte tief Luft und ließ den Kopf hängen, wischte sich mit der Hand die Tränen aus dem Gesicht.

„Noch am selben Tag bekam ich Krämpfe. Ich hatte

schreckliche Schmerzen. Und dann – “

Sie stockte und lichterte ihn an.

„Dann habe ich mein Kind verloren!“, brüllte sie in die Nacht hinaus.

Haffner schloss die Augen und versuchte, all diese Informationen zu verknüpfen.

„Aber wieso haben Sie ihn nicht angezeigt?“, fragte er und blickte sie verwundert an.

Galli lachte bitter.

„Er hatte mich doch mit diesem bescheidenen Vertrag in der Hand!“

„Was treibst du denn hier um diese Zeit?“, fragte Gernot Janssen erstaunt und blieb neben der Parkbank unweit des Monopteros im Englischen Garten stehen.

„Setz dich doch“, bat Nicoletta Galli mit zitternder Stimme und legte die flache Hand neben sich auf die Bank.

Janssen nahm Platz und blickte in die Nacht hinaus. In der Ferne leuchteten die Türme der Theatinerkirche. Er spürte ihren eindringlichen Blick auf sich.

„Hast du wieder eine von ihnen flachgelegt?“, fragte sie. „Habt ihr wenigstens Kondome benützt?“

„Mach dich nicht lächerlich!“, versetzte er unwirsch. „Du hast doch damals selbst darauf bestanden, keines zu benützen, damit wir miteinander die Ehe vollziehen. Das waren doch deine Worte, oder?“

Janssen begann zu grinsen.

„Du bist geschmacklos!“, rief sie.

„Bist du wirklich so naiv? Oder spielst du nur die Unschuld vom Land?“, erwiderte er eiskalt und sah sie verächtlich von der Seite her an.

„Wo warst du?“, insistierte Nicoletta Galli.

Er schüttelte den Kopf.

„Was fragst du denn, wenn du es eh weißt? Ich habe dir doch gesagt, dass ich mit Maurice zum Franzosen will.“

„Das schließt nicht aus, dass du schon wieder über eine drübergestiegen bist! Wer war denn diesmal die Glückliche?

Dieses Putzflittchen?“

Janssen grinste wieder und schnaubte.

„Warum scherst du dich nicht einfach dorthin, wo der Pfeffer wächst – oder noch besser: zum Teufel?“

„Der sitzt ja schon leibhaftig neben mir“, biss sie zurück.

Er brach in schallendes Gelächter aus.

„Du hast wirklich nicht alle Tassen im Schrank.“

„Was wir getan haben, ist falsch“, entgegnete sie.

„Wieso sprichst du in der Mehrzahl? Mein Gewissen ist rein.“

Ihr blieb der Mund offen stehen.

„Du hast mein Leben ruiniert“, sagte sie.

Ihre Stimme bebte.

„Was heißt hier: *dein Leben ruiniert*? Du bist erwachsen und kannst doch wohl für dich selbst entscheiden.“

Er schnaubte erneut.

„Du bist so ekelhaft ...“

Er grinste süffisant in sich hinein.

„Ich nehme das mal als Kompliment“, sagte er und holte tief Luft.

Es schmeckte nach Regen. In der Ferne, auf der Wiese vor ihnen stöhnte jemand lustvoll. Janssen ließ die Augenbrauen tanzen, das Stöhnen wurde lauter und heftiger. Er konnte sich ein genüssliches Lächeln nicht verkneifen: So ein Fick unter freiem Himmel, hier, mitten in München, das wäre was für ihn!

„Was kann ich dafür, dass du ein Problem mit deinem Herrgott hast? Hör endlich auf, dich selbst zu bemitleiden! Das ist widerlich! Nimm dir ein Beispiel an Giordano! Du müsstest wissen, dass so ein Zellklumpen wie jede Form von Materie am Ende zerfällt und eine neue Verbindung eingeht. Wo ist dein Problem? So ist der Welten Lauf – es gibt nur *Bewegung, Stufenfolge, Fortschritt.* Sieht du nicht, *dass das Prinzip von Vergehen und Entstehen ein einziges ist?*“

Nicoletta Galli blickte ihn entsetzt an.

„Und mein Vertrag?“, stieß sie hervor.

Janssen lachte schmutzig und zog einen kleinen funkelnden Gegenstand hervor, der an einer Schnur um seinen Hals baumelte.

„Das hier“, sagte er triumphierend, „das hier ist wichtig – sonst nichts! Die Welt wird auf mich blicken, und sie wird nicht mehr dieselbe sein wie jetzt. Sie wird zu neuem Leben erwachen, wie Phönix aus der Asche! Vergiss diesen doofen Vertrag!“

„Den Vertrag haben wir gefunden“, erklärte Haffner. „Er lag in Janssens Schreibtisch in der untersten Schublade unter einem Aschenbecher. Wir hätten das umgedrehte Blatt Papier beinah übersehen. Er ist unterschrieben und gegengezeichnet von Albert von Greiff. Janssen hat mit Ihnen gespielt. Wieso haben Sie nicht einfach mitgespielt? Er hatte doch absolut nichts in der Hand gegen Sie!“

Nicoletta Galli blickte Haffner fiebrig an. Sie zitterte. Er war sich nicht sicher, ob seine Worte zu ihr durchdrangen. Irgendwo in der finsteren Nacht krächzte ein Rabe.

„Wollen Sie mir nicht endlich verraten, was Janssen gefunden hat?“, fragte er ruhig.

Sie machte die Augen zu und holte ein paar Mal tief Luft, während sie mit ihren Händen im Schoß rang.

„Kennen Sie die *quinque viae*, die fünf Gottesbeweise von Thomas von Aquin? Sie gehen davon aus, dass man in einer Argumentationskette niemals bis ins Unendliche zurückgehen kann. Es muss für alles eine letzte Ursache geben. Gernot hat die Prozessakten tatsächlich aufgestöbert. Jedenfalls hat er das behauptet. Die Signatur aus Rom betraf Akten aus den *Archives Nationales* von Paris.“

„Aber was ist an diesen Akten denn so besonders?“

„Gernot hat herausgefunden, dass sich der Großinquisitor Roberto Bellarmino mit Giordano Bruno auf ein Diskussionsduell eingelassen hat. Dominikaner und Jesuiten hassten sich damals wie die Pest. Bellarmino war Jesuit, Giordano Dominikaner. Die Jesuiten hielten sich für die größeren Intellektuellen. Bei der Verhandlung, um die es geht, hat Giordano offenbar die Gottesbeweise von Thomas benützt und in ihr Gegenteil verkehrt.“

Wenn er ehrlich war, musste er zugeben, dass er Schwierigkeiten hatte, ihr zu folgen. Doch er ließ sie gewähren. Denn er gewann dadurch wertvolle Zeit.

„Giordano brachte als Beispiel einen unendlich reichen Mann, der immer größere Reichtümer ansammelt. Wenn dieser nun mit einem Schlag seinen gesamten Reichtum an jemand anderen verlieren würde, dann hätte er plötzlich unendlich weniger als nichts. Wir würden heute von negativen Zahlen sprechen. Giordano nannte es Schulden. Wenn aber jemand unendlich viele Schulden anhäufen könnte, dann ergäbe das von Thomas geforderte Verbot des Fortschreitens *ad infinitum* keinen Sinn mehr. Das Universum bräuchte keine letzte Ursache mehr. Was bedeutet: Es gibt keinen Gott. Roberto Bellarmino tobte, Giordano triumphierte. Aber Bellarmino beharrte darauf, dass über der Logik eine höhere Wahrheit steht, die sich in der Bibel und in der Kirche offenbart. Und das ist und bleibt der springende Punkt: steht die Offenbarung neben der Logik oder über ihr? Giordano vertrat die Meinung, dass die Offenbarung – wenn es eine gebe – logisch sein müsse. Deshalb kann sie nicht über, sondern nur neben ihr stehen. Bellarmino bezichtigte seinen Diskussionsgegner als Winkeladvokaten, konnte aber nicht beweisen, dass er Unrecht hatte. Da er nicht gegen ihn ankam, hat Bellarmino Giordano der weltlichen Gerichtsbarkeit übergeben in der Hoffnung, dass diese den Prozess im Sinne der Kirche zu Ende führt. Das hat sie dann bekanntlich auch. Aber im Grunde genommen musste Bellarmino klein beigeben. Wenn das publik würde …"

Nicoletta Galli hatte ihm einen Vortrag gehalten, als stünde sie vor einem überfüllten Hörsaal. Er konnte ihr Gesicht kaum erkennen, aber er war sich sicher, dass ihre Wangen vor Eifer glühten.

„Und dann hat Gernot angefangen zu prahlen", sagte sie.

Ihre Stimme klang wieder kalt und nüchtern.

„Er hat gesagt: *Ist alles auf diesem Stick – und auf meinem Handy.* Was hätte ich tun sollen? Zulassen, dass er, der unser Kind ermordet hatte, auch noch meine Kirche zerstört? Dazu dieses hämische Grinsen, dieses verächtliche Lachen! *Bist du naiv!*, hat er immer wieder gesagt und gelacht und gelacht und gelacht …“

Aus ihr sprach jetzt die reine Hysterie. Sie schlug die Hände vors Gesicht. Erst da bemerkte Haffner, dass seine Glieder klamm vor Kälte waren und er selbst wie Espenlaub zitterte.

„Gott hat mich zu seinem Racheengel erkoren! Dieser Teufel hat den Tod doch tausendfach verdient!“

Plötzlich fiel ihm das Uffinger Altarbild ein. Und mit einem Schlag verstand er die Botschaft des drohenden Erzengels mit dem Flammenschwert.

„Wer ist wie Gott?“, raunte er.

„Was?“, fragte sie irritiert.

„Wussten Sie, dass Janssen nur noch ein paar Wochen, bestenfalls Monate zu leben hatte?“

Verblüfft und sprachlos starrte sie ihn an.

„Wieso haben sie den Dingen nicht ihren natürlichen Lauf gelassen? Die Natur … Ihr Gott regelt so manches auf seine Art.“

Nicoletta Galli schüttelte den Kopf und krächzte heiser: „Sie verstehen nichts! Ab-so-lut nichts!“

Haffner beugte sich, so gut er konnte, nach vorn. Seine Gelenke schmerzten.

„Gernot Janssen“, sagte er seelenruhig, „Ihr Chef litt an einem frontalen Gehirntumor. Er wusste nicht mehr, wer er war und was er tat.“

Sie stutzte, klappte den Mund auf und breitete die Arme aus. Dann schlug sie die Hände vors Gesicht. Und plötzlich zerriss ein schmerzverzerrtes Geheul die Finsternis am Fluss. Es war, als kreischten tausend gequälte Teufel aus dem brodelnden Kessel der Hölle herauf.

81

„Wieso haben Sie die Dinge nicht einfach laufen lassen?“, wiederholte Haffner seine Frage.

Er bemühte sich so gelassen und gefasst als möglich zu sprechen. Galli hielt sich noch immer die Augen zu. Das Ausmaß ihrer Verzweiflung konnte er im Dunkeln allenfalls erahnen.

„Ich wollte ihm doch nur einen Denkzettel verpassen“, flüsterte sie. „Ihm zeigen, wie es ist, ohnmächtig zusehen zu müssen. Aber er war einfach tot.“

„Stellen Sie sich“, sagte er ruhig. „Jeder Richter dieser Welt wird Sie verstehen.“

Sie ließ die Hände sinken.

„Welcher Richter?“, fragte sie und schüttelte den Kopf. „Der Richter, vor dem ich mich verantworten muss, misst nicht mit menschlichen Maßstäben.“

Eine Weile starrte sie leer vor sich hin.

„Mein Richter verlangt ein Sühnopfer für die Laster und die Verdorbenheit dieser Welt“, murmelte sie.

Als sie Sekunden später wieder aufblickte, heftete sie ihre Augen fest auf ihn und tastete mit den Händen durch die Dunkelheit. In ihrer Rechten erkannte er plötzlich seinen Gürtel. Sie musste ihn aus seiner Hose gezogen haben, während er bewusstlos dagelegen hatte. Er spannte sich. Über die Katzensteine scharrte ein schwerer metallener Gegenstand.

„Was immer Sie vorhaben, Nicoletta – tun Sie's bitte nicht!", sagte er.

Er konnte sich nicht erinnern, sie jemals so vertraut angesprochen zu haben. Sie seufzte, hob das Kinn, beugte sich zu ihm vor und durchbohrte ihn mit ihrem Blick. Ihr Gesicht kam ihm so nah, dass er ihren Atem wieder spürte. Ihre Augen funkelten.

„Sie wissen ebenso gut wie ich, dass es für diese Geschichte kein Happy End gibt", versetzte sie.

Dann wandte sie sich um und zerrte das schwere Metallteil mit einem Ruck bis vor seine Fußsohlen. Es war der Kanaldeckel, über den er vorhin gestolpert war. Woher nahm sie bloß diese Kraft? Er schluckte.

„Was haben Sie vor?"

Ihm schlug das Herz heftig bis zum Hals. Sein Atem ging flacher, sein Puls fing an zu rasen. Er versuchte, sich aufzurappeln, doch die Handschellen schnitten ihm nur umso tiefer ins Fleisch. Nicoletta Galli presste die Hand auf seine Brust und drückte ihn zurück an den unförmigen Felsbrocken. Wieso nur hatte er Adlgasser am Telefon abgewürgt? Die Kollegen wären längst hier …

„Sparen Sie sich die Mühe", herrschte sie ihn an. „Sie werden Ihre Kraft noch brauchen."

„Glauben Sie nicht, dass ein Toter reicht?", fragte er.

Sie blickte ihn verwundert an.

„Sie haben nicht zugehört", stellte sie gekränkt fest. „Es geht um zwei Tote."

„Aber ihr Kollege … Lempl hat doch überlebt!", warf er verstört ein. „Wir wissen nicht, ob er sich komplett erholen wird, aber er lebt."

Nicoletta Galli schüttelte den Kopf.

„Sie enttäuschen mich, Herr Kommissar. Das mit Lempl tut mir aufrichtig leid. Aber die Uhr lässt sich leider nicht zurückdrehen", sprach sie mechanisch.

Irgendwie hegte Haffner Zweifel an ihrer Aufrichtigkeit. Wenn dem so war, warum hatte sie dann nichts unternommen, um ihn aus der Schusslinie zu nehmen? Sie wusste die ganze

Zeit über, dass er zu Unrecht verdächtigt wurde.

„Kennen Sie die Legende von Papst Clemens?“, fragte sie plötzlich.

Er hatte keinen blassen Schimmer, wovon sie sprach. Noch einmal ließ sie ihn vergessen, dass er gerade in den feuchten Isarauen hockte und am ganzen Leib erbärmlich fror. Sie begann von einem Märtyrer zu erzählen, den man in einen Sack eingenäht und mit einem Mühlstein um den Hals im Meer versenkt hatte. Eine zweitausend Jahre alte Geschichte.

„Das Ende ist übrigens gar nicht so übel“, sagte sie lächelnd. „Irgendwann hört man auf, gegen das unentrinnbare Schicksal anzukämpfen. Es gibt keinen Weg zurück an die Oberfläche. Unser Schöpfer hat sich vielleicht etwas dabei gedacht, dass einem die Glieder den Dienst versagen und sich eine wohltuende Seligkeit einstellt.“

Sie erhob sich. Entsetzt starrte er sie an.

„*Es wäre besser, man würde ihn mit einem Mühlstein um den Hals ins Meer werfen, als dass er einen von diesen Kleinen* …“, murmelte sie.

Der Rest des Satzes erstickte in ihrer Kehle. Sie holte ein paar Mal tief Luft, kniete sich vor ihn hin und wuchtete den gusseisernen Deckel auf ihre Schenkel. In der Ferne ertönten Sirenen.

„Riegelt die Brücke ab!“, schrie Adlgasser.

Die Einsatzwagen hatten sich mit Blaulicht und Martinshorn einen Weg durch die Münchner City gebahnt. Jetzt stand sie auf der Wittelsbacherbrücke und linste auf die Lände hinunter. Keine Menschenseele unterwegs. Wenigstens ein Gutes hatte das Sauwetter an diesem Tag!

„Wir brauchen die Halogenstrahler!“, befahl sie.

Ihr war klar, dass sie Haffner damit möglicherweise in Gefahr brachte. Aber welche Wahl hatte sie? Vielleicht war ohnehin alles zu spät.

„Ausschwärmen!“, rief der Einsatzleiter des SEK neben ihr.

Der Trupp setzte sich in Bewegung. Adlgasser tastete nach ihrer Waffe. Sie legte die Finger um den Griff und spannte die Muskeln an.

Nicoletta Galli ergriff die Gürtelschlinge und legte sie sich um den Hals.

„Man kann doch Beelzebub nicht mit Beelzebub austreiben!“, krächzte Haffner verzweifelt.

„Sie sind ja doch bibelfest“, sagte sie und lächelte wieder.

Diesmal jedoch war es das Lächeln eines gefallenen Racheengels. Ohne die geringste Hoffnung auf Erfolg suchte er nach Argumenten, rang vergeblich nach Worten.

„Judas Iskariot …“, stammelte er schließlich.

Konnte es ein überwältigenderes Beispiel geben für jemand wie sie, die streng gläubig war? Der größte Verräter aller Zeiten – selbst er hätte bis zum letzten Atemzug umkehren können. War das nicht der Kern der Botschaft?

Nicoletta Galli nickte. Offensichtlich hatte er ins Schwarze getroffen.

„Gott hat mich gesandt, Gott wird mir verzeihen“, sagte sie stattdessen mit fester Stimme.

Mit einem Ruck drehte sie sich um. Haffner brüllte um Hilfe. Doch da war niemand. Nicoletta Galli schritt auf die Böschung zu, stoppte, hob den Kopf und holte aus. Dann schleuderte sie die zentnerschwere Scheibe. Gischt spritzte empor. Die Erde stand still.

Mit größter Mühe rappelte Haffner sich an dem kantigen Brocken hoch. Wo war bloß Gallis Handtasche? Wie benommen torkelte er über die Pflastersteine, lugte hierhin und dorthin.

Endlich erhaschten seine Augen etwas Unscheinbares im Dunkeln. Er hielt es zuerst für einen der vielen Steine, die überall herumlagen. Erschöpft wie nach einem Marathonlauf fiel er auf die Knie und kramte, die Hände hinter dem Rücken, unbeholfen in dem Damentäschchen herum. Irgendwo mussten sie doch sein, diese verdammten Schlüsselchen! Er hoffte inständig, dass Galli sie nicht mitsamt seinem Handy in die Isar geworfen hatte! Wieso nur hatte er nicht längst ein Backup all seiner Kontakte angelegt? Aus der Ferne drangen

Rotorengeräusche an sein Ohr und kamen langsam näher.

„Himmel, Arsch und Zwirn!“, fluchte er.

Es war völlig aussichtslos: in dieser Haltung kam er niemals an die Schlüssel heran. Also kippte er kurzentschlossen den gesamten Inhalt auf den Weg. Spiegelchen, Hausschlüssel, Geldbörse, Elektroschocker, Sonnenbrille und zwei oder drei Lippenstifte – alles purzelte heraus und stob wie wild auseinander. Auch sein Handy war dabei. Ihm fiel ein Stein vom Herzen: wenigstens etwas in dieser Elends-Scheiße!

Die Sirenenklänge kamen näher. Und da vorn? Was war das, das da silbern in der Dunkelheit blinkte? Er robbte auf den Knien hinüber, fummelte umständlich an den Handschellen herum. Es dauerte eine Ewigkeit. Endlich sprangen sie mit leisem Klicken auf. Er rieb sich die tauben Hände und Gelenke, um das gestaute Blut wieder in Wallung zu bringen, sprang auf, rannte die Böschung entlang, stolperte, fiel der Länge nach hin und rutschte geradewegs in die Strömung hinunter. Die Wassermassen der Isar schlugen über ihm zusammen. Er verlor die Orientierung, doch dann fasste er Fuß, richtete sich auf, stemmte sich gegen den Fluss und beutelte sich ab.

Wo war der Platz, von dem Galli den Deckel katapultiert hatte? Aus dieser Perspektive sah alles völlig anders aus. Er spähte um sich. Nichts. Nur schmutziges Wasser, das gleichmäßig vor sich hinwirbelte und -gurgelte. Er kämpfte sich wieder zur Böschung empor, griff nach einem der überstehenden Quader und zog sich hoch, glitt mit seinen triefnassen Schuhen ab und verlor das Gleichgewicht. Er fluchte lauthals.

Wie viel Zeit war inzwischen wohl verstrichen? Wie lang konnte Galli überhaupt überleben? Acht, neun Minuten? Und dann?

Er schlich am Ufer entlang. Wieder nichts. Er lief zurück in den Schatten der kolossalen Brückenkonstruktion, die sich über den Strom spannte, um besser sehen zu können. Über ihm zuckten bläuliche und orangene Blitze. Er luchste über den funkelnden Wasserspiegel. Nichts.

Sekunden später flammte eine Reihe von Leuchtballonen

auf und machte die nahende Geisterstunde zum Tag. Einen Augenblick lang glaubte er, einen dunklen Schatten in den trüben Fluten zu sehen. Er stürzte los, aber die Reflexionen der Strahler wischten das Bild weg.

„Tino!“, zerriss plötzlich eine Stimme die Nacht. „Verdammt noch mal – wo bist du?“

Er sank auf die Knie, fiel mit dem Oberkörper nach vorn, ein Häufchen Elend ohne Saft und Kraft. Im selben Moment langte Adlgasser bei ihm an und kniete neben ihm nieder.

„Da bist du ja!“, rief sie erleichtert und stöhnte.

Er konnte es kaum fassen. Vor seinen Augen begann es zu flimmern. Er ließ sich seitlich ins Gras fallen.

„Die Galli?“, fragte sie.

Er beschattete seine Augen mit der Hand und deutete wortlos zum Fluss.

„Da drüben!“, brüllte Üblacker von der Brüstung herunter und wies mit dem Arm in die Fluten.

„Wie geht’s dir?“, fragte sie, während ihm einer der Sanitäter eine wärmende Decke um die Schulter legte.

„Danke“, murmelte er und zuckte mit den Achseln. „Weiß nicht … Suboptimal?“

Er richtete sich auf. Adlgasser half ihm auf die Beine. Hose, Hemd und Mantel klebten ihm an der Haut und troffen erbärmlich. Unter ihm hatte sich rasch eine stattliche Lache gebildet. Er zitterte am ganzen Leib.

„Ja – die Frau Kommissarin!“, erscholl es plötzlich hinter ihm.

Die Stimme kam ihm bekannt vor.

„Hatte ich Ihnen nicht gesagt: man sieht sich mindestens zweimal im Leben?“

Doktor Khermani reichte den beiden die Hand.

„Ich denke, dabei können wir’s bewenden lassen“, versetzte sie mürrisch.

„Wie sieht’s aus?“, versuchte Haffner, von dem missratenen Flirtversuch abzulenken, bevor der sympathische Notarzt vom Dienst noch einmal Schiffbruch erlitt.

Khermani schüttelte den Kopf.

„Genickbruch. Da war nichts mehr zu machen."

Haffner seufzte und hoffte, dass die arme Seele zu ihrem ew'gen Vater überm Sternenzelt entschwebt war, wo *allen Sündern soll vergeben und die Hölle nicht mehr sein.*

Einer der Sanitäter zog den Reißverschluss über Nicoletta Galli zu. Haffner starrte betroffen auf die Folie, unter der dieses wundersame Wesen verschwand, mit dem er die letzten Stunden zugebracht hatte. Bis zuletzt hatte er gehofft, dass ihn seine Ahnung diesmal trügen würde. Und plötzlich vernahm er im Kopf ganz deutlich jene Musik, die auf Janssens Totenfeier erklungen war. Ihm fielen die Worte ein, die Schubert zu seinem berühmtesten Streichquartett inspiriert hatten:

Gib dein Hand, du zart Gebild!
Bin Freund, und komme nicht zu strafen!

Jetzt wunderte er sich, dass er die Bearbeitung für Orgel nicht sofort erkannt hatte. Während Gallis leblose Hülle abtransportiert wurde, räusperte sich jemand hinter ihm.

„Ich weiß: Das ist vielleicht nicht der richtige Ort, Sie an einen ausführlichen Bericht zu erinnern – "

Haffner drehte sich um und fasste Staatsanwalt Fischer scharf ins Auge.

„Dann halten Sie doch einfach die Klappe!", fiel er ihm ins Wort, packte Adlgasser am Arm und zog sie mit sich fort. Fischer stand da wie ein begossener Pudel.

82

An einer Straßenecke irgendwo zwischen Siegestor und Kurfürstenplatz besorgten sie sich in einem Kebab ein paar Flaschen Augustiner. Haffner genehmigte sich einen Döner, Adlgasser war froh, dass es ihn auch in der vegetarischen Variante gab. Das musste als Proviant reichen. Der Inhaber des Ladens musterte Haffner halb mitleidsvoll, halb misstrauisch. Die Sanis hatten ihm, da seine Klamotten völlig durchnässt waren, eine kunterbunt zusammengewürfelte Notgarderobe verpasst. Die Hose hatte Hochwasser, das Hemd war seit fünfzehn Jahren aus der Mode.

„Wohin willst du eigentlich?", fragte Adlgasser, nachdem sie ihre Fladen verdrückt und eine geschlagene Stunde schweigend und scheinbar ziellos durch die Straßen getippelt waren.

Haffner brummte und stapfte stumm weiter. Während sie so durch die hell erleuchtete Stadt liefen, fuhr ein heißer Windstoß über ihre Köpfe. Und als sie nach ihrer Odyssee endlich den Olympiaberg erklommen hatten, zeichnete sich über ihnen ein unverkennbares Spektakel ab: Das Firmament war zur Hälfte freigeföhnt, die Sterne funkelten über der Lichterglocke.

„Ist's hier ok?", waren Haffners erste Worte.

Er breitete die Decke ins dampfende Gras. Adlgasser schlüpfte aus ihrer Jeansjacke und deutete einladend auf die improvisierte Isomatte. Eine ganze Weile saßen sie nebeneinander wie zwei Schweigemönche und starrten gedankenverloren über die Dächer der Stadt. Von Zeit zu Zeit nuckelten sie an ihrer Halben.

„Wie bist du eigentlich draufgekommen, dass was nicht stimmt?“, fragte er schließlich.

Also berichtete Adlgasser von Samira, ihrer seltsamen Zweisamkeit mit Üblacker und von den beiden einzigen Zeugen.

„Giulio Cancro?“, fragte Haffner. „Der?“

Er schüttelte den Kopf und lachte.

„Ich hab’s mir doch gleich gedacht, dass bei dem was im Busch ist!“

„Du kennst den Kerl?“

Adlgasser war platt. Er nickte. München mochte ja in mancherlei Hinsicht ein Dorf sein …

„Gennaro hat ihn mir neulich beim Mittagessen vorgestellt. Mir war sein Auftritt von Anfang an suspekt. Noch sonderbarer war’s aber, als ich mit der Galli am Sonntag im Botanischen Garten saß. Da kam er mit seiner Flamme zufällig vorbei und hat mich begrüßt. War saupeinlich. Was haben die zwei denn so Sagenhaftes gesehen?“

„Sie haben den Streit zwischen Galli und Janssen im Englischen Garten mitgekriegt.“

„Ist ein bisschen mager, findest du nicht?“

„Nach dem Selbstmordversuch von unserem Meister *Bubabàf* war ich froh um diesen Strohhalm! Außerdem fiel mir die Behinderung von Gallis Mutter ein. Die hatte ich bis dato komplett ausgeblendet. Also bin ich mit Üblacker spontan zu ihr.“

„Wegen dieser Aussage?“

„Nein – aus weiblicher Intuition. Dir hätte wahrscheinlich der kleine Finger gejuckt“, sagte sie und zwinkerte ihm zu. „Gallis Mutter war total aus dem Häuschen, weil ihre Tochter nicht zum Abendessen erschienen war und auch nicht ans Telefon ging. Irgendwann habe ich sie gefragt, ob sie schon länger an der Krücke läuft. Da passte plötzlich alles.“

Sie grinste wie ein Honigkuchenpferd. Er sah ihr deutlich

an, wie stolz sie war, dass sie die alles entscheidende Frage gestellt hatte.

„Wenn du vor einer Woche gleich nachgebohrt hättest“, sagte sie.

Haffner grummelte etwas in seinen Dreitagebart.

„Ich habe mir den Abend vor dem Mord noch einmal bis ins kleinste Detail schildern lassen. Es war alles haargenau so, wie du es im Protokoll festgehalten hast – mit einer klitzekleinen Ausnahme.“

Er setzte sein Seidel an den Mund und wartete gespannt.

„Frau Galli senior wirft regelmäßig *Soporifera* ein.“

Haffner verdrehte die Augen – die Humanistin war zurück.

„*Sopo*-was?“, machte er sie nach, als hätte er den Begriff noch nie gehört.

Sie blickte ihn strafend an.

„Du Eumel!“, sagte sie. „Die Galli hätte in der Wohnung eine Fetzen-Fete feiern können, ohne dass ihre Mutter im Schlafzimmer nebenan was mitbekommen hätte!“

„Und was ist mir jetzt so Feudales durch die Lappen gegangen?“, fragte er.

„Der Rollstuhl.“

Er klatschte sich mit der Hand auf die Stirn. Am liebsten hätte er jetzt laut losgebrüllt. Gallis Mutter hatte selbst davon gesprochen, dass sie befürchtete, bald nicht mehr laufen zu können! Er war nur eine Handbreit an der Lösung vorbeigeschrammt!

„Ein niegelnagelneues Modell übrigens“, fuhr sie fort. „Und wie es aussieht – nur ein einziges Mal benützt. Wir haben ihn zusammengeklappt und fein säuberlich geputzt und bereit für den ersten regulären Einsatz in Gallis Roomster sichergestellt. Die Spusi ist dran. Obwohl … Das hat sich jetzt eigentlich erledigt.“

Sie sah ihn skeptisch von der Seite an.

„Hast du sie nie auf dem Schirm gehabt?“

Er hob seine Flasche wieder an die Lippen, tat einen kräftigen Zug und blickte ihr fest in die Augen.

„Doch. Natürlich.“

Er dachte nach. Wo sollte er anfangen? Der Himmel lichtete sich allmählich.

„Bei ihr war alles eine Spur zu perfekt. Immer hat alles wunderbar gepasst! Wir bekamen immer die Antworten, die wir brauchten, sie hat uns häppchenweise mit Infos gefüttert, wohl dosiert, jedenfalls nie zu viel, und hat uns so gleichzeitig bei der Stange und auf Abstand gehalten. Im Grunde genommen hat sie uns genial manipuliert. Ein Mörder vom Format unseres Meisters *Bubabàf* hätte prächtig ins Konzept gepasst! Neben ihm wirken Edelmann oder Klarner doch wie Marionetten. Und in Gallis Vita gab's nix, was auffällig gewesen wäre."

Er hielt kurz inne, dachte nach und meinte dann: „Schladerer hat was rausgefunden. Aber da war ich gerade auf der Beerdigung. Danach habe ich ihn dummerweise vergessen. Galli hat einen Aufsatz geschrieben über ein antikes Epos. Dem Titel habe ich nichts angesehen. Aber Schladerer hat sich an eine Vorlesung aus seiner Studentenzeit erinnert, in der sein Doktorvater von Julius Cäsar und einer Expedition durch die Wüste erzählt hat. In dem Text wimmelt's nur so von Schlangen. Die Info kam leider zu spät: die Galli stand da nämlich schon hinter mir mit ihrem Elektroschocker."

„Wieso bist du dann misstrauisch geworden?"

„Sie hat mir immer wieder ihre Abstraktionsfähigkeit und ihre analytischen Fähigkeiten angepriesen. Ich dachte mir: und wenn das alles nur inszeniert ist? Oder eine Art Selbstschutzmechanismus, ein Panzer gegen unangenehme Nachfragen? Sie hat sich ganz merkwürdig um meine Fragen herumgedrückt. Nicht so wie unser *Bubabàf* mit diesem öden Frage-Gegenfrage-Spiel. Sie war cleverer. Trotzdem – so paradox das auch klingen mag –, je näher ich sie kennengelernt habe, desto weniger Anhaltspunkte gab's für eine Trickserei. Und nicht zuletzt: ihr Alibi war hieb- und stichfest."

Er stutzte und korrigierte sich: „*Schien* perfekt. Mein Fehler, zugegeben. Aber eben perfekt, wie alles an ihr: ihre Manieren, ihr Auftreten, ihr Lächeln."

„Ich war mir sicher, dass du dich Hals über Kopf in sie verschossen hast!", gestand Adlgasser.

Haffner schmunzelte.

„Was gibt's da zu grinsen? Willst du damit andeuten – ?"

Sie unterbrach sich selbst und ließ ihr Pagenköpfchen irritiert hin- und hertanzen.

„Du müsstest mich inzwischen besser kennen", versetzte er.

„Dich hat diese klasse Frau doch fasziniert", insistierte sie.

Er zuckte mit den Achseln.

„Na, komm schon", sagte sie.

„Natürlich hat sie mich in ihren Bann gezogen", gab er zu. „Es war eine einzige Lust, ihr zuzuhören: da saß jedes Wort. Dazu diese Stimme, diese Augen, dieser Duft … Trotzdem: es war ihre intellektuelle Überlegenheit, die mich angemacht hat!"

„Tino!", fiel sie ihm ungläubig ins Wort. „Ich weiß doch, wie ihr Männer tickt. So einer Frau werft ihr euch doch willenlos zu Füßen. Dafür sorgen schon eure Hormone! Denk bloß mal daran, wie du reagiert hast, als sie in Janssens Büro kam. Das hat sogar mich beeindruckt. Eine wie die Galli wickelt jeden um den Finger – auch dich, Tino Haffner! Jede Wette!"

Sie stupste ihn in die Seite. Doch er zuckte wieder nur lässig mit den Schultern. Sollte er ihr vielleicht einen Vortrag über Gallis religiöse Prinzipien halten?

„Ob du's glaubst oder nicht", sagte er schließlich, „ich bin momentan bestens versorgt."

Adlgasser blieb der Mund offen stehen.

„Was?", stieß sie hervor.

Haffner breitete die Arme aus und blinzelte sie ein wenig schurkenhaft an, sagte aber nichts. Also schüttelte sie theatralisch den Kopf und nahm einen Schluck.

„Haben wir noch eine?", fragte sie und hielt ihm die leere Flasche vors Gesicht.

Er kramte in der Stofftasche, holte eine frische heraus und öffnete sie gekonnt mit einer weiteren.

„Aber was war dann der Haken?", wollt sie nach einer Weile wissen.

Er holte tief Luft und trank ebenfalls.

„Das Motiv. Alle anderen hatten gute Gründe, Janssen zu beseitigen. An erster Stelle die Ehefrau, Lempl aus gekränkter

Eitelkeit, beide aus Rache, Edelmann aus Eifersucht. Sein Motiv war vielleicht sogar das stärkste überhaupt: Mord im Affekt, weil er ihn zur Rede stellen wollte und irgendwas außer Kontrolle geraten war. Aber er hatte das beste Alibi von allen. Und Klarner hat uns von Anfang an nicht überzeugt, oder? Bis ich Galli bei diesen Traditionalisten getroffen habe. Plötzlich war die *Vatikan-Connection* nicht mehr bloß Stölzls Hirngespinst oder ein hirnrissiges Gedankenkonstrukt – plötzlich war das eine harte Nuss. Die hätte ich einfach gern geknackt, verstehst du?"

Er sah sie an und zog die Augenbrauen hoch.

„Aber hatte sie denn wirklich Kontakt nach Rom?"

Haffner zuckte mit den Schultern.

„Wenn sie die Wahrheit gesagt hat, dann wollte sie ihm den Tod ihres ungeborenen Kindes heimzahlen. Keine Ahnung, ob das der alleinige Grund war. Sie wollte eine Familie mit Janssen gründen. Und am Ende hat sie mich Gott sei Dank auch über Janssens Sensationsfund aufgeklärt. Aber ob sie einen Teil der Wahrheit mit ins Grab genommen hat, kann ich nicht beurteilen."

„Entschuldige", unterbrach sie ihn. „Was kann denn eine Fundamentalistin von einem verheirateten Kerl erwarten? Das ist doch Bullshit hoch zehn!"

„Wart's ab!", sagte er. „Janssens Masche bestand offenbar darin, seinen Gspusis mit falschen Versprechungen den Zahn lang zu machen. Auch die Ivanova, diese Putzfrau, hat er wie eine Spinne in sein Netz gelockt."

Adlgasser schüttelte ungläubig den Kopf.

„Bei der kann ich mir das ja noch vorstellen. Aber bei der Galli? Bei der Intelligenz? Klingt für mich nicht logisch."

„Aber Janssen und Verena Schacht waren lediglich standesamtlich verheiratet: so eine Ehe existiert aus kirchlicher Seite gar nicht. Damit löst sich das Problem für eine Erzkatholikin wie Galli quasi in Luft auf! Der Scheidungstermin stand ja auch schon fest. Das war für Janssen doch der perfekte Köder – und für sie war es der Anfang vom Sündenfall, weil Janssen nicht einen Augenblick daran gedacht hat, sie zu heiraten."

„Das ist krank!", entfuhr es ihr.

„Nenn es, wie du willst. Janssen hatte außerdem noch diesen Gehirntumor. Keiner von uns hat ihn kennengelernt. Hat der überhaupt noch richtig getickt? Der einzige Außenstehende, der uns dazu etwas sagen könnte, ist Stölzl. Und den möchte ich lieber nicht fragen."

Adlgasser brach lauthals in Lachen aus.

„Pass bloß auf, dass du keinen Verfolgungswahn kriegst mit deinem Stölzl."

Er seufzte.

„Ich habe ehrlich gesagt wenig Hoffnung, dass wir je die ganze Wahrheit erfahren werden", sinnierte er vor sich hin. „Schlauer hätte die Galli das nicht einfädeln können: wenn es jemals Beweise gab – sie hat sie alle in der Isar versenkt!"

„Was?", rief Adlgasser erstaunt. „Heißt das, sie besaß Janssens Handy und den USB-Stick und hat uns kein Sterbenswörtchen davon verraten?"

Er nickte.

„Sie hat sie in den Eisbach geworfen, nachdem sie Janssen außer Gefecht gesetzt hatte. Und die allerletzten Spuren hat sie durch ihren Sprung ins Wasser vernichtet: ihre Erinnerungen holt niemand zurück."

„Wir könnten einen Tauchtrupp losschicken", schlug Adlgasser vor.

„Wozu? Die Strömung im Eisbach ist so reißend – wer weiß, wohin der Stick und das Handy in über einer Woche abgedriftet sind. Abgesehen davon: wer außer Stölzl interessiert sich jetzt noch dafür? Wenn er Lust hat, kann er sich gern mit Staatsanwalt Fischer in einen Neoprenanzug zwängen und danach suchen. Petri Heil, würde ich sagen!"

Er musste grinsen bei der Vorstellung, dass die beiden gemeinsam auf Schatzsuche gingen. Das wäre bestimmt der Beginn einer wunderbaren Männerfreundschaft!

„Und wie ist die Sache deiner Meinung nach wirklich gelaufen?", fragte Adlgasser neugierig.

Haffner plusterte die Nasenflügel auf, sog die feuchtwarme

Luft langsam ein und blies sie wieder aus. Im Osten lichtete sich der Horizont, während das Funkeln der Sterne nach und nach verblasste. Er schürzte die Lippen und presste sie aufeinander.

„Hätten wir nur Stölzls Reportage und Fischers Dienstanweisung, würde ich sagen: ganz viel heiße Luft. Aber nach allem, was die Galli mir anvertraut hat … Vielleicht muss die Geschichte irgendwann tatsächlich umgeschrieben werden. Aber ich hoffe inständig, dass das nicht mehr zu Stölzls Lebzeiten passiert."

Er hielt inne und ließ seinen Blick wieder über das Dächermeer schweifen: die Morgenröte streckte ihre Rosenfinger über den Horizont.

„Aber wieso hat Napoleon die Akten damals nicht einfach veröffentlicht? Weiß doch jedes Schulkind, dass er kein besonderer Freund der Kirche war."

„Gute Frage", meinte Haffner. „Ich kann mir nur vorstellen, dass die Prozessakten für ihn so ein weit stärkeres Druckmittel waren. Er war gewitzt genug, um zu erkennen, dass er die Kirche auf diese Weise effektiver in Schach halten konnte. Wer weiß – womöglich hat er sie gerade deshalb von Rom nach Paris bringen lassen."

„Gestern Nachmittag hat sich Paris übrigens gemeldet", flüsterte sie fast ehrfürchtig. „Aber sie wollten mit dir persönlich reden. *Streng vertraulich* haben sie Kathi gesagt. Sie war ziemlich sauer – immerhin hatte sie sich von Pontius zu Pilatus durchgefragt."

„Schau dir diesen Himmel an!", sagte er begeistert und nickte.

„Seit wann bist du unter die Romantiker gegangen?", fragte sie.

„Erinnerst du dich? Vor einer Woche hat's genauso angefangen. Manchmal habe ich das Gefühl, die Geschichte wiederholt sich. Nach dem Match hab ich mir gedacht: ich nehme mir ein paar Tage frei und fahr aufs Land, mach mir ein paar saugeile Tage! Stattdessen dieser ganze Schlamassel."

„Ich glaube, wir können froh sein, dass du bei diesem Schlamassel nicht auch noch draufgegangen bist. Das hatte ich nämlich schon befürchtet“, raunte sie und stieß mit ihm an.

„Danke, dass du mir fast das Leben gerettet hast“, versetzte er und grinste spitzbübisch.

„Weißt du, was mich an diesen Giordano-Jüngern am meisten frappiert?“, fragte er und gab sich plötzlich ganz philosophisch.

Adlgasser blickte ihn gespannt an.

„Da sitzt dieser Haufen kluger Köpfe beieinander. Was hätten die gemeinsam aus Giordanos Texten herausholen können! Stattdessen: nichts als Neid und Selbstverliebtheit und Ruhmsucht. Lauter kompromisslose Einzelkämpfer.“

„Ich denke, ohne diese Kompromisslosigkeit könnten sie nicht auf solch hohem Niveau arbeiten“, warf sie ein.

Er nickte nachdenklich.

„Und der Mensch hätte vielleicht nie die Höhle verlassen. Willst du das damit sagen? Ist das nicht ein bisschen zu banal? Eine derart hohe Konzentration an toxischen Persönlichkeiten, ein derart übersteigerter Narzissmus macht so eine Gruppe doch zu einem Pulverfass.“

„Ist ihnen ja auch kräftig um die Ohren geflogen“, entgegnete Adlgasser.

Haffner sah ihr an der Nasenspitze an, dass sie mächtig stolz war auf ihre Pointe.

„Hauptsache, der Fall ist aufgeklärt“, brummte Haffner.

Er klang plötzlich doch ziemlich zufrieden. Der erste Sonnenstrahl kitzelte ihn in der Nase. Er musste an Oksana denken. Irgendwo in diesem Häusermeer lag sie und schlief den Schlaf der Gerechten. Und sie hatte keine Ahnung, was in dieser Nacht passiert war.

„Ich finde, wir haben einen super Job gemacht!“, unterbrach Adlgasser seinen Tagtraum.

„Weiß nicht“, versetzte er. „Für mich waren es ein paar Tote zu viel in zu kurzer Zeit. Vielleicht sollte ich mich künftig ein bisschen mehr um die Lebenden kümmern.“

Er nahm einen Schluck aus der Flasche und streckte sich behaglich auf der Decke aus. Eine Minute später rasselte er wie ein alter Dieselmotor. Kardinal Rosenkrantz stand mit dem

Papst an der Isar und segnete eine Legion Hexenleichen. Zwischen ihnen tauchte Giordanos Kopf aus den Fluten. Mit seinen weit aufgerissenen Augen sah er aus wie eine spätantike Kolossalstatute. Er breitete die Arme aus, als wollte er die beiden Gottesmänner segnen, und sagte: „*Was ist das, was existiert? Das, was existiert hat. Was ist das, was existiert hat? Das, was existiert. Es gibt nichts Neues unter der Sonne: das Prinzip von Vergehen und Entstehen ist eines.* Das Universum besteht auf immer und ewig, in ihm gibt es nur Verwandlung und Fortschritt. Alles bleibt stets das Eine."

83

Am nächsten Tag klingelte Haffners Dienstapparat.

„Hauptkommissar Haffner. Mit wem habe ich die Ehre?“, sagte er.

„*Bonjour, Monsieur le commissaire* – hier Florence Belpapier. Ich bin die Direktorin der *Archives Nationales* in Paris.“

Madame Belpapier sprach perfekt Deutsch, wenn auch mit französischem Akzent.

„Freut mich, dass Sie sich persönlich melden“, bedankte er sich höflich.

„Ist mir eine Selbstverständlichkeit.“

Haffner spürte eine gewisse Nervosität in ihrer Stimme.

„Ihre Anfrage hat hier einiges losgetreten“, erklärte sie. „Der Wissenschaftsminister und die Medien fordern eine Erklärung.“

„Tut mir leid. Können Sie mir sagen, was vorgefallen ist?“

„Ihre Sekretärin hat sich nach einem *docteur* Janssen erkundigt. Er war vor ein paar Wochen bei uns und wollte Dokumente aus der Epoche von *Napoléon Bonaparte* konsultieren.“

„Wissen Sie, wonach er gesucht hat?“, fragte er gespannt.

Am anderen Ende der Leitung trat Stille ein.

„Wir können hier ziemlich genau nachvollziehen, wer welche Akten untersucht“, erklärte sie zaghaft.

Sie war sich offenbar nicht sicher, wie oder was sie ihm

sagen konnte.

„Eine der Dokumentenmappen enthält Gerichtsprotokolle aus der Zeit von Napoléon."

Sie hielt inne. Haffner langte nach einem Stift und notierte sich, was sie eben gesagt hatte.

„Das Problem ist", flüsterte sie, als wollte sie von niemandem gehört werden, „die Akten, die in der Mappe sind, gehören da nicht hinein."

„Ah", machte Haffner und kratzte sich mit dem Stift hinterm Ohr.

Er verstand noch immer nicht, worauf sie hinauswollte.

„Wer bei uns Manuskripte und Originale einsehen möchte, muss unter Aufsicht arbeiten."

Sie zögerte erneut.

„Wir fragen uns, wie die Akten dorthin gekommen sind."

Haffner schüttelte verwirrt den Kopf.

„Doktor Janssen wurde letzte Woche ermordet", warf er schließlich ein.

Madame Belpapier verstummte.

Dann sagte sie: „Das tut mir leid. Wurde er … wegen der Dokumente ermordet?"

„Das Motiv scheint woanders zu liegen", erklärte er. „Aber wir können einen Zusammenhang nicht ganz ausschließen."

„Wer bringt jemanden wegen ein paar Protokollen um?"

„Wissen Sie, wonach genau Janssen gesucht hat?", wiederholte er seine Frage von eben.

„Ich dachte, er arbeitet über Napoléon", antwortete sie.

„Er war auf der Suche nach den verschwundenen Prozessakten von Giordano Bruno. Es heißt, man hätte sie in dieser Zeit von Rom nach Paris gebracht."

Sie holte tief Luft.

„Ich habe davon gehört. Aber ich hielt es bisher für ein Gerücht."

„Janssen hat jedenfalls öffentlich behauptet, die Akten gefunden zu haben."

„Ich habe die Mappe hier auf meinem Schreibtisch, *Monsieur le commissaire*", erwiderte sie. „Wie gesagt: es müssten sich

Protokolle aus dem Jahr 1814 darin befinden. Aber – an deren Stelle haben wir nur ein Bündel … wie würde man das auf Deutsch sagen? … *des inscriptions au livre foncier, au cadastre.*"

„Meinen Sie Grundbucheinträge?"

„Ja, genau."

„Und was genau bedeutet das nun?", fragte er und kritzelte wieder etwas auf seinen Notizblock.

Madame Belpapier seufzte.

„Wissen Sie, was das Eigenartige ist? Einen Tag, nachdem *docteur* Janssen bei uns war, hat sich noch jemand nach genau denselben Dokumenten erkundigt."

„Wissen Sie wer?", fragte er neugierig.

Sie lachte beinahe hysterisch.

„*Bien sûr* – natürlich. Wir haben ein Empfehlungsschreiben aus dem Erzbischöflichen Ordinariat in München vorliegen."

Haffners kleiner Finger begann zu jucken.

„Es war ein Geistlicher in schwarzer Soutane."

„Sie haben ihn persönlich gesehen?"

„Nein, aber wir haben eine Kameraaufnahme aus dem Eingangsbereich. Ich habe einen Abzug erstellen lassen, weil unser Chefarchivar mich alarmiert hat: der Priester hatte sich im Lauf des Vormittags kurz entschuldigt. Angeblich wollte er zur Toilette, nachdem er verschiedene Mappen durchgesehen hatte. Unser Archivar war einen Augenblick lang durch einen weiteren Gastwissenschaftler abgelenkt. Der Prälat hat offenbar die Verwirrung genutzt und ist danach nicht wieder aufgetaucht. Als unser Archivar die Mappen überprüfen und wieder einsortieren wollte, stimmten die Dokumente plötzlich nicht mehr mit den Indices überein."

Haffner klemmte sich den Hörer zwischen Ohr und Schulter, öffnete die Wasserflasche auf dem Schreibtisch und genehmigte sich einen Schluck.

„Einer von den beiden muss die Dokumente vertauscht haben. So etwas kennen wir hauptsächlich aus Bibliotheken: Bücher werden falsch eingestellt, jemand meldet sie als vermisst. Es kann ewig dauern, bis sie wieder auftauchen."

„Eine Frage hätte ich noch", warf Haffner ein. „Wie heißt

denn dieser Prälat?"

„Warten Sie", bat sie ihn.

Er hörte, wie sie auf dem Schreibtisch herumkramte.

„Ein *Monseigneur* Kammhuber."

Haffner nickte und kniff die Augen zu.

„Sie sagten, Sie hätten ein Foto von ihm – "

„Ich schicke Ihnen die Datei", fiel sie ihm mit Bestimmtheit ins Wort.

Er bedankte sich und gab ihr seine Mailadresse durch. Sekunden später klickte er auf das Dokument und öffnete das Bild. Es überraschte ihn jedoch nicht, dass er den Geistlichen in Paris nie zuvor gesehen hatte.

Im selben Moment schwang die Tür auf und Adlgasser spazierte fröhlich pfeifend herein.

„Maaahlzeit!", rief sie gut gelaunt.

Er nickte stumm.

„Schon gehört?", fragte sie.

„Was?"

„Dein ganz spezieller Freund Rudi Stölzl hat sich wieder zu Wort gemeldet."

Sie deutete auf den Bildschirm. Haffner schob den Notizblock zur Seite, zog die Tastatur näher heran und rief die Homepage von *IsarTV* auf. Gleich auf der ersten Seite prangte Stölzls Konterfei. Er startete das Video.

Vergangenen Dienstag wurde der Leiter des Giordano-Bruno-Instituts, Doktor Gernot Janssen, mitten in München ermordet. Seine Leiche wurde im Hofgarten entdeckt, nachdem er uns zuvor die exklusiven Rechte an einem Jahrtausendfund in Zusammenhang mit der Hinrichtung von Giordano Bruno vor vierhundert Jahren durch die Inquisition zugesichert hatte. Das Morddezernat München hat unter der Leitung von Hauptkommissar Haffner vergeblich versucht, Licht in den Fall zu bringen. Gestern Nacht hat sich zu allem Überfluss auch die stellvertretende Leiterin des Instituts das Leben genommen. Das Institut ist seit heute geschlossen, keiner der verbliebenen Mitarbeiter ist erreichbar, die Website ist offline – und Doktor Janssens Sensationsfund ist spurlos verschwunden. Wir fragen uns nun – wir fragen Sie, liebe Zuschauerinnen und Zuschauer: Geht das alles noch mit rechten Dingen zu? Wie viele Ermittlungspannen kann sich das Morddezernat noch ungestraft leisten?

Plötzlich wandte sich Stölzl von der Kamera ab und äugte neugierig ins Off. Jemand reichte ihm ein Blatt. Er blickte in die Kamera.

Wie wir soeben erfahren, hat der Papst vor wenigen Minuten überraschend das Rücktrittsgesuch von Kardinal Rosenkrantz angenommen. Die Pressestelle des Ordinariats lehnt eine Stellungnahme dazu ab. Nahezu zeitgleich wurde der Präfekt der Glaubenskongregation in Rom mit sofortiger Wirkung von seinen Pflichten entbunden.

*

* *

*

Se non è vero, è molto ben trovato
- Wenn es nicht wahr ist, ist es sehr gut erfunden -

(Giordano Bruno, Gli eroici furori 2,3)

ÜBER DEN AUTOR

MARCO CORELLI lebt seit vielen Jahren in München und Umgebung sowie in Krakau.

Seit seiner Kindheit verfasst er mit Begeisterung verschiedenste Texte, schreibt Gedichte und Essays. Seine Liebe gilt der Antike, den Sternen und unterschiedlichen sprachlichen Kulturen. In seiner Freizeit schwingt er sich gern aufs Rad, genießt die Berge oder das Meer, ist einem guten Tropfen zur Entspannung nicht abgeneigt und reist in die entferntesten Winkel Europas.

Und: Musik ist das halbe Leben!

Lucifer ist sein Debütroman.

Printed in Poland
by Amazon Fulfillment
Poland Sp. z o.o., Wrocław

44948649R00210